A FACE VIVA DA MOEDA

LEONARDO FACCINI

A FACE VIVA DA MOEDA

Um Romance sobre a História das Idéias Econômicas

BERTRAND BRASIL

Capa: Rodrigo Rodrigues

Editoração: DFL

2008
Impresso no Brasil
Printed in Brazil

CIP-Brasil. Catalogação na fonte
Sindicato Nacional dos Editores de Livros, RJ

F125f Faccini, Leonardo
A face viva da moeda: um romance sobre a história das idéias econômicas/Leonardo Faccini. – Rio de Janeiro: Bertrand Brasil, 2008.
322p.

ISBN 978-85-286-1322-3

1. Romance brasileiro. I. Título.

CDD – 869.93
08-1136 CDU – 821.134.3 (81)-3

EDITORA BERTRAND BRASIL LTDA.
Rua Argentina, 171 – 1º andar – São Cristóvão
20921-380 – Rio de Janeiro – RJ
Tel.: (0xx21) 2585-2070 – Fax: (0xx21) 2585-2087

SUMÁRIO

DEDICATÓRIA

Aos jovens, com o desejo de que, além da alegria,
não deixem de nutrir o idealismo.

"Cada indivíduo procura apenas seu próprio ganho. Porém, é como se fosse levado por uma mão invisível para produzir um resultado que não fazia parte de sua intenção... Perseguindo seus próprios interesses, freqüentemente promove os interesses da própria sociedade, com mais eficiência do que se realmente tivesse a intenção de fazê-lo."

Adam Smith[1]

"A razão de a mão invisível ser invisível era que ela simplesmente não existia, ou, se existia, era paralítica."

Joseph Stiglitz[2]

"Toda unanimidade é burra."

Nelson Rodrigues[3]

---

[1] Filósofo e economista escocês (1723-90), em *Investigação sobre as Causas e a Natureza da Riqueza das Nações*, livro 4, cap. 2.

[2] Economista americano (1943-), Prêmio Nobel de 2001, na conferência Políticas de Desenvolvimento no Mundo da Globalização, proferida no BNDES em 2002.

[3] Jornalista e dramaturgo brasileiro (1912-80).

1 TRÊS PORTOS

Mileto, Ásia Menor, atual Turquia, 545 a.C.

O veleiro tocou as traves de madeira desgastadas do cais, sem assustar os pombos que bicavam restos de grãos no piso de pedra. Alguns apenas se afastaram para dar passagem ao homem de pele curtida que saltara da proa segurando uma corda para enrolá-la num cilindro de ferro. A tira se esticava e gemia com o movimento do mar, enquanto outro marinheiro prendia a popa até a embarcação ficar quase imóvel, como um cachalote aprisionado. Minutos depois, carregadores tiravam cestos fechados de um carreto e os levavam nas costas para dentro da nau, onde um grego com sotaque mediterrâneo indicava o lugar de colocá-los.

Sentado num banco de granito, Tales cofiava a barba com a mente distante daquela cena tão costumeira. Seus olhos estavam fixados no espelho d'água até onde sua vista alcançava — uma linha além da qual ficava a outra margem do estreito que desemboca na imensa baía do mar Egeu. Aquele outro litoral tão próximo era o costado oriental da Grécia, soberana de Mileto, Éfeso e outras colônias portuárias. Mas ele não tinha vontade de estar em Atenas ouvindo aquelas conversas cheias de crendices: ali, ao menos, tinha os seus discípulos, que o escutavam e questionavam, ao contrário dos toscos comerciantes locais, nascidos dos clãs que haviam se estabelecido muito tempo antes naquela região, refugiados da ocupação da Grécia pelas tribos dóricas.

Desde dois séculos, quando a moeda fora introduzida para facilitar as trocas, o comércio marítimo passara a ser a principal atividade naqueles entrepostos das rotas entre o Mediterrâneo e o Oriente. O ambiente pragmático dos negócios e a mistura dos povos foram diluindo as lendas que explicavam tudo por meio de deuses, e nem as autoridades gregas estavam preocupadas com o que acreditavam aqueles mercadores, contanto que pagassem os impostos devidos a Atenas.

Apesar da importância do comércio, ele não fazia parte dos interesses de Tales. Nem a economia num sentido mais amplo, até porque, na época, esse conceito nem sequer existia. *Oikonomía* fora uma palavra criada pelos próprios gregos, unindo *oikos*, que significa lar, com *nomos*, administração, ou seja, a economia era considerada a administração do lar. A limitação do termo à célula familiar decorria do fato de os indivíduos e as famílias produzirem como unidades autônomas, seja cultivando terras ou exercendo algum ofício.

Numa época em que as ciências engatinhavam, a mente de Tales estava voltada para as razões dos fenômenos físicos, principalmente a *arqué*, elemento que se imaginava comum a todas as substâncias e que, para ele, seria a água. Mas isso não quer dizer que fosse dado a devaneios. Adaptara à linguagem grega a matemática aprendida em suas andanças pelo Oriente e o Egito, e era, sobretudo, um *fisiólogo*,[4] denominação criada apenas duzentos anos depois por Aristóteles para designar os primeiros filósofos, dos quais considerava Tales o pioneiro.

À escola de Tales sucederam-se outras que se irradiaram para os lados do Mediterrâneo até encontrar seu eixo e apogeu na Atenas do século IV a.C., com Sócrates, Platão e Aristóteles. Esse último era um filósofo preocupado em definir *o que é* uma coisa, por considerar que muitos dos erros em que se incorriam nas discussões estavam em sua origem, ou seja, nas más definições, que se concentravam no *gênero*, nas *propriedades* e nos *acidentes* dos objetos, mas não em sua *essência*. Ele sistematizou o conhecimento humano, dividindo-o entre o *saber teórico*,

---

4 Estudioso da *physys*, natureza.

que incluía a ciência geral (metafísica, teologia e matemática) e a ciência natural (física, astronomia, biologia e psicologia); o *saber produtivo* (artes criativas e artesanais) e o *saber prático*.

O saber prático seria composto pela *ética* e a *política*, cuja finalidade estaria na criação de condições para que o homem se tornasse virtuoso e feliz, incluindo as regras da vida social e familiar, com algumas orientações sobre o lado econômico. Contudo, o tratado Oeconomica, sobre administração doméstica, não foi de autoria de Aristóteles, como se chegou a pensar. O filósofo, no entanto, foi o primeiro a criar uma Teoria do Valor, fazendo a distinção entre valor de uso e valor de troca e destacando a moeda como unidade capaz de viabilizar a *troca*, que ele via como um mecanismo fundamental da estrutura social.[5] Outro seria a *divisão do trabalho*. Esses conceitos só viriam a ser aproveitados dois milênios depois.

Com o avanço particular de cada ciência, a Filosofia foi se limitando a áreas como a metafísica, a lógica, a política e a ética. Durante a Idade Média, a economia permaneceu quase ausente da preocupação dos filósofos, com a principal exceção de Santo Tomás de Aquino e suas austeras recomendações sobre o dinheiro na esfera moral, como a condenação da *usura*[6] e a exortação aos comerciantes para cobrarem, pelas mercadorias, somente seu *preço justo*. Quem desrespeitasse essas regras era um sério candidato ao fogo do inferno.

No alvorecer do Renascimento, com o avanço do conhecimento técnico, a descoberta do Novo Mundo e o *boom* do comércio marítimo, a manutenção dos reinos absolutistas precisava de uma cartilha econômica mais eficaz do que tratados religiosos. Alguns filósofos políticos, denominados *mercantilistas*, passaram a tratar a economia não como um assunto privado, mas de interesse dos Estados. Para que esses se fortalecessem, a receita era clara: deveriam incentivar as exportações e restringir as importações, de forma a acumular estoques de moedas metálicas, que seriam a única riqueza de fato.

---

[5] Em *Ética a Nicômano*, nome do pai e do filho de Aristóteles, que dedicou o tratado ao segundo.

[6] Cobrança de juros nos empréstimos de dinheiro.

Data de 1615 o primeiro registro do termo *economia* numa acepção mais ampla, na obra intitulada *Traicté de l'oeconomie politique*, do mercantilista francês Antoine de Montchrétien. Desde então, a expressão *Economia Política* foi adotada pelos que se interessaram não só pelo enriquecimento do Estado, como pela produção agrícola, a manufatura e o trabalho. Os franceses da Escola Fisiocrata foram pioneiros na tentativa de sistematizar essas questões. Mas quem inaugurou seu tratamento de forma suficientemente profunda, abrangente e coerente foi um distraído escocês com o nome do primeiro homem da Bíblia: Adam.

Glasgow, Escócia, 1763

Le chargement transporte les sacs de tabac jusqu'au bateau blanc et noir qui partira pour l'Amérique.[7]
L'arrimeur au bonnet rouge est plus grand que celui à la veste marron.[8]

O pacato professor de Filosofia Moral da Universidade de Glasgow construía, mentalmente, algumas frases em francês, enquanto observava o movimento no porto. Aos quarenta anos, sua vida estava para passar por uma mudança. Após algum empenho próprio e a interferência de amigos influentes, como o filósofo David Hume, Adam Smith fora convidado para ser tutor do jovem duque de Buccleugh, com quem passaria um longo tempo na Europa continental, principalmente na França.

A remuneração era generosa e incluía a promessa de pensão vitalícia, mas não era o que mais o atraía. Ele teria a oportunidade de travar conhecimentos com os enciclopedistas e reencontrar Voltaire. Além disso, seria a chance de conhecer uma nação absolutista com uma população três vezes maior do que a da Grã-Bretanha e diversi-

[7] O carreto transporta as sacas de tabaco para o navio branco e preto que partirá para a América.
[8] O estivador de touca vermelha é mais alto do que o de casaco marrom.

dade econômica regional. Também poderia cuidar da nova edição francesa de sua *Teoria dos Sentimentos Morais* (1759), que havia merecido uma elogiosa resenha no *Journal Encyclopédique*, cuja circulação era proibida em Paris, Liège e Bruxelas por imposição clerical, mas lido pela *intelligentsia* européia.

Nessa sua primeira obra, Smith defendera a tese de que o homem possui uma empatia natural que o leva a praticar o bem. Esse otimismo foi um bálsamo numa época em que outros filósofos identificavam, até nas melhores ações humanas, motivações não tão altruístas, como o senso de dever e a busca de utilidade.

Porém, a percepção do filósofo para os fatos econômicos vinha nutrindo-lhe de novas idéias, e uma nova obra se ia gestando em sua mente. De fato, já há alguns anos os alunos observavam que o interesse do mestre estava se voltando para a Economia Política. Na verdade, essa inclinação já vinha desde a sua infância, quando, na pequena Kirkcaldy, passava as tardes na fábrica de pregos observando como cada operário se dedicava a uma etapa da produção. Já rapaz, após obter uma bolsa para estudar em Oxford, impressionou-se, ao cruzar a fronteira, com a maior pujança dos campos ingleses. Na Universidade, apesar de ter sido ótimo aluno, foi tratado com desdém pelos colegas — ele e todos que carregavam sotaque escocês. Tais animosidades não amargaram sua avaliação do ser humano, como veio a demonstrar em seu tratado filosófico, nem prejudicaram sua precoce observação de uma economia mais desenvolvida, onde nascia a Revolução Industrial.

Nos anos de professor em Glasgow, criou o hábito de freqüentar clubes de comerciantes, onde ouvia relatos sobre as duras restrições que os ingleses impunham ao desenvolvimento das colônias americanas, grandes clientes da indústria britânica, proibindo inclusive a implantação de fábricas. Smith considerava tal política uma tolice, não só porque os americanos acabariam se rebelando, mas porque uma economia não deveria depender de vendas impostas. Essas conversas foram nutrindo o embrião de sua voraz defesa do livre-comércio, um dos pilares de sua futura obra-prima.

Na França, teve contato com vários filósofos, mas quem particularmente o impressionou foi um médico. O eclético Dr. François Quesnais não só cuidava da saúde do rei Luiz XV e de sua amante, Madame de Pompadour, como liderava o círculo dos chamados *fisiocratas*, primeiro núcleo organizado de estudiosos de Economia Política. Os membros do grupo baseavam-se no funcionamento fisiológico para entender os mecanismos do sistema econômico. A distribuição de bens, por exemplo, corresponderia à circulação sangüínea, motivo pelo qual os canais da economia deveriam estar tão desobstruídos como as artérias corporais. Politicamente, a Escola defendia o liberalismo econômico, com seu lema *Laissez faire, laissez passer.*[9]

Em sua *Tábua Econômica*, Quesnais concebeu, pela primeira vez, um *modelo econômico*, ou seja, uma reprodução teórica e sintética da realidade, na qual o setor agrícola era o único gerador de riqueza, origem do nome *Physiocratie*. Filho de proprietários rurais, Quesnais viveu numa França industrialmente atrasada, onde o poder econômico estava centralizado na agricultura. A manufatura e o comércio, este tão cultuado pelos mercantilistas, contribuiriam, segundo os fisiocratas, somente para a transformação e a distribuição dos bens, parte da doutrina repudiada por Smith.

A morte prematura do irmão caçula do duque de Buccleugh, a despeito dos esforços do Dr. Quesnais, levou ao retorno de Smith à Escócia dois anos após a sua partida. Ele pôde, enfim, retornar à sua Kirkcaldy, onde, recebendo a pensão prometida e vivendo com a mãe, dispôs da tranqüilidade necessária para redigir, ao longo de dez anos, a sua *Investigação sobre as Causas e a Natureza da Riqueza das Nações*, publicada em 1776, coincidentemente o ano da Independência dos Estados Unidos.

Comparado ao *homo economicus* que veio ao mundo com a nova obra, aquele dos *Sentimentos Morais* era a Madre Tereza de Calcutá. O que o motivava não seria a identificação com o próximo, e sim o

[9] Deixe fazer, deixe passar.

auto-interesse, que buscaria satisfazer por meio do trabalho diligente, de forma que seu egoísmo se revertia para o bem da sociedade. Essa idéia não era original: na *Fábula das Abelhas ou Vícios Privados, Benefícios Públicos* (1714), o filósofo holandês Bernard de Mandeville havia defendido que o vício e a ganância acabam fazendo cada homem contribuir para o todo social. A fábula, que se baseava num poema apócrifo, falava de um enxame de abelhas desonestas cuja colméia era bastante próspera, até que entrou em colapso quando elas resolveram moralizar a comunidade. Mandeville dizia que o sujeito rico, ao contratar alfaiates, mordomos, cozinheiros, perfumistas etc., mesmo que movido pela vaidade, a gula e outros vícios, beneficiava aquelas pessoas. Porém, ele prescrevia que o sistema político deveria conter os excessos da liberdade, que levariam à libertinagem, à injustiça e à violência. Smith aproveitou a lógica do motor natural detectado por Mandeville, mas, otimista inveterado, nem achava seu combustível perverso nem que carecesse de mecânico, o que só prejudicaria sua eficiência.

A Riqueza das Nações dissecou as relações econômicas vigentes e defendeu, como caminho para a prosperidade dos povos, o direito a propriedade, a livre-iniciativa, a interferência mínima do Estado e o comércio internacional, o qual possibilitaria às nações se dedicarem às atividades em que fossem mais eficientes. Essa especialização estimularia a divisão do trabalho, a destreza da mão-de-obra, a produtividade e as economias de tempo e escala. Para Smith, o *trabalho* de uma nação era a fonte de valor em forma de bens e serviços, a despeito do setor em que fosse empregado. O somatório dessa produção, dividido pelo número de habitantes, seria a medida de riqueza de uma nação.

Não deixa de ser irônico que um homem tido por desligado tenha sido o primeiro a descrever, de forma tão precisa, o lado mais prático da vida humana. Segundo alguns, não menos paradoxal foi sua aceitação do cargo de Comissário da Alfândega da Escócia, tendo sido um inimigo tão visceral das barreiras comerciais. Mas zelar pelo auto-interesse não era, segundo ele, a melhor forma de beneficiar os outros? Com efeito, ao morrer, Smith deixou, em segredo, para necessitados beneficiários, vários e generosos legados. Porém, a herança que alcançou o maior número de pessoas foi um robusto compêndio de mais de mil páginas.

Rio de Janeiro, Brasil, 6 de novembro de 2002

Faltavam alguns minutos para terminar a aula, e João Pedro se esforçava para manter-se atento. Quando o professor começava a derivar uma fórmula, ele já sabia quais seriam o resultado e as conclusões. A convivência com o pai, quando este era vivo, despertara seu interesse para a Economia, mas ele não imaginara que o curso seria tão carregado de fórmulas com letras gregas, modelos abstratos, testes estatísticos de hipóteses e tão pouca realidade. A dias de se formar, com sua monografia já concluída e a data de defesa marcada, ele se perguntava se, em um mês, poderia sentir-se honesto ao ser chamado de economista. De qualquer forma, não se imaginava em qualquer outra carreira. De quase tudo o que via, gostava de extrair fatos econômicos, e, destes, fazer analogias com coisas simples. Essa linguagem íntima fazia parte de sua natureza.

Quando a aula terminou, ele inventou de ir ao bebedouro para esperar Isabela sair da sala e descerem juntos. Mas ela saiu conversando com Marcos, cujas brincadeiras em voz alta teve de ouvir no elevador até a porta se abrir. A imaturidade dos colegas o fazia se sentir um pouco só na faculdade. Morara um ano nos Estados Unidos após ter concluído o ensino médio, fazia aniversário no começo do ano e, com vinte e três anos, era um pouco mais velho do que a média. Nos intervalos, muitas vezes preferia sair sozinho para a rua a ficar "jogando conversa fora" nos corredores. Às vezes, quando o professor da aula seguinte já havia chegado, ficava conversando com ele, o que causava estranheza aos demais. Só não o chamavam de puxa-saco porque suas notas eram tão boas que sabiam que ele não precisava disso.

Isabela, ao sair do prédio, lhe deu um "tchau, João" estalando um beijo nos dedos e acenando-lhe com a mão. Ele começou a percorrer o trajeto até a Praça XV de Novembro, a fim de pegar a barca para

Niterói. Ao parar no sinal da rua Primeiro de Março, em frente à praça, ouviu o apito da estação chamar para a próxima saída. Não estava com vontade de apressar o passo para comprar a passagem todo esbaforido, mas lhe ocorreu que a espera frustrada por Isabela o faria chegar mais tarde em casa: uma conseqüência concreta para uma tentativa tão imperceptível. Porém, considerou a longa extensão da praça e que, mesmo que corresse, poderia perder a barca, o que aumentaria sua frustração.

Entrou no sebo do Paço Imperial e pegou na estante a *História do Pensamento Econômico*, de John Fred Bell. Ele tinha um exemplar que havia sido de seu pai, mas o emprestara a um colega que acabou se transferindo para outra universidade, por não ter agüentado o tranco. João Pedro não sabia seu telefone e já estava perdendo a esperança de reaver o livro, que não era mais editado, mas cujo conteúdo, em sua opinião, era incomparável. Viu que o volume estava em melhor estado do que o seu, como se não tivesse sido manuseado, e refletiu que os alunos que liam pouco ao menos não estragavam o objeto de seu desinteresse. Achou o preço, escrito a lápis no topo da primeira página, um insulto à qualidade da obra, e, já se sentindo recompensado pela perda da barca, foi ao caixa e apropriou-se daquele vasto *excedente do consumidor.*[10]

Cruzou lentamente a Praça XV, passando em meio aos pombos que bicavam pipocas, admirando-se, como sempre, de serem tão destemidos em comparação com os passarinhos, o que apenas se explicaria pela diferença de tamanho, pensava. Passou no guichê e ficou aguardando no portão envidraçado que dava para a plataforma das barcas, com vista para Niterói. Olhou em direção à praia de Icaraí, quase inavistável dali, e sentiu pena da mãe, sozinha. Prometeu a si mesmo conversar mais com ela, em vez de ficar tanto tempo lendo livros de Economia ou navegando na Internet.

Uma barca aportou e dela saíram passageiros em passos tão rápidos que João Pedro se perguntou para onde iriam com tanta pressa.

---

[10] Diferença entre o valor que o comprador atribui a um bem e o preço menor pelo qual ele é vendido.

Afinal, era pouco mais de meio-dia, e os niteroienses que trabalhavam no Rio já deveriam ter vindo de manhã. Mas reparou em alguns com aparência de estudantes que talvez freqüentassem a UFF[11] e estivessem retornando. Também deveria haver gente que trabalhava meio expediente, vendedores, enfim, cada um tinha seus motivos para estar com pressa.

Quando os últimos passageiros saíram, o portão foi aberto, e ele foi um dos primeiros a subir na barca. Como então se podia fazer, em vez de entrar na parte coberta de dois andares, ficou na extremidade frontal, como um Leonardo Di Caprio sem a Kate Winslet e sem se sentir o dono do mundo. Um casal chameguento se apoiava na grade do lado esquerdo, que dava vista para a Ponte Rio—Niterói quando a lancha navegava naquele sentido. O cenário da direita era o morro do Pão de Açúcar — a extremidade do Rio da entrada da baía, sendo a de Niterói o forte de São João. Porém, no início do percurso, a primeira visão era da cabeceira da pista do Aeroporto Santos-Dumont. Um homem com pinta de gringo posicionou-se daquele lado, a uns três metros de João Pedro.

A barca deu ré e, ao reverter o giro das hélices, podia se ver ao longe, à esquerda, um avião sobrevoando a Ponte Rio—Niterói. João Pedro não gostava de estar na parte descoberta quando aquilo acontecia. Ouviu a moça do casal dizer: "Ah, vamos, amor, eu não gosto." O rapaz relutou, mas acabou cedendo e entraram de mãos dadas. João Pedro começou a se virar para fazer o mesmo, mas notou que o tal homem olhava o avião tão tranqüilo que disfarçou e permaneceu onde estava. Seu mal-estar foi aumentando com a proximidade do ronco das turbinas e ficou mais constrangido ao notar, de canto de olho, que o sujeito agora olhava em cima de sua cabeça.

— Hã, hã, hã, como passa perto — riu-se ele, com voz de barítono e sotaque germânico, após a barriga do avião sobrevoar-lhes muito próxima, até pousar suavemente na pista.

— É, podia passar mais longe — retrucou João Pedro, tentando trocar a sensação ruim por um desabafo.

---

11 Universidade Federal Fluminense, localizada no centro de Niterói.

— É verdade — disse o homem. Ele tinha cerca de um metro e noventa e era corpulento, mas não gordo, parecendo bem disposto. Fios de cabelos grisalhos misturados aos amarelos, junto a um expressão já vincada, lhe faziam aparentar quase cinqüenta anos. Trajava calça jeans, camisa social de etiqueta *in* e sapatos esportivos de couro com sola de borracha. — Parece que você não gosta muito de aviões — completou.

— Voei algumas vezes, mas realmente não gosto — respondeu João Pedro, agora procurando ser polido, já que o sujeito parecia refinado, o que ali era raro. Os executivos e o pessoal mais abonado costumavam utilizar o catamarã ou a lancha. As barcas, de modo geral, eram freqüentadas por gente mais simples e estudantes, já que a diferença de preços pesava para quem viajava diariamente. Às vezes, na ida para o Rio, João Pedro optava pelo catamarã, mas só pegava a lancha quando estava atrasado, pois achava a viagem menos agradável.

— É, muita gente não gosta de altura — contemporizou o mais velho.

— Meu problema nem é a altura — justificou-se João Pedro —, porque lá dentro nem parece que a gente está no alto. É esse negócio de pista para subir e para descer, de não poder parar no meio do caminho. Se esta barca afundasse caso tivesse que dar uma paradinha por algum motivo, eu também não gostaria de viajar nela.

— Entendo o que você diz — comentou o sujeito, voltando a olhar para a frente. Ao avistar a entrada da baía, voltou a falar: — Eu fico imaginando os portugueses entrando ali pela primeira vez.

— Pensaram que fosse um rio — disse João Pedro.

— Sério? — perguntou o homem, espantado.

— Como era janeiro, deram o nome de "Rio" de Janeiro. É que a entrada da baía é estreita e eles demoraram a ver o final dela, lá em Magé — explicou João Pedro, apontando para a esquerda, além da ponte.

— Que "interressante"! Imagine que eu estou no Brasil há mais de dez anos e não sabia disso.

— Normal. Só há pouco tempo eu soube o que é "carioca".

— Ah, essa eu sei. É "cara branca". É como os índios chamavam os portugueses.

— Isso mesmo — disse João Pedro.

— Pela sua mochila, você deve ser estudante.

— Eu moro em Niterói e estudo no Rio.

— Estuda o quê? — perguntou o homem.

— Economia. Estou me formando agora — respondeu João Pedro.

O sujeito voltou a olhar para a frente e depois perguntou:

— Em português, como é aquela definição de Economia que eles ensinam na faculdade?

— A ciência que estuda a escassez?

— É, escassez — disse ele, rindo. Quando eu tinha a sua idade, brincava que era *the science of stupidity*,[12] fazendo um... como se diz quando se trocam as palavras?

— Trocadilho — respondeu João Pedro.

— Isso, eu fazia um trocadilho de *scarcity*[13] por *stupidity*. Em português seria *ciência da estupidez*.

— Obrigado pelo estímulo — disse João Pedro, sorrindo para não se fazer de ofendido, apesar de ter achado que o sujeito fora grosseiro ou infeliz.

— Oh, desculpe — emendou-se o homem. — Não fique chateado, por favor. Eu estudei Economia no meu país, a Suíça. É que não concordo que a escassez seja a definição. Meu trabalho final foi até sobre isso. Mas a ciência é muito legal, não tem nada de estúpida. Por favor, não fique zangado.

— Não, tudo bem — disse João Pedro, vendo a sinceridade dele.

— E teve também uma brincadeira... ah, que saudade daquele tempo. Depois que eu me formei, fui para Londres, e um amigo de faculdade de Zurique também foi, só que para fazer, como se diz... mestrado, mestrado em Economia, e eu fui só melhorar o inglês enquanto pensava no que fazer. Ele foi para Cambridge e eu ficava

---

[12] Estupidez.

[13] Escassez.

enchendo o saco dele, dizendo para ele parar de estudar *the science of stupidity* e que iria virar professor para o resto da vida. Como vocês dizem, eu estava só "zoando" o cara. Acho que, no fundo, queria que ele ficasse em Londres, porque era o único suíço que eu conhecia.

João Pedro perguntou:

— E ele virou mesmo professor?

— Virou, mas não para o resto da vida. Depois de um tempo foi trabalhar no FMI e hoje acho que está no Banco Mundial.

— Então o negócio dele era escassez mesmo — disse João Pedro, fazendo o homem soltar outro "hã, hã, hã".

— Gostou da faculdade? — perguntou o suíço.

— Muito. Quer dizer, acho que podia ser mais realista. É só modelo, modelo...

— É, parece que o foco hoje é esse. Mas ensina a pensar.

— Esse trabalho de final de curso... o senhor ainda tem? — perguntou João Pedro.

— Tenho sim, podia até te enviar uma cópia. Mas está em alemão.

— Minha mãe é tradutora de alemão.

— É mesmo? Seria engraçado lê-lo em português. Já deu tanta confusão em alemão...

— Por quê?

— Um dos três professores da banca disse que o conteúdo era... como se diz... antiacadêmico. E também que era pretensioso e só tinha um livro na bibliografia.

— E aí? Foi recusado?

— Na banca tinha também o meu orientador, que era o coordenador da Economia e gostou do texto desde o começo. O terceiro avaliador era um convidado de outra universidade, que talvez não quisesse se indispor. Então disse que tinha achado o trabalho "interessante", e que as novas idéias não deveriam ser "potatas".

— Podadas — corrigiu João Pedro.

— Isso, podadas. Bom, o meu orientador disse que era lógico que eu tinha lido outros livros para escrever aquilo e eles acabaram aprovando.

— Agora eu fiquei curioso.

— Se eu tivesse em arquivo, poderia te mandar por e-mail, mas, naquela época, a gente batia à máquina. Faz o seguinte: eu pego lá em casa e trago aqui para o escritório na Praça XV, que fica no seu caminho. Semana que vem pode passar lá e pegar, e leve para a sua mãe. Diga que é para fazer profissionalmente. Para mim será bom ter o texto digitado. Tome o meu cartão.

— Legal — disse João Pedro. Quer dizer, antes vou perguntar se ela vai poder, porque está sempre com muito trabalho.

— Avisa também que é alemão da Suíça. É um pouquinho diferente.

— Isso não tem problema. Mas se ela não puder, eu te mando um e-mail.

— OK. Como é seu nome?

— João Pedro. O do senhor é... — e olhou o cartão — Christian.

— É, mas não precisa do "senhor".

A barca tocou a plataforma e João Pedro se despediu:

— Vou me adiantar porque minha mãe está me esperando para almoçar. Até mais.

— Até mais, João Pedro, prazer em conhecê-lo.

Quando a grade foi aberta, o rapaz foi o primeiro a saltar. Saiu da estação, sentou-se no ônibus e pensou: "Ciência da estupidez? Ou o gringo é que é estúpido, ou então muita gente, inclusive eu." Voltou então a pensar em Isabela.

2 $ VANTAGENS COMPARATIVAS

O professor de Seminário em Comércio Internacional estava falando da Teoria das Vantagens Comparativas, de David Ricardo (1772-1823), o economista de que João Pedro mais gostava. Sucessor de Adam Smith, ele também achava que a riqueza provinha do trabalho — no entanto, estava mais preocupado com a distribuição da renda gerada pelo suor humano. Como seu amigo Thomas Malthus, percebeu a tendência de aumento no consumo de alimentos devido ao crescimento da população e dizia que essa pressão na demanda permitia aos proprietários de terras alugarem áreas cada vez menos férteis, exigindo, dos arrendatários, pagar mais horas de trabalho de cultivo e elevar os preços das colheitas.

Os produtos agrícolas, por sua vez, eram consumidos pelos trabalhadores das indústrias, que já viviam no limite da subsistência, o que forçava os industriais a aumentar seus salários. Assim, a *produtividade marginal decrescente* da terra[14] acabava, no final das contas, reduzindo os lucros da classe industrial e sua capacidade de acumular capital. Isso a desestimularia a fazer novos investimentos e a levaria a despedir trabalhadores, aumentando a pobreza nas cidades.

Segundo Ricardo, esse problema era compensado, em parte, pela evolução das técnicas de plantio e do maquinário industrial. A primeira diminuiria os custos agrícolas, contribuindo para que os preços

---

[14] Menor capacidade produtiva de cada nova área acrescentada *na margem* das já cultivadas.

dos alimentos não subissem tanto, e máquinas mais eficientes combateriam a redução dos lucros, ainda que ao custo social de demissões. Mas esses fatores seriam paliativos. Por isso ele defendia medidas como a revisão das Leis do Trigo, que impunham tarifas sobre as importações do cereal e até as proibiam quando o preço interno estava abaixo de certo nível. Ricardo combatia essas proteções ao argumentar que a liberação das importações barateria os preços internos.

Ainda assim, o pessimista inglês achava que o problema não estaria de todo resolvido, já que os lucros das indústrias tenderiam sempre a decrescer até redundarem no que ele chamou de *estado estacionário*. Os empresários investiriam o mínimo para manter a atividade e os trabalhadores evitariam gerar mais filhos, o que conteria novos aumentos dos preços dos alimentos e manteria a economia numa espécie de equilíbrio na mediocridade. Pelo menos um oásis estaria reservado aos proprietários de terra, recebendo regiamente as rendas geradas por um trabalho que nem sequer contratavam. Talvez seja desnecessário acrescentar que os industriais amavam Ricardo, e os donos de terra queriam vê-lo pelas costas, apesar de ele também possuir propriedades rurais.

Aliás, o professor falou também um pouco da vida de David Ricardo. Contou que seu pai fora um abastado financista judeu que havia fugido da inquisição portuguesa para a Holanda e depois se fixou em Londres, onde se tornou um próspero corretor da bolsa de valores. A parte novelesca da história ficou por conta de sua briga com o filho, então com vinte e um anos, por ter se casado à revelia com uma jovem *quaker*, seita de cristãos fundamentalistas. Ricardo, que trabalhava com o pai desde os quatorze anos, foi afastado dos negócios, mas, apoiado por outros membros da Bolsa de Londres, passou a operar por conta própria e, com menos de trinta anos, estava rico. Parou de trabalhar, comprou uma propriedade no campo e passou a se dedicar ao estudo da Matemática, da Química e da Geologia, antes de concentrar-se na Economia.

Muitos contemporâneos se opuseram às suas posições — não só os latifundiários, como os estudiosos que discordavam de sua visão sombria de que os salários, para manterem o poder de compra, avançariam sobre os lucros até levá-los a um mínimo. Segundo esses opositores, ele não levava em conta que o progresso industrial possibilitaria que salários e lucros crescessem conjuntamente. Os adversários mais conservadores, se mais vivessem, achariam até motivo para vilipendiá-lo: apesar de ter sido um arauto da nascente burguesia industrial, suas análises dos conflitos entre esta classe e a dos donos de terras, assim como entre lucros e salários, acabariam sendo utilizadas, cinqüenta anos depois, pelo alemão Karl Marx (1818-1883) como base para sua crítica ao capitalismo.

Ricardo também foi criticado por seu estilo expositivo, considerado obscuro, abstrato e desordenado. Ele era, por origem, um homem de negócios, sem a amplitude cultural e a destreza literária de um Adam Smith ou de um John Stuart Mill. Além disso, premido por motivações práticas, jamais pôde reservar, como Smith, dez anos somente para escrever; nem fora criado, como Mill, por um pai filósofo obcecado em torná-lo um gênio. Ainda assim, segundo seus admiradores, que também não foram poucos, superou ambos como cientista, ao fazer uso da lógica numérica e não somente da verbal.

Morreu prematuramente, aos cinqüenta e um anos. Além de sua principal obra, *Princípios da economia política e tributação* (1817), escreveu, numa época virgem de teoria econômica, ensaios que tiveram grande utilidade nas áreas monetária, fiscal e de comércio exterior.

— Aviso aos navegantes: Teoria das Vantagens Comparativas cai na prova — avisou o professor, sob os protestos da turma.

Isabela empurrou o ombro de Marcos:

— Viu, zoador? Você não fica quieto, agora me explica o que é vantagem comparativa.

— É um pleonasmo: toda vantagem é comparativa — respondeu ele.

— Palhaço — disse ela, rindo — João, você entendeu aquele negócio dos vinhos e dos tecidos? Daria para me explicar?

Marcos respondeu por João Pedro:

— Não daria não, porque está na hora de todo mundo vazar. Vamos nessa, Bela, deixa de ser nerd, cara.

— João, sério, poderia me explicar? Vai cair na prova — repetiu ela, como se estivesse implorando.

— Tudo bem.

— Não acredito! — exclamou Marcos. — Aí, Bela: não vou te esperar não.

— Pode ir, tudo bem, eu estou de carro, o motorista já pegou na revisão — disse ela.

— Cara, que patricinha: "o motorista já pegou na revisão" — repetiu, imitando a entonação dela e provocando risos de alguns alunos que juntavam o material. — O motorista pegou o Audi da filhinha do papai, então ela não precisa mais do mané aqui. Valeu, tá bonito — e levantou o polegar, na frente da sala, com gestos largos.

— Então fica, Marcos, acho que o João não se incomoda, mas se você não leva a parada a sério, eu levo. — disse ela.

— Eu, ficar? Surtou geral — e dirigiu-se a João Pedro com uma confiança que exalava certa agressividade: — Aí, "cumpadi", boa aula. Se ela não prestar atenção, pode falar comigo, valeu? Fui!

Quando ele saiu, João Pedro teve a sensação de que um ciclone havia acabado de deixar uma cidade devastada, à exceção de uma rosa solitária. Isabela sentou-se a seu lado e o ambiente vazio realçava seu perfume. Ela abriu o caderno ao meio, dobrando-o na espiral e colocando a página branca na frente de João Pedro.

— Vai lá, João, por favor, me explica, porque eu mandei mal na primeira prova e preciso me recuperar. Eu morro de rir com o Marcos, mas ele está me atrapalhando, sabe?

João Pedro traçou uma linha horizontal de margem a margem e colocou o caderno entre eles, como se fosse um tabuleiro de jogo. Do seu "lado", desenhou uma flor e um pão, este na forma de um círculo achatado e tracejado. Em seguida, fez o mesmo no "lado" dela.

— Vamos lá, isto aqui é um jogo. Eu tenho uma rosa e um pão e você também.

— Que bonitinho — disse ela.

— Mas acontece o seguinte: cada rosa que eu planto me custa 6 reais e cada pão que eu faço me custa 7. O Ricardo apresentou esses custos em termos de horas de trabalho contratado, mas, só para a gente jogar, vamos expressá-los em reais — e escreveu "6" e "7" em cima das respectivas figuras. — Bom, para você, além de tudo ser mais caro, é ao contrário: custa 10 reais plantar uma rosa e 8 reais fazer um pão.

— Nossa, bem que o papai diz que eu sou uma filha cara.

— Agora presta atenção: à primeira vista, o melhor para mim seria continuar plantando rosas e fazendo pão, sem fazer negócio com você, porque nos dois casos é mais barato para mim, concorda?

— Concordo — respondeu ela.

— É isso que se chama de *vantagem absoluta*. Na produção dos dois bens eu tenho vantagem absoluta sobre você.

— Pô, me dei mal...

— Nem tanto. Graças ao Ricardo, a gente vai poder jogar.

—Vai? Ele era dono de bingo? Desculpe, eu brinco quando estou nervosa.Vai, me mostra por que você vai querer jogar comigo, se é tão poderoso assim — disse ela, com uma sensualidade natural.

— Eu vou jogar com você pelo seguinte: na verdade, para mim é mais interessante usar o meu dinheiro para plantar duas rosas, vender uma para você e com esse dinheiro comprar o seu pão — disse João Pedro, fazendo um "x" no seu pão e desenhando uma rosa no seu lugar. E, para você, é melhor fazer dois pães e me vender um para comprar a rosa — completou, riscando a rosa dela e desenhando um pão ao lado.

— Tem certeza? — perguntou ela.

— Tenho, e vou te provar. A rosa te custaria 10 reais se você mesma fosse plantá-la, não é?

— É, muito cara.

— Então, imagino que você aceite comprar a minha por... 9. Aceita?

— Quem sou eu para negociar...

— Então eu recebo os seus 9 — disse ele, enquanto riscava uma de suas rosas, escrevia "9" ao lado e traçava uma seta para o lado dela, desenhando outra rosa no final. — Só que acabei ficando sem pão e não quero ficar com fome.

— Ainda é cedo — brincou ela.

— É, mas cedo ou tarde eu vou precisar comer. E o que eu tenho? Uma rosa que eu fiz para mim e 9 reais que você me deu, OK?

— OK, e eu tenho dois pães que eu fiz e uma rosa que você me vendeu.

— Isso. Cada pão custou 8 reais para você fazer, não custou?

— Custou — respondeu ela, já mais interessada e menos brincalhona.

— Aceita me vender um por 9?

— Aceito, mas acho que você está me enrolando — respondeu ela, enquanto riscava um de seus pães, escrevia um "9" do seu lado e traçava uma seta para o lado dele, desenhando, no final, outro pão.

— Bom, acabou o jogo — disse ele. Eu tenho uma rosa e um pão. E você?

— Eu também. Estamos do mesmo jeito, como se a gente não tivesse jogado.

— Nem tanto. Olha só: se você fosse plantar a rosa, teria gastado 10 e mais 8 para fazer o pão: dariam 18 reais para ter as duas coisas. Concorda?

— Concordo — respondeu ela, compenetrada.

— Jogando comigo, você gastou 9 para comprar a rosa e mais 16 para fazer os dois pães, ou seja, gastou 25 reais. Mas tem que descontar os 9 que eu te paguei por um deles. Então, você gastou 16 reais em vez de gastar 18, graças a mim.

— Muito bonzinho, quero ver você. Deixa eu ver — começou a mexer a caneta sobre o "tabuleiro". — Você gastaria 13 para produzir os dois, mas gastou... 12 para plantar as duas rosas e 9 comprando o meu pão... dá 21. Mas me vendeu sua rosa por... por...

— ... por 9 — disse João Pedro.

— Isso, fica quieto, por 9. Então: 21 menos 9.... você gastou 12 em vez de 13. Ganhou 1 real por ter jogado comigo. Que máximo... Qual é a explicação?

— A explicação é a seguinte: a gente já viu que nos dois produtos eu tenho vantagem de custo, não é? A minha rosa custa 6 e a sua custa 10 e o meu pão custa 7 e o seu custa 8. Como eu disse, tenho vantagem absoluta nos dois bens. Mas presta atenção agora, porque na prova pode ter conta, e em vez de reais vão ser horas de trabalho, como no modelo do Ricardo. Faz de conta que cada real do jogo é uma hora de trabalho que a gente paga para fazer o pão ou a rosa, e que o salário-hora do jardineiro e o do padeiro são iguais — disse João Pedro, enquanto pegava sua calculadora HP na mochila.

— Pronto, pegou a Magnum, já vi que vai complicar — disse ela.

— Não, não vai não. Plantar uma rosa, para mim, custa — e foi apertando os botões da máquina e anotando os resultados — 6 divididos por 7... dá 0,86, quer dizer, 86% do tempo de fazer um pão, enquanto, para você, plantar a mesma rosa custa... 10 divididos por 8...1,25 do tempo de fabricar um pão, ou 25% a mais. Para mim, o custo da minha da rosa em comparação ao meu pão é de 0,86, enquanto para você é de 1,25. Quer dizer, para plantar uma rosa, eu só tenho que abrir mão de 86% de um pão, mas você precisa abrir mão de 125%, ou seja, de um pão e mais um quarto de outro. Então, *comparativamente* ao pão que cada um poderia fazer, a rosa sai mais barata para mim do que para você.

— OK, e o pão? — perguntou ela.

— Já fabricar pão, para mim, apesar de ser mais barato do que para você em termos absolutos, ou seja, 7 para mim e 8 para você, se formos ver em relação às rosas que cada um poderia plantar, custa... 7 divididos por 6... 1,17 de uma rosa para mim, e... 8 divididos 10... 0,8 de uma rosa para você. Quer dizer, eu tenho que *abrir mão* de mais de uma rosa para fabricar um pão, enquanto você só tem que abrir mão de 80% de uma rosa para fazer o mesmo pão. Entendeu?

— Acho que sim — disse ela.

— O *custo comparativo* do pão, quer dizer, de fazer o pão avaliado em termos de custo de plantar uma rosa, é maior para mim. É como se, na hora dessa análise, a rosa de cada um passasse a ser a moeda. Você tem uma *vantagem* nos pães quando os custos deles são medidos ou *comparados* aos das rosas que cada um pode fabricar. Da mesma forma que eu tenho uma vantagem nas rosas quando elas são comparadas com pães. Cada um tem uma vantagem comparativa.

— O exemplo é fácil, mas o conceito é um pouquinho chato.

— É meio chato porque a expressão *vantagem comparativa* confunde: parece mesmo um pleonasmo, como o seu amigo disse, mas não é. Presta atenção: a *sua* comparação é do *seu* pão com a *sua* rosa, e a *minha* comparação é do *meu* pão com a *minha* rosa. A vantagem a que o Ricardo se refere é da sua comparação dos custos dos seus bens sobre a minha comparação dos custos dos meus bens. Para não dar confusão, o nome ideal seria *vantagem entre comparações de custos internos*. "Comparativa" parece uma qualificação da vantagem e soa redundante, já que toda vantagem sugere uma comparação. Mas, neste caso, é a própria comparação que é o objeto da vantagem.

— João, você é um filósofo. Só agora eu entendi. Desde "Economia Internacional" eu achava que um país precisava ter um custo maior que o de outro país num bem para que ele quisesse importar. Mas então, não: mesmo que seja mais barato produzir esse bem, se ele fabricar outro por um custo ainda menor, poderá valer a pena ele produzir só o bem mais barato, exportar e usar o dinheiro para importar o outro, mesmo a um custo maior do que teria para produzi-lo.

— Perfeito — disse ele.

— Então, voltando ao joguinho com dinheiro, se nós não tivéssemos jogado, eu deixaria de ganhar 2 reais. Pelo que estou vendo, é porque perderia 1 real do preço a mais que eu vendi o pão para você e mais 1 real porque teria que pagar 10 para plantar a rosa que te comprei por 9. Se eu fizer só pães, ganho tanto na venda deles como economizo comprando rosas mais baratas de você. Não é isso?

— Nossa, eu nem fiz essa conta — disse João Pedro, fazendo-a juntar as duas mãos e sacudi-las em frente ao rosto, como que rendendo glórias.

— E você — continuou ela, olhando a página — me vendeu por 9 uma rosa que lhe custou 6; quer dizer, ganhou 3 me explorando, mas comprou por 9 um pão que lhe custaria 7 fazer, perdendo 2. No final... ganhou... só 1, tadinho? Então eu me dei melhor.

— É. Na verdade tinham 3 reais de economia em jogo, gerados pelas especializações. É esse o ganho a ser dividido entre nós, e é aí que entra a negociação. Se eu tivesse chorado na venda da rosa ou na compra do pão, poderia ter lucrado mais do que você.

— Mas foi um *gentleman*, não foi? Muito bem.

— Não fui não. Se tivesse sido, não teria te vendido uma rosa. Então, tome os seus 9 reais de volta — disse ele, desenhando uma seta do seu 9 até o lado dela.

— Obrigada, eu adoro ganhar rosas. Mas por que essa teoria se tornou tão importante?

— O Ricardo queria provar que vale a pena os países comerciarem, mesmo quando não têm vantagem de custo em bem nenhum. Só o fato de eles terem diferenças internas já faz com que valha a pena.

— Bom, para mim ele provou — disse ela.

— É, mas não para todo mundo.

— Como assim? Eu ganhei e você ganhou... Como negar isso?

— Teve um alemão, chamado Friedrich List (1789-1846)...

— O pianista?

— Não — sorriu João Pedro. — Esse era o Franz Listz, que era húngaro, e o Fréderic era o Chopin...

— Apaga, apaga! Enfim, o List, que não era o pianista, disse o quê?

— Ele pertencia à Escola Histórica Alemã, que desprezava a racionalização lógica da Economia. Para eles, os fenômenos econômicos só podiam ser entendidos pela análise da atuação histórica das forças sociais. Bom, para resumir, o List dizia que as vantagens comparativas só eram mesmo vantajosas para os países que já tinham desenvolvido sua indústria. Por exemplo, se eu tenho vantagem em plantar rosas e você em fabricar microprocessadores, só interessa a você que a gente fique o resto da vida trocando um bem pelo outro. O seu país já passou por um processo de desenvolvimento que o meu não terá a chance de experimentar.

— Saquei: ele dizia que a história do Ricardo era para inglês ver...

— Eu diria: escrita por ingleses, para os outros lerem — sorriu João Pedro.

— E o List: alguém leu?

— Até que ele deu sorte. Na primeira metade do século XIX ele viveu um tempo nos Estados Unidos, que nessa época estavam lutando contra a supremacia européia. Então, suas idéias protecionistas para os países em desenvolvimento tornaram-se populares por lá, enquanto interessaram aos americanos, é claro. O fato é que até hoje existem aqueles que acham que um país deve primeiro desenvolver a própria tecnologia antes de abrir-se totalmente ao comércio.

— Que interessante — disse ela, segurando o rosto com a mão e com os olhos fixos nele. — João, não sei como te agradecer — completou, fazendo-o pensar: "Me dando um beijo."

— Não foi nada, quando precisar...

— Vamos nessa, então? — disse ela, olhando o relógio — Caraca, tenho que ir.

Desceram juntos e ela segurou a nuca dele ao lhe beijar cada face.

— Valeu mesmo, João, você é show. Nossa, o professor não explicou do seu jeito, será que a galera entendeu?

— Se não entendeu, temos uma vantagem comparativa — brincou ele.

— Vantagem que era só sua, né? Você me deu uma rosa e não ganhou pão nenhum — disse ela sorrindo.

— Nem só de pão viverá o homem — respondeu ele, espantando-se com a própria ousadia.

— Tá bom, então te devo um chope depois da aula. Um beijo — e foi-se, apressada.

João Pedro tomou a barca para Niterói com a cabeça tomada de pensamentos. Sentiu que dera um passo de aproximação, mas também tomou consciência da distância que os separava. Era óbvio que ela só o via como um cara inteligente. Por outro lado, refletiu que ela jamais mudaria essa percepção se ele não fizesse nada. Mas o que fazer? Como não sabia a resposta, ficou aliviado ao ouvir o celular tocar. Era a sua mãe querendo saber se deveria esperar para almoçarem juntos. Ele disse que já estava na barca e em meia hora chegaria, mas que, se ela quisesse, poderia começar sem ele. Como ele imaginou, ela disse que esperaria.

Luciana, na janela, desligou o celular, tentando imaginar João Pedro dentro da barca, que, devido ao monte no final da praia de Icaraí, não conseguia avistar. Tomou então um gole do uísque que acabara de servir. Aquilo a relaxava, mas não a ponto de sentir falta; logo, não deveria estar incluída na definição de alcoólatra. Quando Rodrigo era vivo, costumavam tomar, às vezes, uma ou duas doses quando ele voltava do trabalho. Mas não queria criar o hábito de beber sozinha.

Fazia mais de dois anos que o marido morrera de infarto. Desde então, além da tristeza, a vida emocional dela estacionara. Há três meses havia iniciado um primeiro relacionamento, com Daniel, um antigo namorado cuja mulher o havia deixado. Os encontros consistiam de cinemas, jantares e algumas idas a barezinhos com um casal de amigos dos velhos tempos. Às vezes, quando bebiam um pouco mais e iam assistir a um DVD no apartamento dele, tinham ânimo para fazer sexo. Quando terminavam, ficavam com a impressão de ter caído no meio do túnel do tempo.

Ela dizia a João Pedro que Daniel era só um amigo, pois achava a parte da cama tão insignificante que não merecia o possível ciúme dele, que ainda sentia muitas saudades do pai. Quando o amigo a visitava, geralmente nos sábados à noite, o rapaz ficava no quarto quase o tempo todo. No fundo ela achava que, se Daniel dormisse lá, o estrago nem seria tão grande, mas a desculpa do filho era conveniente para a coisa ficar onde estava.

Luciana tinha quarenta e cinco anos, um corpo bem cultivado na academia e era uma mulher atraente. Seu pai, já falecido, era alemão e a mãe, brasileira. Seus cabelos eram naturalmente louros e lisos, emoldurando um rosto que misturava os traços finos paternos com uma sensualidade tropical. Quando menina, chegou a parecer que se tornaria expansiva como a mãe, mas, com o tempo, foi assumindo uma dureza germânica.

Na década de 1950, seu pai havia sido enviado ao Brasil para participar da instalação de uma filial, no estado do Rio de Janeiro, da siderúrgica em que trabalhava em Frankfurt. Algum tempo depois, ele conheceu sua mãe e se casaram. Quando Luciana tinha três anos, ele foi chamado de volta ao país natal, onde ela ingressou na escola ainda no jardim. A mãe, no entanto, que jamais conseguiu dominar a língua, queixava-se da falta de amigos, do frio e do temperamento do povo. A empresa não tinha novos planos de expansão no Brasil e não admitiu um retorno. Ele já chegara aos cinqüenta anos e sabia que seria difícil conseguir uma colocação semelhante no Brasil.

Depois de sete anos tristes, o casal decidiu que a mãe e a única filha voltariam ao Brasil e ele mandaria dinheiro até que se aposentasse e também retornasse, num prazo previsto de cinco anos. Um ano depois, quando ele soube por um colega da filial brasileira que a esposa tinha um relacionamento no Rio de Janeiro, pediu a separação, ameaçando alegar adultério. A posição de vítima não precisou ser exercida em juízo, pois lhe possibilitou obter um acordo que só o obrigava a enviar a pensão da menina. O tal namorado acabou desaparecendo e as duas passaram a levar uma vida apertada.

Alguns anos depois, quando Luciana tinha quinze anos, elas foram comunicadas do falecimento do pai, que havia se casado de novo e tido um filho. Seu único bem, adquirido com a nova mulher, era o imóvel em que ela e o menino moravam em Frankfurt. A mãe de Luciana se tornara vendedora da Sears, em Botafogo, bairro onde elas moravam num pequeno apartamento de dois quartos. A filha nunca perdoou a mãe por ter voltado da Alemanha e muito menos por ter arranjado aquele estrupício de amante.

Luciana completou o ensino médio e o alemão fluente lhe abriu algumas portas. Conseguiu emprego de secretária numa multinacional, enquanto estudava jornalismo à noite, inglês por conta própria e ainda pegava bicos de tradução — apesar das mazelas, herdara a diligência do pai. Ela tinha facilidade para traduzir temas como filosofia, comunicação e psicologia, até que recebeu uma proposta de contrato de uma grande editora que iria lançar uma coleção de obras de filósofos. Ela teve de optar entre o emprego e o contrato: escolheu o segundo e abriu uma empresa de traduções. Desde então, nunca lhe faltou trabalho.

Enquanto ainda secretariava o diretor financeiro da empresa, recebia ligações e visitas de gerentes de instituições financeiras, que faziam de tudo para agradá-la. Um deles, Rodrigo, era particularmente jovem, bem-apessoado e parecia mais interessado nela do que na agenda do chefe. Começou a cercá-la pelo telefone até começarem a sair. Em um ano, com ela já tocando seu negócio, casaram-se e foram morar em Niterói, onde ele vivia desde que tinha cinco anos. Ele tinha vinte e quatro anos, ela vinte e um. Um ano depois, em 1979, nascia João Pedro, único filho que viriam a ter.

Não teve do que se queixar daqueles vinte e dois anos de casamento, já que Rodrigo era um marido carinhoso e responsável, além de pai dedicado: adorava brincar e conversar com João Pedro. A morte dele, repentina, fora um baque para ela e também para o filho, ainda que não muito visível, pela dureza exterior dela e o jeito racional dele. Lembrou-se então de que o filho deveria estar quase chegando, deu um gole final e foi à cozinha lavar o copo e depois bochechar no banheiro. De fato, cinco minutos depois, o bassê Salsicha latiu, segundos antes de o rapaz abrir a porta.

— Oi, mãe, tudo bem?

— Tudo, filho. Demorou, hoje...

— Foi a Isabela, que precisava de uma explicação.

— Ah, a Isabela...

— Não tem nada a ver — disse ele. — E aí, dona Luciana, o que tem de almoço? Meu estômago está roncando.

— Peito de frango, purê e abobrinha. Está uma delícia — disse ela, abraçando-o, carinhosa. — Deixa a sua mochila no quarto, vá lavar essa mão de corrimão de barca e vem.

— Ah, mãe, esqueci de te falar uma coisa. Conheci na barca um gringo que fez uma monografia em alemão que eu estou a fim de ler. Ele também quer traduzir para ter em arquivo, porque é antiga e está só datilografada. Disse que pagaria, parece um cara com grana. Eu só tenho que pegar lá no escritório dele na Praça XV.

— Um sujeito que você nunca viu te pediu uma tradução assim, sem mais nem menos? Quantos anos ele tem?

— Sei lá, um pouco mais que você. A gente falou de um avião que passou perto, e acabou rolando um assunto de faculdade. Então ele falou da monografia, que tinha feito há um tempão e parece que gerou uma polêmica na banca. Como estou para apresentar a minha, fiquei curioso. Posso pegar? Quanto está a lauda, para eu dizer a ele?

— Como você também quer, eu faço por 30.

— Nossa...

— Até parece. O preço do sindicato, de qualquer tradutor que fez cursinho de idioma, é um pouco menos que isso. Vai, filho, estou te esperando na cozinha.

3 HISTÓRIA DA RIQUEZA DE UM HOMEM

Na semana seguinte, João Pedro foi para a faculdade pensando em chamar Isabela para tomar um chope depois da aula e, se o clima fosse favorável, convidá-la para sair no final de semana. No intervalo, ela estava numa rodinha no corredor quando um dos elevadores parou e uma amiga lhe perguntou lá de dentro:

— E aí, Bela, está indo para Angra no final de semana?

—Vou na sexta! Te ligo, um beijo!

— Eu só vou no sábado, sexta tem uma parada imperdível — disse Marcos, que estava no grupo.

João Pedro só fora a Angra dos Reis uma vez, quando o pai alugou uma casa com um amigo, no carnaval. Todos constataram o quanto o balneário pode ser monótono para quem não tem lancha para rodar as belas ilhas ou amigos por lá. Ele arquivou seus planos de falar com Isabela e voltou para a sala.

Quando saiu da faculdade, lembrou-se de que ainda não havia buscado a monografia do suíço. Atravessou a Praça XV enquanto pegava o cartão dele na carteira. Chegou a um prédio antigo, dos poucos com entrada pela própria praça, que ficava na esquina com a Rua do Mercado, em frente ao edifício da Bolsa de Valores do Rio de Janeiro. Passou por uma porta giratória e o porteiro nem lhe dirigiu o olhar. Então subiu e identificou-se no interfone. A porta de blindex foi destravada e ele entrou num corredor com piso de tábuas corridas largas, antigas e bem conservadas, até chegar numa bifurcação. Um suave lance de escada feita da mesma madeira lustrosa subia para a esquerda e o nível em que ele estava seguia reto, o que lhe pareceu a opção mais óbvia. Na recepção havia uma moça, que não precisou dizer nada: Christian veio recebê-lo.

— João Pedro! Tudo bem? Achei que não vinha mais. Vem cá, vem cá — e conduziu o rapaz a um amplo salão com uma enorme mesa comprida e cadeiras em volta, sobre a qual havia dois computadores ligados. O salão ficava na quina do prédio, com uma janela contínua que dava para a Praça XV e outra para a estação das barcas, a baía e o prédio da Bolsa. Os móveis eram modernos, mas a parte estrutural parecia ter sido toda restaurada. Christian sentou numa das cadeiras, não na cabeceira, e lhe indicou uma ao lado. O computador mais perto dele estava ligado no site de alguma empresa. Em meio a jornais e balanços estava uma apostila encadernada com título em alemão. Christian pegou-a e perguntou:

— Falou com a sua mãe?

— Falei, ela pode sim.

— Legal. Você disse que faço questão de pagar?

— Hã, hã. O preço dela é de R$ 40,00 por lauda, mas, como eu também quero ler, ela faz por R$ 30,00.

— Fechado. Quando ficar pronto, você traz esse original de volta, que é de estimação, e mais a nota fiscal ou recibo, conta do banco, essas coisas.

Antes de entregar a monografia a João Pedro, Christian acrescentou um segundo título a lápis na capa, que João Pedro não entendeu, e lhe disse:

— É uma homenagem ao meu xará. Bom, eu já reparei que você é um rapaz curioso e deve estar se perguntando o que eu faço.

— É mesmo. Não tenho a menor idéia.

— Bom, eu comecei a te contar minha história, não foi?

— É, o senhor...

—Você...

—Você disse que tinha ido para Londres quando se formou.

— Isso. Entrei num daqueles cursos de inglês para estrangeiros, que também têm literatura, artes, filosofia e um monte de coisas. Enquanto isso eu ia decidir que pós-graduação fazer.

— Conseguiu aprender inglês?

— Aprendi. Mas só me tornei fluente mesmo depois de um ano, quando o curso já tinha acabado.

— E quando acabou, você já tinha decidido o que fazer?

— Como eu tinha gostado de Filosofia, resolvi fazer uma pós-graduação na área.

— Filosofia? Parece minha mãe.

— Ela também fez?

— Não, fez Comunicação. Mas passou a se interessar por causa das traduções.

— Bom, comigo acabou acontecendo o contrário.

— Não gostou da pós?

— Quando comecei a ler sobre a vida dos filósofos, passei a achar que não deveria levar muito a sério o que eles diziam.

— Por quê? — perguntou João Pedro.

— Em primeiro lugar, porque eu tinha vinte e dois anos e estava naquela de contestar. Em segundo, porque não me conformava com o fato de tantos filósofos serem homens frágeis, não adaptados ou até doentes. Propus, numa aula, submeter Sócrates a esta pergunta: Como um homem que se casou com a mulher mais insuportável da Grécia pode ser considerado o mais sábio do mundo? Depois, eu tachei de auto-engano a conversão de Santo Agostinho, descrita em suas *Confissões* como resultado de ter ouvido uma criança cantar uma musiquinha que o levou a ler um versículo da Bíblia. Eu também dizia que o grande Maquiavel, em nossa época, seria mais um lambe-botas dos governos.

— Maquiavélico — brincou João Pedro. — Mas não gostava de nenhum?

— Admirava a racionalidade de Descartes, mas dizia que sua demonstração da existência de Deus era infantil e por medo da fogueira, já que ele era tão submisso que aceitou a contragosto um convite para ser professor particular da caprichosa rainha da Suécia e logo depois morreu lá mesmo de pneumonia e de desgosto. Pascal, apesar de matemático criativo, para mim era o campeão da hipocrisia, com sua sublime equação da salvação: dizia que é mais vantajoso acreditar em Deus do que não acreditar porque, se a chance Dele existir for de 50%, quem crê tem essa chance de ir para o Céu, enquanto a de um descrente é zero. Um colega francês retrucou que eu só dizia isso porque era suíço, e respondi a ele que sabia que não tínhamos esse direito, já que estávamos bem representados por Jung em matéria de vítimas neuróticas de famílias religiosas.

—Você gostava era de tumultuar, não é? — disse João Pedro.

— Gostava mesmo. Sabe como é, com as asas soltas do pai e da mãe, foi um surto meio tardio de rebeldia. Pendurei um retrato de Kant no quadro-negro com um título: o homúnculo que acha que tudo é uma ilusão dos sentidos, já que nunca vai ver *a coisa em si* — e desenhei uma vagina. Fazia caricaturas de Schopenhauer e da mãe, mostrando que a competição dele com ela era homossexualidade reprimida. Chamava os empiristas de cientistas frustrados, e os utilitaristas, de precursores da auto-ajuda. Fiz um pôster de Stuart Mill com chapéu de burro sendo chicoteado pelo pai e outro de Hegel com Schopenhauer pregando às suas costas o cartaz "charlatão", e um sujeito comentando: "Que maldade, é apenas mais um sonhador, como Platão." Distribuí cópias de uma certidão de óbito de Nietzsche com os dizeres: "*Causa mortis*: demência provocada por kryptonita." Sabe o que é kryptonita, né?

— É aquela pedra que podia matar o Super-Homem.

— Isso. Dos filósofos mais recentes, inventei uma história renascentista com Wittgenstein vestido de São Francisco trabalhando na portaria do banco do pai furioso, já que ele quis virar porteiro. Percebendo que os colegas franceses eram os mais irritáveis, dizia que Sartre, como filósofo, era apenas um romancista medíocre. Quando já tinha recebido alguns avisos de que estava atrapalhando as aulas, peguei no pé de um professor muito bizarro, interrompendo-o com perguntas assim: Por que nenhum homem bem resolvido, assertivo e boa-pinta resolve ser filósofo? O que os celibatários têm a ensinar que possa ser útil? Tanta prolixidade não seria uma sublimação de impossibilidades? Se eu não consigo agüentar dois minutos ouvindo uma intelectual num *pub*, por que tenho que ler livros tão insuportáveis?

Mesmo assim, não chegaram a me expulsar e ainda agüentei o curso um ano. Então o abandonei. Gozado, na época eu me achava autêntico por fazer essas coisas; hoje me sinto ridículo só de contá-las.

— Foi uma fase, né? — disse João Pedro. — E largou o curso para fazer o quê?

— Bem, quando eu ainda estava lá, conheci uma indiana, não assim contestadora, mas tão decepcionada quanto eu. Nós nos apaixonamos, talvez porque ela tivesse achado a minha babaquice apenas um exotismo ocidental. Com ela, melhorei esse lado e também aprendi coisas como meditar e controlar o corpo. A gente conversava bastante e acabávamos rindo das educações que tivemos e de outras coisas. É lógico, também fumávamos muito haxixe, que, para boa parte da juventude londrina da época, era como beber cerveja.

— Ela também abandonou o curso?

— Abandonou. A gente resolveu se casar.

— Casaram?

— Mais ou menos. Quando falei do plano à minha família, meu pai, que é calvinista praticante, disse que, se era para eu aparecer lá casado ou querendo casar com uma indiana, era melhor ficar onde estava.

— E o que você fez?

— Obedeci: fiquei. Só que ele parou de me mandar dinheiro e aí eu tive que me virar. Trabalhei em agência de viagens, restaurantes, bares e lojas. A Usha, que era o nome dela, tinha ainda algum dinheiro e compramos passagens para a Índia, onde moramos durante um ano e meio.

— A família dela foi mais compreensiva?

— Foi, mas aí a gente já não pretendia mais se casar no papel. Achávamos... como se diz... caretice. Mas ela ficou grávida e achamos melhor voltar para Londres.

— É mesmo? Seu filho mora aqui no Brasil?

— Não. Era uma menina, a Marala, que quer dizer cisne em indiano. Quando ela tinha um ano, passamos a freqüentar uma seita cristã, os Meninos de Jesus. A Usha acabou entrando para a comunidade, mas eu não. Ela disse que eu só conviveria com a menina se entrasse também. O grupo tem comunidades no mundo todo e eu as perdi de vista.

— Que coisa! Quando a menina nasceu? — quis saber João Pedro.

— 1984.

— Então ela tem dezoito anos... A família dela não sabe onde elas estão?

— Já perguntei, eles não dizem. Nem sei se sabem.

— E depois delas irem embora?

— Bom, aí o meu pai deu uma relaxada. Eu também já estava mais maduro e então resolvi fazer um MBA em Finanças, e o velho voltou a me bancar.

— Ainda em Londres?

— É. Apesar de ele ter se acalmado, eu nunca quis voltar para Zurique. Fiquei muito chateado com aquele negócio da Usha.

— E a sua mãe?

— Esse foi o maior problema. Ela não era tão radical como o velho, quis até conhecer a neta. Acho que a situação foi comendo ela por dentro. Morreu de câncer.

— Pô, lamento.

— Eu também. E como.

— Você tem irmãos? — perguntou João Pedro.

— Só uma irmã mais velha.

— Mas você foi ao enterro dela, não? Reviu o seu pai?

— Revi. Mas senti que ele me culpava, e ele, que eu o culpava. O que não faltavam eram ressentimentos. Voltei para Londres e acabei meu MBA.

— Aí arrumou um emprego legal?

— É, num banco de investimentos. Mas eu não gostava da *city*, do terno, dos rituais corporativos, daquelas ambições pequenas.

— O vírus indiano tinha se alojado — disse João Pedro, fazendo Christian sorrir.

— Talvez, mas devia ser um vírus mais antigo, porque alguns dos rapazes mais ambiciosos eram justamente os indianos, só que da nova geração. Mas o meu negócio nem era falta de ambição — talvez eu até pensasse maior que eles. A minha cabeça é que já era outra.

— Mas foi ficando...

— Fui, até que aconteceu uma virada. No começo de 1990 eu li no jornal que o novo presidente daqui tinha congelado o dinheiro de todo mundo.

— O Collor...

— É. Eu tinha acabado de receber a herança da mamãe. Na época deu mais de 8 milhões de dólares. Apesar de que rico mesmo é o meu pai.

— Então, o que aconteceu?

— Eu já estava de saco cheio da Inglaterra, o resto da Europa não me atraía e muito menos os Estados Unidos. Bom, como eu disse, soube do confisco no Brasil e, como dizem aqui, pensei: em terra de cego quem tem um olho é rei. Imagine as empresas com dinheiro preso, quantas oportunidades para quem as ajudasse. E o dinheiro seria devolvido aos poucos, era só uma coisa temporária.

— Aí você veio.

— É, cheguei ao Rio em maio de 1990. O pior foi aprender a língua. Quando ia fazer negócios, levava o meu professor particular e mais o advogado, que falava inglês.

— Que negócios?

— Eu procurava, em firmas de auditoria, escritórios de contabilidade e em jornais, por aquelas empresas que estivessem em dificuldades financeiras. Analisava se a dificuldade era por ineficiência ou por causa do confisco. Como eu tinha previsto, havia um monte de empresários sérios numa sinuca de bico. Eram donos de negócios com clientela fiel, estrutura sólida e bons funcionários, mas que estavam quase fechando. Aí chegava um gringo, com um intérprete e um advogado do lado, oferecendo dinheiro vivo sem custo nenhum, só em troca de sociedade...

— Mesmo assim, muitos deviam não aceitar.

— É verdade. Mas tinham também aqueles que não aceitavam primeiro e depois voltavam. Dava até pena, mas o chato é que eu tinha que ser frio. Eu partia de um preço lá embaixo e não demonstrava muito interesse, o que não era mentira, pois havia muitas opções. Mas acabava sendo bom para os dois lados. Depois de "ingestar" capital na empresa...

— Injetar — corrigiu João Pedro.

— Isso, depois de injetar capital, ela passava a ter vantagem sobre as concorrentes enforcadas e ficava numa situação até melhor do que antes. Aí eu perguntava se eles queriam que eu saísse. Como uma parte do dinheiro deles já estava liberada, quase sempre queriam recomprar minha parte — meio praguejando, é verdade, pelo preço que eu pedia, mas compravam, porque não queriam continuar com um gringo ali no pé deles, enchendo o saco. E eu enchia mesmo, porque me metia na administração, cobrava lucros, e muitos não suportavam isso.

— E vendeu todas? — perguntou João Pedro.

— Olhe, em 1993 eu cheguei a ter participação em mais de trinta empresas, mas, quando anunciaram o Plano Real, no meio de 1994, só tinham sobrado umas oito. Eram de gente que não quis pagar o que eu achava que elas valiam ou de pessoas com quem eu passei a me dar bem e me queriam como sócio. Depois do Real, cheguei a achar que seria bom investir de novo, mas, com aquele câmbio fixo e os juros lá no alto, era muita burrice não ir para o mercado financeiro. Então fiquei desde aquela época na renda fixa. Como dizem, botei o boi na sombra, enquanto meu dinheiro crescia a juros reais compostos às vezes de mais de 20% ao ano. Então eu aproveitei para viajar um pouco, visitei minha família e até fiz as pazes com o meu pai. Ele disse que fez aquilo pensando no meu bem, e eu acreditei. Ele já estava idoso, eu ia guardar rancor para quê? E a atitude da Usha mostrou que talvez ele não estivesse tão errado assim.

— Acho que você fez a coisa certa, se me permite a opinião. Mas e aí? Chegamos ao momento atual?

— É, veja só. O Lula vai assumir a presidência agora, no início de 2003. Mesmo ele tendo escrito aquela Carta ao Povo Brasileiro, o mercado está nervoso, o dólar subiu, a inflação está aumentando e o Banco Central já botou os juros lá em cima de novo. É claro, continuo esperando, mas acho que isso vai mudar. Estou com mais de

US$ 400 milhões de dólares aplicados em fundos com títulos do governo e dos bancos, mas só aguardando a hora certa para mudar minha posição.

— Por quê? — perguntou João Pedro.

— Acho que esse governo não vai ser a loucura que estão pensando. Vão manter a estabilidade, e, por pressão, uma hora vão ter que acabar baixando os juros.

— E daí?

— Veja só, você é um rapaz... de... quantos anos?

— Vinte e três.

— Então, tem direito de me fazer essa pergunta. Aliás, qualquer um tem, até um Ph.D em Harvard. Mas veja, o que eu te disse até agora todo mundo sabe. Tudo bem, uns como eu dão mais importância às intuições, outros ficam rodando regressão de dados passados, mas informações todos têm. Segundo o Bob Lucas e aquele pessoal das expectativas racionais, até as pessoas humildes agem como se soubessem rodar modelos econométricos. Mas enfim, João Pedro, é nesse seu "e daí?" que está toda a questão — e deu uma pausa.

— É o que fazer com as informações, não é? — perguntou João Pedro.

— Lembra o que pensei quando li aquela notícia do confisco do Collor?

— Lembro.

— Eu estava no banco, um dos maiores do mundo, e dei o jornal a uns colegas, dizendo que aquilo podia ser uma oportunidade para quem tivesse dinheiro e quisesse investir em empresas com dinheiro congelado.

— E eles?

— Um deles virou para os outros e disse: acho que o Christian já fumou "unzinho" hoje. E todos caíram na gargalhada. Eu já não fazia isto há anos, mas nem foi isso que me incomodou.

— Foi o deboche...

— É. Mas, por outro lado, eu tinha assimilado muita coisa da Usha, um lado meio zen, sabe? O roteiro é óbvio: debocham de você, seu ego é atingido e você sente vergonha. Só que você é muito mais do que seu ego, como é muito mais do que sua roupa, que pode manchar de café ou até ficar com os fundilhos furados para todo mundo ver.

— Uma vez aconteceu isso comigo — disse João Pedro, rindo.

— Comigo também, com quase todo mundo, ou alguma coisa parecida, mas ninguém gosta de lembrar. Então, mesmo com aquela gozação, não joguei a idéia no lixo. Conversei com um amigo de outro banco que tinha morado no Brasil e conhecia gente aqui, e ele me disse que tinha mesmo empresário quase se matando. Que, se eu internalizasse a grana direito e me cercasse na lei, a idéia poderia ser boa. Foi o estímulo de que eu precisava. Mas essa parte você já sabe. O que eu quero dizer é que a situação hoje é parecida. Eu acho que o cenário vai mudar, e só estou esperando o tempo certo para comprar as maçãs, antes que fiquem caras demais.

— Comprar empresas, de novo? — perguntou João Pedro.

— É, mas não daquela forma.

— De que forma? — insistiu o rapaz.

— Se eu simplesmente te responder, você não dará o devido valor. Uma pessoa experiente poderia pagar uma grana a um cara como eu para responder a essa pergunta que você me faz tão ingenuamente.

— Tá legal. Mas eu tenho uma poupança que meus pais juntaram para mim. Então quando for a hora de comprar as maçãs, me dá um toque, tá? — disse João Pedro, provocando o riso de Christian.

— Dou sim, porque você é um rapaz acima da média, dá para ver. De repente, você até me ajuda a escolher as maçãs.

— Muito legal isso tudo. Mas agora tenho que ir, minha mãe está me esperando para almoçar.

— Abra uma exceção hoje e vamos comer um bacalhau aqui ao lado.

— Acho que não vai dar. E, para ser sincero, não sou muito chegado a bacalhau.

— Um filé com arroz à *piamontese*, então.

— Pô, você está me tentando.

— Liga para ela. Diz que o cliente que você conseguiu te convidou.

— Vamos ver a reação — e ligou. — Mãe, o Christian, da tradução, me convidou para almoçar — e ficou mudo, ouvindo as advertências dela. O suíço pediu o aparelho, enquanto perguntava o nome dela.

— Dona Luciana, aqui quem fala é o Christian — disse em alemão, brincando. — Olhe, não se preocupe, é que achei o seu filho um rapaz muito inteligente e estou mostrando o mundo dos negócios para ele, vale mais do que muitas aulas... sei... — e passou a falar português —, está bom, fique tranqüila, meu escritório é aqui na Praça XV, na esquina da Rua do Mercado, e vamos almoçar aqui ao lado. Daqui a uma hora ele pega a barca... Certo, boa-tarde e parabéns pelo filho — desligou. — Vamos lá. Agora vou parar de falar do meu trabalho porque quero te mostrar uma coisa desse texto antes de você lê-lo. Mas vou fazer um jogo contigo, topa?

— Tudo bem — respondeu João Pedro.

— Eu vou te fazer perguntas sobre algumas cenas e você vai me dizer apenas se elas representam uma *escassez*, uma *abundância* ou uma *necessidade*.

— Escassez, abundância ou necessidade. Está valendo — disse o estudante, e levantaram-se.

Saíram do prédio e Christian disse a João Pedro:

— Antes de comer, vamos dar um pulo na praça.

Chegaram perto da estátua de Duque Estrada montado num cavalo. Nos degraus em torno dela, havia um mendigo sentado.

— Moço, com todo respeito, o senhor pode me pagar um prato de comida? Eu estou morrendo de fome — lamuriou o mendigo para Christian.

— Não sei — respondeu ele, deixe eu ver o que ele acha. — João Pedro, o que isto representa para você, daquelas três coisas?

— Necessidade. Escassez também.

Christian perguntou ao mendigo:

— Ele diz que você tem necessidade, é mesmo?

— Muita, moço, passo muita necessidade.

— E escassez? — indagou Christian.

— O que é isso? — perguntou o mendigo.

— É falta de alguma coisa. O senhor tem falta? — perguntou Christian.

— De muita coisa, moço: comida, roupa, tudo.

— E abundância, o senhor tem?

— Também não sei que é, moço.

— Tem alguma coisa que o senhor tem demais?

— Eu não tenho nada, moço, não brinca não.

— Eu vou te dar 20 reais. Mas me diz: o senhor tem necessidade ou tem falta das coisas?

— Necessidade e falta, moço.

— Obrigado — respondeu Christian, enquanto tirava do bolso um maço de notas, escolhendo uma de 20 reais, que entregou ao homem — Não fique zangado, está bom? Não estou brincando com o senhor, só ensinando umas coisas para o garoto.

— Tô zangado não, moço. Muito obrigado, que Deus dê tudo ao senhor e ao seu filho também.

— Bom, ele tem necessidade e escassez. Agora vamos ali no sebo do Passo — disse Christian a João Pedro. Entraram, e o primeiro foi passando a mão pelos livros. — E esses livros, te lembram qual das três palavras?

— Abundância.

— Mas aquela cliente pagando ali no caixa não tem necessidade?

— Se foi a faculdade que mandou comprar, é uma necessidade; se está comprando porque quer, é só uma vontade dela.

— Tá. Então, para simplificar, necessidade fica valendo por desejo e vontade. E o mendigo lá fora, você acha que tem necessidade de ter algum desses livros?

— Nenhuma — respondeu João Pedro.

— Então, aqui há abundância, e só vem aproveitá-la quem tem necessidade de livro. Quem não tem não vem aqui. É isso?

— É isso.

— Na cena da praça tinha o quê, mesmo?

— Necessidade e escassez.

— E nessa aqui?

— Necessidade e abundância.

— Então vamos almoçar — disse Christian. — Ah, que "interressante" — disse ele, antes de saírem da loja. — Leo Huberman, *História da Riqueza do Homem*. Já leu?

— Não. Para ser sincero, acho um pouco básico — respondeu João Pedro.

— O que é básico e bom é uma âncora, sabia? Posso te dar este de presente?

— Não é preciso, sério.

— Eu quero te presentear, por favor — e foi no caixa, pagou e deu o livro a João Pedro.

— Obrigado — disse o rapaz.

Entraram na rua do Mercado e foram até o restaurante Rio Minho, no início da Rua do Ouvidor. O *maître* conhecia Christian e o tratou com deferência, indicando uma mesa que parecia ser a de costume.

— Vamos naquele bacalhau hoje, seu Chris? — perguntou o homem.

— Vamos, mas só para mim. O rapaz aqui vai querer um filé com arroz à *piamontese*.

— Ao ponto? — perguntou o *maître* a João Pedro.

— Ao ponto.

— Fritas também?

— Pode ser — respondeu João Pedro, sentindo a língua salivar.

— O mesmo vinho, doutor?

— É o de 2002?

— Tá lá guardado para o senhor.

— Você toma o quê, João Pedro? — perguntou Christian.

— Coca normal.

— Coca para o rapaz, mas só quando vier o prato — disse, para espanto de João Pedro. — E uma porção de bolinhos de bacalhau.

— OK, doutor, não vai demorar — e foi para a cozinha.

— Está com fome? — perguntou Christian ao rapaz.

— Confesso que estou quase caindo. E com sede. Desculpe, mas não entendi por que esperar a Coca.

— João Pedro, aquele jogo está terminando. Mas, para funcionar, você tem que se comprometer a só comer ou beber quando eu disser. E a não ficar zangado comigo.

— Bom, eu me comprometi; então vamos lá — respondeu João Pedro.

O *maître* abriu a garrafa de vinho, serviu Christian e colocou os bolinhos de bacalhau na mesa. Ele abriu um deles com o garfo e temperou com azeite, levando-o à boca lentamente. Então encarou João Pedro:

— E aí? Qual das três palavras?

— Do meu ponto de vista ou do seu?

— Do seu.

— Necessidade. E escassez.

— Há escassez de bolinhos aqui?

— Para mim, sim. Para você, não.

— Agora esqueça "eu e você". Olhe só para os bolinhos. Eu posso pedir várias porções e ele as trará. Imagine-as aqui na mesa. Haveria escassez ou não?

— Não.

— E necessidade?

— Para mim, sim.

— João Pedro, você já deve ter reparado que não sou maluco e te achei um bom garoto.

— Acho que sim.

— Então fica aí quieto. Aguce seus sentidos. Olhe para mim e para os outros comendo, ouça os barulhos dos talheres, separe o que é barulho do que é conversa, tente sentir o cheiro das comidas.

João Pedro obedeceu e ficaram assim por um minuto, enquanto Christian sorvia lentamente o vinho e comia os bolinhos. Quando sobrou um no prato, disse a ele:

— Pegue o último bolinho, mas não coma — e João Pedro pegou-o. — Qual a textura?

— É bem áspero.

— E das três palavras? Qual a primeira que lhe vem à cabeça?

— Necessidade.

— Imagine de novo um monte de bolinhos. Um punhado na sua mão, junto com esse. Agora, pense num caminhão despejando bolinhos aqui no restaurante, até nossos pescoços. Qual seria a palavra?

— Abundância.

— Consegue pensar em abundância junto com escassez?

— Não, escassez não combina com bolinhos até o pescoço.

— E em necessidade: consegue pensar junto com abundância?

— Consigo. Começaria a comer os bolinhos abundantes, até saciar a necessidade.

— É isso aí, limpe a mão. Só espere o seu prato chegar.

Ficaram mais um tempo em silêncio, até que um garçom surgiu com travessas, serviu-os e saiu. O molho ferrugem derramado sobre o arroz à *piamontese* fez de novo João Pedro salivar.

— Pegue seus talheres. Qual a palavra agora?

— Necessidade. Ou melhor, desejo. Mas combinamos que dá no mesmo.

— Escassez? — perguntou Christian.

— Não, não.

— Abundância?

— Sim, o prato está bem servido.

— João Pedro, a economia começa no estado de necessidade ou de desejo. Escassez e abundância também existem, mas são outras categorias de estados, normalmente um dando lugar ao outro. A abundância pode ser uma situação que leva à eliminação temporária da necessidade, mas é nesta que tudo começa e sempre recomeça. É ela que você está sentindo aí no seu estômago, que está te fazendo salivar ao olhar o prato. Não importa se houver cinco pratos à sua frente ou nenhum: ela continuará existindo até que seja satisfeita. Para satisfazer essa necessidade é que as pessoas vêm aqui. Elas *procuram* ou *demandam* este lugar para isso. Tudo bem, aquele casal ali saindo não tem mais necessidade de comer. Mas teve antes. E vai voltar a ter. A necessidade se acumula e se esvai ciclicamente, mas sempre existe, mesmo que não em ato, como disse Aristóteles, mas como potência.

— Entendi — disse João Pedro.

— No outro extremo, tudo o que está aqui montado é para atender a essa necessidade. Aquela cozinha ali atrás, esses garçons parccendo pingüins, esses garfos forjados em alguma metalúrgica, enfim, há toda uma estrutura construída e administrada para que haja menos escassez e mais abundância. E sabe por que essa gente toda monta, administra e trabalha nessa estrutura?

— Por quê?

— Porque também tem necessidades. O *maître* está me agradando desde que chegamos porque uma parte do que se ganha aqui vai para o seu bolso. Ele também sente fome, seus filhos precisam de roupas, e a mulher dele quer reformar o banheiro, segundo ele me disse outro dia. Portanto, também do lado de quem está *ofertando*, está presente a necessidade. Falando nisso, diga pela última vez uma das três palavras e bom apetite.

— Necessidade! — exclamou João Pedro, dando o primeiro corte na carne.

Christian mudou então de assunto. Contou sobre a primeira vez em que fora àquele restaurante, logo que chegara ao Rio, e como adorara o bacalhau. Disse que não entendia como nascera num país sem mar, já que adorava o oceano e tudo o que vinha dele.

Terminaram e andaram até a esquina do prédio de Christian. Despediram-se e João Pedro seguiu para a estação. Achou estranho ter motivos para achar o suíço maluco e, ao mesmo tempo, ele lhe parecer tão lúcido.

4 $ O QUE É A ECONOMIA?

Chegando do almoço com Christian, João Pedro entregou a monografia à mãe e lhe disse:

— Mãe, não demora a fazer, tá?

Dois dias depois, ele foi jogar bola na praia e, quando já anoitecia, ao voltar, viu o texto pronto em sua cama. Tomou banho, deitou-se e começou a lê-lo.

SOBRE A DEFINIÇÃO DE ECONOMIA
ou
O TRATADO DO LEÃO-DA-ÍNDIA — Só para lúcidos[15]

Christian von Haller
Faculdade de Ciências Econômicas
Universidade de Zurique
Zurique, novembro de 1978

---

15 O título acrescentado por Christian é uma alusão ao livro *O Lobo da Estepe*, do romancista suíço Hermann Hesse (Prêmio Nobel de Literatura em 1946), que inclui *O Tratado do Lobo da Estepe — Só para loucos*, escrito pelo personagem Harry Haller. O leão-da-índia é uma espécie em extinção, estimando-se que existam apenas cerca de duzentos desses animais na reserva da Floresta de Gir, na Índia.

Introdução

A economia que se pretende definir é aquela que se constitui ou deve se constituir no *objeto* do conhecimento sistemático denominado Economia, da mesma forma que existe uma geografia que é o objeto de estudo da ciência Geografia e uma física que é o objeto de estudo da Física.

Essa tarefa seria desnecessária caso fossem inquestionáveis as definições existentes nos livros-texto da matéria. A maioria ensina que *Economia é o estudo de como a sociedade administra seus recursos escassos* ou que é *a ciência da escassez*. Há também definições que consideram a *escolha* e a *troca* como elementos necessários. Outras definições citam ainda as atividades de *produção* e *distribuição* das riquezas.

Segundo Aristóteles, a definição deve ser uma frase que expresse, de forma sintética, a *essência* de um objeto, ou seja, a substância sem a qual ele deixaria de ser o que é, em qualquer situação que se manifeste.

Este trabalho questiona se os conceitos de *escassez, escolha, troca, produção* e *distribuição* são, de fato, essenciais à definição de economia, colocando, desde já, perguntas como: todo fato econômico envolve uma situação de escassez? Os homens que não enfrentam a escassez estão excluídos da economia? Um trabalhador que não consegue emprego está diante de que escolha? Numa economia socialista ou num kibutz, a troca é essencial? A venda de uma casa que já foi produzida há muito tempo é um fato econômico? Robinson Crusoé tinha de lidar com distribuição?

O método que se propõe não é responder *a priori* a cada uma dessas perguntas, e sim o de se chegar por dedução e indução, ou seja, com base no raciocínio e na observação da realidade, a uma definição. Desse modo, prescindir-se-á das definições existentes nos manuais econômicos, fazendo-se necessário um novo ponto de partida. Para obtê-lo, não há outra fonte senão os dicionários. Dessas definições literais, buscar-se-á um denominador comum que sirva de base para deduzir-se uma definição. Chegando-se à mesma, ela será confrontada com aquelas já existentes.

1. Definições literais

Nos dicionários encontram-se usualmente os seguintes significados para a palavra *economia*: (a) gastar pouco; (b) capacidade produtiva de uma nação; (c) administração doméstica; (d) utilização racional das coisas e (e) ciência econômica. Por enquanto, será descartada a última acepção, até que se tenha uma definição do objeto que esta ciência deva estudar, ou seja, a definição da ciência será uma decorrência da definição do seu objeto.

Análise das definições literais:

a) Gastar pouco

Gastar significa despender, consumir, subtrair. Mas o que se gasta? Geralmente, dinheiro para se comprarem coisas ou elas próprias. Gasta-se ou consome-se o arroz que se compra, a gasolina colocada no automóvel ou o tempo e o conhecimento de um advogado. Em outras palavras, gasta-se dinheiro na aquisição de coisas que também são gastas e que podem ser resumidas como *bens ou serviços.*

b) Capacidade produtiva de uma nação

É de conhecimento geral que um país, ou seja, seus habitantes e suas empresas, produz *bens e serviços.* Uma nação também produz cultura, em forma de obras de arte, livros, filmes, peças teatrais etc., que podem ser chamados de bens ou serviços culturais. Existe também uma cultura intangível, formada ao longo do tempo, que diz respeito aos costumes e tradições de um povo, e não a bens e serviços, a qual consiste num patrimônio dessas sociedades.

c) Administração doméstica

Toda administração é o ato de gerir alguma coisa. Neste caso, sendo a gestão de natureza doméstica, deve entender-se que seu objeto sejam coisas e ações presentes no ambiente familiar, como alimentos, roupas, água, moradia, educação, aparelhos eletrônicos, material de limpeza, programas de entretenimento etc., ou seja, *bens e serviços* de uso doméstico.

d) Utilização racional das coisas

Utilização racional significa um uso inteligente que tire o máximo de benefício de um objeto com um mínimo de desperdício. A princípio, essa preocupação existe em relação a coisas que possuam algum valor. E o que são coisas de valor? São aquelas que têm utilidade. Em suma, *bens e serviços.*

Dessa forma, todos esses significados de economia se referem a pessoas ou conjuntos de pessoas se suprindo de *bens e serviços.* E por que elas fazem isso? Por que uma pessoa se supre de um saco de feijão, de uma cama ou de uma passagem de avião? A única razão cabível é que tais coisas lhe sejam *necessárias* ou *desejáveis.*

Que coisas são necessárias a uma pessoa? Antes de tudo, aquelas das quais ela precisa para continuar viva. Nesse sentido, os alimentos são necessários. Se essa pessoa ficar exposta ao tempo, poderá morrer de frio ou de doenças. Logo, vestuário e moradia também são bens necessários.

Portanto, se existe um denominador comum nessas acepções, se elas podem oferecer uma indicação do que seja essencial para a definição do objeto de estudo da Economia, é que esse deve ter a ver com a obtenção de *bens e serviços* dos quais os seres vivos se suprem, seja por serem *necessários ou desejáveis.*

2. Necessidades e desejos

A *necessidade* está presente em cada momento da vida dos homens e dos animais. É de conhecimento geral que cada ser vivo, desde sua concepção até a morte, em momento algum é auto-suficiente, já que depende de substâncias nutritivas e de um ambiente que lhe proporcione temperatura e proteção adequadas. Por sua vez, cada unidade vivente é composta de subunidades organizadas, as células, cuja sobrevivência igualmente depende de substâncias externas.

Assim, o ser vivo é uma estrutura intermediária de um encadeamento orgânico interdependente. A natureza lhe proporciona o desenvolvimento autônomo de seu organismo e a administração interna de funções, contanto que ele se supra daquelas substâncias e de ambiente próprio; caso contrário, morrerá. Paralelamente, ela o dota de um mecanismo de reprodução que viabiliza a sobrevivência da espécie.

A fim de que o organismo tenha motivação para se suprir desses requisitos de sobrevivência individual e coletiva, a mesma natureza o provê de uma sensação de desconforto ou anseio em caso de falta dos mesmos, sensação chamada de *necessidade* ou *desejo.*

No caso do ser humano, à medida que ele e a sociedade em que vive se desenvolvem, essas necessidades e desejos também evoluem. Tome-se o exemplo de um aborígine brasileiro chamado Peri. Para obterem os recursos necessários à sua sobrevivência, ele e sua tribo se dedicam à pesca, à caça, à coleta de vegetais e à fabricação de tendas. Além disso, produzem artefatos como lanças, pilões, tangas e outras utilidades, além de adornos que algum visitante urbano poderia considerar dispensáveis, mas que a tribo tem em alta conta, como cocares, alargadores bucais, colares e corantes para pintar o corpo.

Em Paris, a milhares de quilômetros de Peri, vive François. Ele também gosta de comer peixes, mas não vai ao rio Sena pescá-los com uma lança. Sua empregada compra as postas em um supermercado, onde também adquire carnes cortadas, vegetais selecionados e uma variedade de alimentos acondicionados em embalagens de diversos tipos. François ainda requer, para uma vida que considera satisfatória, dispor de aparelhos eletrônicos, livros, discos, charutos e de ter acesso a cinemas, teatros e restaurantes. Também entende como fundamentais a educação que recebeu e o fato de morar num confortável apartamento em Neuilly. Caso Peri passasse uns dias na casa de François, acharia muitas dessas coisas supérfluas, quando não incompreensíveis.

As necessidades e os desejos dos indivíduos e sociedades são expressos de diferentes formas, mas desencadeiam a mesma energia direcionada à obtenção de coisas que visam à sua satisfação. Esse caráter primitivo, orgânico e indiscriminado das necessidades e desejos faz deles as forças primárias que movimentam o processo de sobrevivência, mesmo atuando em estruturas sociais de diferentes níveis de complexidade.

3. Ações satisfatórias

Os atos realizados por um ser com a finalidade de suprir suas necessidades ou desejos podem ser chamados de *ações satisfatórias*.

O mosquito que pica a epiderme, o leopardo que persegue a gazela, o elefante que copula com a elefanta, o adolescente que devora um Big Mac ou o intelectual que assiste a um filme de Ingmar Bergman estão atuando no intuito de satisfazer suas necessidades e desejos.

Devido às diferenças individuais e das sociedades, essas ações satisfatórias se expressam de formas evidentes ou camufladas, mas praticamente todas elas objetivam satisfazer necessidades.

4. Divisão de atividades

Como os animais selvagens suprem diretamente as suas necessidades, elas se tornam evidentes. Também a ilustração de Robinson Crusoé pode ser utilizada para se visualizarem ações satisfatórias suprindo necessidades de forma direta. Já a situação de Peri é um pouco mais complexa. Em sua tribo, somente alguns homens pescam, enquanto outros se dedicam à caça. Algumas mulheres trançam palha, enquanto outras tomam conta das crianças. Os membros que vão ficando mais velhos e menos ágeis na caça vão se especializando em cunhar artefatos. A tribo adotou essa divisão de atividades porque, ao longo do tempo, foi percebendo que, se todos pescassem, caçassem, trançassem palha, cuidassem das crianças e cunhassem artefatos, o resultado seria menos satisfatório em relação ao mesmo esforço despendido por cada um.

Quanto mais desenvolvida é uma sociedade, mais sofisticados serão seus bens e serviços, cuja produção exige maior especialização de seus membros. Tal exigência se compara à de uma orquestra sinfônica em relação a um quinteto musical. A performance da primeira e a satisfação da platéia dependem de uma diversificação bem mais ampla de *expertises* e coordenação das mesmas.

5. Trocas

Numa comunidade tribal, mesmo com a divisão das atividades, os víveres e artefatos são reunidos e compartilhados. Porém, na existência de várias tribos, cada uma não estará disposta a depositá-los num único local, seja por umas não confiarem nas outras, seja pela distância que as separaria do depósito. Assim passou a ocorrer com as famílias, as empresas, as cidades e os países. Com o advento da propriedade privada, o próprio indivíduo alterou sua condição de contribuinte de um depósito comum para a de dono das coisas que obtém.

Diante desse fracionamento social, o indivíduo ou sua comunidade só conseguem consumir coisas diferentes das que produzem mediante o *oferecimento* destas *em troca* das que outros indivíduos ou comunidades disponham. Dessa forma, assim como a divisão das atividades, a possibilidade da troca acelerou a fragmentação da ação satisfatória. Ao passo que Robinson Crusóe se nutre inteiramente das coisas que obtém, o ser social precisa *oferecer* uma parte delas *em troca* de outras que anseia possuir. Enquanto a ação de procurar os víveres que ele mesmo irá consumir é uma conseqüência primária de sua necessidade, o esforço adicional de obter um suprimento extra e encontrar quem se interesse por ele é uma expressão *modificada* da mesma necessidade.

6. Oferta e demanda

Dessa forma, oferecer produtos e serviços é apenas um meio de se capacitar a demandar mais coisas, meio esse imposto pelo fracionamento social. A energia que move a dona-de-casa empurrando seu carrinho nos corredores dos supermercados é a mesma que desenha o sorriso na boca do comerciante e impele o funcionário a mostrar-se eficiente perante o gerente. Em outras palavras, ***demanda*** (ou procura) e *oferta* são forças derivadas da mesma energia primária desencadeada pela necessidade e o desejo.

Devido à sofisticação social, a ação satisfatória primitiva veste a roupa da demanda e passa a ler anúncios de produtos em revistas e a olhar calmamente as vitrines. Apesar dessa bela moldura, o demandante só aplacará sua necessidade ou desejo quando consumir o artigo ambicionado, ao passo que o ofertante terá de vender seu produto para obter os recursos necessários a fim de também comprar os produtos que lhe darão a satisfação almejada.

7. Custo e benefício

Tanto o esforço de demandar como o de ofertar representam um *custo* para quem o exerce. Se alguém demanda uma roupa, uma refeição, uma viagem de ônibus, falar ao telefone ou tomar banho quente, terá de pagar por isso. Nas sociedades modernas, não precisará fazê-lo ofertando outros bens ou serviços em troca dos mesmos, mas uma quantia em dinheiro, denominada *preço*.

Analogamente, quem oferece um bem ou serviço incorre em custos para fazê-lo, seja em forma de tempo, de trabalho, de aquisição de matérias-primas, de conhecimento ou até de generosidade empenhada. Esses custos também não costumam ser pagos em forma de coisas, mas em dinheiro, também a certo preço ou sob outros nomes. O salário, por exemplo, é o preço que o funcionário recebe por seu trabalho, o lucro é o preço que o capitalista exige pelo emprego de seu capital, e o aluguel é o preço obtido por quem aluga algo.

No caso da demanda, quanto maior for o preço pedido pelo ofertante, menor será a disposição do comprador em fazer o negócio. Assim, a demanda é uma força resultante não só do desejo e da necessidade, como, negativamente, do preço cobrado pelo objeto pretendido. Por isso, o demandante está sempre confrontando o benefício com o custo que lhe gerará aquela aquisição.

Quanto aos ofertantes, ao se dedicarem a atividades como trabalhar, empreender e vender, respondem positivamente ao aumento do preço ou remuneração que podem obter, mas negativamente aos custos que incorrem, seja em termos de tempo, de gastos, de aborrecimento etc. Logo, a oferta também é uma força resultante de dois vetores em sentidos diversos: o benefício almejado (determinado pelo preço que o comprador aceita pagar) e o custo ou esforço de disponibilizar o bem, serviço ou trabalho.

Esse confronto de custo e benefício está presente diariamente na vida das pessoas, em parte porque elas dispõem de recursos limitados e têm uma gama de escolhas à sua frente. Cada indivíduo compra uma combinação de bens que entende poderem lhe proporcionar o maior benefício possível a um custo que esteja dentro de suas possibilidades.

Ao escolher a melhor combinação de bens, o consumidor estará sempre em busca de um maior *bem-estar*, o qual não reflete apenas a satisfação de suas necessidades e desejos, mas um sentimento de harmonia com o ambiente e as pessoas que o cercam. Assim como a satisfação é o objetivo imediato da necessidade e do desejo, o bem-estar é seu correspondente ampliado no convívio social, que leva em conta um conjunto mais amplo de condições para que seja alcançado.

8. Preço e equilíbrio

Pode-se concluir, diante do exposto na seção anterior, que os objetivos do demandante e do ofertante são conflitantes quando eles estão tentando chegar a um acordo sobre o preço pelo qual aceitarão, respectivamente, comprar e vender o bem ou serviço do/para o outro. Como, a princípio, ambos estão interessados em efetuar a transação, tentarão chegar a um preço que seja mutuamente aceitável.

Essa dicotomia de interesses também influi nas quantidades demandadas e ofertadas. Quanto menor o preço, mais unidades do bem o demandante estará disposto a comprar e menos unidades o ofertante estará disposto a vender, e vice-versa, à medida que o preço for maior.

Nas situações em que existam muitos demandantes e muitos ofertantes, ou seja, em um *mercado*, o confronto das forças de demanda e de oferta levará cada participante a aceitar um preço que tenderá a ser o mesmo para todos, pois quem estiver praticando um preço menos competitivo não conseguirá fazer negócio. Essa disputa entre participantes de um mesmo lado, sejam ofertantes (vendedores) ou demandantes (compradores), é denominada *concorrência*.

A concorrência entre os participantes do mercado é a mola propulsora do *mecanismo de formação de preço*, que é a tendência natural de que os preços de produtos semelhantes tendam para um único valor ou para um intervalo estreito. Esse mecanismo é a essência do funcionamento de um mercado e traz importantes *benefícios* para a sociedade:

a) Reduz as chances de que os compradores sejam prejudicados com preços altos demais, já que o vendedor não poderá cobrar preços muito acima da concorrência, pois não conseguirá vender.

b) Preserva também os interesses dos vendedores, que não serão forçados a cobrar muito pouco, por saberem que o comprador não conseguirá preços tão menores.

c) Ao equalizar os preços, estimula os produtores a se diferenciarem em qualidade e atendimento.

d) Equilibra as forças de demanda e de oferta do mercado. Por exemplo, caso esteja havendo uma procura excessiva por um produto, os vendedores aumentarão os preços, desaquecendo a demanda até que os fabricantes consigam aumentar a produção. Analogamente, se um produto estiver despertando pouco interesse, os vendedores reduzirão seu preço a fim de conseguirem liquidar o estoque.

Esse preço eficiente que o mercado tende a praticar, portanto, é aquele que corrige ofertas ou demandas excessivas ou reduzidas, fazendo com que compradores e vendedores continuem fazendo negócios. Por ser o preço que mantém o equilíbrio entre a demanda e a oferta, é chamado *preço de equilíbrio*.

9. Avanço da complexidade

Numa vila medieval de solo fértil, uma das principais atividades era a plantação de beterrabas para extração de açúcar. Num povoado próximo, a maioria dos habitantes criava ovelhas. Aos poucos, aquelas vilas começaram a vender e comprar entre si o excedente de açúcar e de derivados de ovelhas. Alguns de seus habitantes começaram a comprar as mercadorias, estocá-las, negociá-las e transportá-las, recebendo o nome de atacadistas ou atravessadores.

Antes de a primeira vila passar a vender açúcar para a segunda, os habitantes dessa última tomavam chá amargo. Depois, além de se acostumarem ao sabor doce, passaram a beber mais chá, o que levou algumas famílias de fundidores a se concentrarem na fabricação de bules e colherinhas, e uma guilda de oleiros à produção de xícaras e açucareiros.

A legislação então passou a permitir que essas unidades de produção se constituíssem como pessoas jurídicas, com a responsabilidade de uma eventual falência restringindo-se ao capital declarado da empresa, não alcançando os bens dos sócios, o que sempre os preocupara muito. Essas empresas passaram também a obter empréstimos nos bancos, nos quais guardavam o dinheiro de suas vendas.

Ao longo dos séculos, no lado da demanda, foram se sofisticando os sistemas jurídico, de informação e de defesa dos consumidores, além da introdução das garantias, seguros e financiamentos. Também a estrutura da oferta foi-se aperfeiçoando, nas áreas de produção, logística, comercialização, patentes, propaganda, organização societária e administrativa, obtenção de recursos financeiros etc.

Esse aperfeiçoamento contínuo dos mecanismos de oferta e demanda tende a avançar sempre, à medida que a tecnologia, os processos e as exigências humanas continuam se desenvolvendo. Contudo, toda essa sofisticação, por mais impressionante que seja, não deve ter suas manifestações confundidas com a essência da economia, que sempre dirá respeito a necessidades e desejos, expressos por meio da demanda e da demanda modificada, ou seja, a oferta.

10. Proposta de definição

Diante do exposto, talvez já se possa propor uma definição da "economia" que deva ser o objeto da Economia, de preferência não tão genérica que para nada sirva, nem tão específica que contenha omissões. Para tanto, que sejam recapitulados os pontos principais.

As relações econômicas entre os homens têm origem em suas *necessidades e desejos* por *bens e serviços*. Viu-se que os *atos satisfatórios* que respondem a essa força primária tomam diferentes feições com a *divisão das atividades produtivas*, que faz com que o homem tenha não só de *demandar* como também *oferecer* bens e serviços, a fim de adquirir aqueles de que não dispõe.

Ao atuarem como compradores e vendedores, os homens procuram obter o *maior benefício* ao *menor custo*, e esse embate de forças é equacionado pelo mecanismo de formação de preço, que mantém um equilíbrio entre as quantidades demandadas e ofertadas. Viu-se, também, que o bem-estar é um estado aperfeiçoado e socialmente ampliado das necessidades e desejos.

Considerando todas essas conclusões, é possível dizer que:

> *Economia é a ciência que estuda as relações, estruturas e mecanismos de oferta e demanda de bens e serviços por meio dos quais os indivíduos e sociedades buscam satisfazer suas necessidades e desejos, e alcançar um estado de bem-estar.*

11. Confrontação das definições

No processo de construção dedutiva e indutiva por meio do qual se chegou à definição de Economia foram colhidas constatações que contradizem as atuais definições. Elementos geralmente nelas observados, como escassez, escolha, troca, produção e distribuição, ainda que sejam aspectos importantes da ciência, ou já estão contidos na definição proposta ou não são necessários para que um fato seja considerado econômico.

A seguir, são abordados cada um desses elementos:

a) Escassez (e sua ideologia)

A expressão *recursos escassos*, mesmo que fosse pertinente na definição de Economia, seria mais apropriada como *limitação de recursos*, já que "escasso" alude ao que é "exíguo", o que é um juízo de valor. "Limitado", por sua vez, é uma noção mais ampla, visto que mesmo aquilo que se encontra disponível em excesso, como as águas do oceano ou o ar, possui um limite quantitativo.

É compreensível que os economistas pretendam se ocupar, principalmente, do estudo do fornecimento de bens não tão fáceis de serem obtidos, mas mesmo essa preocupação pode ser atendida pela definição proposta, por meio da expressão *buscam satisfazer* e do termo *alcançar*, que sugerem objetos ou estados dos quais não se dispõe, sejam raros ou não. O termo poderia ser *maximizar*, mas se procurou evitá-lo pela generalidade que se exige das definições. Com efeito, existem indivíduos, tais como monges, anacoretas, camponeses e até habitantes urbanos, que não estão preocupados em maximizar sua satisfação ou bem-estar por meio da obtenção de bens e serviços, mas apenas viver com o mínimo necessário.

No outro extremo, há indivíduos que já dispõem de tantos recursos, como herdeiros milionários, empresários que venderam seus negócios e passaram a viver de rendas, investidores abastados do mercado financeiro e grandes acionistas não-atuantes nas empresas, que seria um contra-senso exigir-lhes preocupação com escassez para que possam ser considerados agentes econômicos, quando de fato o são, pelo simples fato de participarem da demanda por bens e serviços.

No meio desses extremos, há fatos econômicos triviais que não se caracterizam pela escassez. Por exemplo, se um funcionário teve seu salário creditado no final do mês, reservou dois terços para gastos e poupou o outro terço, não enfrentou uma situação caracterizada por escassez, mas por sobra. Se um país rico resolveu perdoar a dívida soberana de uma nação pobre, a escassez se refere apenas a essa última. Também agricultores ou um governo que decidem queimar uma colheita para combater a baixa no preço decorrente de uma supersafra estão diante de um problema de excesso, não de escassez.

Ainda que o presente estudo tenha um objetivo estritamente conceitual, pecaria por omissão se não mencionasse as nuanças ideológicas do *dogma da escassez*. Esta, quando imposta como estado primitivo que deve ser combatido pelo esforço econômico, generaliza e justifica a pobreza que flagela parte da humanidade. Quando se afirma que "necessidade todos sentem, em estado ou potência", está-se atestando um fato fisiológico. Já dizer-se que "escassez todos enfrentam", trata-se, primeiro, de uma rotunda inverdade. Segundo, o ferramental da Economia também tem sido fartamente desenvolvido e utilizado por países, organizações e indivíduos que lidam muito mais com situações de *abundância* do que de falta de recursos. Se não bastasse, a valorização da escassez é psicológica e moralmente destrutiva, podendo ser comparada ao papel que a culpa desempenhou no desenvolvimento das nações católicas, segundo Max Weber.

b) Escolha

Muitos economistas consideram a escolha um processo essencial na economia, mas ela se mostra, na acepção aristotélica, mais um *acidente* do que um elemento *necessário* ao fato econômico. Um sem-número desses fatos, provavelmente a maioria, envolve algum componente de escolha, mas não todos.

Por exemplo: a falência de uma empresa é decretada, e milhares de pessoas são despedidas, o que sem dúvida é um fato econômico. Qual a escolha do dono da empresa? Nenhuma, afora eventuais opções pessoais, como salvar ou não os próprios bens, retirar-se envergonhado para sua casa na montanha ou mesmo se suicidar. Porém, quanto à falência em si, ele não tem escolha alguma. Para os empregados, por sua vez, que escolha há que não a de se dirigirem ao departamento pessoal e ter suas contas conferidas pelo sindicato? Já na rua, alguns poderão receber propostas de alguma concorrente, talvez com salários menores. Se for uma montadora de automóveis e eles só souberem trabalhar numa linha de montagem, que escolha terão a não ser aceitar a oferta? Quanto aos que não receberem qualquer proposta, se a empresa falida lhes ofereceu uma boa indenização, poderão optar entre comprar um táxi ou uma lanchonete, mas, para os que pouco receberem, qual a escolha senão comprar o jornal de classificados?

Outro exemplo: um ataque terrorista destrói um gigantesco edifício. Qual a escolha da seguradora que não seja a de arcar com o sinistro? Mais um: um grande jogador de futebol resolve se aposentar. Há dois anos, o clube havia investido uma fábula em sua contratação e tinha por certo que ele renovaria o contrato. Qual a escolha do clube? Trancar os portões para impedir a partida do craque? Despedir o diretor financeiro por não ter criado uma multa em caso de não-renovação, se é que isso existe? O fato é que a economia está repleta de escolhas, mas também de situações incontornáveis, e por isso nenhuma das duas cabe numa definição genérica.

c) Troca

A troca é um elemento, de fato, essencial e quase necessário ao processo econômico, mas ele já se encontra inserido, na definição proposta, nas *relações de oferta e demanda de bens e serviços*, com a vantagem de que oferta e demanda existem em qualquer sociedade, mas a troca nem sempre ou só de maneira secundária.

Existem várias comunidades, como os *amish*, as tribos indígenas, núcleos rurais isolados, grupos nômades da Sibéria ou mesmo cidadãos que se retiram para fazendas alternativas, que vivem de sua própria produção. Essas sociedades possuem uma economia? Certamente que sim, pois demandam os bens que produzem e ofertam para si mesmos. Mas trocam alguma coisa? Não. Seus habitantes até têm diferentes atividades, mas não trocam os produtos das mesmas, e sim os disponibilizam para uso comum. Mesmo os países comunistas, se não prescindem das trocas, sem dúvida têm nelas um instrumento de importância secundária. Seus consumidores utilizam a moeda para "trocá-la" por bens cuja oferta é muitas vezes racionada, o que faz dessa moeda mais um *vale* do que uma ferramenta operada pela vontade e a inteligência. Essa própria relatividade da importância do instrumento já torna questionável sua inclusão como elemento essencial da definição, ainda que ele seja crucial na maioria dos casos.

d) Produção e distribuição de suas rendas

Ambas as funções consistem em processos fundamentais da economia, mas não necessários. Se uma pessoa falece e deixa uma herança, não há atividade de produção e sim uma transferência patrimonial, que não deixa de ser um fato econômico. Se alguém investe num título do governo e o dinheiro é utilizado apenas para a rolagem da dívida pública, não há produção envolvida, a não ser, talvez, em sentido indireto, no tocante à receita que o Tesouro não precisará utilizar para isso e poderá gastar em outras coisas, derivação essa que já desmerece a inclusão do conceito na definição.

Também a distribuição da renda por meio do trabalho e do lucro é, sem dúvida, um componente fundamental da economia. *Quase sempre*, é por meio dela que se realimenta o ciclo econômico.

No entanto, o exemplo de Robinson Crusoé já derrubaria a necessidade da distribuição de rendas, ainda que se admita o fato de ser imaginoso ou inverossímil. Contudo, numa economia comunista, a distribuição da renda da produção é predeterminada. Não há forças sendo exercidas no processo distributivo, nem decisões renováveis a cada giro do ciclo. A planificação é antagônica à distribuição dinâmica, e a distribuição que não é dinâmica é por demais inexpressiva para merecer constar na definição de Economia.

Quanto à definição proposta, a ênfase que confere à *oferta* e à *demanda* visa contemplar as duas formas genéricas por meio das quais os indivíduos suprem suas necessidades, sem estipular se as mesmas se processam por meio do escambo, do comércio monetário, da produção ou da distribuição. Demanda é um conceito amplo, que pode ser aplicado até aos animais: um tigre demanda carne; logo persegue uma presa. Analogamente, a oferta engloba o sentido amplo do oferecimento, seja em troca de alguma coisa ou mesmo de nada.

As *relações*, *estruturas* e *mecanismos* propostos na definição procuram substantivar as formas pelas quais a demanda e a oferta se realizam. Quem demanda ou oferta o faz *em relação* a alguém — no limite mínimo, até para si mesmo. Já as *estruturas* englobam todos os arcabouços físicos e institucionais concebidos pelo homem para viabilizar a demanda e a oferta, como empresas, atividades, recursos, tecnologia, leis, contratos ou, também no limite mínimo, até a estrutura corporal que um recém-nascido faz uso para digerir um alimento. Já os *mecanismos* dizem respeito às forças e à lógica intrínseca que atuam *in natura* e tendem a equilibrar a economia, como o auto-interesse, a racionalidade de escolha, a seleção natural e o mecanismo de formação de preços.

Os *bens e serviços*, como analisados nas definições literais, são indissociáveis à definição. Além disso, o termo *bem* protege a definição, já que ele pode se referir desde aos objetos tangíveis até as recompensas mais subjetivas.

Sobre as *necessidades e desejos*, como estão na raiz da economia, também estão entre seus elementos essenciais. Porém, acrescentou-se a eles o objetivo do *bem-estar*, já que o processo econômico não é apenas um esforço individual, mas também coletivo. Mesmo individualmente, a satisfação do *homo economicus* não depende apenas de seu estômago estar cheio. Sua paz de espírito requer um cenário onde não tropece em mendigos; onde os políticos e funcionários públicos cumpram suas obrigações e não roubem; onde as empresas respeitem seus empregados, os clientes e a natureza; onde o credo e a prática religiosos sejam livres; onde seus concidadãos não sejam discriminados em função de raça ou opção sexual. É claro que, em todas essas demandas, sempre reside um substrato de necessidade e desejo, mas o termo *bem-estar* acrescenta à economia uma conotação mais ampla, interativa e humana.

12. Conclusão

A idéia desta monografia nasceu do inconformismo com uma definição ensinada há muito tempo, em quase todo o mundo. O autor tem consciência de que sua honestidade de propósito talvez não seja suficiente para eximir o trabalho do rótulo de pretensioso, o que não deixa de ser contraditório, já que ele parte da confissão de uma ignorância e do socrático intuito de combatê-la.

Se a definição de Economia a que se chegou for equivocada ou absurda, que ao menos estimule algum estudioso a defender, com argumentos, as definições em voga, desconstruindo a lógica aqui apresentada. Caso vencido, o autor-estudante, ainda não aceitando o rótulo da pretensiosidade, estampará o da humildade, pois, mesmo que se sinta vencido, saberá que a ciência é que saiu vitoriosa.

Bibliografia:

Aristóteles, Organon.

A leitura da monografia de Christian deixou João Pedro impressionado. Desde menino, lia as traduções da mãe, que iam de obras célebres a temas contemporâneos. Como achava os filósofos prolixos, apreciava a limpidez do texto de Schopenhauer, capaz de tratar das questões mais profundas com frases diretas e substantivas. Aquele texto lhe deixara semelhante impressão: a mesma independência no questionamento das grandes "verdades", a valorização da realidade por meio de exemplos triviais, a lógica perfeita, a crítica corrosiva — tudo isso direcionado àquilo que, nos livros de Economia, constava nas páginas iniciais. Quanta audácia... E havia uma diferença: enquanto o filósofo alemão passara a vida aguardando um reconhecimento que lhe parecia questão de tempo, Christian, também discordando com sólidos argumentos de uma verdade consumada, desprezava os aplausos, mesmo dispondo de recursos para tentar obtê-los.

Nos dias seguintes, no entanto, quando se lembrava da monografia e a confrontava com o que Christian falara de sua vida, João Pedro foi formando uma opinião não muito favorável sobre ele: alguém que, quando jovem, tinha prazer em contestar padrões, mas que, depois de adulto, mudara seu divertimento para o de explorar essas mesmas inconsistências sociais com o único objetivo de enriquecer.

O estudante achava que, depois de milênios de civilização, os padrões não estavam mais aí para serem contestados, muito menos explorados, e sim aprimorados para o bem da sociedade. Porém, enquanto ele e seus colegas aprendiam teorias que, mesmo que nem sempre de maneira feliz, vinham sendo utilizadas para que o mundo funcionasse melhor, a quatro quarteirões dali entupia-se de dinheiro fácil um imigrante de um país avançado — mas onde não havia tanta moleza —, sentado em seu belo escritório localizado na mesma praça onde, há quinhentos anos, se aboletaram outros europeus para sugar o país nos quatro séculos seguintes. Na época, à custa do pau-brasil, do ouro, dos escravos e do que mais encontraram pela frente. Hoje, pelo jeito, através de brechas detectadas em planos econômicos exóticos ou de taxas de juros absurdas.

O fato foi que, tomado dessa implicância, pediu à mãe que cuidasse da entrega do trabalho, assim como da questão do pagamento.

5 TRILHA SONORA

Johnny B. Goode[16]

A faculdade já estava em clima de fim de ano, pois para quem havia passado por média era a última semana. Apenas quem estivesse em prova final andava meio desesperado pelos corredores. O professor deu alguns avisos sobre o último exame na semana seguinte e se despediu dos que não voltariam mais. João Pedro saiu da sala e sentiu um calor na barriga quando viu Isabela, que não fazia aquela matéria, encostada na parede do corredor, bem em frente à porta.

— Oi, João. Estava te esperando.

— Tudo bem?

— Está indo embora? Vamos sentar ali, queria te falar uma parada importante.

Foram até o hall dos elevadores e sentaram-se na longarina.

— João, eu estou apavorada.

— Por quê?

— Semana que vem tenho prova de História do Pensamento Econômico.

— Ficou em prova final?

---

[16] Rock seminal composto em 1958 por Chuck Berry, que posteriormente ganhou uma versão reggae do jamaicano Peter Tosh. A inspiração do título, segundo o ex-parceiro de Berry, o pianista Johnnie Johnson, teria sido uma frase sua: "Eu vou chegar a tempo para o show, e o Chuck vai estar balançando a cabeça, me perguntando: 'Why can't you just be good, Johnny?'" (Por que você não pode simplesmente ser bonzinho, Johnny?.)

— É, mas não foi por média. Só fiz uma das duas provas e até que não fui tão mal, tirei 6. Mas na segunda bateu um medo e não fiz, e agora tenho que repor. Para ser sincera, fui para Angra com o plano de estudar e acabei vacilando, e então saí fora. Mas de lá para cá estudei bastante. Só que na prova final cai tudo, dos clássicos até hoje, é muita coisa. Eu acho que estou sabendo, o problema é que estou decorando e na hora vem pergunta que exige compreensão. Eu sei que não sou burra. Nos lances de matemática, de macro, de micro, você sabe que eu até que mando bem, mas História, fala sério... E eu não posso repetir. Sabe, preciso amarrar tudo o que eu já gravei, mas entendendo, e você explica de um jeito tão legal... Por falar nisso, me dei bem em Comércio Exterior, graças a você.

— Que nada, vimos só uma parte — disse ele.

— João, eu preciso de um intensivo, mais tipo papo. Sabe, lá em casa não tem clima, não consigo me concentrar, a galera fica ligando e, por mais que eu diga que não vou atender, fico depois querendo saber qual era o agito e depois mais bolada ainda de não poder ir. Em Angra o pessoal também perturba, principalmente o Marcos, mas eu quero despistar todo mundo e ir pra Búzios neste fim de semana, só pra estudar, me isolar geral, mas aí vou ficar naquela de decorar, e vai pintar depressão, também. João... vem comigo? É pra dar uma de professor mesmo. Prometo que vou me interessar.

— Já pensou o que seus pais vão achar, um cara lá na sua casa... É melhor você passar o sábado na minha casa.

— Não, eu não vou me sentir à vontade. Mas não se preocupe, o papai e a mamãe também estão indo para Búzios e vão adorar você, ainda mais sabendo que é o melhor aluno da turma.

— Pára com isso.

— Olha, vai ter um quarto só pra você. Por favor, só de saber que você vai comigo eu já fico calma. João, se eu repetir essa matéria, vou me enrolar mais ainda. Do jeito que está, já vou me formar só no semestre que vem, mas, se eu tomar bomba, aí só no final do outro ano.

João Pedro teve a comprovação de que aquela garota acostumada a ter suas vontades atendidas não tinha a menor idéia do que ele sentia por ela. Temeu que aquilo virasse uma tortura lenta. Sabia que o certo seria inventar uma boa desculpa e se prontificar a ajudá-la de outra forma. Mas não conseguiu. Somente pensar na possibilidade de estar com ela debaixo do mesmo teto, participando de sua intimidade, durante três dias, era como... não encontrava uma comparação que reunisse os lados maravilhoso e suicida.

— Por favor, João...

— Não sei, sinceramente.

— Você mora em Niterói, não é?

— Moro.

— Vem na sexta?

— É o último dia, venho sim.

— Para você não vir com peso, deixe sua mala arrumada em casa. Eu já venho com a minha e meio-dia a gente sai daqui, passa na sua casa, que é quase caminho, e vai. Olha, não vai ser só estudo. Você conhece Búzios?

— Mais ou menos.

— As praias são lindas, a gente pode até ficar conversando da matéria enquanto toma sol. De noite a gente dá uma andada na Rua das Pedras. Por favor...

Ele quase não acreditava que aquilo estivesse acontecendo. E menos ainda que estivesse dificultando que um sonho se tornasse realidade. Talvez porque fosse realista demais. Mas não conseguiu resistir:

— Tudo bem.

— Uhuuu!!!

Mother and Son[17]

Luciana colocou um CD para diminuir a ansiedade da espera por João Pedro. Não sabia qual seria a reação dele sobre a novidade. Deveria ser cautelosa e, quem sabe, até abrir mão de uma experiência que parecia interessante. Salsicha latiu, anunciando a chegada dele.

— Oi, mãe.

— Tudo bem, filho? Como foi a aula?

---

[17] Mãe e filho.

— Sexta acaba, acho que não fiquei com nada abaixo de 9.

— Seu convencido, vem cá — disse ela, beijando-o e desligando a música. — Senta aí, o empadão ainda está assando.

Ela sempre o mandava deixar a mochila no quarto e lavar as mãos; logo ele estranhou o convite para ficarem na sala.

— Fala, Dona Luciana, para desligar o *Father and Son*[18] é porque deve ser sério.

— Filho, eu tenho uma coisa para te contar... ou te perguntar, mas estou sem jeito.

— Se ajeite, então — brincou ele.

— Bom — disse ela, depois de respirar fundo. — Sabe quando fiquei de entregar o trabalho do Christian?

— Nossa, que intimidade.

— Não tem intimidade. Eu tinha mesmo que ir ao Rio. Mas não vou negar que, apesar de não entender de Economia, fiquei curiosa de saber como ele era, por causa da monografia. Para um aluno que tinha vinte e poucos anos, achei o texto espantoso, e você sabe que eu não faço outra coisa mais na vida do que ler. Aliás, espantoso só não — corajoso.

— Ou pretensioso.

— Você achou?

— Não muito — respondeu ele com ironia. — É como se um estudante de Física contestasse a primeira lei da termodinâmica. Mas não é isso que você quer me dizer, mãe, anda.

— Poxa, João, assim fica chato.

— Quer que eu te ajude?

— Ajude então, sabichão.

— Você foi lá, acabaram conversando e ele te falou das maluquices dele de estudante em Londres, da indiana surtada...

— Que indiana? — perguntou ela, fazendo com que o filho desse uma gargalhada.

— "Doooona" Luciana! Só me faltava essa.

— O que você quer dizer?

---

[18] Pai e Filho. Canção de Cat Stevens.

— Posso continuar?

— Pode — disse ela. — Mas depois me diz que indiana é essa.

— É a mãe da filha dele.

— É?

— Mas ele não conhece a garota.

— Por quê?

— Porque a mãe entrou para uma seita de hippies convertidos, só que ele era mais doidão ainda, sabe; então achou a comunidade muito careta.

— João, por que tanta implicância? Você chegou aqui elogiando o homem.

— Eu não elogiei. Só achei o cara diferente, mas depois vi que o adjetivo era injusto. Pirado é mais adequado.

— Ele não tem nada de pirado — defendeu ela.

— Como é que sabe? Já o conhece bem?

— Não acredito que esteja me perguntando isso.

— Nunca tivemos problemas com perguntas.

— Mas, enquanto mantiver esse tom, não vou lhe responder nada.

— Claro, não deve satisfações a ninguém. Então por que me chamou para conversar?

— Porque o fato de não dever satisfações é diferente do fato de querer bem, de respeitar os sentimentos. A única coisa concreta, além da minha pecaminosa visita profissional, foi que ontem ele telefonou me convidando para jantar. E eu não dei uma resposta, pois sou uma mãe "tããão" independente que queria falar com você primeiro. Agora, diante da sua atitude, já estou achando que não tenho que te dar esse direito.

— Faz o que você quiser, mãe.

— Entendi. Ou não faça o que não quero, ou então que se dane.

— Você entendeu assim?

— Claro. Enquanto eu ficar enfurnada aqui te esperando para almoçarmos, está tudo bem.

— O outro extremo é ir logo saindo com o primeiro gringo estranho que te aparece pela frente. E o Daniel?

— Que sensível, está preocupado com o Daniel. Estranho, quando ele vem aqui, você nem fala com ele.

— Ele não quer assumir você, só se aproveitar.

— Não estou dizendo? *Ele* só quer se aproveitar de mim, porque as mulheres são meros objetos.

— Não conhecia esse seu lado feminista.

— Normal que os "lados" mais insuspeitos aflorem quando se está acuado.

— Eu estou te acuando?

— Está cerceando minha liberdade. Quer que eu fique o resto da vida vestida de preto — disse ela, andando de um lado para o outro.

— Não quero nem tenho o poder de tirar sua liberdade. Só me incomoda que se envolva com as pessoas erradas. O Daniel é um zero à esquerda e o Christian é um... — ficou procurando a palavra.

— É um o quê? Diga, já que conhece o sujeito melhor do que eu.

— É um aventureiro... um especulador — respondeu o rapaz, estranhando o som do próprio moralismo.

— Ah, João Pedro, conta outra — disse ela, forçando uma risada e servindo-se de um copo de uísque, o que raramente fazia na frente dele. Então eu e seu pai evitamos que fosse para a universidade pública...

— ... onde passei entre os primeiros, o que para todos os pais de amigos meus seria um sonho...

— Sem dúvida, seria uma valiosa economia, mas da qual abrimos mão por sabermos que, para você, ela representaria uma greve atrás da outra, formar-se sabe-se lá quando e o contato com um ranço acadêmico de esquerda com cheiro de naftalina. Sacrifício em vão, pelo que eu estou vendo, já que agora você vem com esse discurso de Leonel Brizola, grande inimigo do capital internacional. "Alô-ou"! Acorda, meu filho. Até o pessoal que na minha época fazia movimento estudantil e achava bonito citar Gramski, enquanto eu dava duro de dia e estudava à noite, hoje é presidente da República, governador, senador e o diabo a quatro. Todos tomando scotch e fumando Cohiba com os especuladores que você está malhando. Sabe, João Pedro, se você pensa mesmo desse jeito, o que eu lamentaria muito, tenho o dever de mãe de te avisar que nem existe mais nenhuma tribo honesta para você se juntar.

— Não gosto de política — disse ele, percebendo como um gole e a simples posse do copo já a deixavam loquaz. — Só não concordo que europeus folgados venham para cá enriquecer às custas dos nossos problemas. Sabe quanto ele já juntou fazendo agiotagem no Plano Real e depois virando aplicador nos juros recordes que se praticam aqui?

— Não sei nem me interessa saber.

— O que te interessa?

— Conhecer uma pessoa nova. Que se mostrou agradável e não parece ser nem traficante nem corrupto.

— Tá bom, mãe, tá bom. Se você jogar esse uísque na pia, prometo que ainda te dou uma bênção, e, quer saber, sincera. Talvez eu esteja exagerando, reconheço.

— E eu nem sei se ele vai confirmar o convite. Eu fui evasiva, por sua causa.

— Tenho certeza de que vai — disse João Pedro. — Bom, aproveitando a hora dos comunicados, eu vou viajar nesse fim de semana.

— Para onde?

— Para Búzios.

— Com quem?

— Com a Isabela. Ela quer que eu a ajude numa matéria.

— E *eu* torço para que dê tudo certo para *você*. Mas isso é obrigação de mãe, não é?

— Tá bom, mãe, eu também quero que dê tudo certo para você; por isso me preocupo. E me preocupo também com o empadão, que já deve estar carbonizado.

— Ai, meu Deus! — e correu para a cozinha. — Está meio moreninho, mas não morreu — disse lá de dentro.

Ele entrou na cozinha e riu quando olhou o pirex na bancada da pia.

— Mãe, vem cá — e abraçou-a. — Só me promete tomar cuidado, tá?

— Prometo, ciumento.

— Eu sou ciumento mesmo. Ele te falou se é casado?

— Não falamos sobre isso, mas acredito que não, senão estaria sendo sem-vergonha. Que história é essa de filha que ele te contou?

—Vou deixar a mochila no quarto, colocar um short e no almoço eu te explico.

Ele contou-lhe a história de Usha, da briga dele com o pai e tudo mais. Ela disse que, nos anos 70, essas coisas eram muito comuns, principalmente na Europa, onde arranjar mulheres orientais tinha sido uma moda inventada por John Lennon. Era óbvio que ela estava tentando amaciar o filho, mas se conheciam demais para que ele não percebesse.

Durante o almoço, ele foi sendo tomado pelo usual carinho pela mãe. Admitiu para si mesmo que não tinha nada a falar de Christian no aspecto pessoal. Além disso, em termos de inteligência e aparência, ele batia Daniel com folga; logo era natural o interesse da mãe. Ademais, ela era adulta e ele tinha sua própria vida para se preocupar. Em dois dias, estaria viajando para uma terra desconhecida, dentro dele mesmo.

The girl is mine[19]

A aula de sexta-feira terminou em algazarra, já que a maioria dos alunos estava liberada para as férias. Para João Pedro, era a última aula de graduação de sua vida, e Isabela, sabendo disso, lhe deu os parabéns, ainda que não fosse o caso dela. Eles estavam sentados um ao lado do outro. Marcos, inusitadamente mudo, olhou-os várias vezes.

—Vamos? — perguntou ela a João Pedro.

—Vamos. Minha mãe quer que a gente almoce com ela. É almoço de copa, sem frescura, e a gente aí não tem que parar no caminho.

— Fechado — disse ela.

Enquanto se dirigiam para a porta, Marcos se aproximou.

— E aí, Bela, desistiu de ir para Angra?

[19] A garota é minha. Canção de Michael Jackson interpretada por ele próprio com Paul McCartney.

— Desisti. Tenho que estudar HPE, o João vai me dar uma força.

— Posso falar um instante contigo?

— Pô, Marquinhos, na boa, estou morrendo de pressa.

— Só um segundinho.

— Só um instante, tá, João?

— Te espero lá embaixo.

Ele saiu e ficou aguardando o elevador. A sala onde os dois ficaram era uma das primeiras do corredor e, enquanto esperava, ouviu a voz dele:

— O meu motivo é problema meu. Aliás, achava que era seu também, mas não estou te cobrando. Agora, você está usando o cara... (ela retruca algo). Preocupado não, eu não conheço ele nem quero conhecer, é só mais um nerd imbecil, mas me admira você, Bela, fazendo isso, estou decepcionado... (pausa). Não pode fazer nada? Pode sim: vai lá embaixo e diz que você desistiu... (pausa). Seu pai não te dá ordem porque mima você; por isso você usa as pessoas, como me usou e está usando esse otário.

Ela se enervou e João Pedro já pôde ouvir sua voz. O elevador parou e ele fez "não" com o dedo para o ascensorista.

— Te usei o quê, Marcos, surtou? A gente "ficou" algumas vezes e você grudou no meu pé! Estou me dando mal nas matérias por sua causa!

— Por *minha* causa? Então eu sou a má influência da menininha, é? Gozado, o seu pai me adora.

— Ele adora o *seu* pai, isso sim. Normal, são sócios.

— Cala a boca! — gritou Marcos.

— Ninguém me manda calar a boca — disse ela com ódio.

João Pedro temia que alguma coisa mais séria ocorresse, mas percebeu que os dois deviam ter se dado conta de que haviam se excedido e passaram a falar de forma inaudível. Outro elevador parou e ele entrou. Chegando ao térreo, saiu do prédio e ficou aguardando, até que os dois saíram e se separaram sem se despedir. Ao passar por João Pedro, Marcos lhe disse:

— Tô de olho em você, hein, mané!

— Mané é você, débil mental — respondeu João Pedro.

— Como é que é?! — respondeu Marcos quase encostando o nariz no dele.

João Pedro não afastou o rosto e, olhando-o diretamente, respondeu:

— Além de débil mental é surdo? Desencosta esse bafo de mim porque eu não gosto de homem — e empurrou-o, fazendo-o quase cair sobre duas alunas que saíam da faculdade e deram gritinhos. Marcos começava a retomar o equilíbrio com cara de ódio, mas Isabela postou-se na frente dele, segurando-o pelos ombros.

— Pára, pára! — gritou ela.

Um segurança de terno preto e walkie-talkie segurou os dois rapazes pelo braço, mantendo-os afastados, e lhes disse:

— Vou levar os dois para a coordenação.

Marcos, sorrindo, disse:

— Qual é, Wardrobe,[20] é "zoação", eu disse ao Joãozinho que ele podia me dar um empurrão se o Botafogo ganhasse do Flamengo e tive que entubar. É só brincadeira, não é parceiro? — e afagou a cabeça de João Pedro.

— Claro que é brincadeira — respondeu João Pedro, sem sorrir.

— Olha: eu vou fingir que acredito só porque é o último dia de aula. Mas vaza, bonitão — disse o segurança para Marcos.

— Se você me soltar, eu vou. Aí, Joãozinho, boas férias, eu te ligo — e, a pretexto de lhe dar um tapinha nas costas, acrescentou no ouvido dele: — Você me deve essa, "cumpadi".

— Liga sim — respondeu João Pedro.

— Vamos, João, vamos — disse Isabela, nervosa.

— O seu estacionamento não é pra lá?

— Por favor — disse ela, já de costas para o segurança e chorando. — Olha a minha mão.

Ele segurou a mão dela, que estava tremendo.

— Fica calma.

— Não sabia que você era brigão.

---

[20] Armário.

— Eu?!

— Por que foi responder?

— Porque, com gente assim, ou a gente responde, ou eles ficam pensando que a gente tem medo; aí sim estamos ferrados.

— Pois *eu* morri de medo, e ainda estou tremendo. Me dá um abraço?

Ele a abraçou e ela desatou o choro.

— Desculpe, eu que te meti nessa.

— Ele está só com ciúmes.

Ela desfez o abraço e disse, olhando nos olhos dele.

— Ele se acha meu dono, só porque o pai dele tem negócios com o meu. Quero que ele se dane!

— Acabou, respire fundo.

— Estou com medo de que ele esteja lá no estacionamento.

— Não acho que vá estar. Não vai querer ficar pagando mico.

— Vamos só tomar uma água ali.

— Se for pela água, sim.

Foram depois para o estacionamento e ela lhe perguntou:

— Estou nervosa para dirigir. Você tem carteira?

— Tenho.

— Então dirige até sua casa, depois eu pego até Búzios.

— Tá legal — disse ele, pegando o chaveiro que ela lhe entregou.

— Mas não vou conseguir almoçar com a sua mãe.

— Não tem problema.

— Ela fez almoço, coitada.

— Ela faz todo dia, e não é nada especial, como eu te disse.

— Tá bom, se a gente tiver fome, pára no caminho.

— Fechado — disse ele, sorrindo, enquanto saía da vaga.

— Você me acalma.

— É?

— A não ser quando quer dar uma de brigão. Não tem nada a ver com você. Aposto que só quis se mostrar.

— Não foi não, ainda mais que o cara é grande e eu tinha chance é de tomar prejuízo. Mas é o que eu te disse: omitir-se às vezes custa mais caro.

Eles ficaram em silêncio e ele sentiu a maciez e a potência do Audi, percebendo a diferença em relação ao carro da mãe. Chegando à porta do seu prédio, disse para ela aguardar e pediu ao "seu" José que tomasse conta da "princesa", o que ela ouviu e achou engraçado. Começava a reparar que ele, apesar da primeira aparência de aluno exemplar, nas situações corriqueiras tinha uma virilidade meio malandra diferente da de seus amigos "sarados", que era mais baseada em atributos externos.

— Oi, mãe — disse ele, vendo-a na sala. — Desculpe, mas não vamos subir.

— Por quê? Estava esperando vocês. Podia ter avisado.

— Desculpe, acabei esquecendo. Foi meio tumultuada a vinda.

— O que houve?

— Ela tem um apaixonado que resolveu me pedir satisfações, rolou um estresse e ainda está meio nervosa — disse ele, enquanto pegava a mala no quarto.

— Foi mesmo, meu filho?

— Sério, o segurança teve que entrar no meio.

— Bom, eu tenho certeza que você fez o que tinha que fazer. Isso é sinal de que a paquera está evoluindo.

— Paquera... que coisa mais antiga, Dona Luciana — abraçou-a. Fica na paz. — E o gringo, já ligou?

— Ligou.

— Não falei?

— Vamos jantar aqui mesmo em Niterói. Ele quer conhecer melhor a cidade.

— Deve estar querendo fazer um estudo antropológico da tribo do Araribóia.

— Implicante — disse ela, sem conseguir conter o riso.

— E o Daniel, já sabe?

— Ainda não sei o que fazer: aquele velho problema meu e seu de não saber mentir. Podia não dizer nada, mas, logo no sábado, ele vai querer sair...

— Não diga a verdade. Ainda não.

— Não acredito. Mister Honesty me aconselhando a dissimular?

— Tem coisas que não se dizem pelo telefone. Diz que a vovó apareceu de repente.

— Nem fala que atrai. Mas é uma boa idéia.

— Depois conte a ele. Diga que recebeu um convite e resolveu aceitar, mas que não conseguiu contar pelo telefone. Será um bom teste.

— Teste de quê? De capacidade de perdoar?

— Não, de saber qual é a dele. Beijo, mãe.

— Meu Deus, que filho experiente. Mas gostei. Comporte-se na casa dos outros — e gritou pela fresta do elevador. — Te amo!

João Pedro entrou no carro e se desculpou pela demora, dizendo que eram "coisas de mãe". Isabela ainda estava sentada no lado do "carona" e perguntou-lhe se ele se incomodava de dirigir, pois tinha dormido tarde, estudando. Ele disse que esse era um bom motivo para estar cansada e partiram.

Greenish diamonds[21]

Quando entraram na estrada que hoje é a Via Lagos, ela pegou um CD no porta-luvas e disse:

— Eu adoro esse som, só que é meio antigo.

— Pink Floyd. — disse ele, olhando o prisma com o arco-íris.

— Desde que fui ao show do Roger Waters, fiquei apaixonada. Pior que meus amigos não suportam; então só ouço quando estou sozinha.

— Arranjou uma boa companhia. Meu pai gostava muito.

A estrada dava uma ampla visão das montanhas, o sol estava a pino e batia sobre os cabelos cor-de-mel de Isabela, cuja cabeça estava recostada no assento virada para a janela, de olhos fechados. Quando começou a tocar a música *Shine on you crazy diamond*,[22] ela virou-se para ele:

---

[21] Diamantes esverdeados.

[22] Canção de Pink Floyd.

— Eu amo essa música! — exclamou, com os olhos verdes refletindo o brilho do sol.

— Eu também — disse João Pedro, tirando os olhos da estrada e encarando-a. — Desde a primeira vez que a vi.

Também, pela primeira vez, viu a extrovertida garota corar.

6 A UTILIDADE É AZUL[23]

A casa de Isabela ficava no pequeno monte da extremidade direita da praia de Geribá, de quem olha para o mar. Envidraçada, entremeava paredes brancas com toras de madeira rústica. Eles pararam no caminho para comer algo e chegaram perto das quatro horas da tarde. Os pais dela só viriam à noite, e um empregado veio tirar as malas do carro.

— Luís, ele vai ficar no quarto em frente ao do Lucas, tá?

— Tá certo, dona Isabela — respondeu ele.

— Na frente do João não precisa do "dona" não, farsante.

— Tá certo, dona Isabela — respondeu ele rindo.

— É um palhaço — disse Isabela a João Pedro. — É que montaram um circo aqui em Búzios, sabe, há uns anos, e a mamãe ficou com pena dele.

Aproximou-se uma senhora com a mão esquerda enfaixada.

— Francisca, sua tonta, o que foi isso na sua mão? — perguntou-lhe Isabela, enquanto a beijava e segurava a mão com o curativo.

— Tudo bem, minha filha? Foi o Moacir que pescou uma lula das grandes. Um turista quis até dar uma nota de cinqüenta "dólar" por ela, mas o burro disse que era pouco; então o gringo achou que era exploração. Olha, cá entre nós, era mesmo, mas não foi ganância do

---

[23] Referência ao filme *A Liberdade é Azul* (1993), parte da trilogia composta por *A Igualdade é Branca* (1994) e a *Fraternidade é Vermelha* (1994), do cineasta polonês Krzystof Kieslowski.

Moacir não, você conhece "ele". É que, quando ele gosta do peixe, às vezes cisma de querer levar pra casa; então Deus castigou pela cobiça, mas Ele não castiga o Moacir não, castiga sempre "eu", que fui fazer a lula à dorê daquele jeito que você gosta, mas os pedaços eram tão grandes que respingou gordura na minha mão. Logo eu, imagina, Isabela, que frito lula desde menina. Doeu tanto que fui parar no posto de saúde. Lá deram uma pomada e disseram para eu trocar sempre isso aqui, mas já está fazendo cicatriz.

— Coitadinha — disse Isabela. — Vou te levar num médico direito.

— Posto de saúde é direito, menina — retrucou Francisca.

— Está bom — disse Isabela. — Mas vou contar essa história para a mamãe, ouviu, dona Francisca, para ela decidir o que fazer.

— Tem que fazer mais nada não, já doeu tudo que tinha que doer, deixa a sua mãe em paz, que ela vem aqui para se distrair. Vamos, vamos entrando que o sol está bonito e vocês ainda podem descer na praia.

— Boa idéia. Vamos, João?

— Vamos.

— Então vá ao seu quarto — é ali ó, na segunda à esquerda — e bota a sunga para a gente dar uma descida. Hoje você está liberado das suas tarefas.

— Quem disse que *eu* te liberei?

— É? — perguntou ela, fazendo cara de vítima.

— Quando a gente descer, vou te fazer umas perguntinhas para ver a turma em que eu te ponho. E não adianta levar o caderno para colar.

— Está bom, professor, vou botar meu biquíni.

Quinze minutos depois, os dois se encontraram no jardim e desceram a pé por uma picada, começando a percorrer, pela areia molhada, a extensão de cerca de dois quilômetros.

— Isabela, isso aqui é muito legal, mas vamos colocar em primeiro lugar o seu objetivo nestes três dias, OK?

— OK.

— Isso inclui brincar o mínimo possível enquanto estivermos estudando.

— Não vou fazer palhaçada, prometo. Eu sou a grande interessada.

— Você disse uma palavra boa para começarmos.

— Qual?

— Interessada. Interesse. Seu interesse.

— Já sei: Adam Smith.

— Isso você já viu bastante?

— Mais ou menos, sobre ele e o David Ricardo. Sei que foram eles que fundaram a teoria clássica, que defendiam a livre-iniciativa, porque achavam que é ela que faz os homens darem o melhor de si, o que acaba beneficiando a sociedade. Disseram também que é do trabalho que vem o valor das coisas. Depois veio o pessoal da utilidade marginal...

— Espera aí, vamos voltar um pouco.

— Ainda nem chegamos à metade da praia.

— Olha... — disse, ele, simulando uma advertência.

— Desculpe, é tique. Está bom, voltar até que ponto? Não falei certo, do Smith e do Ricardo?

— Falou, mas o utilitarismo não nasceu assim, de repente.

— Nasceu como?

— Nem foi de dentro da Economia. O utilitarismo era uma corrente filosófica, liderada por Jeremy Bentham, que era amigo do James Mill, pai do John Stuart Mill...

— ... que veio depois do Ricardo e sistematizou o que ele e o Smith disseram.

— É, mas aqueles filósofos achavam que os homens só buscam duas coisas: aumentar o prazer e diminuir a dor. Como a dor é apenas o prazer ao contrário, na verdade eles achavam que a única coisa que os homens buscam é satisfazer seus desejos. Até quando somos bonzinhos é porque temos interesse.

— Tudo bem, mas isso o Smith também achava.

— Mas não aplicou a tudo. Por exemplo, a base de uma teoria econômica está onde ela diz que reside o valor das coisas. Como você disse, para o Smith e o Ricardo esse valor estava no trabalho.

— E para os utilitaristas?

— Eles achavam que o valor vem da utilidade que os homens vêem nos bens. É completamente diferente.

— É? — espantou-se Isabela.

— Totalmente. Uma visão dá ênfase ao lado da oferta, a outra ao lado da procura.

— Pode dar um exemplo?

— Digamos que a dona Francisca faça uma lula à dorê para você.

— Digamos não: ela *vai* fazer amanhã.

— Isso. Quando você olhar aquele lindo prato, vai achar que o valor dele está no trabalho do seu Moacir em pescar a lula e no dela em prepará-la, ou no valor que você mesma dá para ela, quer dizer, do seu prazer de comê-la?

— Caraca, João, que nó. Sei lá. Não são as duas coisas?

— Se são, eu não sei, mas cada tribo achava uma coisa. Smith e Ricardo diziam que o valor da lula estava no trabalho da dona Francisca e do marido. Os utilitaristas jurariam de pés juntos que estava na importância que você dá para ela.

— Mestre, você quer me ensinar ou me confundir?

— Quero te mostrar como os caras pensavam.

— E quem estava certo?

— Eles são considerados gênios até hoje e você quer que *eu* saiba a verdade?

— Você aprendeu um monte de coisas que eles não sabiam. Diga sua opinião, pelo menos.

— Para que importa?

— Para mim importa. Fico menos confusa.

Eles deram mais uns dez passos em silêncio até que João Pedro disse:

— Talvez seja você quem tenha razão.

— Eu?! — perguntou ela, levando a mão direita ao peito.

— É, quando disse que são as duas coisas. Quer dizer, é lógico que a utilidade é fundamental. Mas acho que tanto o trabalho como também os outros fatores de produção, como o capital, a matéria-prima e a tecnologia, têm um custo que impõe um piso mínimo que as coisas devam custar. Por exemplo: o tal gringo quis pagar 50 dólares pela lula ao seu Moacir. Ele só barganhou porque viajou na maionese ou porque devia ser alta temporada, mas, numa situação normal, venderia rindo por 20 dólares. Por menos que isso, digamos que ele já ache que realmente não vale a pena, pelo gasto de tempo, de isca e de rede. Mas imagine que um xerelete...

— Xerelete? — perguntou ela, dando uma gargalhada.

— É um peixe não tão nobre. Sério, imagine que um xerelete... — ela começou a ter um ataque de riso; então ele disse: está bom, uma tainha...

— Tainha? O sargento do Recruta Zero? — continuou a rir.

— Vou dar uma sentada ali em cima, enquanto você pára de rir — disse ele, sentando-se na areia seca.

— Desculpa, vai, prometo — disse ela, indo até ele e puxando seu braço para ele levantar-se de novo.

— De qualquer nome de peixe que eu falar você vai rir.

— Como você conhece esses peixes? — perguntou ela, sentando-se ao lado dele.

— Fui criado no saco de São Francisco...

— Saco de... São Francisco? — ela caiu de costas na areia, num acesso de riso.

— Você gosta de rir, é? — disse ele, abandonando o siso e fazendo-lhe cócegas.

— Pára, João Pedro — agora ela chorava e ria ao mesmo tempo. — Olha, vou chamar meu pai.

— Seu pai não, chama o Marcão para me bater — disse ele, continuando a fazer-lhe cócegas.

— Marcos Xerelete — disse ela — e você é o João Tainha, que mora... que mora...

— No saco do santo, não é, engraçadinha? Toma cócegas, então, até gastar esse riso frouxo.

— Tudo bem, eu paro, juro!

— Pára mesmo? — perguntou ele, segurando cada mão dela na areia, ao lado do rosto.

— Paro — disse ela, ficando séria aos poucos.

— E se for eu que não conseguir parar? — perguntou ele.

—Vai ser um problema.

— Para mim ou para você?

—Você e suas perguntas difíceis. Mas desconfio que a utilidade será maior que o trabalho.

Ele deu-lhe um longo beijo.

—Você é linda.

—Você também.

—Vou te dar zero em avaliação de modelos — brincou ele.

— Bobo.Você é bonito sim, mas estou falando de outro tipo de beleza. Que eu acho que nem conheço direito.

— A beleza devia saber tudo da beleza — disse ele, beijando-lhe levemente.

— Não sei de muita coisa. Por exemplo, como um cara de vinte e três anos pode falar assim.Você saiu de algum romance?

— Não, de dentro do saco de São Francisco — respondeu ele sorrindo.

— Isso não tem nada a ver com santo — disse ela, puxando-o pela nuca e beijando-o.

Ficaram assim por alguns minutos, sem falar mais nada.

—Vamos dar um mergulho? — perguntou ela.

— Acho que vou ter um choque térmico — respondeu ele.

— Engraçadinho — disse ela, levantando-se, tirando a canga e correndo para a água. —Vamos — chamou-o —, deixa de ser preguiçoso.

Ele ficou admirando o corpo perfeito dela correndo para a água. Depois levantou, correu e mergulhou. Emergiu próximo a ela e a beijou.

—Vamos continuar a nossa caminhada e falar sério? — disse ele, depois de algum tempo. — Olha aí, Isabela, na moral: é ridículo você repetir essa matéria, eu não vou deixar. Sem brincadeiras e beijos, ao menos por enquanto, OK?

— Adoro esse seu jeito responsável.Você tem razão, vamos.

Eles saíram da água, ela enrolou a canga na cintura e continuaram a andar.

— Bom, a despeito dos utilitaristas — disse João Pedro —, que ali pelo começo dos anos 1800 eram mais filósofos, surgiu, depois do Adam Smith, mais ou menos junto com o Ricardo, um francês chamado Jean-Baptiste Say.

— O da "Lei de Say".

— Esse. Mas deixe a lei para daqui a pouco. Ele se dizia um organizador das idéias de Smith, mas foi mais que isso. Achava aquele negócio de dar tanto valor ao trabalho uma idéia perigosa. No fundo, a valorização das teorias dos economistas sempre teve um lado ideológico.

— Explique melhor.

— Veja só: se eu coloco o valor da lula no trabalho da dona Francisca e do marido dela, estou botando os dois no pedestal. Não só eles, como todos os pescadores que vivem ali no final da praia. O Say disse que não era só o fator trabalho que importava, mas também o fator capital — ou seja, o barco, a rede etc. — e, sobretudo, o papel do empresário. Enfim, ele criticou a teoria do valor de Smith e Ricardo por ser simplista demais. Argumentou que o jogo da procura e da oferta era importante para se chegar ao valor das coisas, ainda que não tenha criado um modelo formal demonstrando que é o preço que estabelece o equilíbrio entre oferta e procura.

— Como é o negócio da lei dele, de que "a oferta cria a própria demanda"?

— A lei parte do princípio de que a moeda é um simples facilitador de troca. Que, no fundo, todos produzem coisas e as trocam. Quando o seu Moacir pesca a lula e a oferece ao dono da birosca...

— Birosca? — perguntou ela, tapando a boca com a mão para não rir.

— É, um mercadinho de lugar mais humilde, que vende desde sabonete até cachaça. Mas, então, quando o seu Moacir leva a lula na birosca e a troca por mercadorias, ele está ofertando ou demandando?

— Está ofertando... e demandando, cacilda. Lá vem você com suas pegadinhas.

— Não é pegadinha. É que, se tem dinheiro na história, ele vende a lula, e você diz que ele está ofertando. Aí ele pega o dinheiro e vai à birosca comprar coisas e você diz que ele está demandando. Se ele trocasse diretamente, ficaria mais fácil ver que, ao ofertar a lula, ele já está criando a própria demanda por ela.

— Caraca, é mesmo — admirou-se Isabela.

— Bom, e aonde você acha que o Say quis chegar com isso? — perguntou João Pedro.

— Não *sei*, sem trocadilho — respondeu ela.

— Depois que o Smith morreu, além do Ricardo, quem também surgiu e completou a trinca dos grandes clássicos foi o Malthus.

— Aquele que dizia que os alimentos crescem em progressão aritmética e a população em progressão geométrica; logo, todo mundo morreria de fome. Gozado, meu problema é justamente evitar comer demais.

— Ele não sabia que as técnicas agrícolas se desenvolveriam tanto. Mas o fato é que ele via essa questão da escassez somente na agricultura. Na indústria, ele achava que o problema seria o inverso: a superprodução. O Ricardo, que era amigo dele, ainda que argumentando de outra forma, também achava isso. Enfim, Smith era um otimista, mas os outros dois do triunvirato que vieram depois, Malthus e Ricardo, viam alguns problemas no sistema capitalista.

— Mas tanto o Ricardo como o Malthus eram capitalistas, não eram? — perguntou ela.

— Eram, mas o fato de você gostar de carros, por exemplo, não quer dizer que você não veja os problemas que eles possam causar. Sei lá, acidentes, poluição, congestionamentos. Enfim, eles eram a favor do capitalismo, mas viam problemas e queriam consertá-los, ou pelo menos alertar as pessoas sobre eles.

— E o Say, não via esses problemas?

— Não, não via. Ele dizia que não poderia haver produção excessiva e encalhe de mercadorias, já que a oferta cria automaticamente a própria demanda. Por isso, não via a possibilidade de superprodução, desemprego, nada disso. "Sua" lei corrigiria tudo.

— Uma lei meio furada, diga-se de passagem — disse ela.

— Também acho. Até aquele pescador ali sabe que não adianta pescar demais se não conseguir vender. Se seus colegas também pescarem muito peixe, o dono da birosca pode não querer trocar nada com ele, pois não vai conseguir vender. E a realidade contradizia esse mundo mágico do Say. Já havia desemprego, inflação, monopólio, empresas que não agüentavam a concorrência e faliam, greves, enfim, todo aquele ambiente sombrio que a gente vê naqueles livros e filmes ingleses de época.

— Eu sei, tipo Oliver Twist. Era bravo, né?

— Para a massa era mesmo. O fato é que o *establishment*...

— Quem? — perguntou ela.

— O poder estabelecido — os ricos, os capitalistas e os políticos que os apoiavam.

— Ah...

— Enfim, eles precisavam de uma teoria menos perigosa que a do valor-trabalho de Smith e Ricardo, mas que não fosse um conto de fadas como a Lei de Say.

— E conseguiram? — perguntou Isabela, enquanto puxava o braço dele para retornarem, já que haviam chegado ao final da orla.

— Ela já existia: era o utilitarismo. Só precisava ganhar uma roupagem técnica. Essas idéias não surgem de uma hora para outra. Muita gente na época do Smith já discordava de que o valor das coisas se resumiria ao tempo de trabalho empregado para produzi-las. Aliás, um cara que disse isso de forma muito clara foi um tal de Abbé Condillac, em 1776, ou seja, o ano que o Smith ainda estava publicando *A Riqueza das Nações*.

— O que ele disse?

— Eu até gravei as palavras: "Uma coisa não tem valor por causa de seu custo, conforme alguns supõem; ela tem um custo porque tem valor." Resumindo: o que importaria mesmo é o valor que *você* dá para a lula.

— E como os utilitaristas acabaram ganhando essa parada? — perguntou ela.

— Além dos furos da teoria do valor-trabalho, a ameaça ideológica do socialismo pesou muito. Enquanto os liberais ficavam de picuinha entre si, os socialistas avançavam, dizendo que o desemprego e os baixos salários decorriam do fato de os capitalistas se apropriarem da diferença entre o custo do trabalho e o preço das mercadorias, que eles embolsavam.

— A mais-valia.

— Isso. Marx dizia que o interesse dos empresários era pagar salários cada vez menores para aumentar a mais-valia. Acusava-os também de não reinvestirem na produção parte desse capital acumulado, daí tanta miséria. Essas palavras de ordem estavam agitando os trabalhadores, que faziam greves exigindo aumentos de salários e mais direitos.

— E aí?

— Como eu disse, o outro lado precisava de uma boa teoria, de preferência que não falasse em classes sociais, para combater essas idéias subversivas, que eram baseadas na própria teoria do valor-trabalho dos patriarcas do liberalismo, Smith e Ricardo, o que era uma contradição, um tapa na cara. Mas eles conseguiram essa teoria no utilitarismo, só que não mais com blablablá filosófico, mas na linguagem da mais inquestionável das ciências.

— Qual? — perguntou ela.

— A Matemática, ué.

— Aquele monte de fórmulas e gráficos...

— Isso, mas baseados numa premissa sólida: a de que os homens estão sempre buscando maximizar a utilidade que tiram das coisas. Os utilitaristas não davam importância à oferta: é o valor que você, Isabela, dá à lula que define o preço dela. Com base nesse preço, os pescadores é que têm que se virar para conseguir oferecê-la a custos viáveis. Eles tentaram traduzir a utilidade do consumidor numa unidade numérica, o *util*.

— A abordagem era do consumidor individual, né?

— Era, porque a utilidade é uma coisa subjetiva. E pressupõe a liberdade de escolha.

— Mas o nome era utilidade "marginal" por outro motivo...

— Sim, eles achavam que ela é decrescente *na margem*.

— É um saco, isso.

— Se você acha chato, vamos dar uma parada porque já estamos chegando. Você está liberada, por enquanto.

— Meus pais chegam daqui a pouco.

— É? — disse ele, abraçando-a e beijando-a. — Que pena!

— Professor...

Isabela demorou no banho e se vestindo. Quando perguntou por João Pedro a Francisca, ela disse que tinha visto o rapaz no jardim. Como ela não o viu lá, gritou:

— João! João!

— Estou aqui! — gritou ele de dentro da sala de jogos, que ficava numa casa separada da principal.

— Tá dura a partida? — perguntou ela, pois ele dava umas tacadas na mesa de sinuca.

— Não — brincou ele. — Só com essas duas bolinhas, o jogo está meio sem graça.

— Ué, tem outras na caçapa — disse ela.

— Você me vende uma?

— Vendo — respondeu ela, lembrando-se das rosas e dos pães. Quanto você paga?

— Hum... Três beijinhos. Mas vamos fingir que há uma diferença entre o beijo que você está me dando e o que eu estou te dando.

— Não é o mesmo? — perguntou ela.

— Não, não é — respondeu ele. — Como diziam antigamente, digamos que estamos *trocando* um beijo. E que, como seus pais vão estar sempre por perto, tenho um número limitado de beijos para te dar no fim de semana.

— Que pena! — disse ela.

— Por outro lado, do *seu* ponto de vista, quanto mais beijos eu te der, melhor.

— Aí eu concordo — disse ela.

— Como eu disse, pago três "selinhos" por uma bola, aceita?

— Aceito — respondeu ela.

— Pronto, está paga, me dá aqui a bola. Legal, agora posso simular umas situações de sinuca.

— Quer outra? — perguntou ela, enquanto pegava mais uma bola na caçapa.

— Depende, quanto você me cobra?

— Ué, três selinhos.

— Sabe, é que tenho que economizar para o fim de semana. Dois: é pegar ou largar.

— OK — disse ela. Eles deram os dois beijos, ele distribuiu as quatro bolas na mesa e recomeçou a jogar. — Não quer mais uma?

— Não sei — e deu uma tacada. — Quanto você quer por ela?

— Dois beijos, ora.

— Sabe o que é, para jogar sozinho, quatro já está bom. Mas tudo bem, pago um selinho.

— Pão-duro.

— Tome o seu beijo, e deixe a bola aí encostada na tabela, por favor.

— É? Não vai querer mais nenhuma?

— Não, vai até atrapalhar minha brincadeira.

— Que metido...

— Pronto, acabei — disse ele, depois de encaçapar uma bola e colocar as restantes na caçapa. — Agora, vamos pegando bola por bola e colocando nessa rodinha aqui no meio da mesa. Como acabei de te mostrar, cada uma que adiciono *na margem* das que eu já tenho tem uma utilidade cada vez menor para mim. Por isso, os utilitaristas disseram que a utilidade marginal de um bem é decrescente, ou seja, o *valor* dele, para a pessoa que o adquire, vai diminuindo com a quantidade que ela já tem.

— Entendi: a utilidade da última unidade adquirida é sempre menor.

— Isso mesmo — disse ele.

— E como isso serviu naquela briga com os socialistas, que se apropriaram da teoria do valor-trabalho do Smith e do Ricardo?

— Boa pergunta. Essa nova teoria, ao contrário da outra, era à prova de utilização pelo inimigo. Segundo ela, seria impossível que os empresários pagassem salários de fome por estarem querendo embolsar parte do valor que o trabalho incorporava aos bens.

— Por quê? — perguntou Isabela.

— Simplesmente porque, de acordo com sua própria premissa, esse valor não vem do trabalho. Ele está na utilidade que o consumidor vê no produto.

— Ah, é — disse ela.

— Se os empresários eram forçados a pagar salários baixos, os "culpados" eram os consumidores, que, de acordo com a lógica da utilidade marginal decrescente, estavam dispostos a pagar cada vez menos pelos bens fabricados. Sai de cena o capitalista ganancioso e entra o consumidor racional. E a teoria do valor-trabalho, aproveitada por Marx, vai para a geladeira.

— Por que para a geladeira? — perguntou ela.

— Porque depois foi aproveitada por Marshall, como a gente vai ver. Mas, dentro do caminhão de mudança que foi a utilidade marginal, essa geladeira ficou de fora.

— Acho que já entendi por quê, mas explica de novo.

— Porque, para mim, não faz a menor diferença o quanto as bolas de sinuca custam para você: isso é um problema seu. Se você não é eficiente o bastante para me vendê-las e conseguir viver disso, outros fabricantes são.

— Contanto que você não os beije... — disse ela.

— Mesmo trocando beijos por dinheiro, que é o que acontece na realidade, eu usaria essa grana para outras coisas, porque já tenho bolas o suficiente para jogar. Na teoria da utilidade marginal, a mola da economia não é a oferta, mas a demanda, lembra?

— Uma mudança de conceito bem radical — comentou Isabela.

— É verdade, mas o cenário ajuda a explicar. Na época de Smith e Ricardo, o problema da economia estava na oferta: produzir era difícil, e quase tudo o que ia para as prateleiras era vendido. Mas, com o avanço da produção em série, a dificuldade foi se deslocando para a demanda. O industrial se tornou capaz de produzir muito, mas enfrentava uma competição feroz e penava para vender a uma população que, em grande parte, era feita de gente dura.

— Não havia classe média? — perguntou ela.

— Era ainda limitada. Muitos tipos de emprego só passaram a existir em maior quantidade no século XX, como engenheiros, administradores, médicos especialistas, secretárias, vendedores técnicos, operadores financeiros, enfim, esse monte de gente que consome muito. Quanto aos bens de luxo, tinham um público muito restrito — a riqueza aumentava concentradamente, com a formação de cartéis e conglomerados. Existia uma classe forte, a dos donos de terras e de empresas; uma massa na classe baixa, que consumia o mínimo; e não muita gente no meio. Por isso, os argumentos de Marx eram ouvidos por muitos. A chaleira continuava fervendo, naquelas últimas décadas do século XIX.

— Entendi — disse ela. — E onde entrou tanta matemática na teoria marginalista?

— Entrou porque se passou a supor que a utilidade de um bem pode ser quantificada e comparada. Então, o cálculo diferencial, que trata das diferenças mínimas e detecta pontos ótimos, passou a ser utilizado no estudo de combinações de bens que maximizam a utilidade em modelos de escolha envolvendo limitação orçamentária. O Pareto foi o primeiro a ir mais fundo nisso.

— Falando em nomes, quem eram esses marginalistas? — perguntou Isabela.

— O registro mais antigo de análise marginal aplicada à Economia pertence a um inglês chamado William Jevons, em palestras feitas em 1862 e publicadas em 1866. Em 1871 ele lançou um livro sobre isso, e, no mesmo ano, o Carl Menger, que, junto com Friedrich von Wieser — o primeiro a usar a expressão *utilidade marginal* — e Böhm-Bawerk, formou a trinca da chamada Escola Austríaca. Mas os marginalistas que mais utilizaram a Matemática foram dois da Escola Suíça, ainda que ambos fossem franceses: o Leon Walras e o Wilfredo Pareto, que substituiu o primeiro na cadeira de Economia Política da Universidade de Lausanne. Foram esses homens que deram à Economia uma cara de ciência exata.

— Lembrei — disse ela. — O Walras foi quem propôs um modelo de equilíbrio simultâneo para todos os mercados, não foi?

— Foi: o chamado modelo de equilíbrio geral, que seria capaz de explicar o nível de preços de todos os bens, que ele via como interdependentes. Se o preço do chá sobe, o mercado se torna mais propenso a comprar café, cujo preço acaba também aumentando. Era um modelo bem complexo, com muitas equações e tido, por muitos, como abstrato e até "metafísico".

— Esses homens não eram teóricos demais? — perguntou Isabela.

— Eles acreditavam que a Economia, para ser uma ciência, deveria ser "pura", livre de intuições sobre a causalidade dos fenômenos. Seus métodos variavam, mas todos concordavam que o valor de um bem, ou seu preço, é determinado por sua utilidade marginal, ou seja, pelo valor da última unidade adquirida. Eles desprezavam a teoria clássica do valor-trabalho, que Wieser chegou a chamar de "idéia monstruosa". Mas, fora a Escola Histórica alemã, que os combatia muito, eles começaram a ser respeitados, e talvez a Economia fosse hoje ainda mais abstrata se não tivesse surgido um inglês excepcional que, além de tão bom matemático quanto eles, era um professor nato e tinha um pé ainda fincado na Escola Clássica. Ele simplificou algumas hipóteses e construiu uma teoria sólida, integrada e muito mais palatável do que o marginalismo puro. Sua obra *Princípios de Economia* (1890) passou a ser o novo livro-texto das faculdades. Aliás, ele foi o primeiro a denominar a ciência apenas de "Economia", sem o "Política".

— Alfred Marshall — disse ela.

— Sabidinha, hein? O que ele fez?

— Aplicou a utilidade marginal à teoria clássica. Foi o primeiro neoclássico.

— Isso. Nós tínhamos visto que os clássicos atribuíam o valor dos bens ao trabalho, ou seja, ao custo da produção, preocupando-se com a oferta. Agora, estamos vendo que os marginalistas diziam que o valor de uma coisa está na utilidade que o consumidor dá para ela, quer dizer, eles deram importância à demanda.

— Tá, e como o Marshall juntou essas duas coisas? — perguntou ela.

— Primeiro, do lado da procura, partindo da utilidade, ele construiu uma *curva de demanda*, levando em conta que as pessoas têm limitações orçamentárias e colocando o *preço* como a variável-chave que define o quanto elas estão dispostas a pagar pelos bens que lhes proporcionam essa utilidade.

— Como ele fez isso? — perguntou Isabela.

— Voltemos ao nosso exemplo. Eu fui trocando beijos por cada bola, uma a uma, mas poderia ter negociado já o lote, o que seria até mais realista.

— Mas não tão emocionante — disse ela.

— Agora é importante: digamos que eu tenha trazido uma quantia limitada de R$ 200,00 para Búzios e que não possa gastar demais em bolas de sinuca. Então, se o preço de cada uma for R$ 5,00, eu compraria, por exemplo, dois jogos completos, dezesseis bolas, gastando R$ 80,00, e me sobrariam R$ 120,00 para gastar em outras coisas. Só que você, na verdade, não está disposta a me vendê-las tão baratas, e me diz que o preço é R$ 8,00.

— Você então só compraria dez bolas para poder gastar os mesmos R$ 80,00.

— Não é assim tão rígido. A minha disponibilidade total é limitada, mas o que eu gastarei com as bolas dependerá da minha preferência. Nesse caso, prefiro comprar apenas um jogo de oito bolas por R$ 8,00 cada, e me sobrará mais dinheiro para gastar em outras coisas. Mesmo assim, veja que o princípio da utilidade marginal decrescente está funcionando: estou disposto a pagar mais por cada bola quando a quantidade for menor. Mas digamos que seu pai chegue aqui e ache que R$ 8,00 é muito barato...

— Acharia mesmo, ia dizer que as bolas são importadas.

— Tá, então ele cobraria R$ 12,00, mas aí eu só compraria três bolas para ficar brincando sozinho — e foi ao quadro-negro onde se anotavam os pontos do jogo de sinuca e começou a desenhar uma tabela. — Agora, já posso construir a minha tabela de procura. Se o preço for R$ 5,00, quantas bolas eu compro mesmo?

— Dezesseis — respondeu ela, fazendo-o anotar o número na primeira linha da tabela, abaixo dos títulos que escrevera.

— E se o preço for R$ 8,00?

— Uma caixa completa, oito bolas.

— OK — disse João Pedro, escrevendo esses números na linha do meio. E se o preço for R$ 12,00?

— Só três bolinhas, coitadinho — respondeu Isabela.

— Pronto. E digamos que, para esses preços intermediários aqui, eu comprasse quantidades também intermediárias de bolas. Agora, para preencher a terceira coluna, que é do mercado todo, vamos fazer de conta que eu sou um consumidor-padrão de bolas de sinuca e que existam cem mil compradores semelhantes a mim. Então, o quadro de procura ficaria assim:

Procura

Preço de procura (R$)	Nº de bolas que eu compraria	Nº de bolas que o mercado compraria
5,00	16	1.600.000
7,00	10	1.000.000
8,00	8	800.000
10,00	6	600.000
12,00	3	300.000

— Essa demanda está em forma de quadro — informou João Pedro —, mas, num gráfico, com os preços no eixo vertical e a quantidade de bolas no horizontal, ela seria uma curva descendente.

— E a curva de oferta, como é que ele descobriu? — perguntou Isabela.

— Ressuscitando os clássicos, que estavam na geladeira, lembra?

— Como?

— Colocou os custos no jogo novamente, acrescentando que o trabalho não era o *único* fator de produção a ser remunerado, mas também o capital e a administração. Os salários dos operários e as matérias-primas seriam custos *variáveis*, ou seja, aumentariam a cada unidade a mais produzida, mas haveria também os *custos fixos*, como remuneração do capital, aluguéis, depreciação, pessoal administrativo, material de escritório etc. No curto prazo, cada firma pode somente adaptar seus custos variáveis para produzir a quantidade que for mais lucrativa, ou seja, utilizar mais ou menos matéria-prima e mão-de-obra direta. Já no longo prazo, ela pode também alterar os custos fixos, redimensionando a fábrica e o aparelho administrativo. De qualquer forma, esses custos devem ser cobertos pelo *preço de oferta* da mercadoria, que varia de acordo com a quantidade produzida.

— Esse preço de oferta é o custo médio por unidade? — perguntou Isabela.

— Não. *O preço de oferta é o custo da última unidade produzida*, daquela que a empresa está sempre avaliando se ainda vale a pena vender.

— De novo o conceito marginal — disse Isabela.

— De novo — confirmou João Pedro. — Não é que as bolas que você já fabricou não tenham importância. Pelo contrário, são elas que determinam o custo total, o custo médio e o lucro. Só que você já pagou para produzi-las, a começar pelo custo fixo. É a decisão de produzir mais uma ou mais um lote que está sempre na sua frente.

— Tem como colocar isso num exemplo?

— Sim, neste mesmo exemplo. Para produzir só 30 mil bolas, o custo de produzir a 30.000ª seria, digamos, de R$ 13,00, porque você ainda tem um custo fixo grande a ser diluído. Já para fabricar 60 mil e pagar o custo do último lote fabricado, este já poderia ser ofertado a R$ 7,00. Mas, a partir daí, se você não aumentar o tamanho de sua fábrica, o que passa a pesar são os custos variáveis. Os trabalhadores começarão a se esbarrar para usar as mesmas máquinas, ou seja, a produtividade vai caindo, e o custo para produzir a última unidade passa a aumentar. Se você vender 80 mil bolas, o preço para repor o custo das últimas já terá que ser, por exemplo, de R$ 10,00. Para produzir 100 mil, o custo da última seria R$ 12,00 e, para fabricar 160 mil, de R$ 15,00. Essas quantidades que você produz para cada preço pretendido formam a *curva de oferta individual* da sua empresa.

— Falta ver a do mercado todo, né? — acompanhava Isabela.

— Falta. Para isso, temos que fazer de conta que a sua empresa é aquilo que Marshall chamou de *firma representativa*. Digamos que ela tenha 10% do mercado e haja nove concorrentes com condições parecidas, atendendo os 90% restantes. Logo, esse mercado pode ser quantificado multiplicando-se as produções possíveis da sua empresa por dez. Para facilitar, fiz um quadro de oferta no qual, multiplicando as "suas" quantidades por dez, dê aquelas mesmas quantidades demandadas para cada preço:

Procura

Preço de procura (R$)	Nº de bolas que eu compraria	Nº de bolas que o mercado compraria
5,00	16	1.600.000
7,00	10	1.000.000
8,00	8	800.000
10,00	6	600.000
12,00	3	300.000

Oferta

Preço de oferta (R$)	Nº de bolas que você venderia	Nº de bolas que o mercado venderia
15,00	16.000	1.600.000
12,00	100.000	1.000.000
8,00	80.000	800.000
7,00	60.000	600.000
13,00	30.000	300.000

Após completar a tabela, João Pedro concluiu:

— Neste exemplo, R$ 8,00 é o preço aceito tanto por compradores como por vendedores para uma mesma quantidade de bolas, ou seja, é o preço que equilibra o mercado, fazendo 800 mil bolas serem vendidas num determinado período de tempo. Veja que, ao preço de R$ 7,00, os consumidores comprariam 1 milhão de bolas, mas os fabricantes só ofereceriam 600 mil. Esse excesso de demanda levaria os vendedores a elevar o preço, e a procura diminuiria até se fixar no nível de equilíbrio de 800 mil bolas.

— Mas tem uma coisa que eu não entendi — disse Isabela. — Naquele nível mais baixinho de produção, de 60 mil bolas, eu consigo um preço de R$ 10,00 e o meu custo da última unidade é de R$ 7,00. Não é onde o meu lucro é maior?

— O seu lucro na última unidade, sim, mas não o lucro médio, que é aquele que, multiplicado pela quantidade vendida, determina o seu lucro total. O lucro na margem é apenas um referencial de decisão: significa que *ainda* vale a pena produzir, pois se está aumentando o lucro — ainda que cada vez menos —, até se chegar ao nível de produção em que esse lucro incremental seja zero. Ele é zero porque corresponde à quantidade produzida na qual a diferença entre a receita total e o custo total é a maior possível, ou seja, é aquela em que você está obtendo o lucro máximo. Na próxima unidade vendida, o custo gerado já é maior que a receita adicional, e o lucro total começa a cair.

— Por que mesmo? — perguntou Isabela.

— Devido à limitação da estrutura física — dos custos fixos, lembra? No curto prazo, a partir de certo nível de produção, devido ao acúmulo de trabalhadores, os custos das últimas unidades vão crescendo, até que acabam ultrapassando a receita da última unidade, que é decrescente, já que a receita média, que corresponde ao preço, também é decrescente, pois os preços caem com a quantidade vendida. Ou, no curto prazo, são fixos, quando há concorrência perfeita.

— Fixos? Demos isso em Microeconomia, mas esqueci... — disse ela, fazendo uma expressão de humilde.

— Se esse setor aqui for de concorrência perfeita, e com dez empresas já se pode dizer que seja, sua empresa se defronta com um preço que o próprio mercado estabelece. Na realidade, você não negocia comigo o preço da bola, simplesmente tem que aceitar o preço que as outras fabricantes estão praticando, senão eu vou comprar delas. Neste exemplo, se o preço que equilibra o mercado é de R$ 8,00, você terá que aceitá-lo.

— Então esse será também o meu preço de oferta — deduziu ela.

— Isso. Preço esse que corresponde ao custo da última unidade produzida. Logo, a quantidade que maximiza seu lucro total continua sendo aquela em que o lucro da última unidade chegou a zero. Vamos continuar o nosso exemplo a partir da última coluna, que foi a do preço de oferta, ou o custo da última bola, só que colocando as menores quantidades em cima e considerando que você está num mercado de concorrência perfeita, ou seja, onde o preço de R$ 8,00 é dado pelo mercado e que, no curto prazo, sua empresa não pode mudar os custos fixos — concluiu João Pedro, apagando as tabelas anteriores e começando a desenhar outra.

Fábrica de Bolas de Sinuca da Isabela

Custo da última bola	Preço (P)	Lucro da última bola	Quantidade vendida (Q)	Receita (R) (P x Q)	Custo (C) Fixo: 200 mil Resto: variável	Lucro (R - C)
13,00	8,00	-5,00	30.000	240.000,00	400.000,00	-160.000,00
7,00	8,00	1,00	60.000	480.000,00	470.000,00	10.000,00
8,00	8,00	0	**80.000**	640.000,00	540.000,00	**100.000,00**
12,00	8,00	4,00	100.000	800.000,00	730.000,00	70.000,00
15,00	8,00	-7,00	160.000	1.280.000,00	1.500.000,00	-220.000,00

— Caraca! — exclamou Isabela. — Isso significa que, se eu vender 80 mil bolas, terei um lucro de R$ 100 mil por...

— Podemos fazer de conta que esses números são mensais.

— R$ 1.200.000,00 por ano! Estou rica! Quer casar comigo?

Nisso, João Pedro viu um homem bem-vestido parado na porta. Isabela, de costas, reparou o olhar do rapaz e se virou:

— Pai! Nem ouvi o barulho do carro!

— Fica aí, filha, deixa o seu amigo acabar e nos cumprimentamos — disse o pai enquanto entrava, e João Pedro continuou naturalmente:

— Mas segure o seu entusiasmo. Lembre-se de que esses parâmetros são de curto prazo. Lucros além dos que já estão embutidos nos custos vão atrair mais concorrentes, e a tendência geral é de que, no longo prazo, eles sejam zerados.

— Ah... — suspirou Isabela. — De qualquer jeito, o exemplo acabou ficando bem prático, gostei. Por que os marginalistas não chegaram a esse ponto do Marshall? — perguntou Isabela.

— Primeiro porque, para eles, não existia curva de oferta — os custos não teriam importância na formação do preço. Segundo, porque eram puristas demais para fazer uma curva de demanda dessas, que exigiu de Marshall fortes simplificações. Os marginalistas também perseguiam um preço de equilíbrio, mas levavam em conta que a variação do preço da bola de sinuca afetaria o preço dos tacos, da mesa de pingue-pongue, de um monte de coisas e, de volta, o preço da bola. Marshall foi mais modesto: não pretendeu chegar a um equilíbrio de *todos* os mercados, apenas de cada um separadamente, o que chamou de *equilíbrio parcial*. Ele supôs, ainda, que as outras variáveis permanecessem inalteradas no período de análise, condição chamada de *ceteris paribus*. Além disso, assumiu que toda a opção que não fosse comprar ou vender *aquele* bem fosse reter dinheiro, cuja utilidade marginal seria constante.

— Então, ele simplificou tudo para montar uma teoria — tentou resumir Isabela.

— Sim, para montar um instrumental de análise. Digamos que, enquanto os marginalistas puros tentavam construir uma sofisticada estação submarina móvel que possibilitasse dezenas de oceanógrafos pesquisarem, ao mesmo tempo, oceanos abissais — porém sem sucesso —, Marshall apresentou um protótipo pronto e disse: "Pessoal, isso aqui é um escafandro — é bem prático para estudar o oceano, mas só cabe um de cada vez."

— E até hoje se utiliza o escafandro? — perguntou Isabela.

— Desde então, a análise microeconômica se sofisticou, mas seus alicerces ainda estão em Marshall. Além disso, *Princípios* é um texto límpido, rico e objetivo — parece que acabou de ser escrito. Sua matemática é consistente, mas só entrou em notas de rodapé e apêndices. Marshall se preocupava muito com a compreensão da Economia. Só admitia turmas pequenas, e suas aulas eram mais conversas com os alunos. Ele dizia que, para expor, já havia os livros, e que os professores serviam para fazer o aluno compreender.

— Desculpe, eu tenho uma dúvida — disse o pai de Isabela. — Se o lucro das empresas tende a ser zero, qual é a vantagem do empresário?

— Esse "lucro-zero" do Marshall já inclui uma remuneração dos agentes de produção, inclusive os capitalistas. O ganho do capital já instalado, ele chamou de "quase-renda". Já lucros acima disso realmente tendem a ser zerados no longo prazo, porque, como eu disse, atraem novas firmas.

— Lucro-zero, quase-renda... Mundinho cão o desse Marshall, hein? — lamentou ironicamente o dono da casa.

— Nem tanto — disse João Pedro. — É esse mecanismo, que alguns chamam de mão invisível, que força os preços para baixo, beneficiando os consumidores.

— Estou falando do ponto de vista dos empresários — replicou o pai de Isabela.

— Sim, eles têm que ser eficientes para sobreviver. Como eu disse, o modelo simula uma situação de concorrência perfeita, que Marshall defendia com os dentes. Já em situações de monopólio, oligopólio ou em que haja favorecimentos, as firmas podem conseguir ganhos bem maiores. Neste exemplo, seria como se umas poucas empresas, em vez de terem que praticar esse preço de R$ 8,00, cobrassem R$ 15,00, no caso de um bem necessário. Por isso, nos mercados onde há pouca ou nenhuma concorrência, os governos devem atuar como reguladores, delimitando margens de lucros ou coibindo a atuação de cartéis que combinem quantidades e preços, a fim de defender o interesse da população. Infelizmente, às vezes ele não só se omite como até favorece essa ou aquela empresa, agravando essas distorções, como mostram a história e a realidade.

— OK, muito ilustrativo. Só espero que a Isabela não saia uma contestadora dessa faculdade — disse o pai de Isabela, levantando-se com visível irritação e ares de "aula encerrada". — Então, filhinha, vai me apresentar ao seu amigo?

— Claro. Esse é o João Pedro, meu amigo da faculdade. João, Luiz Henrique, meu pai.

— Prazer — disse João Pedro.

— O prazer é meu — respondeu Luiz Henrique. — Vamos entrar para falar com a sua mãe?

—Vamos. Por enquanto está bom, não é, João?

— Está. Mais tarde vamos só dar uma olhada no seu caderno para fixar nomes e coisas que eu tenha passado por cima. Amanhã a gente pega o Keynes.

— Esse era aquele que gostava de governo gastador, não era? Contanto que gaste em obras úteis, não tem problema. Não pode é só ficar fazendo assistencialismo barato. Vamos lá, vamos lá.

7 O CAVALEIRO DO REI

Apesar de seu um metro e noventa e oito de altura e da aura de *very important person*, John Maynard Keynes já era figurinha fácil nos bastidores do teatro Alhambra naquele final de 1921. Ele também se sentia à vontade naquele ambiente, tão diferente da sobriedade dos salões do Tesouro britânico, onde trabalhara por quatro anos, ou de seu gabinete presidencial na seguradora National Mutual Life. Em compensação, o que não faltava era movimento na corretora de valores de Oswald Falk, seu parceiro de tacadas no mercado, no semanário *Nation and Athenaeum* e no *Economic Journal*, onde era editor há dez anos. Keynes era expert em contrastes, a começar pelos próprios.

O gigante bigodudo parou em frente a um dos camarins e deu quatro batidas embaixo da plaqueta "Lídia Lapokova", ouvindo prontamente:

— *Maynard, "idz" you?*[24]

— Sim, sou eu.

Até que a porta fosse aberta, ele pôde ouvir os calcanhares enérgicos tocando o chão antes das pontas dos pés abertas em "dez para as duas".

— Não vou te beijar porque...

— ... falta tirar o batom — emendou ele.

— Já aprendeu — disse Lídia, enquanto se sentava em frente ao espelho para tirar a maquiagem. — Mas saiba que a minha experiência mais inesquecível aconteceu por causa do meu batom.

---

[24] Maynard, é você?

— Algo que possa ser relatado? — ironizou ele.

— Bobo. Diga-me, você que ama o teatro: quem é a maior atriz do mundo?

— Dizem que é a Eleonora Duse.

— Bingo! Imagine que ela veio ao meu camarim depois de um espetáculo. Sem saber o que fazer, beijei a mão dela, marcando a luva com o meu batom, e então comecei a me desculpar. Sabe o que ela disse?

— Que iria guardar a luva — respondeu ele.

— Maynard! Você não poderia tentar ser menos... nem sei dizer.

— Frustrante?

— Brilhante — respondeu ela, fazendo-o sorrir e puxar seu rosto por trás para beijá-la.

— Mas Eleonora estava certa — disse ele, com natural intimidade. — Não é qualquer um que tem uma luva com o batom da Bela Adormecida. Está com fome?

— Vamos jantar com seus amigos? — indagou ela, referindo-se ao pessoal de Bloomsbury.

— Pode ser — respondeu ele, tentando captar sua reação pelo espelho.

— Aonde eles vão estar?

— Na casa de Virginia e Leonard.

— Podemos jantar só nós dois? Depois me deixe em casa e decida se quer ir.

Keynes não tentou convencê-la. Estava ciente da implicância que Virginia Woolf nutria pela russinha com "cabeça de ovo de pássaro". Talvez aparecesse por lá depois. Quando estava com o grupo em companhia de Lídia, ficava menos à vontade do que ela própria, por entender os sinais de desprezo à sua espontaneidade não intelectualizada. A alegria ingênua, a visão literal das coisas e a crença em Deus, na moral e nas autoridades não passavam de alienação para seus amigos burgueses preexistencialistas. Também lhe causava estranheza estar com uma mulher num núcleo onde esta nunca fora sua preferência. Mas, já beirando os quarenta, abastado e reconhecido, não deixaria que eles atrapalhassem um relacionamento que lhe fazia tão bem.

Como Lopokova ainda atravessava um processo de divórcio, casaram-se somente em 1925, quando ele comprou a casa de campo em Tilton, onde passavam as férias e recebiam os amigos. Até mesmo os de Bloomsbury, então já acostumados a ela e surpreendidos com a felicidade do casal, que se estendeu até a morte dele, período ao longo do qual Lídia lhe deu a estabilidade necessária para fincar seu marco na História.

Keynes nasceu em Cambridge, em 1883. Seu pai era um professor de Filosofia e Economia sem grande nomeada, mas prolífico destrinchador desses temas em apostilas para uma faculdade local, onde depois se tornou escrivão. Já sua mãe era uma dona-de-casa engajada em causas nobres. Esse clima de primazia ao intelecto atraía, ao lar dos Keynes, acadêmicos do porte de Alfred Marshall, futuro mestre do pequeno John e também seu mentor. Ao menos até o discípulo escrever um novo testamento, contrariando, em vários aspectos, a bíblia de seu mestre, que então já descansava em paz.

A revolução teórica empreitada por Keynes nasceu de sua vivência da trajetória do império que tanto amava, do auge à decadência. É bem verdade que os Estados Unidos foram o foco da endemia cujo tratamento o celebrizou. Mas o quadro de sua vida e obra se assemelha a uma tela protagonizada pelo mais talentoso cavaleiro do rei em perpétua batalha contra as hostes da ignorância e da insensatez.

Desde jovem, Keynes foi colocado à frente dos grandes problemas nacionais. Recém-graduado na Universidade de Cambridge, foi alçado, após uma experiência no magistério por indicação de Marshall, para a Real Comissão Financeira e Monetária para a Índia, a mais populosa das colônias britânicas e uma das mais pobres, para a qual desenhou um novo sistema monetário. Em 1915, foi nomeado consultor do Tesouro e solicitado a organizar um sistema de crédito entre os aliados na Primeira Guerra Mundial, o que incluía a compra de moedas escassas. Deu então um golpe de mestre: amealhou pacientemente pesetas supervalorizadas para, certo dia, despejar-lhes no mercado, fazendo as outras saírem das tocas e derrubando-lhes a cotação.

Durante a guerra, Keynes usou sua influência sem a menor cerimônia para livrar dos campos de batalha alguns dos amigos de Bloomsbury, ainda que estes o criticassem por ter aceitado participar da "barbárie". Docemente, como costumava ser apenas com os queridos, ele respondia que sua participação se restringia a impedir que a guerra levasse a Inglaterra à falência. Após o conflito, críticos não tão próximos também passaram a tachá-lo de pró-germânico. O motivo foi Keynes, durante a Conferência para Paz de Versalhes, em 1919, ter-se oposto às condições impostas à Alemanha, que incluíam o pagamento de uma enorme indenização por prejuízos causados. Ele argumentava que o pagamento de tal dívida arruinaria de vez aquele país, agravando os problemas do continente. Defendeu, também, um plano de recuperação econômica para as nações destroçadas. Desgastado e vencido pelos próprios pares de comissão, adoeceu e retirou-se para Cambridge, onde justificou suas idéias em *As Conseqüências Econômicas da Paz*. O livro tornou-se um bestseller, e o futuro endossou sua previsão: a Alemanha se afundou com a conta que lhe foi entregue e, além de não conseguir pagá-la, mergulhou na hiperinflação, ambiente no qual cresceu uma geração sofrida e receptiva ao primeiro lunático que transformasse sua dor em vingança.

A Inglaterra saiu vitoriosa da Primeira Guerra, mas já sem o status de maior potência mundial e precisando se reorganizar. Durante o conflito, havia sido suspenso o regime monetário mundial do padrão-ouro, segundo o qual as nações deveriam manter reservas desse metal para cumprir seus compromissos internacionais, ou seja, um país com déficit em sua balança comercial em relação a outro deveria transferir-lhe ouro. Sendo esse ativo a referência para débitos e créditos, a razão de suas cotações em duas moedas correspondia à taxa de câmbio entre elas. Por exemplo, até antes da guerra, uma onça de ouro tinha um valor fixo em libras esterlinas e outro em dólares que estabelecia uma taxa de câmbio de 1£ = US$ 4,86.

Em 1925, o então Ministro das Finanças, Winston Churchill, decidiu retornar ao padrão-ouro, mantendo a antiga paridade da libra com o dólar. Keynes, que já havia exposto as desvantagens do sistema no *Tratado sobre a reforma monetária* (1923), viu na medida um tiro no pé, mais especificamente no dedão da indústria nacional, uma vez que o pound havia se desvalorizado cerca de 10% em relação ao dólar naqueles dez anos, e uma valorização artificial reduziria a competitividade dos produtos ingleses. Expôs sua visão, novamente, no opúsculo *As conseqüências econômicas do Sr. Churchill*, no qual alertava para o fato de que os industriais não teriam alternativa para diminuir os custos senão dispensando trabalhadores, já que não podiam reduzir salários.

Na verdade, Keynes era contrário ao retorno do padrão-ouro em qualquer paridade, por achar que o vínculo da libra à cotação do metal deixava a economia vulnerável. Por exemplo, uma parte da poupança inglesa estava sendo emprestada ao exterior para reconstruções de guerra, ocasionando saídas líquidas de ouro. Com seu lastro reduzido, o Banco da Inglaterra vinha sendo obrigado a manter a taxa de juros utilizada nos empréstimos de assistência aos bancos num nível tal, que desestimulava os tomadores de crédito que investiam na economia real. Para Keynes, a taxa de câmbio é que deveria ser ajustada aos preços internos, e não o inverso. Mas sua preocupação ia além: ciente de que as reservas em ouro dos Estados Unidos eram bem maiores do que as da Grã-Bretanha, temia que esta passasse à condição de devedora e serva da ex-colônia.

O desemprego que grassava na Inglaterra no início dos anos 20, segundo Keynes, não se devia apenas à sobrevalorização da libra, mas a um desequilíbrio entre poupança e investimento. A santíssima igualdade cultuada desde os clássicos, para ele, não passava de uma quimera. O poupador e o investidor não seriam duas classes nitidamente distintas, com interesses complementares. Entre "ambas", havia um mercado financeiro com uma variedade de opções tanto para o rentista como para o investidor-empresário. Este, por sua vez, freqüentemente descartava tomar empréstimos caros nos bancos para ainda ter de assumir riscos na economia real. Esse divórcio amigável entre poupadores e empresários estabelecia um equilíbrio na mediocridade que lembrava aquele vislumbrado por David Ricardo.

Na impossibilidade de convencer o governo a rejeitar o padrão-ouro, tão logo publicou o primeiro *Tratado*, Keynes já começara a redigir o *Tratado sobre a Moeda*, no qual defendia a utilização de instrumentos monetários para combater a estagnação econômica. A fé que Keynes então nutria na política monetária não fazia dele um monetarista,[25] mesmo porque estava bem menos interessado em controlar a inflação do que em estimular a atividade econômica. Ele desprezava a oferta de moeda como ferramenta ativa, já que via no crédito o principal canal de transmissão de poder de demanda. Valorizava também a atuação do banco central no mercado de títulos públicos, a fim de administrar o nível das taxas de juros. Não estava, portanto, preocupado com a oferta de moeda, mas com as forças constritoras da demanda pela mesma e os instrumentos capazes de estimulá-la.

A publicação do *Tratado sobre a Moeda* acabou ocorrendo apenas em 1930, já que em 1929 Keynes envolveu-se em nova querela. Dessa feita, ao tomar partido do parlamentar liberal e ex-primeiro Ministro Lloyd George, a quem assessorou na apresentação de um plano de obras públicas a serem efetuadas com base em empréstimos tomados junto ao mercado. O Tesouro, não disposto a incorrer em dívidas, teve sua posição contrária justificada no artigo *Ponto de vista do Tesouro*, elaborado pelo economista Ralph Hawtrey. O argumento era sólido: os recursos que o governo captaria junto aos bancos para realizar obras seria dinheiro a menos a ser emprestado ao setor privado. Em outras palavras, o Plano George seria um jogo de soma zero, sem falar no endividamento do Estado.

A resposta de Keynes foi dada por meio do seu redator-chefe no *Nation and Athenaeum*, Hubert Henderson, com o título *Pode Lloyd George fazê-lo?*. Dizia o artigo que era a reduzida atividade econômica que vinha limitando a capacidade de poupança. Esta seria certamente retomada por meio das obras públicas, na esteira do efeito que as mesmas teriam sobre a renda da população, que não aumentaria somente na proporção do investimento inicial, mas de forma acumulativa. Uma empresa, ao ser contratada para construir uma ponte, pagaria trabalhadores e fornecedores, que utilizariam essa renda para comprar produtos de terceiros, que fariam o mesmo, e assim por diante. Vinha à luz, ainda despercebidamente, o famoso *multiplicador keynesiano*.

---

25 Economista que advoga o rígido controle da oferta monetária.

A necessidade de forjar novas armas levou o cavaleiro a um ponto além do *Tratado da Moeda*, que sequer tinha sido publicado. Ao fazê-lo, em 1930, já no prefácio alertava o leitor de que no livro "há muitas peles, das quais me desprendi, ainda a juncar estas páginas. Segue-se daí que eu poderia tê-lo feito melhor e menor se pudesse recomeçar".

O Keynes escalpelado de ortodoxias só viria a surgir em 1936, com sua *Teoria Geral do Emprego, do Juro e da Moeda*. O aperfeiçoamento de suas idéias decorreu, em parte, dessas disputas no âmbito político, no qual ele debatia com liberais, conservadores e trabalhistas, e também da troca de correspondências teóricas com grandes economistas. Porém, seu principal parâmetro de auto-avaliação, acima de qualquer visão alheia, sempre foi a realidade, que, naquela virada de década, começava a abalar sua fé na política monetária como vacina contra as recessões.

Sempre envolvido em problemas práticos, Keynes fora nomeado para uma comissão formada para assessorar o governo trabalhista num momento em que se espalhava pelo mundo a Grande Depressão, aportando também numa economia inglesa já claudicante. Em fevereiro de 1930, ele apresentou ao governo seis possíveis soluções para enfrentar a recessão: desvalorização da libra; diminuição em linha de todos os salários; dispensa de alguns impostos das empresas exportadoras; protecionismo à indústria nacional; canalização de poupança para o financiamento de obras públicas e acordo internacional para a elevação de todos os preços.

As duas primeiras propostas só foram incluídas por terem sido aventadas por outros membros, mas Keynes já antecipara sua discordância. Para ele, a desvalorização só deveria ser adotada em último caso e, quanto à diminuição dos salários, seria preferível a inflação, um ônus socialmente mais justo, que incluiria a participação dos rentistas. O Banco da Inglaterra, por sua vez, continuava refratário à prática de juros baixos para financiar obras públicas, o que desestimularia o resto do investimento privado, e o Tesouro opunha-se à redução de qualquer imposto. Sobraram as medidas protecionistas, que feriam toda a tradição inglesa em prol do livre-comércio, mas, enfim, tratava-se de um governo trabalhista, que, diga-se de passagem, nunca fora o reduto de Keynes. Mesmo este, no entanto, também já defendia que "qualquer país industrializado estava tão bem capacitado quanto os demais para produzir a maioria dos bens".

A política protecionista não seria suficientemente testada. Em setembro de 1931, premida pelas quedas nos preços das commodities e das encomendas dos EUA, a Grã-Bretanha não teve outra saída senão abandonar o padrão-ouro e desvalorizar sua moeda. O custo do dinheiro foi à lona, levando consigo a crença de Keynes na eficácia da política monetária, visto que nem assim a atividade econômica reagia. Em acréscimo, o fato de os Estados Unidos estarem no olho do furacão também desviou a atenção do cavaleiro do umbigo do seu reino, ao mostrar-lhe que moeda supervalorizada, juros altos e rigidez salarial não eram os únicos ingredientes capazes de nocautear uma economia. Até então, o seu diagnóstico das recessões passava sempre pela queda nos preços, e era visando à sua recuperação que propunha recomendações de política monetária. Contudo, a depressão americana evidenciava uma queda na atividade e no emprego que antecipava e suplantava em muito a deflação nos preços, meros figurantes da tragédia. Admirador de Newton, ele via as maçãs caírem sem poder ainda, tal qual Arquimedes, gritar o seu "Eureka!".

O processo criativo de Keynes era bem distribuído em doses de reflexão, dialética, atuação profissional, tentativa e erro, teimosia e, sobretudo, intuição, como a do multiplicador. Houve outro insight fundamental, talvez não fruto de um lampejo, mas certamente de um inconsciente tão vasto quanto paradoxal. Se existia um "outro" do intelectual altruísta e patriota, era o especulador compulsivo e voraz. Operava pesadamente nos mercados de commodities, títulos e ações e ganhou muito mais do que perdeu. Somando-se a essa inclinação a sólida formação teórica e uma inteligência que fazia o grande matemático e filósofo Bertrand Russell se "sentir um tolo" após conversar com ele, o fato foi que o lorde atingiu uma *consciência de risco* provavelmente sem similar em sua época. Essa chave, que há muito já levava no bolso pelas ruas da City, acabou abrindo-lhe a porta da imortalidade.

Se tivesse de ser escolhida uma única palavra para expressar onde começa a teoria keynesiana, esta seria *incerteza*. Num mundo que parecia estar desistindo de girar, Keynes uniu sua antiga crença na insuficiência de investimentos às percepções obtidas com a recessão inglesa e a depressão mundial para isolar o vírus que, segundo ele, levaria as economias ao desequilíbrio entre oferta (farta) e demanda (escassa). Essas bactérias estariam incrustadas na face da moeda oposta à de meio de troca, qual seja, a de reserva de riqueza. Quanto mais os agentes econômicos estiverem imbuídos do sentimento de incerteza, menos estarão dispostos a abrir mão da posse de moeda. Keynes chamou o vírus de *preferência pela liquidez*, cuja proliferação variaria em função do mais instintivo dos sentimentos: o medo.

A iluminação do lado avaro da moeda já seria suficiente para implodir a Lei de Say, sobre a qual repousava toda a mecânica celestial do *laissez-faire*. Isso porque, se a moeda é em si um obscuro objeto de desejo, e em certas situações o maior, é impossível atribuir-lhe uma simples função de troca para concluir-se que todo o bem produzido, "no fundo", é trocado por outro. Quem entesoura não troca nem demanda, e sim mantém essa capacidade em suspenso até o segundo seguinte ou até a morte, segundo lhe aprouver. Vem daí o conceito que dá título à própria teoria de Keynes, a *demanda efetiva*. Essa seria a única procura relevante, por reunir a capacidade *e* a vontade de ser concretizada. Para a dinâmica da economia, é tão estéril o desejo do pobre como a riqueza do sovina.

A viga mestra do diagnóstico keynesiano para as recessões está na seguinte seqüência causal: a preferência pela liquidez (onde tudo começa) determina a taxa de juros do mercado financeiro, que estabelece para os empresários uma rentabilidade mínima (ou custo de oportunidade) que pretendem de seus investimentos na economia real e assim vai determinar, de fato, o quanto será esse investimento, o qual, por sua vez, é a variável que, dependendo da propensão a consumir das pessoas, irá determinar o nível de emprego dos trabalhadores.

Ou seja: se a rentabilidade esperada do "último capital" a ser investido for menor do que a taxa de juros, os empresários reduzirão a produção até atingir essa igualdade, a despeito de quanto ainda haja de "custo marginal" a ser queimado. Para Keynes, no curto prazo, a taxa de juros é a única referência do empresário para saber o quanto vale a pena produzir. Por um retorno menor, ele prefere deixar o capital aplicado no banco ou, dependendo de sua situação, não tomá-lo emprestado a uma taxa maior ainda. Como as taxas de juros, seja a de aplicação ou a de empréstimo, são estipuladas pelo mercado, ele sabe exatamente qual é sua quantidade ótima de produção, que venderá a um preço que também lhe é imposto, neste caso pelo mercado de seu produto.

Dessa forma, no modelo keynesiano, a taxa de juros desempenha um papel crucial e não apenas passivo, como ensinavam os clássicos, segundo os quais ela se encolheria até chegar num nível que promoveria a retomada dos investimentos: para Keynes, ela tem um piso, estabelecido pela preferência pela liquidez. Analogamente, no tocante ao fator-trabalho, a existência de leis impedindo a redução dos salários não deixaria ao empresário, dependendo da receita marginal prevista, outra opção senão a de demitir. As demissões, por sua vez, deflagrariam o círculo vicioso de quedas na renda, no consumo, na rentabilidade do negócio, no emprego, no produto e, de novo, na renda.

A *Teoria Geral* propõe não só o diagnóstico das recessões, mas também seu tratamento. O receituário de Keynes resume-se a transferir para o governo o papel que muitos não podem ou não querem desempenhar: o de gastar. A substância ativa do remédio está no *multiplicador de investimento*, um número *k* que indicaria quantas vezes um acréscimo no investimento (ΔI) produz de aumento na renda (ΔY) em decorrência dos gastos indiretos gerados pelas obras públicas, de forma que:

$$\Delta Y = k \,.\, \Delta I$$

O coeficiente *k*, por sua vez, não é nada menos do que o poder de fogo da propensão a consumir. Por exemplo: se a propensão a consumir média de uma sociedade é de 80% da renda que seus cidadãos recebem, tem-se que:

$$k = 1 : (1 - 0{,}80)$$
$$k = 5$$

Ou seja, uma obra de R$ 1 milhão acabaria acarretando um aumento de R$ 5 milhões na renda da população. Nesse achado estariam não só a potência da prescrição keynesiana, como também a resposta matemática aos tecnocratas que retrucavam que os recursos para investimentos públicos seriam subtraídos de poupanças passíveis de serem aplicadas em empreendimentos privados. Para os não-economistas, vale a pena demonstrar como *k* responde magicamente a essa objeção. O tempero pitoresco, porém, está no episódio que levou à descoberta da simbólica inicial de Keynes.

Como se viu, o economista se utilizou, nos debates com o Tesouro, do argumento de que os gastos em obras teriam um efeito multiplicado sobre a renda, em função das contratações e compras secundárias que eles promoveriam. Contudo, ele apenas intuiu esses ganhos, mas não os formalizou nem quantificou. Quem estava trabalhando nisso era seu discípulo predileto, Richard Kahn, que teve o artigo *A relação do investimento interno com o desemprego* publicado na edição de junho de 1931 do *Economic Journal*, editado por Keynes. O trabalho era denso, mas faltava-lhe o *touché* de que o mestre tanto precisava, provando que a poupança não seria diminuída com o investimento.

Consciencioso, Kahn ainda estava preocupado com a prova inversa: demonstrar que o multiplicador não era uma maluquice que sugeria que, em função dos gastos adicionais, a renda poderia aumentar até o infinito. Para tanto, inseriu no modelo alguns fatores que deveriam ser descontados do aumento da renda, como os subsídios já repassados aos desempregados recontratados e as despesas decorrentes das importações adicionais para fazer frente às obras. Ao fazer essas subtrações, Kahn lançou mão da fórmula mágica que poderia ser utilizada para destacar e acumular poupança antes de cada repassagem de renda ao beneficiário seguinte, ou seja, uma progressão geométrica decrescente. Ironicamente, como não era este o objetivo do trabalho, nem o laborioso escudeiro, nem o atarefado cavaleiro perceberam o Santo Graal na sua frente.

Assim como a divina taça foi primeiramente tocada pelos lábios dos humildes apóstolos, coube a um obscuro estatístico dinamarquês, chamado Jens Warming, ler o artigo de Kahn e enviar, ao próprio *Economic Journal*, um ensaio, que seria publicado um ano depois, no qual adaptava o multiplicador de "vazamentos" a uma função de renda em que tais "perdas" passaram a ser a poupança guardada a cada reciclagem de renda, até que a mesma poupança perfizesse, obrigatoriamente, o investimento original. Uma progressão dessas é assim exemplificada, com uma propensão marginal a consumir de 80%:

	Renda	**Consumo**	**Poupança**
Investimento na obra	**100,0**	80,0	20,0
Renda 2	80,0	64,0	16,0
Renda 3	64,0	51,2	12,8
Renda 4	51,2	41,0	10,2
Renda 5	41,0	32,8	8,2
(...)	(...)	(...)	(...)
Renda n	0,0	0,0	0,0
Totais	500,0	400,0	**100,0**

Dessa vez o cálice não escapou nem a Keynes nem a Kahn, que, em dezembro de 1932, apresentou um novo modelo contendo um multiplicador que descontava poupanças e importações. Três meses depois, Keynes incluiria a teoria revista de seu discípulo no artigo *Os meios para a prosperidade*, e, a essa altura, já devia ter, ao menos em sua cabeça, o Capítulo 10 da Teoria Geral, *A Propensão Marginal e o Multiplicador*, no qual concedeu o crédito do multiplicador a Kahn.

Uma postura modesta em relação a si mesmo, mas talvez discreta demais no tocante ao atento escandinavo, a quem talvez melhor coubesse o nome de Jeans "Warning".[26]

A *Teoria Geral* alcançou rápido impacto, mas não se tornou uma *excalibur* que levasse o próprio Keynes às mudanças que considerava importantes para a Inglaterra. De fato, os Estados Unidos estavam vivenciando um processo muito mais próximo das idéias intervencionistas por ele defendidas, já que, em 1933, o presidente democrata Franklin Roosevelt havia implantado o *New Deal*.[27] Keynes visitou os Estados Unidos em 1934 para conhecer o programa e elogiou-o, mas não teve participação em sua elaboração ou execução. A economia norte-americana só voltou a ter um bom desempenho a partir da deflagração da Segunda Grande Guerra, em 1939, quando as encomendas dos aliados por armamentos e o ingresso do país no conflito — em 1941 — colocaram a indústria a todo vapor.

Durante a guerra, Keynes, cuja saúde já era precária, liderou seu país nas negociações para o estabelecimento de um novo sistema monetário mundial com regras padronizadas para as nações integrantes, de forma a prevenir crises de balanço de pagamento provocadas por déficits crescentes ou fugas de capital. A proposta da Inglaterra era o estabelecimento de uma câmara internacional de compensações, com a criação de uma moeda neutra e apenas escritural. Caso um país estivesse deficitário em relação a outro, teria que "se entender" com ele. Na prática, o país superavitário seria forçado a comprar mais do deficitário para não correr o risco de tomar calote.

O cavaleiro era tão apaixonadamente britânico que não conseguia ser britanicamente sutil. Toda a questão econômica da Inglaterra

---

[26] Aviso.

[27] Novo Acordo, que consistiu numa série de ações destinadas a tirar a economia da depressão. Essas medidas e programas incluíram a criação de agências reguladoras em vários setores; a assistência financeira a agricultores; a limitação de produção e de preços industriais, de forma a evitar a superprodução; novas leis trabalhistas, tais como salário mínimo e redução da carga-horária; barreiras tarifárias a critério dos Estados e execução de obras públicas.

era com os Estados Unidos, dos quais era devedora comercial e financeira, além de ter neles seu maior cliente. Manter uma relação biunívoca entre os países, sem precisar de ouro ou de dólares, forçando ainda os EUA a comprarem dela, era o melhor dos mundos para a Ilha — menos somente do que voltar a dar as cartas, mas isso já era passado. A supremacia financeira mundial dos EUA e sua participação decisiva na guerra eram tão avassaladoras que nem Lord Keynes tinha mais essa esperança.

Já o plano dos Estados Unidos, capitaneado por um alto funcionário do Tesouro, Harry Dexter White, contemplava a transformação do dólar em moeda internacional; a criação do Fundo Monetário Internacional — um fundo com reservas em dólares formado com contribuições proporcionais ao tamanho dos países, cuja finalidade seria socorrer aqueles em crise; taxas fixas de câmbio, que não poderiam ser alteradas senão mediante a avaliação do FMI; e a criação do Banco Mundial, a fim de financiar as economias européias no pós-guerra.

As duas propostas foram apresentadas em dois encontros realizados em Washington, em 1943 e 1944, nos quais Keynes se destacou tanto pelo brilhantismo dos discursos como pela rabugice com os anfitriões, que levou White a comentar, com o britânico Lionel Robbins, que "seu Barão Keynes certamente urina perfume". O plano americano foi o escolhido. A conferência realizada no Estado de New Hampshire, em julho de 1944, com os quarenta e quatro países da Aliança das Nações Unidas que se opunham ao eixo fascista, serviu apenas de protocolo e para batizar o tratado com o charmoso nome da cidade-sede: Bretton Woods. Mas a derrota mais humilhante ainda aguardava o ferido e extenuado cavaleiro.

A Inglaterra saiu da Segunda Guerra em situação bem pior do que da Primeira. Só em libras devia o correspondente a US$ 14 bilhões e já era previsto o acúmulo de um déficit no balanço de pagamentos de US$ 6 a 7 bilhões nos três anos seguintes, incluindo as despesas para a reconstrução de Londres. Como não havia dólares em caixa, e uma desvalorização da libra, para aumentar as exportações, só aumentaria a dívida em moeda nacional, a solução foi levar o pires a Washington. Apesar de jamais ter sonhado com essa derradeira missão, Keynes embarcou otimista, prevendo obter um subsídio ou, talvez, um empréstimo de uns US$ 6 bilhões sem juros. Afinal, não era qualquer país que estava visitando o filho rico. Voltou com US$ 3,75 bilhões a juros de 2% ao ano e a obrigação, a ser cumprida em um ano, de converter libras em dólares, o que seria o fim de uma prerrogativa que havia sido obtida em Bretton Woods.

Em seus pronunciamentos no Parlamento, Keynes defendeu os termos do acordo, dizendo que era melhor ser aliado dos Estados Unidos do que da União Soviética. Mas, por dentro e por fora, o guerreiro já estava alquebrado e pronto para desempenhar sua famosa resposta aos que confiavam na correção temporal das forças do mercado: "No longo prazo, todos estaremos mortos." Em 21 de abril de 1946, o cavaleiro cumpriu o próprio vaticínio.

Ainda que a contribuição prática de Keynes tenha sido marcante, seu legado teórico é muito maior. Ele não só imprimiu uma nova maneira de ver a Economia, ou mesmo de ser economista, como, antes de qualquer coisa, foi o criador da Macroeconomia. Ao passar a tratar, como grandezas nacionais, conceitos e números como produto, renda, poupança, gasto público, investimentos etc., ele acrescentou à profissão uma nova responsabilidade. Só a partir de então os países passaram a empreender esforços para consolidar esses agregados num sistema de contas nacionais. Qualquer disputa teórica ou ideológica em torno de John Maynard Keynes se torna secundária diante desse marco que ele representou. Como disse até seu adversário Milton Friedman: "A partir de agora, somos todos keynesianos."

No entanto, ainda que tais disputas sejam secundárias em relação ao mérito de Keynes, elas continuam, em parte, sem soluções. O Estado deve intervir na economia? Em caso positivo, sob que circunstâncias? Existe desemprego involuntário? (Muitos, chorando, juram que sim). Em suma, qual a ordem econômica que pode levar as sociedades a uma vida mais satisfatória e justa, se é que justiça, para os economistas teóricos, faz algum sentido? É uma pena que o longo prazo não tenha aberto uma exceção ao nobre cavaleiro, para que hoje estivesse ajudando os homens a responderem a essas perguntas num mundo tão diferente do seu, ainda que não menos problemático.

8 $ ECONOMIA E SOCIEDADE

A luz do sol refletia sobre a piscina em torno da qual, de um lado, João Pedro e Isabela falavam sobre Keynes deitados em espreguiçadeiras, e, do outro, Luiz Henrique, Daniela e dois casais conversavam numa mesa com toalha branca e petiscos do mar. Os homens tomavam uísque, uma das convidadas *dry martini* e a outra e a anfitriã, suco de laranja.

— Eu acho que vocês vão perder dinheiro aqui. Eu já passei adiante — disse Costa.

— Está curtindo as nossas casas e ainda secando, olha só, Luiz. — disse Júlio.

— Não estou secando, só avisando — respondeu Costa. — Só acho que, se aprovarem mesmo essa lei de aumentar a densidade residencial, o populacho vai se espalhar que nem coelho. Em vinte anos, as casas de Búzios não vão valer nem a metade.

—Vinte anos, Costa, e daí? Seu cardiologista deve ser bom, hein; me dá o telefone dele? — provocou Júlio, para o riso de todos.

—Vocês se preocupam muito com o coração, talvez para terem a desculpa de passarem horas jogando golfe, enquanto se enchem dessa lula frita — replicou a convidada que tomava suco. — Aliás, maravilhosa! — completou, espetando um anel do petisco com uma forquilha banhada a ouro e cabo de madrepérola de cor diferente das demais.

— É mesmo — disse a que tomava *dry martini*, saboreando um pedaço. — Daniela, não quer me vender o passe da Francisca?

— Aí, Luiz, o seu investimento aqui está começando a dar retorno! — exclamou Costa, com uma voz gutural que distraiu a atenção de Isabela e João Pedro.

— Não estou te dizendo que o Luiz pode ter lucro aqui? Chato que vai ser às minhas custas — disse Júlio.

— Fica frio, Júlio, eu vou vender a Francisca é para o Manchester United — disse Luiz, fazendo Costa dar uma gargalhada estrondosa, enquanto a empregada saía da casa carregando uma bandeja com uma travessa de lula.

— Papai! — gritou Isabela, fazendo com que todos se voltassem a ela e indicando os olhos para Francisca, que vinha em sua direção.

— Olha aqui, minha filha, a sua demorou mais, mas é da melhor parte do peixe — disse Francisca para Isabela.

— Já te disse que lula não é peixe, sua mané. Deixa eu ver se está boa mesmo. Hum... Francisca, eu te amo, sabia? — e abraçou-se à cintura da criada, sob os olhares de todos do outro lado da piscina.

— É, Mônica, acho melhor você desistir — disse Júlio à sua mulher.

— Mamãe! — chamou Isabela — Já viu a mão da Francisca?

— Deixa a sua mãe em paz, Isabela — disse Francisca.

Daniela levantou a cabeça, que estava reclinada em direção ao sol, e se dirigiu a Isabela na voz mais baixa que, do outro lado da piscina, a filha poderia ouvir:

— Ela disse que está cicatrizando, Isabela. Está passando a pomada e não há o que fazer.

— Deixa eu entrar que tem mais lula fritando, com licença — falou Francisca.

— Não reparem — disse Luiz Henrique. A Isabela está estudando Economia, mas a vocação dela é para a Farmacologia.

— É mesmo? — perguntou Cíntia, esposa de Costa.

— É, desde pequenininha, só pensa nos frascos e comprimidos — disse Luiz Henrique, fazendo Costa soltar outra risada alta.

— Essa é mais velha do que a dona Francisca, Luiz — disse Júlio.

— Velha? Já está querendo desvalorizar minha jogadora? — perguntou Luiz Henrique.

— A piada pode ser velha, mas eu não entendi — disse Cíntia. — Afinal, a Isabela gosta de Economia ou de Farmácia?

— Meu amor, quando a gente se casou, você era mais esperta — disse Costa.

— É, apesar de ter feito essa péssima escolha, ela entendia melhor os trocadilhos — disse Luiz Henrique, com a mão direcionada a Costa e provocando mais risadas.

— Boa, Luiz — disse Júlio. — Essa merece até um mergulho.

Isabela, meio de rabo de olho, reparou que João Pedro parecia estar analisando uma cena da *National Geographic.* Júlio subiu à tona perto dos dois e apoiou-se na beira da piscina.

— Então, Isabela, aprendendo Economia?

— Tentando, tentando — respondeu ela.

— É tão difícil assim? Na minha época não era tanto.

— Ué, o papai disse que você abandonou.

— Abandonei não, pedi transferência para Administração. O Luiz tinha inveja porque fez Engenharia numa faculdade "meia bomba" e eu estudava na PUC.

— Estou ouvindo, hein, Júlio! — exclamou Luiz Henrique.

— Mas não é verdade? — respondeu Júlio, voltando-se para trás.

— É verdade, sim, que depois você veio pedir emprego para o engenheiro.

— Não precisa jogar na cara, né, parceiro. — E se voltou de novo para Isabela — Mas não me arrependi de ter me transferido. Administração pelo menos era mais prático. — Desculpe, mas essas teorias aí que vocês estudam foi dinheiro jogado no lixo.

— Não fez falta para o seu pai — disse Mônica, dando em seguida um gole no *dry martini.*

— Naquela época não fez mesmo. Fez depois — respondeu Júlio.

— Não foi sua faculdade que pesou no bolso dele, querido. Foram as viagens, os almoços no Jockey, os quadros e, principalmente, as burrices que ele fez no mercado financeiro.

— Vai querer lavar roupa suja na piscina, na frente do namorado da Isabela? — perguntou Júlio à esposa.

— Namorado? — disse Luiz Henrique. — Ele não é seu professor, filha?

— Que comentário ridículo, pai! — respondeu Isabela. — Vou mandar o Luís suspender seu uísque.

— O Luís? Meu xará?

— É, pai, o seu xará. Você fica chato quando bebe, sabia?

— Como é seu nome, mesmo? — perguntou Júlio a João Pedro.

— João Pedro.

— Então, João Pedro. Como estão as aulas de Economia com a Isabela? — perguntou Júlio.

— É História do Pensamento Econômico. Ela tem uma prova e eu estou ajudando.

— Ah, legal, muito legal. Eu fiz essa matéria. O que vocês estão estudando?

— Keynes — respondeu Isabela. — Sabe quem foi?

— Não era um meio "viado", que andava com uns intelectuais malucos? Como era o nome daquela escritora amiga dele, a que se suicidou?

— Júlio, dá para segurar a onda? — pediu Mônica.

— Caramba, eu disse alguma mentira? Poxa, amor, você gostava tanto de papo cabeça quando estudava Psicologia na PUC — disse Júlio, dando uma acentuação mole à sigla da universidade.

— Você a desvirtuou — disse Costa, provocando a própria gargalhada.

— Eu a salvei — retrucou Júlio.

— Me salvou... — disse Mônica. — Um ano depois de me formar eu já tinha meus pacientes, antes de você dizer que o meu trabalho era perda de tempo.

— E não era? Ficar ouvindo aqueles neuróticos? — disse Júlio, agora no meio da piscina, brincando com a água.

— E você sabe o que é neurose, Júlio? — perguntou Mônica.

— Peça ajuda aos universitários — sugeriu Luiz Henrique a Júlio, para a risada de todos.

— Universitários, o que é neurose? — perguntou Júlio aos dois jovens.

— Eu sei mais ou menos, mas não sei dizer o que é — respondeu Isabela.

— Você sabe, professor? — perguntou Júlio a João Pedro.

— É um conflito — respondeu o rapaz, provocando um silêncio por alguns segundos.

— OK — disse Júlio —, mas todo mundo tem conflito, não tem?

— O conflito do neurótico não é consciente. Ele não consegue identificá-lo, mas se expressa através de sintomas — respondeu João Pedro, provocando um novo silêncio.

— Como se sabe se uma pessoa é neurótica ou só infeliz? — perguntou Cíntia.

— Os problemas da pessoa infeliz, ela sabe e sente diretamente. O neurótico sofre sem saber por quê — respondeu João Pedro.

— Perfeito — disse Mônica, batendo palmas. — Ah, que saudades dos meus livros, das minhas consultas. — Você faz análise, João Pedro? Quer dizer, se me permite perguntar.

— Mas já perguntando, não é, enxerida? — disse Júlio. — Essa o universitário não precisa responder.

— Não, não tem problema — respondeu João Pedro. — Nunca fiz não, é que minha mãe é tradutora, e desde pequeno leio muita coisa que ela traduz. Psicanálise tem muita coisa em alemão.

— Sua mãe é alemã? — perguntou Daniela.

— O meu avô. — respondeu João Pedro.

— Ah... — disse Daniela, com um sorriso polido, voltando a reclinar a cabeça na cadeira.

Júlio voltou para a mesa e eles continuaram a conversar. Isabela notou que o rapaz passara a olhar para o mar e perguntou-lhe:

— Ei, está pensando em quê?

— Nada, é que falei na minha mãe e me lembrei dela. Vai sair com um pretendente, hoje.

— Deixa ela, ué.

— Eu deixo, *ué*.

— Está um saco isso aqui — disse ela baixo. — Acho que já estou sabendo Keynes.

— É, acho que está, mas até a prova dá uma lida na parte do livro que fala de antes da *Teoria Geral*, da época monetária dele. Não te achei muito firme nisso.

— Ah, João, é impossível que caia essa parte. Nem ele acreditava mais em política monetária.

— Vai que cai, Isabela. Uma lida só, custa?

— Vamos na Ferradurinha?

— Subir aquele morro? — perguntou ele, olhando para o final da praia de Geribá. — Pode ser.

— Então vamos — disse ela, pegando suas coisas e levantando-se. — Gente, vamos dar uma descida na praia.

Todos disseram "tchau" e eles se foram. Costa entrou na piscina e se aproximou de Luiz Henrique, falando bem baixo:

— Luiz, você sabia que o Marcos, filho do nosso amigo de Brasília, quase saiu no tapa com esse aí? Quer dizer, só pode ser ele.

— Quem te falou?

— O Cassinho. Chegou ontem em casa da musculação dizendo que esteve com ele e o achou meio caladão, o que não é normal. Então perguntou o que era, e o garoto estava mesmo querendo um ouvido. Você sabe, né Luiz, ele é de quatro pela Isabela. Ficou lá se lamuriando que ela agora só andava com um CDF suburbano a tiracolo, que quis dar uma de macho para cima dele. Disse que por pouco não quebrou o cara, mas que ia tirar a forra.

— Chegou a ter briga? — perguntou Luiz Henrique.

— Quase. Um daqueles gorilas lá da porta da faculdade é que separou.

— Ele contou só para você ou para a Cíntia também? — perguntou Luiz Henrique.

— Não, coisa de homem o Cássio só fala comigo — respondeu Costa, com ar de orgulho.

— Então mantenha o assunto como coisa de homem e não dê um pio disso para ninguém. Esse romancezinho aí vai passar, mas o que não pode é o Bica tomar as dores do filhinho e ficar fazendo doce.

— Nem pode, né, Luiz? A gente paga demais pelo doce. Coisa de rapaziada não tem nada a ver com negócio.

— Costa, eu sei que a sensibilidade não é o seu forte, mas aprende uma coisa: quando entra filhinho chutado na história e mãezinhas sem ter o que fazer, sobra para quem tem que ganhar a vida. Mas você fez bem em me avisar.

— Agora, Luiz, me desculpe, mas esse cara aí não tem nada a ver com a Isabela.

— Isso é onda. Nossas mulheres também tiveram sua época de sair com aqueles doentes que assistiam a filmes europeus e ficavam fazendo análise lacaniana até descobrirem ser um bando de bichas enrustidas. Aí elas entram na idade da razão, que não tem nada a ver com a do Sartre, e se casam com homens de verdade como a gente, para serem tratadas como garotinhas. Mulher é tudo igual, Costa. Quer dizer, as que têm classe, as que precisam trabalhar apenas fingem que não gostariam de ser como elas.

— No meu caso, a Cíntia nem passou por essa fase aí que você falou. — disse Costa, voltando-se para ela: — Intelectuais nunca fizeram a sua cabeça, não é, meu bem?

— É mesmo. O único intelectual que eu sempre achei um gato é o Chico Buarque — disse Cíntia.

— E mesmo assim porque tem dinheiro — disse Mônica, catalisando gargalhadas gerais. — A Daniela é que deu uns beijinhos num professor de Literatura pelo qual todas eram apaixonadas, não é, Dani?

— É mesmo, meu amor? — perguntou Luiz Henrique. — Você nunca me contou isso.

— Também — disse Daniela —, ele recitava Drummond e Vinícius para mim nos intervalos. Com dezessete anos, foi impossível resistir.

— Ninguém resistia era a você — disse Mônica. Eu era sua concorrente, mas tenho que admitir.

— Deixa de ser boba, Mônica. E vá devagar com esse *dry martini*, porque de noite ainda temos uma festa nos Ossos — disse Daniela, levantando o corpo esguio e indo até a ducha.

— Alguma coisa errada com a piscina, Daniela? Avisa aos amigos — exclamou Júlio para ela.

— Fora o cloro, que acaba com os cabelos, nada mais que eu saiba — respondeu ela.

— Essa é a minha bonequinha de luxo — disse Luiz Henrique, fazendo os outros rirem. — Mas ele sabia que, além de a desculpa dos cabelos não ser falsa, já que eles sairiam à noite e ela não ia a cabeleireiros em Búzios, sua mulher, de qualquer forma, não entrava mais naquela piscina. Há alguns finais de semana, ao chegarem, havia, dentro dela, um rato morto. A água foi trocada, mas ela achava que outros mais ágeis poderiam entrar e sair.

João Pedro e Isabela andaram até o final da praia e subiram a estradinha que dava na Ferradurinha. No meio do caminho, ela disse a ele:

— João, vamos entrar aqui — e levou-o por uma picada no meio do mato, até um ponto bem ermo. — Não tem nada contra, tem? — e tirou um cigarro de maconha do sutiã do biquíni e um isqueiro da parte de baixo.

— Não é a minha, mas se você está a fim... — disse.

Ela acendeu, deu uma tragada, tossiu e disse a ele:

— Acho que você não curtiu muito a galera da segunda idade.

— Fora as gargalhadas do gordo, até que deu para levar.

— O Costa, que figura! Vai, João Pedro, deixa de ser careta. Vai morrer sem nunca ter dado um tapinha?

— Não é minha praia, Isabela. Sem chance, OK?

— Tá bom, você que sabe — disse ela.

— Os caras são amigos do seu pai, empregados, sócios? — perguntou João Pedro.

— Ih, é enrolado — respondeu Isabela. — Todos têm construtoras.

— Então são concorrentes — disse João Pedro.

— Não, no fundo as construtoras são mais do meu pai. Pô, João, posso confiar em você, não posso?

— Não, não pode. Só perguntei o que eles eram do seu pai, não quero saber de nada. Acaba logo essa porcaria.

— Porcaria? Melhor que este aqui não tem. Você não quer saber, mas eu quero te falar, só quero saber se eu posso confiar.

— Por que quer me falar?

— Porque eu quero falar com alguém, e quero que esse alguém seja você.

— Por que eu?

— João, que saco! Além de careta, você é todo cauteloso. Pô, cara, a gente está "ficando", eu acho você a maior cabeça, quero dividir contigo, dá pra ser?

— Se está te incomodando. Mas acho que já sei o que é.

— O que é, então?

— Que tipo de obra seu pai faz?

— Obra pro governo.

— Então, tem que ter mais de uma construtora para participar das concorrências, cada uma com um dono e cada vez ganha uma. Grande mistério.

— Caraca, quem te disse isso? — perguntou ela.

— Você lê jornal, Isabela?

— João Pedro, pelo amor de Deus, nunca fala disso para ninguém.

— Isabela, eu tenho alguma coisa a ver com a sua vida?

— Não?

— Não é nesse sentido que eu falei — respondeu João Pedro. — Vamos embora, joga fora isso aí, estou te pedindo.

— Tá, só mais um tapinha, pronto, morreu — disse ela, jogando a guimba no chão e esfregando-a com a sandália. — Vamos nessa. Olha, está vindo outra marola dali, aqui só vem doidão.

— Só doidão não, a polícia também deve aparecer às vezes.

— Deixa de ser cagão, João Pedro.

— Cagão não, eu só não quero ser preso.

— Eu sempre trago uma grana também — e tirou algumas notas de 50 reais da parte de trás do biquíni e mostrou a ele.

— Aprendeu com o seu pai? — perguntou João Pedro, quando já chegavam na estradinha.

— Qual é, João? — disse ela, séria.

— Desculpe, mandei mal, vem cá — puxou-a e tentou beijá-la, mas ela se esquivou.

— Mandou mesmo. Eu aqui me abrindo e você manda essa.

— Desculpa, foi sem querer. É que eu só achei uma repetição.

— Meu bagulho não faz mal a ninguém — disse ela.

— Pelo contrário, faz um bem danado aos traficantes — retrucou ele.

— Concordo, está errado, devia ser como é na Holanda, tudo liberado — disse ela.

— Aqui? Menor chance, Isabela. O pessoal lá é educado, é outro filme.

— Vamos mudar de assunto? Sua mãe nunca mais teve ninguém depois que seu pai morreu?

— Ela está saindo com um cara aí, um tal de Daniel, que ela namorou na faculdade. Ela diz que é só amigo, mas eu sei que não é. Mas não tem compromisso, tenho a impressão de que eles conversam muito e transam pouco.

— E esse cara com quem ela vai sair hoje?

— É um suíço que eu conheci. Ela fez uma tradução para ele, que acabou convidando-a para jantar. Vai ser hoje — disse ele, quando já andavam na praia da Ferradurinha.

— Ela também não é filha de gringo, fala alemão e tudo? Quem sabe não se dão bem?

— Precisa conhecer a figura — disse João Pedro, balançando a cabeça.

— Por quê? Ele é feio?

— Não, até que é boa-pinta. Mas sei lá, ele era meio maluco, quando viveu em Londres. Morou com uma indiana, se separou e depois veio para cá e se encheu de grana.

— Qual é o problema? Roubou?

— Não, parece que herdou, comprou umas empresas, vendeu e hoje aplica no mercado financeiro. Nada diferente do que muita gente faz. Ele é que é diferente.

— E você é muito igual a todo mundo — disse Isabela, dandolhe um beijo. —Vamos voltar?

—Vamos. Mas sem parada no morro.

— Não, nem tenho outro, e já deu para relaxar.

— Será que os amigos dos seus pais vão voltar aqui, hoje à noite?

— Não, eles vão numa festa lá nos Ossos. Aliás, vai ter uma galera também. Podemos ir ou só dar uma chegada no centro e voltar para casa.

— Só nós dois em casa? Gostei dessa parte aí.

— Espertinho.

— Não, maluquinho. Por você. E sem precisar dessa porcaria. Vou te fazer parar com isso.

—Vai, papai? — brincou ela.

— Hoje de noite vamos fazer uma viagem muito melhor.

— Para onde?

— Segredo.

— É legal? — perguntou ela.

—Tenho certeza — respondeu ele, abraçando-a.

Como Christian disse que gostava de frutos do mar, Luciana sugeriu um restaurante especializado em Camboinhas. Pediram duas "caipivodkas" de lima-da-pérsia, uma entrada e disseram ao garçom que fariam a escolha depois.

—Você pensa em voltar para a Europa? — perguntou Luciana.

— Não. A não ser que eu tenha que acertar alguma coisa do passado.

— Alguma coisa a ver com a sua filha?

— O João Pedro te contou?

— Contou. Mas não foi por indiscrição. Só para me alertar.

— Sobre mim? — perguntou Christian.

—Todo garoto é ciumento.

— Espero que ele não esteja zangado comigo.

— Ficou quando soube do convite. Mas acho que está passando — disse ela.

— Talvez sejamos mais racionais na Suíça.

— Racionais até demais. Uma filha aí pelo mundo — eu jamais me conformaria. Mas as mulheres são diferentes, não estou te criticando.

— Parece que você e o João Pedro se dão muito bem — disse ele.

— Melhor antes da morte do pai, mas somos muito amigos, sim.

— Há quanto tempo ele faleceu?

— Dois anos e meio — disse ela.

— Você tem um filho especial, Luciana. Fiquei impressionado com ele. Gostaria muito de poder ajudá-lo no que for possível.

— Fico feliz em ouvir isso. Mas, para falar a verdade, a recíproca não foi tão verdadeira.

— É? Por quê?

— Mesmo tirando essa nossa saída, ele inventou umas restrições em relação a você. Bobagem de jovem ainda meio idealista. Não estou falando isso para você ficar chateado, pelo contrário, é porque você disse que gosta dele.

— Não, não vou ficar chateado. O que foi? — perguntou Christian.

— Sei que ele achou a monografia brilhante, mas disse que é... pretensiosa. O João Pedro diz que a faculdade exagera em tanta teoria, mas ele respeita a ciência estabelecida.

— Nossa, depois de mais de vinte anos minha monografia continua provocando polêmica.

— Mas isso não foi o principal. Como eu disse, por outro lado, ele a achou brilhante. Tem mais a ver com seu lado profissional.

— Caramba! Deixa então eu dar um bom gole antes de ouvir o resto.

— Que bom que você leva no bom humor! Está sendo bom para mim te falar isso, porque talvez possa me ajudar. Eu quero que o João Pedro seja um homem prático, como o avô era e eu sou. Ainda mais agora, sem pai.

— Mas diga: com o que ele não concorda a meu respeito?

— Imagina, foi ter vindo para o Brasil, que é um país pobre, se aproveitado do desespero de empresas para ganhar dinheiro e, depois, passar a ganhar com juros. Sabe, eu não entendo nada de economia, mas discordo dele, acho que cada um deve fazer o que quiser dentro da lei para levar a melhor vida que puder. Mas você já foi jovem: ele tem aqueles ideais, acha que o mundo está errado e que pode consertar. Christian, não o leve a mal, por favor. Nem ele nem eu temos nada a ver com a sua vida. Só não me bateu bem você ficar elogiando meu filho e eu aqui quieta. Não acho honesto, mas às vezes é um defeito ser sincera demais.

— "Interressante" isso. Para falar a verdade, eu vou refletir sobre essas coisas.

— Não me diga que vai dizer a ele que está certo. Eu te proíbo! — disse ela, dando uma risada e levando-o a rir também.

— Não, não vou doar todo o meu dinheiro para a caridade — disse ele com uma gargalhada meio "alemã", que a fez lembrar do seu pai.

— E, se for, tome cuidado. Tem muito picareta aí usando fachada de instituição social — disse ela, rindo também.

— Fique tranqüila, não vou incluir nem pá nem picareta no meu portfólio de investimentos — disse ele, rindo de novo. Vamos fazer o pedido? O que você sugere? — perguntou ele, olhando o cardápio.

— O haddock daqui é ótimo.

— Por mim está fechado. Garçom, por favor! — Christian fez o pedido e Luciana retomou a conversa.

— Sabe, as suas risadas me fazem lembrar do meu pai, que era alemão e ria assim também de qualquer bobagem. E você sabe que acho que herdei isso dele? Às vezes estou num grupo, contam uma piada daquelas longas, complicadas, que você não sabe como alguém pensou tanto para fazer uma graça. Aí, no final, todo mundo morre de rir...

— E você fica com cara de coruja, prestando atenção, mas sééééria... — e voltou a dar uma gargalhada, fazendo algumas pessoas olharem para a mesa deles.

— Isso mesmo! Fico de olho aberto, tentando ver se não entendi alguma coisa, mas, quando percebo que entendi e o problema é meu, finjo que rio. Agora, quando é uma coisa que surge na conversa naturalmente, pode ser a maior besteira que eu morro de rir. Mas não tenho muita oportunidade disso, porque o João Pedro... nem vou dizer que ele é só sério. Ele tem um lado engraçado, mas que também puxou o do pai — é um humor mais para o sarcástico, meio sutil, nada germânico. Alemão parece que compensa toda a seriedade do trabalho nos momentos de descontração aí parece criança. Você é suíço, se parece com eles.

— Eu gosto de ouvir você falar, as palavras vêm lá de dentro. Nem em alemão eu consigo isso. Em português, então, nem pensar.

— É que você aprendeu tarde. Mas é bom o seu português.

— O sotaque que é de matar, pode dizer — disse ele, rindo de novo.

— De matar, não. Quer dizer, passarinho pode ser — disse ela, rindo.

— Então eu mato passarinho, que maldade! O sarcasmo do João Pedro é só da parte de pai, mesmo?

— Não, o João Pedro jamais diria que o seu sotaque pode matar um passarinho — disse ela.

— Ah, bom — disse Christian.

— Só um elefante — disse ela, dando uma risada. — Desculpe, é essa lima-da-pérsia.

— Está com um gosto estranho, mesmo — provou ele —, parece álcool, não é? — e deu outra gargalhada.

— Ah, Christian, não sei como uma indiana pode ter se apaixonado por você.

— É que eles aprenderam a ouvir com os elefantes — disse ele, fazendo-a rir muito.

— Sério, por favor, pára, não agüento mais rir, quanta besteira — disse ela...

Continuaram a conversar amenidades até acabarem de jantar.

— Quer pedir mais alguma coisa? — perguntou ele.

— Não, por mim pode pedir a conta.

— Garçom! A conta, por favor — pediu Christian. — Luciana, há muito tempo eu não ria tanto. Você tem razão, o humor aqui é diferente. Aliás, aqui só não: na Inglaterra também foi difícil eu me acostumar. Quando vamos rir novamente?

— Deixa eu primeiro contar ao João Pedro como foi... agradável, o nosso jantar. Ele vai se sentir mais... sei lá... Agora faltou a palavra à tradutora. Mas, antes de voltarmos a combinar alguma coisa, eu queria fazer com que ele... participasse... isso, participasse — disse ela.

— OK, quando a gente for ao cinema, ele fica na poltrona do meio.

— Chega de graça, leve agora o passarinho alemão para casa — disse ela.

— Antes que ele morra — disse ele rindo, levantando-se e puxando a cadeira para ela.

— Como era o nome da sua namorada indiana?

— Usha.

— Usha... Já sei então por que ela gostava das piadas e do sotaque alemão.

— Por quê?

— Não posso dizer — respondeu ela.

— Ah, diz — pediu Christian.

— Não, é coisa de tradutora. Não temos intimidade ainda — disse ela, enquanto ele entregava um papel ao manobrista para que trouxesse o carro.

Retornaram para Icaraí e ela foi lhe dizendo os nomes das praias e dos lugares conhecidos ou que lhe recordavam alguma passagem pessoal. Ele ouviu interessado e disse que apoiava duas obras sociais em São Gonçalo, perguntando se ela gostaria de conhecê-las. Ela respondeu que gostaria muito. Ao chegarem à porta do prédio, ele lhe disse:

— Luciana, gostei muito de te conhecer. Seu senso de humor é mesmo parecido com o meu. Aliás, queria te perguntar uma coisa: o que um homem de humor sarcástico de Niterói viu numa filha de alemão que só consegue rir de bobagem?

— Não sei se ele achava tanta graça assim — respondeu ela, e ele continuou sério.

— Agora quem faz cara de coruja sou eu, não achei graça nenhuma. Você é uma mulher muito bonita e atraente. Mas só vou embora se você me contar por que a Usha não se incomodava com as minhas bobagens e o meu sotaque.

— Bom, se você ficar chateado, lembre-se de que foi você quem pediu.

— OK, a responsabilidade é minha.

— Bom, a Usha....

— Vai, diz — pediu ele.

— Não se incomodava com piadas bobas e o sotaque alemão, mesmo não sendo nem um passarinho nem um elefante, porque... — e fez uma pausa, fingindo olhar para a portaria.

— Por que ela não se incomodava? — insistiu ele.

— Porque a Usha... se apaixonou.... pelo "ursho"!

— O urso sou eu? — e começou a rir.

— É, você mesmo, um urso polar. As mulheres são apaixonadas por eles — disse ela.

— Sabia que os ursos polares também se apaixonam? — perguntou ele.

— É mesmo? Achei que eles fossem frios, porque vivem na neve.

— Não são. Só aprenderam a esperar. Alguns chegam a... como se diz... quando um animal pára de comer por muito tempo...

— Hibernar — disse ela.

— Isso, chegam a hibernar. Bom, boa-noite, Luciana. Durma bem — e beijou-lhe cada face.

— Você também, durma bem — disse ela.

— Dormir, não... hibernar. Desta vez, eu é que vou esperar você telefonar.

— Tchau, Christian.

— Tchau.

Ele esperou-a entrar na portaria e começou a dirigir lentamente. Quando chegou à ponte Rio–Niterói, admirou as luzes do Rio, mas ficou particularmente admirado com a Igreja de Nossa Senhora da Penha, luzindo sobre o pequeno monte. Se Christian von Haller tinha um dom, era o de dar valor a certas coisas que a maioria nem sequer percebia.

9 RAMOS, FRUTOS E FARPAS

O domingo amanheceu ensolarado. Isabela e João Pedro foram à praia de João Fernandinho, última da orla de Búzios e uma das menores do balneário, com cerca de duzentos metros. Desceram o passeio íngreme e pediram espreguiçadeiras no único quiosque que servia aos banhistas.

— Está acabando o nosso fim de semana... — disse Isabela, fazendo cara triste.

— Mas ainda não acabou. Falta terminarmos a nossa história.

— A *nossa* história? Não está só começando? — disse ela.

— A outra. Você disse que estudou a matéria até o final. Então, depois do Keynes o que aconteceu? — perguntou ele.

— Um monte de gente virou keynesiana, enquanto as outras continuaram sendo neoclássicas.

— Qual era a diferença?

— Os keynesianos achavam que o governo deveria interferir na economia, os outros não.

— Quem eram os principais keynesianos?

— O mais importante ainda está vivo, o Paul Samuelson.[28] Teve também o James Tobin,[29] o Franco Modigliani[30], a Joan Robinson,[31] que descambou para a esquerda mais radical.

---

[28] EUA (1915), Prêmio Nobel em 1970.

[29] EUA (1818-2002), Prêmio Nobel em 1981.

[30] Itália, naturalizado americano (1818-2003), Prêmio Nobel em 1985.

[31] Inglaterra (1903-1983).

— Sei que não está na matéria — disse João Pedro —, mas, anteriormente a esses, é impossível não falar em Joseph Schumpeter[32] e Michael Kalecki,[33] só que seria um reducionismo e até um erro rotulá-los de keynesianos. Que ao menos você registre que eles se preocupavam com a *dinâmica* e os *ciclos do crescimento econômico.*

— Pensavam a mesma coisa? — perguntou Isabela.

— Não, as abordagens e as ênfases eram diferentes. O Schumpeter creditava os ciclos mais longos de crescimento aos investimentos decorrentes dos saltos de evolução tecnológica. De tempos em tempos ocorreria o que ele chamou de "destruição criativa": as velhas máquinas são sucateadas e as empresas investem nas novas tecnologias. Já o Kalecki achava, como o Keynes, que a causa das interrupções de crescimento estavam lá na deficiência da demanda efetiva, mas atribuía o problema à distribuição dos lucros dos capitalistas. Para alguns, foi ele quem de fato criou a Macroeconomia.

— Outro que não levou a fama...

— Ele publicou artigos antes da *Teoria Geral* de Keynes, nos quais já analisava de forma agregada e formal variáveis como consumo, investimento e poupança, chegando àquela mesma conclusão de que a igualdade entre poupança e investimento, indispensável ao equilíbrio entre oferta e demanda, é apenas uma utopia.

— Por que ele não ficou tão famoso como o Keynes? — perguntou Isabela.

— Os artigos estavam escritos em polonês e francês — respondeu João Pedro, sorrindo. — Depois, ele quis até publicar um livro expondo a sua teoria, mas, quando soube que o Keynes já tinha publicado a *Teoria Geral*, desistiu.

— "Coitaaado"... E o Keynes ficou todo "se achando"...

— Que nada, foi elegante e generoso como sempre. A Joan Robinson lhe apresentou o Kalecki, que era polonês, e o Lorde conseguiu uma cátedra para ele em Cambridge. Então ele passou a se dedicar ao estudo da dinâmica do crescimento. Ele pensava de forma

32 Áustria (1883-1950).
33 Polônia (1899-1970).

parecida com o Keynes, mas, para ele, o problema da deficiência dos investimentos não estava no menor retorno do negócio em relação às taxas de juros, já que essas são razoavelmente estáveis no longo prazo, que é o tempo de maturação dos investimentos reais. Para ele, a insuficiência dos investimentos vinha, de um lado, da limitação do capital acumulado das empresas, que impunha um teto para o oferecimento de garantias ao sistema bancário, que é de onde realmente vem o dinheiro, e não do bolso do empresário, como imaginavam os neoclássicos. Já no mercado de capitais — a outra fonte de recursos —, o fator limitador era a lucratividade do negócio, que é o que atrai os investidores de ações. Mas, como Schumpeter, ele também acabou concluindo que a inovação tecnológica surge como um fator capaz de ampliar essas fronteiras de rentabilidade e impulsionar a taxa de investimento.

— Os caras pensavam muito, hein? Mas vamos voltar à matéria? — pediu Isabela.

— Preocupada com a prova, hein, gostei. Então, voltando à evolução do keynesianismo, o Samuelson estruturou a teoria de forma didática e matemática num livro, a *Introdução à Análise Econômica*, que passou a ser o principal livro-texto das faculdades. Agora você que me diz: quais eram os defeitos do *laissez-faire*, segundo os keynesianos?

— Eram quatro, amado mestre: primeiro, os *desequilíbrios* que ocorrem entre demanda e oferta, por causa daqueles motivos de sempre do Keynes, de que o investimento não acompanha a poupança, e também pela rigidez salarial, que não deixa os salários caírem para o emprego voltar a crescer. Depois tem o problema da formação de *monopólios* e *oligopólios*, que eles achavam uma tendência do capitalismo que deveria ser combatida. Estou fera, hein?

— Está mesmo. E os outros dois problemas? — perguntou João Pedro.

— Esses são fáceis de guardar porque são meio parecidos. Um é o problema dos *bens públicos*, quer dizer, das coisas que a iniciativa privada não tem interesse em atender ou, pelo menos, por um preço que as pessoas possam pagar, como segurança e parte da educação, saúde, transportes, energia elétrica, saneamento básico etc. E tem também as *externalidades*, que funcionam assim: um fato isolado pode não ser assim "tããão" problemático, mas, quando todo mundo faz a mesma coisa, aí pode dar um nó.

— Dê um exemplo — pediu ele.

— Poluição, trânsito... quer dizer: se uma pessoa for de carro para o trabalho, não tem problema, mas, se todos os habitantes de uma cidade também forem, aí vira um caos.

— Legal. Então, tanto por causa dessas externalidades como dos outros três problemas que você falou, os keynesianos achavam que o *laissez-faire* não poderia rolar tão solto assim, ou seja, que muitas atividades não deveriam ficar à mercê das forças do livre mercado, pois acabariam prejudicando a sociedade como um todo. Agora me diz: eles foram ouvidos ou não? Qual era o cenário? Que época era essa?

— Espera, João, pô — disse ela. — Ah, me ajuda...

— Só para a gente se situar, o Samuelson publicou a primeira edição da *Introdução* logo depois da Segunda Guerra. Aí teve o Plano Marshall, um outro Marshall, que foi costurado sob a liderança dos EUA para a reconstrução da Europa, o que já era um tipo de ação planificada. A própria guerra foi um estímulo externo para a indústria americana, o que só deu força ao argumento do Keynes de que a economia em recessão precisa de um empurrão, ainda que, naquele caso, o empurrão tivesse vindo da pior forma possível.

— Bota pior nisso...

— Mas o principal é que, por todos esses fatores, e mais o barateamento e a popularização de bens e serviços de consumo, como a televisão, o automóvel, as viagens aéreas e um monte de coisas, o fato é que a economia mundial estava entrando na chamada Era de Ouro, que foram as décadas de 1950 e 1960. Os negócios prosperavam, os americanos se tornaram consumidores vorazes e ainda sobrava muito dinheiro para os governos investirem na parte social, além de emprestarem para os países subdesenvolvidos, sob a vigilância do FMI. Ou seja, o keynesianismo se firmou num ambiente bastante favorável. É verdade que, no lado ideológico, o mundo não estava tão maravilhoso assim, porque existia uma polaridade.

— A União Soviética — disse Isabela.

— É, ela e os países debaixo das suas asas, da Cortina de Ferro, e mais a China, que virou comunista em 1949. A tensão era enorme porque a URSS também já tinha bomba atômica. O mundo inteiro morria de medo de que, a qualquer momento, eclodisse uma terceira guerra, e aí do tipo apocalipse. Quando ocorria uma guerra civil, como na Coréia, em Cuba, no Vietnã e nos países da América Latina, os americanos interferiam para evitar que o comunismo se alastrasse. A União Soviética fazia o mesmo, com o propósito inverso.

— Ainda bem que esse negócio acabou — comentou Isabela.

— É verdade. Mas, voltando ao keynesianismo, até para esse clima de polarização ele serviu bem, principalmente nos Estados Unidos, porque, sem deixar de ser um modelo capitalista, tinha todo um charme social. Isso não chegava a incomodar os republicanos, já que o pessoal do andar de cima não tinha do que reclamar, e também dava sustentação aos governos democratas. Um dos principais assessores do John Kennedy, por exemplo, foi John Kenneth Galbraith, um keynesiano de carteirinha. Depois do Samuelson, talvez tenha sido o mais famoso, ainda que não fosse um heterodoxo tão puro.

— Como assim? — perguntou Isabela.

— O heterodoxo radical se apegava àqueles quatro pontos que você listou, mas havia algumas variações. O Galbraith, por exemplo, não via tanto problema nos monopólios.

— Sério? — espantou-se ela.

— Sério. Ele dizia que eles têm lá suas vantagens, ou melhor, compensações. Veja o caso, por exemplo, da Microsoft, que domina o mercado de softwares para computadores pessoais. Na visão do Galbraith, isso traz vantagens, como economias de escala, capacidade de investimento em tecnologia, enfim, uma opulência para a empresa que acaba sendo revertida para o consumidor.

— Eu confesso que não saberia viver sem o meu "Windowszinho". Mas sobre o problema do monopólio em relação aos preços, o que ele achava?

— Bom, ele reconhecia que era a grande desvantagem — respondeu João Pedro. — Não só pelo poder do monopolista, mas das próprias pressões inflacionárias inerentes ao sistema. Por isso, ele era um adepto do controle de preços, o que também é uma heterodoxia. Aliás, ele trabalhou no departamento de controle de preços.

— Esse negócio de controle de preços não é meio furado? — perguntou Isabela.

— Aqui no Brasil sempre deu errado, até porque, na época da hiperinflação, era como tentar tampar o vazamento numa parede de banheiro com as mãos. Mas, nos Estados Unidos, naquela época de crescimento, existiam aumentos que não eram devidos a problemas estruturais ou monetários, mas questão de abuso mesmo. Então em certos casos de repente fazia sentido.

— A supremacia do keynesianismo só durou até o final da década de 1960? — retomou Isabela.

— Mais ou menos. Atravessou a década de 1970 afundando aos poucos, como o Titanic. É preciso entender o que estava acontecendo — respondeu João Pedro.

— E o que estava acontecendo? — perguntou ela.

— As coisas começaram a desandar para os Estados Unidos. Eles gastaram os tubos na guerra do Vietnã e estavam emitindo muita moeda. Os outros países, cheios de dólares, passaram a ter que emitir também para manter a taxa de câmbio no nível fixado em relação ao dólar, o que causava inflação interna, por isso começaram a evitar a moeda americana. Já os americanos não podiam desvalorizar o dólar pela necessidade de manter a paridade com o ouro estabelecida em Bretton Woods. Os produtos deles iam ficando caros, e passaram de um superávit na balança comercial próximo de 7 bilhões de dólares em 1964 para um déficit de quase 3 bilhões de dólares em 1971. O estoque de ouro, que deveria ser o lastro, era só de um quinto do passivo total deles.

— Que situação, hein?

— Insustentável — concordou ele. — Tanto que, em 1971, o Nixon extinguiu a convertibilidade do dólar em ouro, ou seja, ejetou o acordo de Bretton Woods. Aí o dólar foi se desvalorizando, o que, se é bom para a balança comercial...

— ... causa inflação, porque aumenta o preço dos produtos importados — completou ela.

— Exatamente, o que agravou a outra tragédia que ainda estava por vir.

— Outra?! — exclamou Isabela.

— Sim, o primeiro choque do petróleo, em 1973. O consumo mundial do produto já vinha aumentando muito. Os países árabes, que já eram os maiores fornecedores, tinham se organizado num cartel chamado OPEP — Organização dos Países Exportadores de Petróleo — e combinaram uma limitação na produção. O que acontece quando se limita a oferta de uma coisa muito procurada?

— O seu preço sobe — respondeu Isabela.

— Isso. O preço do barril quadruplicou de menos de 3 dólares em 1972 para quase 12 em 1974.[34] Como o petróleo é combustível para a indústria e para os transportes, além de matéria-prima de vários produtos, como os de plástico, a pressão inflacionária aumentou mais ainda, não só nos EUA como no mundo inteiro.

— Caraca... — disse Isabela.

— Põe caraca nisso.

— Mas o que isso tem a ver com o keynesianismo? — perguntou ela.

— Pensa: a inflação aumentou. Por que os keynesianos nunca deram muita bola para a inflação?

— Porque eles achavam que o mais importante era não ter desemprego. Então recomendavam políticas deficitárias, como aumento dos gastos públicos e redução de impostos, ou até emissão de moeda, que fizessem a economia funcionar, mesmo que com alguma inflação — respondeu ela.

— Gostei. Então, seja porque essas políticas eram mesmo eficazes, o que os ortodoxos nunca acreditaram, seja porque a conjuntura nos vinte e cinco anos anteriores tinha sido uma mãe, quando havia alguma inflação a resposta era: "Ah, mas olha o emprego, que maravilha." Tinha até a Curva de Phillips, que aprendemos em Macro, que "pro-

---

[34] Fonte: site da British Petroleum (www.bp.com). Valores exatos (médias anuais): US$ 2,48 em 1972 e US$ 11,58 em 1974.

vava" (fez aspas com os dedos) que o desemprego diminuía quando a inflação aumentava. A cartilha era muito redondinha. Mas, quando a inflação subiu e o desemprego continuou aumentando, o que os caras iam recomendar para os governos? Gastar? Para ter mais inflação ainda?

— Aí os keynesianos tomaram um xeque-mate — concluiu Isabela.

— Não um xeque-mate, mas um xeque atrás do outro, ao longo dos anos 1970. Em 1979, houve outro choque do petróleo: o preço do barril pulou de menos de 15 dólares para mais de 30. Mas, em termos de política econômica, pode-se dizer que o xeque-mate no keynesianismo, pelo menos nos Estados Unidos, aconteceu quando o Jimmy Carter colocou, em 1979, um monetarista dos bravos na presidência do Federal Reserve, o FED, que é o banco central americano. E olha que o Jimmy Carter era do Partido Democrata, ou seja, um liberal.

— Qual o problema? Os monetaristas não são liberais? — perguntou ela.

— Boa pergunta. É que, lá, os rótulos são meio trocados: os democratas, que têm a visão mais social ou, economicamente, mais keynesiana, são chamados de liberais — explicou João Pedro.

— E, aqui, os liberais estão à direita.

— Isso. Lá, quem está na direita são os republicanos, que seriam os nossos liberais, pois também acham que o Estado não tem que se meter na economia e sim gastar o mínimo que puder, deixando o investimento por conta da iniciativa privada.

— Saquei a inversão. Continua.

— Então, o tal monetarista era o Paul Volcker, que assumiu o FED em 1979 e fez aquilo que os neoliberais, conforme os chamamos aqui, já vinham recomendando desde sempre: segurou a oferta de moeda e jogou os juros lá para cima. Resumindo, fez uma bruta recessão, que se alastrou quase no mundo inteiro.

— Então os neoliberais eram os opositores dos keynesianos? Eles tinham a ver com os neoclássicos, aqueles lá da época do Marshall, que perderam a briga com o Keynes por causa da depressão?

— É isso aí. Eles nunca deixaram de existir. O seu núcleo mais importante era a Universidade de Chicago.

— Ah, eles tinham um líder, e eu sei quem era — disse Isabela, fazendo cara de boa aluna.

— Se souber mesmo, tem direito a um mergulho e depois uma coca. Quem era?

— O Milton Friedman — respondeu ela.

— Então, quem mergulhar por último é mané — disse ele.

— Então me pega, mané — replicou Isabela, correndo para a água.

Estocolmo, Suécia, 10 de dezembro de 1976

O senhor de 64 anos, sentado em frente ao espelho da bancada, observava a maquiadora do Conservatório Real de Estocolmo ajeitar os seus ralos cabelos e a gravata-borboleta preta. Sem ansiedade, ele aguardava ser chamado para receber o *Prêmio de Ciências Econômicas em memória de Alfred Nobel*, que o Banco da Suécia instituíra na ocasião do seu 300º aniversário, em 1968, adicionando-o às demais categorias que já eram agraciadas pela Fundação Nobel desde 1901.

A sua imagem remeteu-o à do rapaz de 22 anos que, também de gravata-borboleta preta, via sua face refletida no espelho atrás no balcão do bar de Chicago, onde aguardava a bebida solicitada pelo freguês. O garçom aproveitava a pausa para pensar na mudança que tinha pela frente. Apesar de ambientado na Universidade local, onde, em menos de um ano, já fora designado para participar de um importante trabalho de derivação estatística de curvas de demanda, seus dias ali estavam contados. Mesmo com aquele trabalho, ele não conseguia se sustentar com a módica bolsa de 300 dólares e já estava endividado, situação que odiava. A Universidade de Colúmbia, em Nova York, lhe oferecera uma bolsa cinco vezes maior. Poderia se dedicar somente aos estudos e ter ainda algum dinheiro para assistir aos shows da Broadway, o que não faria nada mal a um jovem que, até então, só conhecera dificuldades.

Se existe um sujeito cuja vida não desmente a sua filosofia, não errará quem chamá-lo de Milton Friedman. Defensor do não-protecionismo público a despeito das desvantagens individuais, já veio ao mundo com várias. Filho de imigrantes judeus do Brooklyn, pobre, um metro e cinqüenta e dois de altura e com a cabeça em forma de abóbora, era uma caricatura ao avesso do seu antagonista do século, o refinado Lorde Keynes, a não ser pela inteligência e força de convicções. Já na Universidade de Colúmbia, foi convidado para trabalhar no Escritório Nacional de Pesquisa Econômica. Depois da Segunda Guerra retornou a Chicago, onde acabou se tornando o líder do pensamento econômico pautado na defesa do livre mercado, mesmo nadando contra o *mainstream*[35] keynesiano.

O que impulsionava Friedman não era o prazer fortuito de estar do lado contrário, mas suas certezas monolíticas. Por exemplo, numa época em que a Teoria Quantitativa da Moeda,[36] proposta por Irving Fischer no começo do século, era um tema de interesse terciário, ele vociferava pela parcimônia da oferta monetária, que deveria, no máximo, acompanhar o aumento do produto nacional, já que, segundo ele, "toda inflação é e sempre será um fenômeno monetário". A emissão de moeda, por sua vez, teria origem nos déficits públicos incorridos por governos gastadores e hipertrofiados.

Mas o seu monetarismo era só um aspecto do seu repúdio a qualquer forma de estatismo. Em plena era do *Welfare State,*[37] condenava os impostos progressivos sobre a renda e os incidentes sobre os lucros das sociedades anônimas; execrava a educação e a previdência públicas; desprezava o salário mínimo; defendia a extinção das agências reguladoras; ansiava pelo fim das empresas estatais. Desta forma, alvejava tudo o que lembrasse a palavra "governo", cujas funções, para ele, deveriam se restringir às defesas do direito de propriedade, do cum-

---

[35] Principal corrente.

[36] Teoria segundo a qual o nível de preços varia diretamente em função da quantidade de moeda multiplicada por sua velocidade de circulação. Supondo-se a última constante, tem-se que apenas a oferta monetária influi nos preços.

[37] Estado de Bem-Estar Social.

primento dos contratos e do território nacional. Sua argumentação era simples, contundente e ilustrada com exemplos e dados estatísticos. Perto da sua retórica, a *Riqueza das Nações* era uma homilia de paróquia.

Metodologicamente, Friedman defendia a observação empírica de dados, da qual se formulariam hipóteses testáveis e se tirariam conclusões. Nada de modelos econométricos complexos e muito menos de julgamentos de valor. Citando John Neville Keynes, pai do economista inglês, defendeu a distinção entre as ciências normativas e as positivas, conforme consta em seus *Ensaios de Economia Positiva*:

> A Economia positiva é, em princípio, independente de qualquer proposição ética ou juízo normativo. Como diz Keynes, ela se ocupa "do que é" e não "do que deveria ser". Sua tarefa é criar um sistema de generalizações que possa ser usado para previsões corretas sobre as conseqüências de qualquer modificação de circunstâncias. Seu desempenho deve ser julgado pela precisão, âmbito e conformidade com a experiência das previsões que permite. Em suma, a Economia positiva é, ou pode ser, uma ciência "objetiva", exatamente no mesmo sentido de qualquer das ciências físicas.

No mesmo livro, Friedman defende que a validade de uma teoria não está no realismo das suas hipóteses, mas na sua capacidade de *prever* fatos:

> Hipóteses realmente importantes e significativas terão "pressupostos" que são bastante inexatos como representações descritivas da realidade e, em geral, quanto mais significativa a teoria, menos realistas os seus pressupostos (nesse sentido). Uma hipótese é importante, explica-se muito com pouco, isto é, abstraem-se os elementos comuns e cruciais da massa de circunstâncias complexas e detalhadas que cercam os fenômenos a serem explicados, e permite previsões válidas exclusivamente à base deles.

Este era o seu controvertido método do "como se". Por exemplo: João Carlos coleta uma série de dados e constrói um modelo com o qual consegue prever a variação no preço das ações na bolsa em relação ao lucro anunciado na véspera. Seu colega Roberval lhe diz que o modelo é furado, porque o mercado já embute no preço antes do anúncio uma expectativa de lucro. Como nunca se saberá a qualidade das próximas estimativas, é impossível prever a variação no preço das ações. Se Milton Friedman fosse chamado para mediar a discussão, apenas perguntaria a João Carlos qual o coeficiente de acerto do seu modelo. Se ele respondesse "90%", lançaria um olhar triste para Roberval e sairia da sala sem dizer uma palavra.

Friedman defendia a validade de se utilizarem modelos pressupondo condições de concorrência perfeita, em vez de se tentar inutilmente reproduzir os mercados reais contendo imperfeições e monopólios. Porém, o seu purismo teórico era considerado por muitos como inverossímil, fazendo chover algumas pedras sobre o departamento de Economia da Universidade de Chicago. Mas nunca o suficiente para fazer o professor lançar mão de um guarda-chuva: fiel à história da cidade, ele sempre preferiu as metralhadoras.

Tão proverbial quanto o radicalismo de Friedman era a sua franqueza, em qualquer situação. Depois de preparado pela amável maquiadora, ele pisou o palco e viu a audiência repleta, na qual logo detectou sua querida Rose, esposa, economista e parceira em vários trabalhos. Em seu curtíssimo discurso, disse que estava muito satisfeito por ter recebido o generoso prêmio (a bagatela de 1 milhão de dólares), que, por ironia, lhe era concedido justamente por um banco central, instituição que ele sempre quis ver substituída por computadores que não fizessem política monetária. O presidente do Banco, o rei da Suécia e todos os presentes tiveram de aplaudir o excêntrico agraciado. Fora do Conservatório, no entanto, algumas hordas de manifestantes protestavam contra a premiação dada ao "neoliberal", líder dos "Chicago Boys" que estavam reestruturando a economia chilena, sob encomenda do ditador Augusto Pinochet.

No resto do mundo, também milhões poderiam estar elogiando e outros tantos criticando a premiação. Normal: a estrela da noite era Milton Friedman.

Isabela deu uma última sugada no canudinho do refrigerante, fazendo um barulho que pontuou o final das explicações de João Pedro sobre Milton Friedman, acrescentando:

— Mas, na prática, como os modelos dos países passaram a ser neoliberais?

— O *mainstream* vai sendo estabelecido na esteira de mudanças políticas, que, por sua vez, costumam decorrer de problemas econômicos reais que afetam a vida das pessoas, ao menos nos regimes democráticos. Em 1979, na Inglaterra, após vários anos de governos trabalhistas, os conservadores ganharam as eleições, utilizando em sua propaganda o ataque ao desemprego e à inflação.

— A Primeira-Ministra que assumiu foi a Margareth Thatcher, né?

— Isso. Ela era fã do Milton Friedman e do Friederich Hayek, um austríaco que era mais ou menos a versão européia do primeiro. Thatcher queria resgatar os princípios vitorianos e ao menos uma parte da antiga força do Império, que, segundo ela, fora conseguida através do *laissez-faire*.

— E o que ela fez?

— Reduziu os impostos das empresas e dos ricos, apertou os gastos do governo e privatizou um monte de empresas, ou seja, deu um choque de capitalismo na economia, pelo menos até onde as leis trabalhistas permitiam.

— Funcionou? — perguntou Isabela.

— Durante a década de 1980, na qual ela se manteve no cargo de ponta a ponta, a economia, em média, voltou a crescer e o desemprego diminuiu. Na verdade, a economia inglesa estava tão sobrecarregada de custos trabalhistas e estatismo que parecia um semi-socialismo. Então, aquelas reformas foram como se retirassem uma manada de dinossauros de um navio — é claro que ele ficou mais rápido.

— E os trabalhadores? Aceitaram as privatizações assim, numa boa?

— Apesar delas terem sido consideradas, por muitos, um golpe eleitoral, já que os conservadores não tinham falado disso na campanha, o modelo das vendas foi democrático e pulverizado, o que serenou os ânimos — respondeu João Pedro.

— Explica melhor — pediu ela.

— Quando eles vendiam as empresas, ofereciam-nas ao grande público com limitação de ações por comprador. Sabe, a população é que passa a ser dona da companhia, e não um conglomerado ou alguns *big shots*,[38] aí a galera gosta.

— Legal. E nos Estados Unidos, foi parecido?

— Mais ou menos. Lá não teve esse negócio de privatização, até porque não precisava — o que eles acham que tem que ser privado já é há muito tempo. Mas teve redução de impostos para as empresas e as classes mais altas.

— O presidente que assumiu foi o Reagan, né? — disse ela.

— Foi. Ele venceu o Jimmy Carter em 1980 e assumiu em 1981. Ainda herdou a recessão que teve que ser feita até 1982 para domar a inflação.

— E conseguiu?

— Conseguiu. Com a gestão do Paul Volcker no FED, lembra?

— Ué, ele continuou quando mudou o governo?

— Continuou. Lá, o cargo de presidente do banco central tem mandato fixo. O presidente da República indica, mas não pode tirar na hora que quiser. É para dar independência ao cara, senão ele fica com medo de ser demitido e, por exemplo, sai emitindo moeda para o governo gastar ou começa a reduzir juros para fazer a economia crescer.

— Saquei.

— Então, o Paul Volcker apertou mais ainda a política monetária no começo do governo do Reagan, ali no início da década de 1980 — João Pedro retomou a explicação.

— Ele era monetarista igual ao Friedman, né?

— Segundo o Friedman, ele era muito light — disse João Pedro, sorrindo.

---

38 Muito ricos, poderosos.

— Fala sério... — disse ela.

— Mas não era tanto pela intensidade do aperto que ele tinha feito, e sim pela forma, da qual o Friedman discordava.

— Por quê? — perguntou ela.

— O Friedman sempre disse que o instrumento deveria ser o controle da moeda, essa era a tecla que ele ficava batendo.

— E o Volker emitiu?

— Não foi tão radical nesse ponto. Na verdade, os próprios monetaristas tinham evoluído. Muitos já achavam esse negócio de moeda uma caduquice do Friedman. Diziam que, com a tecnologia, tinham surgido outras formas de moeda, como cartões de crédito, contas remuneradas, enfim, que era pouco eficaz conter só o papel-moeda para segurar a inflação, já que as pessoas tinham outras formas de gastar. Aliás, esse ainda é o pensamento dominante.

— Se ele não usou a moeda, usou o quê? — perguntou ela.

— A taxa de juros. Jogou-a lá para cima — respondeu João Pedro.

— Já sei — disse Isabela. Como a gente viu em Macro, o governo é que estipula a taxa básica de curto prazo, aquela que o banco central compra e vende os títulos do Tesouro no *open market*.

— É isso aí. Se o Federal Reserve, em dois anos, dobrou a taxa de juros de menos de 8% ao ano para mais de 16%, quem poderia se dar ao luxo de oferecer uma taxa menor para captar dinheiro? Então, quando ele colocou a taxa dele lá em cima, todas as outras taxas, inclusive as dos empréstimos, que ainda têm um *spread*,[39] também foram ainda mais alto. Quando isso acontece, as empresas param de pegar dinheiro emprestado, as pessoas deixam de comprar a prazo, e a economia vai estagnando. E os preços vão parando de subir ou até começam a cair, porque fica mais difícil vender.

— Então a inflação caiu?

— Tinha que cair. Além disso, esses juros atraíram capitais do exterior que serviram para bancar o déficit externo americano, mantendo o dólar mais estável. Em 1982, a economia americana voltou a

[39] Diferença entre as taxas com as quais um banco capta depósitos e empresta dinheiro.

crescer bem. Foi o sucesso da chamada *reagonomics*.[40] Ele e a Thatcher foram a dupla da década. Aliás, eles eram o retrato das oportunidades oferecidas pelo liberalismo.

— Por quê? — perguntou ela.

— Apesar dela não ser pobre, era filha de um merceeiro — um estrato, digamos, não muito nobre na hierarquia social inglesa. Mas como era obstinada. Era chamada a "Dama de Ferro".

— E o Reagan era um ex-ator de Hollywood, não era?

— É, de papéis secundários.

— O papel principal ficou para o fim — completou ela.

— E dessa vez, até que ele atuou bem direitinho. O sol está bravo, hein? Vamos ficar na água um pouco? — sugeriu ele. Foram e ficaram imersos até o pescoço, aproveitando a temperatura amena.

— João, já chegamos à década de 1990. Qual foi o fim disso tudo? Pelo que eu vejo, os liberais, que passaram a ser chamados de neoliberais, continuam por cima da carne-seca.

— Isso, mas vamos voltar ali para 1990, como você disse. O que aconteceu de superimportante no mundo, em 1989?

— Eu sei: a queda do Muro de Berlim — respondeu Isabela.

— Isso mesmo. A Alemanha é a maior economia da Europa, e a divisão dela entre um lado capitalista e um outro comunista tinha um lado simbólico muito grande. No final de 1991, a União Soviética também foi extinta. A falência dos sistemas comunistas acontecia dez anos depois do fracasso das políticas keynesianas na década de 1970 e logo após uma década de 1980 na qual o liberalismo ressuscitado havia feito um bom serviço. A primeira guerra dos Estados Unidos com o Iraque, no final do governo do Bush pai, aumentou o déficit americano. O Bill Clinton, que era democrata e ganhou as eleições em 1992, não veio com uma política assistencialista, mas bastante pragmática: para ele, o problema estava no déficit do governo, como disse no famoso puxão de orelha que deu no seu assessor de campanha: *It's the economy, stupid*.[41]

---

[40] Neologismo para a "economia de Reagan".

[41] É a economia, estúpido.

— E ele mandou bem?

— Mandou. Em oito anos de governo, conseguiu zerar o déficit, com uma taxa média de crescimento do PIB[42] de 3,7% ao ano e inflação baixa. Também ele contou com um banqueiro central de muita visão, o Alan Greenspan, que, antes do presidente assumir, fez um trato com ele: você reduz o déficit, pois só assim os juros de longo prazo do mercado vão ceder, e então eu reduzo a taxa básica de curto prazo. Tudo deu certo e aqueles ótimos resultados acabaram se tornando, aos olhos do povo norte-americano e de boa parte do mundo, uma confirmação de que, qualquer que seja o partido que esteja governando, o Estado não deve interferir em alguns princípios básicos da economia, que se resumem em mercado livre, governos que gastem pouco e inflação baixa, com surtos eventuais sendo combatidos pela política monetária de taxas de juros. Aliás, os EUA tinham mesmo que dar o exemplo.

— Por quê? — perguntou Isabela.

— Em 1989, essa cartilha de austeridade fiscal, liberdade comercial e financeira e ingerência mínima do Estado já tinha sido distribuída aos países em desenvolvimento que quisessem estar nas boas graças da ordem econômica e financeira mundial, numa reunião que ficou conhecida como Consenso de Washington.[43] No mesmo ano, foi anunciado também o Plano Brady,[44] que possibilitava aos países endividados que seguissem prescrições semelhantes renegociarem suas dívidas com emissão de novos bônus de longo prazo, juros moderados e negociáveis com desconto. Enfim, os prêmios para os bons alunos foram fixados e nos anos 1990 a nova gramática se espalhou.

— A globalização também — completou Isabela.

---

[42] Produto Interno Bruto. Valor em moeda de toda a produção de um país num determinado período.

[43] Conjunto de reformas econômicas propostas pelo americano John Williamson para países em desenvolvimento, que acabou conhecido por esse nome por ter sido apresentado em Washington D.C., num encontro de economistas realizado no Institute for International Economics, em 1989.

[44] O plano de reestruturação de dívidas *soberanas* (da parte dos governos) ganhou esse título por ter sido anunciado pelo Secretário do Tesouro dos EUA, Nicholas Brady.

— Isso justamente pela via do livre comércio, queda de barreiras, competição tecnológica e um enorme mercado financeiro sem fronteiras escolhendo os melhores retornos para os trilhões de dólares que rodam diariamente pelo mundo. Nem Adam Smith nem David Ricardo poderiam imaginar um mundo tão liberalizado. O próprio trabalhismo, apesar de ainda ter força na Europa, teve que mudar a sua cartilha. Hoje, uma empresa inglesa pode terceirizar seu telemarketing lá na Índia, e não há sindicato que impeça isso. Eu falei no Adam Smith, mas acho que nem aqueles marginalistas que só pensavam em maximizar utilidade poderiam supor como essa maximização passaria a ser a bússola da economia.

— Então não há problemas no mundo? — perguntou Isabela.

— Nossa, e como há. A questão do desemprego não foi resolvida, principalmente na Europa, e é um aspecto que conflita justamente com a exigência da competitividade. A miséria continua se alastrando em algumas regiões. O problema climático, que em grande parte advém do descontrole produtivo, é outro sério gargalo. O instrumental da Economia também precisou se adaptar a um mundo cada vez mais regido pelo capital financeiro, que vem se sobrepondo ao capital físico. O mercado financeiro, por sua vez, se "securitizou". Desde o crédito que uma pessoa obtém para comprar uma casa até um contrato de serviços de uma petroleira estão aí sendo comprados e vendidos em forma de títulos, que é o que se chama de *securitização*, que vem de *securities*.[45] Qualquer espirro num país faz o preço desses ativos oscilarem em questão de segundos.

— São ativos com muita volatilidade,[46] como se diz...

— Isso mesmo. As pessoas que têm o seu dinheiro aplicado nos fundos onde estão esses títulos às vezes ficam mais pobres ou mais ricas do dia para a noite. Os profissionais que aplicam esses recursos estão hoje muito mais voltados para o que o mercado acha que possa

---

[45] Valores mobiliários, como ações, debêntures e outros títulos, que podem ser negociados pelos investidores em mercados de grande liquidez.

[46] Variabilidade do preço de um ativo.

acontecer do que à análise ou interpretação do que já ocorreu. Hoje, a economia é governada pelas *expectativas*.

— Isso tem a ver com o final da nossa história econômica?

— Tudo a ver. Como eu disse, o próprio Friedman, mesmo sendo um ícone entre os neoliberais, já era considerado ultrapassado para explicar um mundo já tão diferente do que ele viveu. Ele mesmo, que é[47] mais teimoso do que ninguém, já chegou a admitir não ter tanta certeza da aplicação de suas antigas idéias.

— Em relação ao liberalismo ou à parte monetária?

— À parte monetária. Quanto ao liberalismo, ele ainda é o maior arauto vivo. Foi quanto àquela história de emissão de moeda, sabe, uma coisa muito física, para um mundo já tão líquido.

— Mas os juros passaram a ser o principal instrumento. Isso já se tinha resolvido, né?

— Foi, mas os juros são apenas um botão, um dos principais, é verdade, mas eu estou falando no instrumental de análise teórica como um todo. Houve uma última revolução nesse aspecto, dentro do próprio neoliberalismo, que manteve a ideologia, até a radicalizou, mas que mudou o instrumental.

— Como foi isso? — perguntou Isabela.

— Bom, começa com o próprio Friedman. Eu te falei daquela metodologia que ele usava, que dava ênfase aos dados reais e à simplificação das hipóteses. O que ele estava almejando, no fim das contas, era fazer previsões corretas, o que, aliás, é o que todos hoje em dia querem fazer, sejam os governos, para saber que medidas devem tomar, seja o pessoal da economia real, para saber se investem ou não, sejam os investidores, para decidir que ativos vão comprar.

— Que tipo de previsão eles querem fazer?

— Taxa de inflação, preço de *commodities*,[48] taxa de juros, taxa de câmbio, enfim, um monte de coisas onde se pode ganhar ou perder dinheiro.

[47] A situação se passa em 2002 e Milton Friedman só veio a falecer em 16 de novembro de 2006.

[48] Mercadorias transacionáveis em forma padronizada, passíveis de serem negociadas nos mercados "spot" (à vista) e também futuros, no segundo caso em forma de contratos que podem ser liquidados antecipadamente sem entrega física, apenas pelo pagamento ou recebimento da variação de preço ocorrida durante a posse do contrato.

— Tá, e o Friedman nisso aí?

— Ele e mais um monte de gente começaram a perceber que é na própria expectativa que as pessoas têm em relação às coisas que está o segredo de uma boa previsão de quanto será o seu valor futuro. Sabe, existe uma coisa que se chama "sabedoria das multidões". Há muita gente esperta e muita gente ignorante, mas, na média, o que o conjunto de pessoas pensa tem uma tendência a acontecer. Está vendo o pessoal lá na areia?

— Estou — respondeu Isabela. — Todo mundo pegando o seu sol, jogando frescobol e curtindo João Fernandinho.

— Isso mesmo. Mas, se todo mundo de repente começar a se levantar com cara de apavorado e a se atropelar para subir a rampinha, nós dois, que estamos de costas para o mar, se não pudermos olhar para trás, vamos achar o quê?

— Sei lá, que vem uma onda enorme ou um navio de guerra com canhões apontados, alguma coisa desse tipo.

— Acho que você me falaria: "João, vamos cair fora também?"

— Claro que eu falaria.

— Mesmo sem olhar para trás?

— É óbvio, João. Por que eu iria achar que todo mundo está maluco?

— E se a gente pudesse olhar para trás e não visse nada?

— Deixa eu ver... Bom, acho que eu também iria querer sair, porque eles poderiam ter ouvido alguma notícia que nós aqui não sabemos. Agora você me deixou nervosa, vamos sair? — e foram saindo da água.

— As expectativas — continuou ele, enquanto caminhavam para o raso — são um indício de que algo vai acontecer, e que vai acontecer mais ou menos naquela dimensão que as pessoas estão antecipando. Por isso, o Friedman usava uma fórmula em que o valor previsto de alguma coisa era igual ao valor da própria coisa na última vez em que foi observada, mais a diferença entre a última previsão das pessoas e o último valor realmente observado, ou seja, ao erro verificado, este multiplicado ainda pelo peso estatístico da importância do erro, digamos, 80%. Por exemplo, olhe aqui na areia um instantinho — disse ele, abaixando-se e aplainando a areia no lugar ainda um pouco úmido.

— Lá vem você com os seus números — disse Isabela.

— Fica quietinha, essa água-viva não queima. Digamos que o problema desta praia não chegue a ser maremoto, mas que, às vezes, se formem ondas bem grandes, até um ponto em que invadam a areia e, a partir de cinco metros, tomem toda a parte seca. Então todos os banhistas ficam fazendo previsões de qual será o tamanho da próxima, que é esse "x" aqui. Se a previsão média para a última onda tinha sido de dois metros, mas o valor da que realmente veio foi de três, a nossa previsão para a próxima será:

$$X = 3 + [\ 80\% \ .\ (3 - 2)\ ]$$
$$X = 3{,}8 \text{ METROS}$$

— Caraca, João, vamos embora daqui — brincou Isabela.

— Ele chamava isso de *expectativas adaptativas*. Segundo essa teoria, as pessoas vão adaptando suas previsões ao incorporar, em parte — no caso 80% —, uma correção do erro anterior. Viu? Os números não te queimaram.

— Engraçadinho. Realmente, achei até simples demais. Se fosse assim, todo mundo adivinharia tudo. Duvido que essa fórmula acerte tanto.

— Não é só você quem duvida. Outras pessoas também acabaram achando o método furado — disse João Pedro.

— Devem ter sido uns nerds que, para compensar, vieram com algo bem complicado.

— Realmente, a nova teoria deu margem à utilização de um instrumental sofisticado.

— Não estou dizendo? Qual era a teoria?

— Em 1961, um tal de John Muth disse que, ao construir um modelo de previsão, você pode partir do princípio de que as pessoas são tão racionais como o próprio modelo, por mais complicado que ele seja.

— As pessoas até podem ser racionais, mas eu não entendi nada — disse Isabela.

— Vamos voltar às ondas. Em vez daquela equaçãozinha do Friedman, vamos fazer de conta que nós dois aqui somos meteorologistas e saibamos resolver um cálculo bem mais complicado, levando em conta um monte de coisas para prever o tamanho da próxima onda, e que tenhamos até alguns instrumentos aqui que nos forneçam dados atmosféricos. Bom, o nosso modelo não é racional?

— Acho que sim — respondeu ela.

— Bem, o que o Muth disse é que, ao alimentarmos o nosso modelo, a gente pode incluir nele as expectativas de todo mundo aqui sobre as ondas, já que, como vimos, são essas expectativas da multidão que dão o melhor prognóstico.

— Mas o Friedman já não tinha dito isso? — perguntou ela.

— Disse menos. Ele disse que as expectativas das pessoas se baseavam nos erros das previsões passadas. Já esses caras passaram a dizer que elas constroem essas expectativas com base em informações tão técnicas e dando a elas um tratamento tão sofisticado quanto fazemos com nosso modelo meteorológico. Desde aquele gordo ali com cara de professor de estatística até o menino que está nos trazendo os refrigerantes.

— Ah, fala sério, João.

— Estou falando. Você inclui no modelo as expectativas das pessoas já calculadas como se elas tivessem dados e fórmulas na cabeça, o que enriquece o modelo tremendamente. Resumindo, nas expectativas adaptativas do Friedman, a equação era alimentada pelo valor previsto, que era a previsão anterior mais ou menos o erro verificado, de forma a se substituir a incógnita por um número e se poder chegar a um resultado. Nas expectativas racionais, a incógnita que você insere é a esperança estatística de um número, cujo valor será encontrado por meio de funções a serem alimentadas com dados que você supõe que os agentes que atuam no modelo possuam. Assim, também é possível que a gente vá eliminando incógnitas e chegue a previsões concretas.

— Concretas? Fazendo de conta que o garoto do quiosque sabe econometria? — perguntou ela.

— Princesa, muita gente de peso também discorda disso, e não vamos ser nós aqui na praia que vamos chegar a uma conclusão. Mas uma coisa a se levar em conta, como dizia o próprio Friedman, são os resultados desses modelos, que têm sido bastante animadores. Mas vamos voltar à história. Passaram-se dez anos desde que o Muth teve o insight, mas ninguém deu muita bola para aquilo, e o cara continuou sendo um obscuro estudioso.

— Impressionante como a Economia está cheia deles. Coitados, é injusto isso.

— Então, em 1971, dois acadêmicos de Chicago, o Robert Lucas[49] e o Edward Prescott, apresentaram um modelo sobre investimentos usando expectativas racionais, com resultados muito semelhantes aos observados *ex-post*[50] no mercado. Aliás, dois anos antes, o mesmo Lucas e o Leonard Rapping tinham testado outro modelo, ainda utilizando as expectativas adaptativas, e foi quando chegaram à conclusão de que as pessoas não se limitam a corrigir previsões, mas que elas sabem muito mais do que isso e se antecipam às ações dos outros agentes. Por exemplo, elas "sabem" o que governo vai fazer em termos de política monetária ou fiscal, por já disporem de tantas informações quanto ele e saberem como age quando acontece isso ou aquilo.

— E o trabalho deles causou impacto?

— Agitou, sim, o meio acadêmico. A matemática utilizada era sofisticada, elegante, inédita em Economia. Aí a coisa não parou mais e, desde então, grande parte da produção acadêmica se utiliza de expectativas racionais, além dos bancos centrais, das instituições financeiras e de um monte de gente.

— Então funciona? As pessoas são mesmo meteorologistas e não sabem?

— Quando perguntam isso ao Bob Lucas, ele dá o exemplo dos animais de pêlo branco que vivem nos pólos. Essa característica é fun-

---

[49] Prêmio Nobel de Economia em 1995.

[50] Resultado efetivamente verificado após a ocorrência de eventos previstos. Seu inverso é observação *ex-ante*.

damental para a sobrevivência deles, porque ficam muito menos identificáveis para os predadores. E o fato é que esses bichos não têm teorias sobre como chegaram a ser como são, mas agem e vivem *como se* soubessem. Viu de novo o "como se"? — as expectativas racionais são a sacada do Friedman levada ao extremo. O garoto do quiosque não se limita a corrigir suas "previsões" anteriores, mas *age* "como se" fosse Ph.D. em meteorologia, porque os resultados do modelo, confrontados depois com a realidade, confirmam que ele se comporta assim. Mesmo que ele não saiba dizer nem o que é H_20, isso não faz a menor diferença.

— Bem democrático — disse ela. O pessoal das expectativas racionais também é liberal?

— Boa pergunta, estamos encerrando nossa história. Começo te dizendo que eles são, basicamente, cientistas. Acontece que o Lucas fez trabalhos com expectativas racionais que confirmavam a teoria clássica de que emitir moeda é inútil, já que os preços aumentam na mesma proporção, e que, portanto, as políticas keynesianas seriam ineficazes. O ponto central é o seguinte, Isabela: como as pessoas são racionais e se antecipam sempre ao que o governo vai fazer, isso neutraliza o impacto dessas políticas. Se o governo vai gastar mais, até que os preços subam, a economia irá se reerguer? Bobagem, segundo eles: os empresários já "sabem" disso, não contratam ninguém e ainda remarcam os preços, esterilizando o aumento da capacidade de consumo. Como foi que a nossa história começou? Não foi com os antigos liberais dizendo que, no longo prazo, tudo se ajusta? O que o Keynes respondeu a eles?

— Que, no longo prazo, todos estaremos mortos. Logo, que o curto prazo importa e o governo pode atuar dentro dele para melhorar as coisas — respondeu Isabela.

— E qual foi a contra-resposta do pessoal das expectativas racionais?

— Que, no curto prazo, todos se antecipam à ação do governo, por isso não adianta ele fazer nada. As expectativas racionais são um carimbo de aprovação ao *laissez-faire*.

— Nota 10! — e deu-lhe um beijo.

O garoto do bar se aproximou, perguntando se eles queriam alguma coisa:

— Ué, você não sabe? — brincou Isabela.

O menino sorriu e, um minuto depois, apareceu com uma Coca Diet na mão.

— É, João, talvez o Robert Lucas tenha razão.

10 $ CARTAS NA MESA

Luiz Henrique e Daniela estavam no *home theater* do mezanino quando Isabela e João Pedro chegaram.

— Não foram à praia de novo? Não sei por que vocês vêm para cá. Para ficar na piscina e ver DVD é mais prático ficar no Rio.

— Isabela, não demore no banho para nós almoçarmos — disse Daniela.

— Eu nunca demoro. Vai lá, João.

Quando João Pedro saiu do quarto, Francisca arrumava a mesa, Isabela não havia voltado e o casal estava na sala principal sentado no sofá, ele tomando uísque e ela, vinho.

— Sente-se um pouco, João Pedro. Quando a gente pede para a Isabela não demorar, ela demora mais ainda — disse Daniela. — Aceita um vinho?

—Vou acompanhar a senhora — respondeu ele.

— Pegue uma taça na mesa, por favor — falou Daniela, enquanto Luiz Henrique continuava folheando um jornal.

O rapaz serviu-se do vinho que estava sobre a mesa de centro e estendeu a sua taça a Daniela para um brinde, que retribuiu e pediu ao marido, que continuava lendo, para fazer o mesmo. João Pedro sentou-se numa poltrona lateral ao sofá, sorveu um gole e comentou:

— Muito bom, obrigado.

—Você tem preferência por alguma uva?

— Minha mãe tentou me ensinar alguma coisa, mas não levo jeito — respondeu ele.

— E o seu pai, é mais de vinho ou do clube do Luiz Henrique? — perguntou ela.

— Meu pai faleceu. Mas também preferia destilado.

— Então estava do lado certo — disse Luiz Henrique, sem tirar os olhos do jornal. — Esse negócio de vinho virou uma frescura.

— Me poupe, Luiz Henrique — retrucou Daniela. — Há quanto tempo ele faleceu?

— Mais de dois anos — respondeu ele.

— De quê, desculpe perguntar? — indagou a dona da casa.

— Infarto — respondeu o rapaz.

—Você mora só com a sua mãe? — perguntou Daniela.

— Moro — respondeu João Pedro.

— Ela faz o quê? É professora de alemão? — continuou a dona da casa.

—Tradutora — respondeu João Pedro.

—Ah, isso — disse ela.

— O que está achando da faculdade? — perguntou Daniela.

— Ótima — respondeu João Pedro.

—A Isabela disse que você é o melhor aluno da turma.

— Sinceramente, eu não olho as notas dos outros. Só percebo que, se a maioria conversasse menos na aula, talvez tirasse notas melhores.

—Antes os jovens com vinte e poucos anos eram mais maduros. — disse Daniela.

—Isso é meio relativo — retrucou Luiz Henrique. —Tive colegas que não queriam nada na faculdade e hoje estão muito bem, e outros que eram brilhantes e hoje vendem linha de telefone celular. Daniela, sua filha não vai sair daquele quarto?

—Vou chamar — disse, levantando-se, indo ao corredor e batendo à porta do quarto. — Isabela, estamos todos te esperando!

— Estou indo, podem ir sentando — respondeu ela.

Daniela voltou, foi até a porta da cozinha e pediu a Francisca para servir. Os três se sentaram à mesa, enquanto Isabela saía do quarto.

Durante o almoço, ela voltou a dizer que os pais não iam mais às praias de Búzios e a mãe respondeu que elas não podiam mais ser freqüentadas nos finais de semana, principalmente Geribá, com aquela "farofada". Já "Angra dos Reis era mais tranqüila em qualquer época".

— Mas neste verão você vai estar no frio, não é, minha filha? — comentou Luiz Henrique, torcendo para que João Pedro não soubesse do que ele estava falando.

— Com esse negócio de prova final eu até me esqueci — disse ela, dirigindo-se depois para João Pedro. — Vou passar as férias em Londres.

— Vai estudar inglês? — perguntou o rapaz.

— Hum, hum — respondeu ela com a boca fechada, esperando engolir antes de continuar. — Tenho que melhorar minha fluência. Eu ainda não assisto a um filme sem ler legenda.

— É importante — disse ele, sem conseguir evitar o pensamento de que talvez ela não tivesse lhe falado da viagem por achar que o ânimo dele, para dar as aulas, poderia diminuir. A sua própria suspeita o incomodou, assim como o bom humor que tomou conta de Luiz Henrique com aquele assunto.

— Importante ao quadrado — disse o pai. — A gente não vê mais um anúncio de emprego que não exija inglês fluente. Quer dizer, isso é o mínimo, muitos pedem outra língua. Você fala inglês, João Paulo?

— João Pedro — corrigiu Isabela.

— Isso, João Pedro — emendou o pai.

— Eu estudei desde cedo em cursos, como todo mundo, mas também precisava pegar fluência. Então, quando terminei o ensino médio, em vez de ir direto para a faculdade, morei um ano nos Estados Unidos.

— É mesmo? — admirou-se Daniela. — Fazendo o quê? Estudando inglês?

— Uma parte do dia. Na outra eu trabalhava numa loja para pagar a estadia.

— Interessante — disse Daniela — Em que cidade?

— Miami. A família de um cliente da minha mãe tem uma loja lá.

— Não teve problemas de visto? — perguntou Luiz Henrique.

— Foi antes dos atentados, era tudo mais fácil — respondeu João Pedro. — Eu consegui um visto longo de estudante e morava na casa dos donos da loja. Era como se eu fosse da família e só estivesse ajudando, o que em parte era verdade, porque eles não me pagavam nada. Não teve nenhum problema.

— Bom, atender o público deve ter sido ótimo para dominar a língua — disse Daniela.

— O João é modesto. O resumo da resposta ao papai é que ele fala inglês fluentemente — disse Isabela.

—Você se forma quando? — perguntou Luiz Henrique.

— Agora. Só falta apresentar a monografia esta semana — respondeu o rapaz.

— Esqueci que a Isabela se atrasou, por falta de estudo — disse Luiz Henrique.

— *Eu* só não, papai, a maioria. O João Pedro não é parâmetro — defendeu-se Isabela.

— Já fez estágio, está trabalhando?

— Não — respondeu João Pedro —, vou fazer a prova para o mestrado. Se eu conseguir bolsa, vou estudar ainda uns dois anos.

— Pretende dar aulas... fazer concurso para empresa pública... — sondou Luiz Henrique.

— Pode ser que eu faça doutorado fora, depois. Mas ainda não decidi. Por enquanto, só me inscrevi no exame do mestrado.

— Que argüição, hein, papai? — disse Isabela.

Luiz Henrique ficou calado. Tentava ordenar os motivos que faziam aquele rapaz incomodá-lo tanto. É claro que não era um partido à altura de Isabela, mas não era só isso, já que ele mesmo não tinha origem rica. Talvez o primeiro fator fosse a aura de sabichão, sob uma casca de despojamento que lhe parecia calculado. Também aquelas opiniões sobre "moral econômica" que ele arrotara na sala de jogos. Em seguida, seu ar sério demais para a idade. E a admiração que provocava em Isabela, menos por mérito dele do que pela vagabundagem dela. E, não por último em importância, mas menos evidente, um vago ar de desinteresse em relação à sua casa, aos seus amigos e, principalmente, a ele próprio. Quem era aquele pobre coitado para achar-se superior a qualquer coisa? Nada além de um zero à esquerda com algum QI, programado para passar em concursos públicos e mamar nas tetas do governo que ele bancava pagando impostos descomunais.

— Francisca, por causa desses seus doces eu tenho que malhar dobrado a semana toda — disse Isabela à empregada quando esta entrou para pegar a louça usada.

— Você está até mais magra, minha filha — disse Francisca.

— Eu tenho o dobro da idade dela e menos peso — retrucou Daniela.

— Também a senhora não come, não é, dona Daniela?

— Comer faz mal — respondeu a patroa. — Doce, então, deveria vir com foto na embalagem mostrando gente obesa e doente, como os maços de cigarro.

— Mãe, quer parar? — disse Isabela, ainda de boca cheia, mastigando o último profiterólis. — João, eu não queria voltar de noite. Não é melhor arrumarmos nossas coisas logo?

— Eu já arrumei as minhas — respondeu ele.

— Então eu vou fazer minha bolsa — disse ela, levantando-se da mesa. — Cuidem bem dele, OK? E sem falar mal de mim, por favor.

— Eu também vou arrumar as nossas coisas, com licença — disse Daniela.

— Vou fumar um charuto lá fora. Aceita o convite? — perguntou Luiz Henrique a João Pedro.

— O charuto, eu apenas agradeço. Quanto à companhia, será um prazer — respondeu o rapaz.

Da varanda com móveis de vime era possível ver o mar até o horizonte, onde o sol acabara de se esconder, deixando uma mancha cor-de-rosa no céu. Luiz Henrique sentou-se, indicou uma cadeira para João Pedro, cortou a ponta do charuto e ficou dando baforadas até acendê-lo. Quando conseguiu uma brasa bem vermelha, dirigiu-se ao rapaz:

— João Pedro, eu queria lhe agradecer pela ajuda que está dando a Isabela. Sei que ela não se dedica o quanto deveria e antes cobrava mais isso dela, mas a verdade é que alguns pais acostumam mal os filhos. Eu vim da classe média e conheço o lado duro da vida. Logo, protegi demais meus filhos, e então a culpa também é minha.

— A Isabela está voltando a se interessar, vai correr tudo bem — disse João Pedro.

— Outro dia — continuou Luiz Henrique, como se não tivesse ouvido o comentário —, eu fiz uma conta aproximada do quanto ela e o Lucas me custam por mês, separadamente. Coisa feia de se dizer, mas é que eu sou um homem voltado para o lado prático das coisas. No caso da Isabela, entre faculdade, roupas, programas, viagens, cursos, além da diluição do valor dos carros, entre o preço que eu compro e vendo depois, sabe quanto deu?

— Não, não sei — respondeu o rapaz.

— Bom, o valor em si nem importa, mas eu pude fazer uma comparação interessante. Um amigo tem um filho que trabalha numa empresa estatal. Ele passou por concurso, é um ótimo rapaz, coisa e tal, enfim, e o pai dele me disse quanto ele ganha. Você imagina que a conta que eu cheguei, no caso da Isabela, é mais que o dobro do salário do garoto?

— Que coisa — disse João Pedro, levantando as sobrancelhas e apertando os lábios com as extremidades para baixo para demonstrar espanto.

— Então, às vezes eu fico na varanda do meu apartamento, ou nesta aqui, ou na de Angra, olhando para o mar e pensando: "Meu Deus, quem se casar com a minha filha está frito" — e riu de maneira meio forçada.

— Mas existem muitas garotas de famílias ricas que se casam e são felizes — disse João Pedro.

— Existem, existem. Nem precisa ir longe, a Daniela é uma delas: sua família era rica. É verdade, quando a conheci, já tinham perdido quase tudo. O seu avô paterno teve muitos bens, mas o pai dela era um estróina. Mesmo assim, eles eram chiques, é assim que se chamava — chique. Quando eu a conheci, numa festa no Clube dos Caiçaras... conhece?

— De passar em frente — respondeu João Pedro.

— Eu também, só passava em frente, tanto que entrei nessa festa de penetra. Enfim, a Daniela estava lá, cercada dos seus amiguinhos do *society*. Bom, eu olhei para ela e fiquei louco. Ela era simplesmente linda, talvez mais do que a Isabela. Deixaria no chinelo essas modelos aí que ganham cem mil reais por um desfile.

— A dona Daniela *ainda* é muito bonita, com todo respeito — disse João Pedro.

— É verdade, obrigado. O fato foi que, quando eu a vi, no meio daquele salão, falei para o amigo que me pôs para dentro da festa: "Essa garota vai ser minha de qualquer jeito." Ele a conhecia da faculdade, e sabe o que foi que me falou? "Tira o olho, Luiz, essa aí não é pro seu bico." E falou da família dela, das colunas sociais e do escambau. Sabe o que eu fiz?

— Chamou-a para dançar? — arriscou João Pedro.

— Foi, foi isso — respondeu ele, como se o rapaz tivesse contado o final de uma piada. — Então, sei lá por quê, ela aceitou e, acredite, foi com a minha cara. Depois daquela festa começamos a sair, conheci a família dela, e a coisa foi evoluindo. Namoramos mais de três anos antes de nos casarmos. Aí eu já trabalhava numa grande empreiteira e estava numa posição melhor, deu até para alugar um bom apartamento.

— Então o senhor não "estava frito" — disse João Pedro, sorrindo.

— É, mas é aí que vem o lado que faz de cada história uma história. Na época, tudo foi acontecendo naturalmente, mas, no fundo, eu nunca tinha entendido como aquela família cheia de salamaleques tinha me aceitado. Era uma dúvida que sempre me martelava. Então sabe o que eu fiz? Não, não responda, já vi que você é desmancha-prazeres. Bem, um dia, uns dez anos depois de termos casado, lá na casa do meu sogro, já com uns cinco uísques na cabeça, eu simplesmente perguntei a ele: "Seu Olavo, como vocês aceitaram um zé-ninguém como eu para namorar a filha de vocês?" Sabe o que ele respondeu? Agora pode dizer que você não acerta.

— Não acerto mesmo. O que foi que ele disse?

— Foram estas as palavras dele: "Meu caro genro, quem conversava dez minutos com você já sabia que ficaria rico, e era só disso que a minha filha precisava. O resto, a gente não gostou mesmo, mas, se ela tinha gostado, o problema era dela." Acredita que ele falou assim mesmo, na minha cara, logo o doutor Olavo, um dos sujeitos mais finos do Rio de Janeiro?

— Bom, pelo menos ele falou o que achava — disse João Pedro.

— Você sabe ouvir o que os outros acham? Isso é bom. Mas, na hora, eu não sabia se agradecia ou se mandava ele... tomar banho. Mas hoje consigo ver que ele apenas falou a verdade. Eu fui mesmo um rapaz meio casca-grossa. Agora, com uma ambição do tamanho do Maracanã — e deu mais uma baforada no charuto. — Bom, é essa a história.

— A história que o senhor queria me contar quando me chamou para vir na varanda? — perguntou João Pedro.

— Acertou, mas eu queria acrescentar algo, quer dizer, não é que eu queira, é como pai que eu tenho essa obrigação, e pediria a você que não me levasse a mal.

— Não vou levar a mal — disse João Pedro.

— Tem certeza? — perguntou Luiz Henrique. — Olha que eu sou um homem acostumado a dizer o que penso.

— Estou ouvindo o senhor — disse João Pedro.

— Então vamos lá. O que eu queria lhe dizer é que não me agrada um relacionamento entre você e minha filha. Não é pessoal, porque não acho namoro uma coisa pessoal. Namoro é um pré-contrato, ou então é só "pegação", como vocês dizem, e minha filha já deve ter outras prioridades. Os homens demoram mais para amadurecer, mas as moças, desde a idade dela ou até antes, já estão numa vitrine, a verdade é essa. E o fato é que eu, te olhando aqui de dentro da vitrine, acho que você não é um candidato adequado. Simplesmente porque eu não tenho, sobre você, uma opinião nem próxima daquela que o meu sogro teve de mim. É só uma questão de perfil, assim como as empresas analisam perfis. Não é que o seu seja ruim ou bom, apenas não é para ela. Não é o que ela precisa, entende? Não é pessoal, é uma questão racional. Se você é o rapaz mais inteligente da turma, tenho certeza de que compreende o que estou lhe dizendo.

— Compreendo, sim — respondeu João Pedro, disfarçando o rombo que o anfitrião abrira em seu peito, vazando pelas costas.

— Aliás, é fácil reconhecer as coisas que não combinam. Elas começam a dar problemas desde o começo.

— Eu causei algum problema ao senhor? — perguntou João Pedro.

— Causou, sim. O rapaz com quem você brigou na faculdade, o Marcos André, é filho de um grande amigo meu. Se não fosse pedir muito, para mim seria importante que você se desculpasse com ele. Eu lhe seria grato.

— Vou aproveitar a viagem de volta para pensar seriamente no assunto — disse João Pedro, notando que a recusa implícita irritou Luiz Henrique e tirou o seu ar impassível.

— Sabe, além das suas limitações, reconheço que tem também alguma coisa em você, que eu não sei explicar, que me causa desconforto. Mesmo que, neste caso, eu tivesse que fazer como o meu sogro e aceitar. É um traço, não consigo definir bem...

— Tente verbalizar. Poderá ser útil para mim — incentivou João Pedro, vendo que ele estava doido para falar.

— Isso, você acabou de me ajudar: tem a ver com esses seus comentários curtos, meio irônicos. É que, ao mesmo tempo em que você tem limitações óbvias, é também... arrogante, frio. Parece que você acha que tem uma camada de proteção que lhe dá o direito de dizer o que quer, ainda tão moço. Confesso que estou impressionado, e olha que conheço pessoas de vários tipos. O fato é que esta nossa conversa reforçou os meus receios em relação a você. Não sei que tipo de influência ou exemplo você pode representar para a Isabela.

— Exemplo? — sorriu João Pedro, fazendo Luiz Henrique ver os seus dentes pela primeira vez desde que o conhecera.

— Está rindo do quê? — perguntou Luiz Henrique.

— Foi só um pensamento que eu tive. Bom, não quero voltar tarde, e gostaria de agradecer pela estadia. Não posso retribuir, mas talvez o fato de ter ouvido tão atentamente sua opinião sobre mim tenha valido como uma vitória na mais dura concorrência.

— Concorrência? Do que você está falando? — perguntou Luiz Henrique.

— Foi apenas um... exemplo — respondeu João Pedro. — Não é com concorrências que o senhor trabalha? O senhor e sua esposa, hoje, perguntaram um monte de coisas sobre a minha vida. Eu respondi com sinceridade, porque é normal esse interesse. Da mesma forma que eu ontem perguntei a Isabela em que o senhor trabalha e ela disse que era dono de uma firma de engenharia. Perguntei se o senhor fazia prédios e ela respondeu que não, que eram obras públicas. Até onde eu saiba, essas obras exigem concorrência, não exigem? É natural que ganhá-las seja um motivo de comemoração para quem trabalha no ramo. Falei alguma coisa indevida?

— Claro que não. É que não entendi você ter vindo com esse assunto — respondeu Luiz Henrique, depois de ter tido o ímpeto de interpelá-lo, contido pela inexistência de qualquer brecha de insulto nas suas palavras e pela calma que ele mantinha.

— É a única informação que eu tenho sobre o senhor. Mas posso mudar o meu exemplo para outra coisa que lhe proporcione satisfação, como uma noitada lucrativa de pôquer ou a vitória do seu time de futebol.

— Um bom exemplo da minha satisfação seria você atender o meu pedido.

— Qual deles? De pedir desculpas ao meu educado colega de faculdade ou de desistir da Isabela?

— De desistir dela. Quanto ao outro pedido, eu já tinha entendido que você não vai atender. Seria mesmo esperar mais do que alguém pode dar.

— Que bom que o senhor entendeu, porque quem me interpelou e deveria me pedir desculpas foi o filho do seu amigo, mas isso sim seria esperar demais. Quanto a Isabela, sinceramente, eu acho que o senhor está se precipitando. Eu estou saindo da faculdade, ela vai ficar três meses fora, é uma garota linda e comunicativa; portanto, as chances de acabarmos nos afastando não são pequenas. E tem também um detalhe, que talvez para o senhor não exista, que é se *eu* vou querer dar continuidade a alguma coisa. Foi ela quem insistiu para que eu viesse, porque precisava de ajuda.

— "Se *eu* vou querer", desculpe, mas é difícil de acreditar.

— Realmente, a Isabela é muito especial, mas falo quanto a um compromisso mais sério. Eu tenho consciência do quanto os nossos mundos são diferentes, e eu gosto do meu mundo. O meu avô, que era alemão, veio para o Brasil assentar os primeiros tijolos da industrialização e, mesmo sem tê-lo conhecido, me orgulho só de saber que eu tenho o sangue de um homem sério, que veio a um país pobre para ajudá-lo a sair do atraso. Aí ele teve a minha mãe, que está aí há mais de vinte anos trabalhando honestamente, para que eu siga o exemplo dela e passe o mesmo para os meus filhos. É essa a minha ambição e esses são os meus exemplos, que o senhor pode achar limitados, mas que eu não acho. É natural que as pessoas tenham visões diferentes, e ninguém precisa enfiar a sua visão pela goela do outro.

— Bom, é só? — perguntou Luiz Henrique, num tom de querer encerrar a conversa.

— Da minha parte é — respondeu João Pedro.

— Eu também já falei o que precisava.

— Então, obrigado pela estadia — disse João Pedro, levantando-se e estendendo-lhe a mão. — Boa-tarde.

Luiz Henrique demorou um segundo além do natural para corresponder ao cumprimento, porque as últimas intervenções do rapaz fizeram as suas mãos exalarem um suor frio, e não queria que ele percebesse.

— Boa-tarde — respondeu o dono da casa, cumprimentando-o com a mão meio mole e sem se levantar.

João Pedro foi até o quarto pegar sua bolsa, justamente quando Isabela estava saindo do dela.

— Estava até agora com o papai? — perguntou ela.

— Estava. Conversamos bastante — respondeu João Pedro, beijando-a. — Bom, eu vou pegar minha bolsa e vamos. Minha mãe fica preocupada quando viajo de noite.

— Filhinho-da-mamãe — disse ela, beijando-o.

Luiz Henrique continuava na cadeira da varanda e Isabela foi até lá se despedir:

—Tchau, paizinho, já deu tchau pro João, né?

—Já, já nos despedimos — respondeu ele. — Dirija devagar.

— Pode deixar — disse ela, beijando-o — Hum, pai, você está com um suor frio.

— É, acho que o camarão caiu meio mal.

— Então não fuma mais esse charuto.

— OK, OK — disse ele.

João Pedro estava do outro lado da casa, ao lado do carro. Daniela e Isabela se aproximaram.

—Vai com cuidado, Isabela — disse a mãe, beijando-a apenas em uma face e levemente.

— Nossa, você também! Até parece que eu corro. Tchau.

Ao chegarem em frente ao edifício de João Pedro, despediram-se com um longo beijo. Ele sentiu-se aliviado de estar em casa. Pensou com satisfação na sua vida simples e riu-se de ter chegado a achar que o mundo de Isabela era superior ao seu. Tentava não misturar a imagem dela com a do cenário em que ela vivia, mas não conseguia. A sua beleza lembrava a da mãe e a sua vivacidade tinha a assinatura do pai. Ao mesmo tempo, achava-a melhor do que ambos. Tinha vontade de resgatá-la daquela casa ou não vê-la mais: qualquer alternativa intermediária lhe dava náuseas. Foi ao quarto da mãe, viu que ela estava dormindo, sentou-se na cama e acariciou-lhe a cabeça.

— Meu filho... Eu estava sonhando com você, de tão preocupada — disse Luciana.

— Sonho bom ou ruim?

— Não sei, não consigo lembrar direito, mas você parecia tão triste.

— Como foi o jantar com o Christian?

— Divertidíssimo, rimos muito. Mas não aconteceu mais nada. Satisfeito?

— Eu só quero o que for o melhor para você.

11 $ PESSOAL E NEGÓCIO

Isabela telefonou para João Pedro na segunda-feira à tarde, quando ele estava na praia jogando futebol. Propositalmente, ele só retornou a ligação para o celular dela à noite, desejando-lhe uma boa prova no dia seguinte. Quando ele calculou que ela já tivesse terminado, ligou-lhe e soube que tinha ido muito bem e passaria "mole", graças a ele. Ela perguntou se eles não se veriam e ele respondeu que estava na véspera da apresentação da sua monografia e inventou que quinta-feira já tinha se inscrito para um seminário na UFF, mas que poderiam se encontrar na sexta-feira. Então, com ela já mais preparada pelos dias que houvessem passado, ele lhe explicaria os motivos pelos quais não deveriam prosseguir com aquilo, sem citar a conversa que tivera com o pai dela.

Refletiu que, pelo menos naquele momento, não traria nada de bom para Isabela. Prejudicaria o seu relacionamento em casa, que já parecia tão superficial, e ainda a faria viajar com um sentimento que poderia fazê-la sofrer depois. Mas por que estava desistindo tão facilmente? Porque, no fundo, sabia que as coisas que o pai dela falara faziam sentido. Jamais teria condições de dar a Isabela a vida à qual estava acostumada, e nem este era o seu objetivo. Qual o sentido de namorarem, com tantos fatores contrários e sem qualquer perspectiva de longo prazo? Apenas por transarem? Sem dúvida, tinha sido ótimo, era como estar com Vênus — só que não existia um Olimpo para eles. Por que tomar o seu tempo, impedindo-a de conhecer outros rapazes iguais a ela? Ele sofria pela vontade de vê-la, mas era racional demais para agir de outra forma.

A apresentação da sua monografia, com o título *Simulações de Políticas Monetária e Fiscal em Cenários de Crise Internacional*, recebeu a nota máxima. Como o seu coeficiente de rendimento, de 9,3, foi o maior entre os alunos que estavam se formando, a universidade lhe havia encaminhado convites de empresas para entrevistas e, naquela semana, também duas propostas concretas: de um banco de investimento e de uma firma de auditoria que, todo ano, chamavam para os seus quadros os formandos de melhor desempenho, sem necessidade de processo seletivo. Ele informou à supervisora do departamento de estágios e relações com o mercado que não estava interessado, pois iria fazer mestrado.

Ao sair da sala da funcionária, não conseguiu evitar o pensamento de quantas propostas de emprego os rapazes "com perfil" para namorar Isabela deveriam receber no final do curso. Aí, conscientizou-se do quanto a conversa com Luiz Henrique o atingira. Mas, como não costumava ser complacente consigo mesmo, refletiu: "Quem tem aquele perfil aceitaria uma dessas propostas em vez de querer fazer mestrado. Vai ver, o cara está certo." Mas prometeu a si mesmo fazer um esforço para não cristalizar aquela mágoa.

Foi andando pela Praça XV de Novembro, olhou para o prédio onde ficava o escritório de Christian e lembrou-se de que a mãe lhe pedira para conversar com ele. Mesmo com o porteiro não fazendo objeções à sua entrada, pediu que ele interfonasse, o identificasse e perguntasse se o senhor Haller poderia recebê-lo. O homem ligou e ele subiu.

— João Pedro! Que bom vê-lo aqui! Eu juro que ia lhe telefonar hoje — disse Christian.

— Ia? — perguntou o rapaz.

— Ia sim, venha cá — disse, levando-o a uma sala privada e fechando a porta.

— Então, quem fala primeiro? — perguntou João Pedro.

— Tanto faz, o assunto é o mesmo, mas acho que cabe a mim começar — e olhou nos seus olhos. —Você tem alguma objeção que eu namore a sua mãe? — perguntou Christian, ao mesmo tempo sério e natural.

— Depende — respondeu João Pedro. — É claro que eu não espero que você a peça em casamento, mas, se for só para dar umas transadas e pular fora, eu tenho objeção sim. Nem é por moralismo, é que ela tem aquele jeito sério, mas é muito sentimental. Ainda está sofrendo por causa do meu pai. Logo, se é só por divertimento, existem muitas mulheres mais adequadas. Aqui mesmo, no centro da cidade, tem um monte delas loucas por um gringo boa-pinta e rico. Com algumas, você nem precisa ter trabalho, é só pagar.

— Da outra vez que você veio aqui não achei que era tão agressivo — disse Christian, com um leve sorriso, mas sem ironia.

— Não sou agressivo, estou falando o que eu penso. Se a mãe fosse sua, tenho certeza de que faria o mesmo. Os papéis mudam, mas as pessoas no fundo não são tão diferentes. Até em relação aos macacos, o nosso DNA é mais de 99% igual.

— O que eu tenho a lhe dizer, João Pedro, é que eu me senti muito bem na companhia da Luciana e gostaria de continuar vendo ela. Fazermos programas juntos, viajarmos para Angra, onde tenho casa, enfim, coisas que dois adultos desimpedidos podem fazer. Pode ser que isso dure um dia, um mês, um ano ou o resto da vida. É um risco que ela e eu estamos dispostos a correr.

João Pedro olhou para as paredes alguns segundos e novamente para Christian.

— Não fique esperando a minha recusa nem a minha bênção, porque não sou pai nem padre. Apenas te peço que tenha cuidado, porque, se ela sofrer por sua causa, você vai se ver comigo, com todo o seu tamanho. Fora isso, espero que vocês curtam bastante, ela precisa mesmo se distrair — completou João Pedro, notando que suas frases incisivas eram absorvidas com interesse pelo interlocutor e não mudavam o seu semblante sereno. "Perto desse plácido *dog alemão*", pensou o rapaz, "o tal de Luiz Henrique é um pequinês metido a bravo", e não pôde deixar de sentir algum respeito por ele.

— Mas tem outra coisa que eu queria lhe falar. Ou melhor, ouvir. Está indo para casa? — perguntou Christian.

— Estou.

— Posso te acompanhar na barca e voltar nela mesmo?

João Pedro mais uma vez se surpreendeu com ele. O gringo já conseguira o que queria: por que estaria se dispondo a andar numa barca freqüentada pela ralé com um rapaz que estava sendo ríspido com ele? Será que um homem com 400 milhões de dólares não tinha mais o que fazer? Então respondeu:

— Claro, até porque a barca é pública.

De novo, Christian não acusou a grosseria e levantou-se calmamente, levando João Pedro a fazer uma de suas ilustrações mentais: "Resistência passiva tipo Gandhi: a tal indiana o treinou direitinho."

Foram até a estação sem trocar palavra, até que Christian, no saguão de espera, comprou um saquinho de jujubas e lhe ofereceu. O silêncio não era pesado porque o suíço observava a estação como se estivesse ali pela primeira vez, e dentro de uma ruína asteca. Encostou a testa no vidro que dava para a plataforma e ficou olhando um boneco de marinheiro em tamanho real, feito de lâmina de compensado, que indicava o portão de saída para quem desembarcava. No seu boné estava escrito "Zé Boreste". João Pedro reparou que Christian permanecia olhando o sinalizador, com um leve sorriso. Após uns trinta segundos, ele perguntou:

— João Pedro, "Boreste" é um nome?

O rapaz, que ainda tentava se mostrar durão, teve de se esforçar para evitar uma risada:

— Não, boreste é o lado direito da embarcação, a mesma coisa que estibordo. O lado esquerdo é bombordo.

— Ah, então Zé Boreste é o apelido do marinheiro, hã, hã, hã — riu Christian alto, num tom grave, levantando o queixo e com a boca meio aberta, fazendo um menino de uns seis anos com a boca lambuzada de pipoca doce, ao lado da mãe, olhar para ele espantado.

Em seguida, ele passou a olhar à direita, em direção à praia de Icaraí, e perguntou a João Pedro:

— Daqui não dá para ver seu prédio, dá?

— Não, Icaraí fica atrás daquele monte, onde tem aquele prédio que parece uma escada.

— "Interressante" — disse Christian.

Depois que todos os passageiros saíram da barca que aportara, o portão foi aberto e eles entraram, mas Christian se desviou do caminho, foi até o "Zé Boreste" e deslizou os dedos da fresta da lâmina do compensado. Quando voltou, disse:

— O bigode dele é gozado. É verdade que na Suíça não tem mar, mas nunca vi nada parecido com o Zé Boreste, hã, hã, hã.

João Pedro teve vontade de perguntar se ele preferia levar o boneco para casa ou ganhar um pirulito, mas apenas continuou caminhando para dentro da barca, já que não queria levar outro rasante de avião ao lado de Christian. Assim que se sentaram e a barca começou a dar ré, este, que estava olhando pela janela, virou-se para João Pedro e perguntou:

— Você acha que eu sou um especulador?

— Não, foi só um eufemismo que eu usei com a mamãe.

— Eufemismo? — perguntou Christian.

— É, quando a gente diz uma coisa mais suave do que quer dizer. O especulador é uma figura necessária, porque dá liquidez aos mercados. Ainda assim, só é necessário que alguns façam isso. Só que, no Brasil, tem gente demais nessa profissão. Mas, pelo que você me disse, não é um especulador. Depois que veio para o Brasil, virou agiota e depois rentista.

— Bom, pelo que eu sei, agiota opera fora da lei. Eu tinha e ainda tenho uma empresa de participações. Quanto a ser rentista, há um bom tempo que a maior parte da minha renda vem mesmo de aplicações financeiras. Também não é crime.

— Na Suíça também não é crime. Por que você não aplica lá?

— Primeiro, porque eu gosto daqui. E os juros lá são muito baixos.

— Entendi — respondeu João Pedro, fazendo a expressão "como se eu não soubesse".

— Qual é o problema de ser rentista? — perguntou Christian.

— O problema é que o povo precisa de emprego. Não de meia dúzia, como tem ali no seu escritório, mas de muitos. De empresas que façam uso intensivo de mão-de-obra, como a indústria naval, por exemplo. Você não tinha dito que gosta de mar? Olha, aquilo ali são estaleiros — disse, apontando para perto da ponte, do lado de Niterói. — Podem parecer meio caquéticos, mas nada que uma boa injeção de capital e tecnologia não dê jeito.

— A maioria deles está mal — disse Christian.

— É verdade. É o risco do capitalismo — retrucou João Pedro.

— Você acha que eu deveria pegar o meu dinheiro e investir em empresas?

— Talvez não. Tem gente que não nasceu para isso. Mas o problema do Brasil é este: já tem gente demais que não nasceu para isso. Então vêm os de fora que também não nasceram para isso e só querem saber de ir ao cassino ou a *spas* de engorda. Não tem jeito, acho que é um problema generalizado de perfil. Tudo bem, cada um com suas limitações. Nesse fim de semana, por exemplo, o pai de uma garota que eu estava começando a namorar disse na minha cara que eu não tenho perfil para casar com a filha dele, pois ela está acostumada com um padrão de vida muito alto. Aliás, ele tinha o direito de analisar o meu perfil, porque era um assunto que dizia respeito à filha dele. Agora, sobre o *seu* perfil, Christian, a verdade é que eu não tenho o direito de dar opinião. Você é adulto e não interessa o que eu penso de você. Tirando a história da minha mãe, é claro, aí diz respeito a mim.

— Sabe o que eu acho, João Pedro?

— O quê? — perguntou o rapaz, esperando que ele finalmente tirasse a máscara de Buda europeu.

— Que, por um lado, você tem razão. Olha, eu ainda participo de algumas daquelas empresas que lhe falei e, como estava dizendo à sua mãe, apóio duas obras sociais em São Gonçalo, uma de crianças e outra de idosos. Para ser sincero, banco sozinho as duas. São quarenta e oito idosos num asilo com boas acomodações e uma escola gratuita que tem hoje cento e trinta e cinco crianças, com computadores, merenda e professores de primeiro nível. Por isso você me viu aqui na barca aquele dia — eu gosto de ir até Niterói e de lá pegar um táxi, porque não me estresso e ainda faço a alegria de algum motorista. Parece que eles tiraram na loteria quando eu digo para onde vou e que é ida e volta. Mas não estou me... como se diz... como um pavão...

— Se pavoneando.

— Sério, não estou, porque sei que isso é papel do governo, no meu país é assim, senão parece esmola, mas, como sei que o governo não vai fazer mesmo, quer dizer, não desse jeito, então é uma forma de eu retribuir. Não para acalmar minha consciência, porque não me sinto culpado de nada. E, mesmo que pareça pouco em relação ao que eu tenho, ou seja, ao estoque, não é em relação ao fluxo de rendimento. Agora, quanto a dar empregos, aí sim a coisa é mais complicada. É um problema mundial, não cabe a mim resolver. Mesmo assim, e mesmo não valendo a pena, em algumas daquelas empresas de que participava eu queria até ficar, mas eles é que não me agüentavam mais, porque não gostam de cobrança. Os que me aturaram são meus sócios até hoje. E olha: juntando todo o meu tempo nessas empresas, eu até hoje contratei muito mais do que demiti. Além disso, entrar e sair é mesmo o padrão do *private equity*,[51] no mundo inteiro. Agora, reconheço, de uns anos para cá, os juros aqui estão os maiores do mundo, é uma estupidez o custo de oportunidade. Mas nunca achei que essa fosse minha finalidade de vida e, assim que passar esse medo do mercado por causa do Lula, como eu te falei naquele dia, estou querendo reavaliar o meu portfólio, comprar ações em empresas de capital aberto ou voltar a investir em *equity*. Em vez de ficar pensando ou falando mal de mim para sua mãe, você poderia me ajudar.

João Pedro, surpreso com a humildade dele, baixou a guarda:

— Legal, vou pensar nisso tudo que você disse, mas conceitualmente. Não tenho nada a lhe sugerir. O homem de negócios é você, eu sou só um economista recém-formado.

— Economistas como David Ricardo e Keynes, que fizeram da Economia o centro de suas vidas, nem por isso deixaram de fazer o seu pé-de-meia no mercado financeiro. Keynes era um especulador

51 Participação privada. Investimento em empresas por meio de participação societária e na administração, geralmente para fomentar o seu crescimento e depois vender as ações, muitas vezes em bolsa, se elas então já tiverem o capital aberto.

mais voraz que um tubarão. E não era hipocrisia: uma coisa é ele achar que o Estado deve intervir na economia, outra coisa é o que ele fez com o dinheiro dele. Uma coisa é a sua profissão, outra é a sua vida pessoal, seja você um economista, um piloto de barca ou um médico.

—Vou pensar nisso também.

— Mas, por falar em economista recém-formado, você já sabe o que vai fazer agora?

— Em janeiro vou fazer a prova para o mestrado. Tive duas propostas de emprego, mas não é isso que quero agora.

— Aqui numa barca igual a esta, você disse que não agüentava mais tanta teoria. Por que não aprende um pouco como é o mundo prático, sei lá, um ano, e depois faz o mestrado, aí já com outra cabeça? Tem MBA[52] que nem aceita quem não tenha experiência.

— Acho que isso não é meu perfil — respondeu João Pedro.

— Isso é bobagem — disse Christian, fazendo João Pedro vê-lo irritado pela primeira vez. Olha, tenho uma proposta de longo prazo para te fazer: trabalhe num banco de investimentos, faça alguns cursos, como de análise de empresas, matemática financeira avançada e operações em mercado. Quando estiver bom nisso, fale comigo que eu boto na sua mão 20 milhões de dólares para você investir. Você ganha uma comissão sobre o patrimônio que administrar e ainda o que conseguir acima da taxa do CDI.[53] Se arranjar outros investidores, pode até transformar num fundo de *private equity*. Não estou brincando, estou falando sério.

—Você é maluco, Christian.

— Maluco? Acabei de colocar vários empregos nas suas mãos. Estou te oferecendo uma carteira que muita gente passa a vida toda se esfolando e não consegue ter e só pedindo duas coisas: um míni-

[52] Master in Business Administration. Mestrado em Administração de Empresas.

[53] Certificado de Depósito Interbancário — instrumento com o qual os bancos aplicam dinheiro entre si. A taxa média de juros apurada nas operações de CDI serve de parâmetro para a rentabilidade oferecida por produtos do mercado financeiro.

mo de preparo e uma meta de rentabilidade. Abaixo do CDI, prefiro abrir outro asilo ou escola — o benefício social é mais direto e o risco é menor, já sei quanto vou perder.

— Estou vindo agora da minha defesa de monografia e precisando mesmo é descansar uns dias.

— Legal, mas vou te cobrar, hein? E, sobre esse negócio do desemprego, eu escrevi um conto sobre isso, vou te dar. João Pedro, tem problemas cuja solução depende de coisas muito maiores do que nós. Quem tenta dar uma de Dom Quixote acaba quebrando a cara, porque é a corrente do rio Amazonas contra um barquinho. No fim, vão para o fundo você, seu barquinho e seus empregados, a quem você achava estar fazendo um bem. É melhor você ir a favor da corrente numa barca grande feito essa aqui. Pelo menos coloco algumas crianças e velhinhos, hã, hã, hã.

João Pedro não agüentou e sorriu. A barca se aproximava da estação e ele, meio tocado com o jeito simples de Christian e arrependido das grosserias que havia feito, disse:

— Outro dia você me convidou para um almoço. Hoje sou eu quem te convida para a copa da grande *chef de cuisine*, Luciana Müller. Posso ligar para ela?

— Aceitado!!! — respondeu Christian, sem fazer a menor questão de disfarçar a sua alegria.

— "Aceito". Aprende a falar, gringo — disse João Pedro.

— Aceito!!! — gritou Christian, fazendo alguns passageiros olharem para eles.

Durante o almoço, João Pedro viu o quanto a mãe ria com as bobagens seriais que Christian dizia. Depois do café, ele se ajoelhou no tapete da sala e se fingia de cachorro para Salsicha, que rosnava e depois voltava querendo ser provocado de novo. Depois ele foi até a janela e ficou indicando aos anfitriões o morro atrás do qual ficava a estação das barcas, como se tivesse feito uma grande descoberta. João Pedro pegou a coleira de Salsicha, e o visitante perguntou se podia ir junto para conhecer o calçadão de Icaraí. Eles desceram e, ao iniciarem o percurso, o suíço lhe perguntou:

— Você disse uma coisa que eu não consigo parar de pensar.

— O que foi? — perguntou João Pedro.

— Desculpe me meter na sua vida, mas a intenção não é má. Você disse que o pai da garota falou que você não pode sustentar a filha dele? Caramba, por que isso? Vocês não estavam só começando a se conhecer?

— É, mas essa gente já quer cortar o mal pela raiz — respondeu João Pedro. — De repente na Suíça a maioria é mais ou menos do mesmo nível, mas aqui esses cuidados são normais.

— E você, como está se sentindo com isso?

— Não muito bem, mas pelo menos dei uma boa resposta ao cara.

— Que resposta? — perguntou Christian.

— Sabe, ele é daqueles que vieram de baixo e enriqueceram participando de concorrência com carta marcada. De uma forma indireta, mas que tenho certeza de que ele entendeu, falei do valor que a minha família dá ao trabalho honesto, deixando claro que eu também não fazia a menor questão de entrar para a família dele.

— E você e a menina voltaram a se ver? — perguntou Christian.

— A verdade é que eu pensei bem e acho que, no fundo, o cara não está errado. Antes mesmo de a gente ficar, o que só rolou porque ela me convidou para Búzios, para ensinar Economia a ela, eu já achava o mundo dela muito diferente do meu. Depois, então, que vi quem o pai dela é, fica mais complicado. Ficar por ficar, e com o maior clima ruim, acho que não vale a pena.

— E ela?

— Não sei, acho que começou a gostar de mim. De qualquer forma, ela vai para Londres, é um bom jeito de a coisa ir diluindo.

Christian ficou um tempo em silêncio enquanto andavam. Então disse a João Pedro:

— Vamos sentar naquele banco?

— Tudo bem — respondeu João Pedro. — E sentaram-se.

— Você já viu *The Godfather*?

— O Poderoso Chefão? Já. Não trinta vezes cada parte, como o meu pai e a geração de vocês, mas já assisti, sim.

— Sabe por que a minha geração viu tantas vezes esse filme?

— É um filmaço, reconheço.

— É mesmo, mas não é só por isso. É o subtexto e, sobretudo, alguns conceitos e frases... esculpidas?

— "Lapidares" é melhor.

— Isso, lapidares. O livro não é tão brilhante na forma, mas já tinha tudo isso.

— Vai fazer uma apologia à máfia, dom Christian?

— Não, claro que não. Mas, quando a pessoa é inteligente o suficiente para colocar a essência do conceito dentro do que a sociedade considera aceitável, eu concordo com algumas máximas do dom Corleone. Elas se aplicam a uma empresa, ao que nós acabamos de conversar na barca e à sua conversa com o pai da sua namorada. Eu vou te dizer dois desses princípios. O primeiro é o seguinte: pessoal é pessoal, negócio é negócio — disse Christian, acariciando Salsicha.

— Ah, eu lembro — disse João Pedro.

— Quem mistura o pessoal com negócio não está fazendo um bem nem para si nem para os outros. O pessoal a que eu estou me referindo é a implicância que você tem em relação a alguém, o fato de sua formação ser diferente, o seu orgulho, enfim, coisas íntimas. Já o negócio é aquilo que você realmente tem a dar e quer receber em troca, não de uma forma mafiosa, botando o revólver na cabeça do sujeito, como fazia o dom Corleone. Aliás, ele no começo era um rapaz quieto, mas começaram a pegar pesado com ele, aí teve também que pegar pesado, ou muito pesado, realmente. Mas essa foi a situação que ele teve de enfrentar, a resposta é relativa ao que cada um enfrenta. A sociedade, nesse aspecto, hoje está mais civilizada. O pai da moça não colocou uma arma na sua cabeça, ele deve ter te dado argumentos.

— É verdade. O meu perfil. E ele falou mesmo que não era pessoal.

— É claro. E qual foi a resposta que você deu a ele? Posso responder?

— Pode.

— Veladamente, chamou-o de ladrão. Isso não é negócio. Você levou para o pessoal.

— Realmente, ele disse que o sogro dele era um grã-fino meio falido que, depois de anos, reconheceu que não tinha ido com a cara dele, mas que viu que ele ia ficar rico, por isso nunca se opôs ao namoro, porque a questão não era pessoal.

— Para o velho falido era mais negócio que a filha se casasse com um rapaz ambicioso do que com outro quebrado do *society*.

— Mas ele disse que, ao contrário dele quando jovem, eu não tinha perfil de quem ia me dar bem, ou seja, na visão dele, ficar rico. Ele me achou com cara de professor, sei lá.

— Está bom. Encerramos a primeira lição do Poderoso Chefão. Ele te deu um argumento e você, apesar de ter se defendido com o pessoal, o que é humano, afinal ele tinha te humilhado, concordou com ele. Tanto que está se afastando da filha dele. O filme podia acabar aí, não? Não precisa de segunda parte, esse Godfather.

— Eu gostei mais da segunda — disse João Pedro.

— Quase todo mundo. A primeira mostra bem a diferença entre pessoal e negócio. A segunda narra também a história do dom Corleone desde o começo. Mostra como ele teve que extrair uma força que nunca tinha usado, quando um cara que explorava a *Little Italy* atravessou o caminho dele. É claro, pelas circunstâncias, ele foi lá e matou o mafioso, mas ele sempre tentava argumentar. Já vimos que você não argumentou, só ofendeu o sujeito, porque, no fundo, aceitou o argumento dele. E que a história poderia acabar nisso. Mas é aí que eu estou com a pulga atrás da orelha. Eu já te conheço um pouco, e sei que atrás dessa aparência de bom aluno, de garoto preocupado com as causas sociais, tem um outro João Pedro.

— Ele falou isso também, mas pelo lado negativo. Disse que, além da história do perfil, eu era frio e arrogante.

— Ahhh... É aí que entram a esperteza, a falsidade. Sabe o que ele viu em você, João Pedro? Força. Alguém que estava ali sem medo dele. Você pode ser meio teórico, meio pensador, mas tem uma coisa que a maioria não tem, como o dom Corleone falava.

— O quê?

— Não sei em português — "balls", como se diz?

— Colhões.

— Tem sim, e, modéstia à parte, eu tenho também. Nesse ponto, gente como nós topa com dois tipos de homens: aqueles como o sogro dele, que já estão tão desesperados que querem mais é que apareça alguém que tenha alguma coragem, e outros que não suportam ver alguém mais forte. Então, pioram o lado "negativo" com algum traço de realidade que eles sabem que, no caso de uma pessoa que não se conheça direito, ela vai concordar, e viram do avesso as características positivas, principalmente a força, que mete medo nelas.

— Você disse que eu não me conheço direito? — perguntou João Pedro.

— Disse. E eu também não te conheço direito. Aliás, se, como o tal sujeito, eu tivesse certeza de que você nasceu para ser professor, nem ia estar aqui falando isso com você. Não acho que exista um Super-João Pedro aí dentro — como você disse lá no escritório, nós todos temos um DNA muito parecido. Mas, mesmo que não seja, não me parece exatamente esse intelectual que você transparece. Ou, ainda que seja, é mais alguma coisa que você tem que descobrir. Para ser feliz, cara, não para sair dando porrada nos outros. Agora, você não vai descobrir nunca se aceitar uma argumentação idiota cada vez que você quer uma coisa e te dizem "não". Presta atenção: uma coisa que você *quer*. Você só vai descobrir quem você é quando for até o final naquilo que deseja. Essas situações acontecem para nos testar, para nos conhecermos, e você está apenas... abrindo mão. Responda objetivamente: você concorda que não tem perfil para almejar nada mais sério com a garota? Sim ou não?

— Não sei, sinceramente. — respondeu João Pedro.

— "Não sei" já é diferente de "não tenho". Acho que você tem que descobrir isso. Antes, é tudo teoria, como aqueles modelinhos que você aprendeu lá na faculdade. Tem que testar na prática.

— Digamos que eu não me conheça, mesmo. Todo mundo descobre quem é?

— Uns mais, outros menos. Não é "sim" ou "não" — é um *continuum*, uma escala. Mas às vezes tem uma máscara principal que você tira em certo momento da vida. Já é metade do caminho.

— Qual era a sua? A de contestador bobão, que descobriu que era um investidor racional?

— Não é assim, é mais um processo. As peles que vão caindo também deixam uma coisa legal. O contestador bobão, por exemplo, pode ter deixado um traço de alguém que não engole qualquer verdade que dizem a ele. Mas acho que a principal máscara que deixei cair foi a de sujeito meio... alterna...

— Alternativo.

— Isso, meio desapegado, sabe. Você precisava me conhecer, João Pedro, de barba, cabelos longos. Mas, quando a Usha se meteu naquela comunidade, parece que "caiu a ficha". Eu quase entrei, mas só para ficar com ela e com a Marala — no fundo, eu não queria. Não entrar foi ter que admitir para mim mesmo que eu não era igual a eles, e eles pareciam que tinham sido purificados. Tem gente que acha que é lavagem cerebral, mas eu vi como a Usha mudou para melhor. Aí, um dia eu estava numa daquelas reuniões de orações e vi o quanto eu "não era" aquilo — para o bem ou para o mal, eu apenas não era. E eu sabia que admitir isso significaria perder a minha família. Mas, para ficar, tinha que morrer o Christian. Eles diziam que era isso mesmo, que o velho homem tinha que morrer. Quando eu vi que não podia, tive consciência de quem eu era. Falei: não quero ficar aqui orando, amando Jesus e vocês o tempo todo. Eu tenho que ir para a selva. Parabéns se vocês são santos, mas eu sou um leão e vou viver na selva. E nunca mais deixei de ser leão, ainda que todo leão tenha um lado bonachão. Mas ele está aqui dentro de mim, o tempo inteiro.

— Leão? — perguntou João Pedro.

— Isso mesmo: leão. Você ficou se achando superior por ter dito umas coisas para o pai da garota, mas eu acho que tem um... você não é bonachão, deixa eu ver... bom, acho que você tem um leopardo aí dentro, reclamando, e eu te garanto: a raiva do João Pedro, perto da do leopardo, é fricote de mulher. Sabe por que o seu leopardo está rosnando, e com você mesmo? Porque o cara te venceu, João Pedro.

O pai da fêmea que você suou para chegar perto, usando tudo o que você tem de melhor, se pôs na sua frente e você até deu um rugidinho moralista e intelectualizado, que ele pode não estar acostumado a ouvir e ter tremido um pouco. Porém, o que ele realmente queria é que você, depois de falar das suas justiças e dos seus valores, se picasse do território dele e não voltasse mais. E só existe um fato que interessa nessa história toda: ele conseguiu! Agora você está dizendo para si mesmo e para mim que a savana dele é muito diferente da sua, que ele é um leopardo ladrão, enfim, tudo pessoal. No negócio, que é a luta pelas melhores fêmeas, vai chegar outro leopardo, tenho certeza que mais fraco do que você, mas lá da savana deles, e vai levar a sua linda leopardinha, que nem entendeu por que o macho que ela queria mesmo sumiu. Daqui a um tempo, você conhece uma oncinha no mestrado, muito estudiosa e que não te atrai tanto, mas com pais de "valores" parecidos com os seus e doidos para casar a filha; aí você se casa com ela. Vai então levar uma vida de leopardo frustrado, ou melhor, o leopardo já vai ter morrido — só sobrou o João Pedro sem ele. Aliás, está aí outra coisa que eu aprendi: tudo o que é bom geralmente é difícil. Quando eu encontro alguma dificuldade, aí desconfio que a coisa vale a pena. Se eu tivesse jantado com a sua mãe e você tivesse me enviado um e-mail perguntando se tinha ido tudo bem, se eu tinha gostado dela, que ela era chata, mas que no fundo era gente boa, eu iria perder metade do tique.

— Do pique — corrigiu João Pedro.

— Isso, do pique. Mas, quando ela disse que você estava criando caso, eu gostei. Não desista fácil das coisas. Mesmo que seja para depois dizer: não, não era nada disso que eu queria. Mas aí você já experimentou. Antes disso, meu amigo, você perdeu. Perdeu porque não viveu, e a vida é o maior bem de todos, mesmo que temporário, ou, inclusive, por causa disso. Preserve o pessoal, mas ganhe no negócio também. Não finja, por comodismo, que os dois são uma coisa só para achar que está sempre ganhando. No final, você vai ver que acabou perdendo no negócio e, muitas vezes, até se iludindo no pessoal.

João Pedro olhava o horizonte com uma sensação estranha no ventre. Christian reparou que o tinha tocado e concluiu:

— Olha, não estou dizendo isso para você me responder nada. Se estiver sentindo alguma coisa sobre mim, Christian, do tipo quem é esse cara para estar me falando isso, é só um gringo oportunista, maluco ou seja lá o que for, deixe um pouco isso de lado: não importa o que o Christian seja: isso é pessoal. Entendeu a diferença? Ou você me contesta, falando a verdade que estiver sentindo, ou então espera até senti-la, nem que seja para me dar um soco na cara. Se você me der uma resposta brilhante, que me humilhe, mas que não seja a sua verdade, desculpe: em termos de negócio, você perdeu de novo. Perdeu em Búzios, perdeu aqui em Icaraí e vai perder a vida toda. Mesmo sendo um rapaz tão brilhante. O mundo está cheio de rapazes brilhantes e frustrados, João Pedro. E eu tenho a nítida sensação de que você *não* nasceu para ser um deles.

Viu então que os olhos do rapaz brilharam úmidos e que ele os espremeu com os dedos. Passou o braço em volta do seu ombro e Salsicha ficou olhando o dono, virando a cabeça de lado. Christian ficou em silêncio e depois continuou:

— Olha, se você descobrir que não é um leopardo, que é só um gato siamês, não se cobre por isso. Isso não é papo de auto-ajuda, do tipo "seja um vencedor". Se você chegar à seguinte conclusão: eu não tenho nada de leopardo, eu sou a reencarnação de São Francisco de Assis, ou sou um professor nato, então que seja, vá em frente: tanto ser santo como professor são motivos de orgulho. Mas só te peço uma coisa: descubra primeiro se é isso mesmo. Eu desconfio que não seja e que por isso você está uma fera aí dentro, mas não por ter deixado de dar um murro no sujeito: isso seria apenas pessoal. Você está uma fera porque está deixando o negócio escapar das suas mãos. Se quer descobrir quem você é, João Pedro, eu vou terminar te dando uma dica de Schopenhauer: *você é aquilo que você quer.* Esconda o que você quer de você mesmo que você deixa de ser quem você é. Tudo bem, quer abrir mão, abra, mas não fingindo para si mesmo. Estou te falando isso como um amigo mais velho — e calou-se, também olhando para o horizonte. João Pedro também passou o braço atrás dele e deu-lhe tapinhas de agradecimento.

Christian olhou para trás e viu Luciana na janela.

— Olha lá sua mãe! Vamos dar tchau para ela!

— Cuida bem dela, hein gringo? Estou na sua cola.

— Eu descolo você, hã, hã, hã.

— Quem foi que te inventou, Christian? O Papai Noel não é bem mais do norte?

— Não, deve ter sido ele mesmo. Só que a risada dele é hô, hô, hô.

— É, com certeza foi erro de fabricação.

— Ah, isso aí é sarcasmo. Sua mãe me disse que é o seu humor preferido.

— Ela disse isso? Vou perguntar a ela — disse João Pedro, sério e levantando-se.

— Ei, "esperra" aí! — exclamou Christian.

— Brincadeira, só queria te ver assustado pela primeira vez, hã, hã, hã — imitou-o João Pedro, aliviando-o do susto. — Mas vamos subir sim, porque o Salsicha está impaciente. Olha, achei legal o que você falou. Vou pensar nisso tudo.

— Eu sei que vai. Eu não ia perder tanto tempo à toa: *time is money*.

João Pedro sorriu, perguntando-se como alguém que tinha acabado de virá-lo pelo avesso podia ser tão bobo, e concluiu: "Deve ser a tal diferença entre o pessoal e o negócio." Mas não precisou pensar muito no que Christian lhe dissera. Logo que chegou, fechou-se no quarto, ligou para o celular de Isabela e disse que desistira de ir ao seminário. Marcou de irem a um cinema no Leblon, antes perguntando à mãe se o carro estava liberado. Christian respondeu antes dela:

— Está liberado, sim. O noivo dela tem carro!

No cinema, a certo momento se beijaram com tanta volúpia que a unha dela arranhou o pescoço dele levemente. Ela se desculpou, mas ele respondeu:

— Tudo bem, eu gosto. Parecem unhas de leoparda.

— Gosta mesmo? — disse ela, e se beijaram novamente.

João Pedro e Isabela se encontraram outras vezes antes que ela viajasse para Londres. Numa delas, ele subiu ao seu apartamento para esperá-la se arrumar. Luiz Henrique estava na sala. João Pedro o cumprimentou e ficaram assistindo ao telejornal, sem trocarem qualquer palavra por algum tempo, até que o dono da casa lhe disse:

— Estava me lembrando da frase que você falou em Búzios: "Talvez *eu* não queira." Bem que eu disse que era conversa fiada.

— Eu não fiquei convencido da sua opinião sobre o meu perfil e nem de que, qualquer que ele seja, possa ser tão inadequado para Isabela, ao menos para namorarmos. Também acho interessante que *ela* também tenha direito de saber o que quer, nem digo no futuro, mas ao menos no presente. Além do mais, eu estou apaixonado por ela, o que prejudica minha capacidade de decisão racional. Como disse Pascal, "o amor tem razões que a própria razão desconhece".

— Com licença, boa-noite — disse Luiz Henrique, retirando-se.

Sozinho na sala enquanto aguardava Isabela, João Pedro se lembrou de uma história que o seu pai, mais de uma vez, lhe contou que acontecera com ele, sobre um "ex quase futuro sogro". Começou então a recordar como o pai fora morar em São Francisco.

O avô de João Pedro era engenheiro civil. Na década de 1960, num passeio de carro, tendo ficado fascinado com a praia do Saco de São Francisco, comprou um grande terreno a um preço barato, loteou-o, construiu uma casa para a própria família e continuou, nos anos seguintes, vendendo os lotes e edificando outras casas para os interessados que lá chegavam. Como a região era então um tanto erma, com uma comunidade carente próxima, e os casos de violência urbana começavam a surgir, ele fechou a área com muros e colocou uma guarita. Além disso, construiu, no final da alameda principal, após aprovar o projeto na prefeitura, uma grande pracinha com brinquedos e um campinho de futebol para uso exclusivo dos moradores, embora tanto Rodrigo como posteriormente João Pedro liberassem a entrada para os moleques da comunidade, a fim de jogarem bola com eles.

Assim, numa época em que os "condomínios de casas" eram pouquíssimos mesmo no Rio, o avô de João Pedro foi um dos seus precursores em Niterói. Quando se mudaram para lá, Rodrigo tinha cinco anos e ali passou a sua infância, mocidade e dezesseis anos já casado com Luciana, numa casa que o pai construiu, ao gosto do casalzinho, num dos dois lotes que, durante todos aqueles anos, havia reservado para os dois filhos quando casassem. Quando João Pedro já tinha quinze anos e, segundo Luciana, precisava levar uma vida mais "urbana", já dispunham de economias e deram uma boa entrada no apartamento de Icaraí — Rodrigo financiou o resto no próprio banco em que trabalhava — sem precisar vender a casa, onde passavam muitos finais de semana, já que ele gostava de pescar com o pai. Com a morte do marido, Luciana alugara a residência para compor as receitas domésticas, que incluíam, além de suas traduções, a pensão do INSS e outra privada que ele fizera também no banco, em condições especiais oferecidas aos funcionários.

O fato que Rodrigo relatara a João Pedro, e que ele agora se lembrava naquela sala, foi que ele namorara, quando tinha vinte e poucos anos, uma moça chamada Lígia, que morava numa casa bem próxima à sua, dentro do condomínio. O pai dela, vendo-o chegar algumas noites de carro, sozinho, percebeu que ele tinha lá outros divertimentos, e que a filha se ressentia disso. Delicada mas firmemente, lhe disse: "Rodrigo, você é um rapaz jovem, boa-pinta, com um pai com boa situação e que tem muito ainda para aproveitar a vida, mas a Lígia já está em idade de casar. Portanto, eu queria lhe pedir para parar de vê-la." Ele contou que, até então, não estava mesmo tão empolgado com o namoro, cuja circunstância "logística" lhe tirava a liberdade, mas que, com a proibição, a chama entre eles virou uma labareda. Porém, ele tinha entendido o recado: ou case-se com ela ou vá ciscar em outro galinheiro. Como não estava disposto a se casar, encontrou-se com ela escondido ainda algumas vezes, até que ela mesma acabou lhe dizendo que não queria enganar o pai e seria melhor terminarem. Ele, simplesmente, aceitou.

João Pedro se perguntou o que alguém que havia procedido daquela forma quando jovem acharia da rápida conversa que o seu filho acabara de ter com o pai da namorada, numa situação ainda pior: ele não queria namoro e muito menos casamento. Antes de tirar alguma conclusão ou de achar-se "mais forte" que o saudoso pai, levou em conta que a "labareda" dele, ao contrário da sua, já devia ter baixado após os encontros escondidos. Mas lembrou-se também de uma canção que o pai gostava de ouvir, de Belchior, cantada por uma cantora que ele também adorava, Elis Regina, cujo nome era *Como Nossos Pais*, que dizia: "Ainda somos os mesmos e vivemos como os nossos pais".

De fato, pensava João Pedro, assim era o mundo dele, mesmo com a revolução sexual dos anos 60, que não chegou tão rapidamente aos lares da classe média. Hoje, o poder que os pais exercem sobre os filhos se resume mais aos instrumentos econômicos e não tanto ao medo ou ao "respeito". Luiz Henrique sabia que, se Isabela simplesmente lhe devolvesse o seu cartão de crédito e lhe desse adeus, disposta a enfrentar o que viesse pela frente, ele teria de aceitar. Por isso era melhor para ele trançar os seus boicotes de forma ladina, como fizera em Búzios e também agora, do que arriscar-se a alguma coisa pior. João Pedro, agora mais cônscio dessas limitações, as explorara na resposta que acabara de dar à provocação, colocando a *vontade* dele e de Isabela como um trunfo no jogo.

De fato, no dia da partida dela, ele foi ao aeroporto e, na frente de Luiz Henrique, de Daniela e do irmão, Lucas, se despediram apaixonadamente, prometendo trocar e-mails e telefonemas. A linda canção de Belchior talvez tenha ficado datada.

12 COISAS DO TRABALHO

Alguns dias após a conversa de João Pedro com Christian, Luciana trouxe para casa um envelope fechado para o filho, que já estava dormindo, e deixou-o no seu quarto. Ao acordar, o rapaz levou-o até a copa, onde a mãe preparava o café-da-manhã, e lhe perguntou o que era:

— Ah, o Chris — como ele pedira para ser chamado por ela e pelo filho — disse que é um conto que tinha prometido lhe dar. Mandou avisar que o mais "interressante" é que, quando o escreveu, não sabia que o ator que representava o Super-Homem, na antiga série de televisão, tinha se suicidado. Só uns dez anos depois, com a Internet, ele estava navegando e descobriu que o sujeito tinha se matado. Quer dizer, isso foi no final da década de 1950 e até hoje não se tem certeza se houve suicídio, porque ele era amante da mulher de um chefão de Hollywood e também houve suspeita de assassinato. Mas ele estava em depressão mesmo, porque caiu no ostracismo depois do seriado. A imagem dele ficou ligada à do herói e não conseguia papéis em filmes de cinema. O Chris ficou tão espantado quando viu que o homem tinha de fato se suicidado que desconfia que o Super-Homem lhe transmitiu o conto por contato mediúnico. Lógico, depois de dizer isso, adivinha o que ele fez?

— Hã, hã, hã — respondeu João Pedro.

— Mas depois me empresta o conto. Com tanto mistério, fiquei curiosa.

Ele foi ao quarto, abriu o envelope fechado com cola, tirou a resma de cinco páginas grampeadas e achou graça do título do texto, que fora escrito em inglês na fase "londrina" de Christian. Enrolou-o em forma de canudo, chamou Salsicha e levou-o para passear no calçadão, enquanto lia o pequeno ensaio.

A SÍNDROME DE PERRY WHITE

Christian von Haller — Londres, abril de 1988

Eram quase duas horas da madrugada e logo as únicas luzes que restariam no prédio seriam as do letreiro externo, no topo do edifício, piscando em *neon*: "Daily Planet". Através de sua sala envidraçada, o editor-chefe e principal executivo do jornal, Perry White, viu o último repórter pegar o paletó e sair apressado. Suspirou fundo e seu semblante foi perdendo o costumeiro ar durão. Desencostou-se da poltrona, colocou os cotovelos sobre a mesa, tampou o rosto com as duas mãos e esfregou os olhos lentamente. No dia seguinte, teria de comunicar aos funcionários aquilo que seus contadores e banqueiros já sabiam: o famoso tablóide estava falido.

Naquele mesmo instante, Clark Kent, esparramado sobre o sofá em frente à TV ligada, tateou o chão, pegou a garrafa de scotch, deu três goles no gargalo e fez uma careta. Uma voz feminina noticiou sobre um avião seqüestrado que acabara de pousar num aeroporto de algum país distante.Virou a cabeça em direção ao dormitório e lançou um olhar de raio X para os quatro ou cinco uniformes azuis e vermelhos, exatamente iguais, pendurados nos cabides, procurando ânimo para voar e resolver o problema, mas não encontrou. Deu uma respirada profunda, pegou o controle remoto, desligou o aparelho e fechou os olhos.

Dez meses antes, Perry White havia despedido Clark Kent. Os acionistas vinham pressionando-o para reduzir despesas, e não havia outro jeito de cortá-las senão dando bilhete azul aos jornalistas mais velhos, que ganhavam até cinco vezes mais do que os iniciantes. No caso de Kent, fora uma medida ainda mais difícil de ser tomada, e pela primeira vez o enérgico White, acostumado a decisões rápidas, se viu adiando uma providência por dias. Afinal, Clark já fazia parte da história do jornal, era muito querido por todos e, mesmo com seu jeito distraído, conseguia ótimos furos, principalmente os que envolviam o Super-Homem. Mas, após uma reunião do Conselho de Administração em que recebeu duras cobranças, chamou o repórter ainda no trajeto de volta à sua sala. Este o seguiu pensando que se tratava de mais um pedido de matéria, mas eliminou a hipótese ao ouvir o chefe dizer em voz estranhamente baixa: "Clark, feche a porta."

White não se alongou na exposição de motivos, pois sabia que o jornalista não precisava de explicações para ter certeza de que não era nada pessoal. O editor não pôde conter uma umidade nos olhos durante a sua curta fala, seguida do silêncio de alguns segundos, com o peso de vários minutos. Clark levantou-se, apertou a mão do editor, voltou à sua escrivaninha, jogou o paletó no ombro e deu uma panorâmica no salão antes de sair para o hall dos elevadores. Ao deixar o prédio, em vez de ir à cabine telefônica de costume para colocar o uniforme e fazer a ronda da noite, foi descendo vagarosamente pela avenida. Jamais se sentira tão impotente, solitário e vulnerável.

Desde então, Perry White reduzira a folha em quase a metade. Paradoxalmente, os prejuízos passaram a aumentar. O jornal passou a amargar uma acelerada queda de vendas nas bancas e o cancelamento de milhares de assinaturas. Os baixos números da circulação logo chegaram às mãos dos anunciantes, que começaram a exigir redução no preço dos espaços. A contenção das despesas passou a representar pouco em relação à perda abrupta de faturamento. Alguns conselheiros sugeriram uma pesquisa de mercado para se descobrir a causa do fenômeno, mas, para a maioria, o motivo era tão claro que não houve necessidade de encomendar o serviço. A perda de leitores estava diretamente relacionada a outro fato que vinha atingindo toda a Metrópolis: o inexplicável desaparecimento do Super-Homem.

Para a cidade, o sumiço do herói representou um aumento imediato das ocorrências criminais e o cancelamento da vinda de alguns milhares de turistas, que, em circunstâncias normais, dificilmente voltavam para casa sem ter visto ou fotografado a pequena mancha azul-escarlate cruzando o céu. Quanto ao *Daily Planet*, todos sabiam que seus furos sobre as proezas do Homem de Aço eram uma forte alavanca de sua tiragem, mas nem seus sócios nem executivos jamais suspeitaram que essa dependência fosse tão grande.

Tal era a gravidade da situação que chega a ser irônico constatar-se que tanto os problemas do jornal como os da cidade teriam sido rapidamente resolvidos com um breve telefonema de Perry White para o deprimido Clark Kent, chamando-o de volta para o jornal. Infelizmente, este telefonema não tinha qualquer motivo para ocorrer, porque nem White, nem os membros do Conselho, nem os ex-colegas do demitido, nem a namorada Lois Lane, nem a população de Metrópolis, nem o Presidente dos Estados Unidos, nem o Papa ou qualquer terráqueo vivo — visto que os pais postiços do super-herói já haviam morrido — jamais demonstraram desconfiar que, por trás daqueles óculos redondos de aro preto do desastrado repórter, escondia-se o ser mais poderoso do planeta.

Além dos óculos, outros dois disfarces serviram de justificativa, ao longo de tantos anos, para aquela estranha incapacidade coletiva de reconhecimento fisionômico. Um era a leve mudança no penteado e o outro, a própria alteração de postura e atitude, ainda que o primeiro artifício fosse mais ridículo que o dos óculos e, o segundo, tão pouco sustentável quanto não se saber reconhecer Robert de Niro por estar interpretando um pugilista ou um motorista de táxi. O que importa é que a ilusão, justificável ou não, não apenas quebrou o *Daily Planet* como prejudicou seriamente a economia e o combate à criminalidade, não só em

Metrópolis, como, em variados graus, em todos os EUA e também no resto do mundo.

Durante aqueles dez meses, o *Daily Planet* e Clark Kent naufragaram no mesmo ritmo, até que o repórter foi encontrado morto em seu apartamento. Como os novos donos do jornal — que acabou tendo o seu controle transferido apenas em troca de suas dívidas — não queriam que os concorrentes fizessem estardalhaço sobre o triste fim de um ex-funcionário demitido, interferiram junto à polícia para que não houvesse autópsia, a fim de não haver a possibilidade de constatação de um provável suicídio. Esse estratagema, com efeito, acabou impedindo que se achasse uma grande quantidade de pedrinhas de kryptonita no estômago do defunto, o que teria desvendado o enigma. O laudo foi de que o jornalista morrera de um ataque do coração. E, assim, foi enterrado o lendário Super-Homem, abertamente, mas sem que ninguém o soubesse.

Curioso é que todos os que foram ao enterro viram o rosto de Kent sem óculos, mas, ainda assim, ninguém imaginou que se tratava do Homem de Aço. Somos levados a pensar que, mesmo que Clark Kent nunca tivesse usado óculos ou mexido no topete, jamais alguém repararia que ele era o Super-Homem. Talvez porque assim fosse melhor para todos. Afinal, se o herói precisava de uma identidade secreta bem trivial para ter seus momentos de paz e ganhar o sustento, quem iria negar-lhe? O que importava para o cidadão comum era ter o Super-Homem para servi-lo. Só que um dia, ao atingir-se um, matou-se sem querer os dois, que, afinal de contas, sempre foram apenas um.

A partir da obsolescência de Clark, a sociedade deveria ter criado novas formas de suprir as necessidades materiais e existenciais do Super-Homem, mas não o fez. Não por burrice, mas por fingir ignorar, sob o pretexto de um par de óculos, que o necessário Super-Homem e o dispensável Clark Kent eram a mesma pessoa. Um auto-engano que foi útil a todos, até ser desfeito pela desastrosa ação de Perry White.

As empresas da atualidade também têm sido vítimas de uma espécie de ilusão de Perry White. Ao demitir um funcionário, cada uma, isoladamente, pode estar reduzindo custos, mas, do ponto de vista agregado, faz com que o conjunto delas perca um consumidor, ou, no mínimo, que este tenha a sua capacidade de consumo reduzida. Com todas as empresas agindo da mesma forma, as economias individuais acabam sendo anuladas pelos consumidores que elas perdem em função das demissões efetuadas pelas outras empresas.

Esse efeito reverso seria mais facilmente identificável se todas as empresas de um país fossem controladas por uma única *holding*. Neste caso, seria possível perceber claramente que cada empregado que uma das empresas do grupo demite é um consumidor a menos para este mesmo grupo de empresas. Mas, na ótica individual da sobrevivência empresarial, não faz sentido preocupar-se com contribuições infinitesimais para efeitos negativos gerais, ainda que seja pelo somatório dessas contribuições que muitas empresas estejam, no mundo todo, definhando.

No caso de Clark Kent e do Super-Homem, todos pareciam fingir não saber que ambos eram a mesma pessoa. No caso da realidade atual, também todos no fundo sabem que, no final das contas, os empregados são os consumidores, e quase ninguém fala ou parece se preocupar com isso, seja na esfera política, empresarial ou acadêmica. Nesse ponto, Henry Ford talvez tenha sido o único empresário com profunda consciência de que seus funcionários deveriam ganhar o suficiente para comprar os carros que eles ajudavam a fabricar. Isso porque o genial magnata via em cada operário seu não apenas um empregado, mas o cidadão americano comum, ou seja, uma unidade de demanda. É incrível como essa visão tão simples e necessária acabou se perdendo ao longo do século, mesmo depois da Grande Depressão, de Keynes e de tantas décadas de teorização econômica.

Pensar profundamente nessa disfunção não é tarefa que caiba às empresas — pois estas foram feitas para produzir eficientemente —, mas sim à sociedade como um todo, representada por seus segmentos acadêmicos e fazedores de política. Estes devem encontrar formas de prevenir que células tão fundamentais do sistema econômico, as empresas, não continuem cometendo suicídio coletivo à guisa de salvação individual.

A solução do dilema passa pela criação de novas formas de preservação da capacidade de consumo e do próprio questionamento do trabalho como principal fator gerador de remuneração e poder de compra. Se o trabalho é hoje mais dispensável, devem ser encontradas outras formas de fazer o dinheiro chegar à mão das pessoas, nem que seja, no limite, o imposto negativo (transferência de dinheiro público para os desocupados) proposto por Milton Friedman, e não apenas por uma questão social. É que, de outro modo, não só os funcionários-consumidores, mas as próprias empresas, serão parte de um sistema cujo mecanismo de realimentação tornou-se inoperante.

A capacidade de consumo é um fator importante demais para depender do valor atribuído pelos empresários ao trabalho, valor este que decresce continuamente. As empresas precisam, na realidade, é de consumidores, e os consumidores precisam consumir. Esse casamento perfeito, que renderia grande prosperidade a todos, continua sendo obliterado pela noção historicamente insustentável e eticamente questionável de que, para consumir, é preciso trabalhar. É necessário fazer que a enorme massa de capital financeiro seja transformada em poder de compra, e este em vendas, e este em poder de compra, e assim sucessivamente.

A tecnologia chegou a um estágio capaz de gerar produtos em quantidade e qualidade suficientes para satisfazer toda a população mundial e de retirar o homem do papel secundário e cada vez menos valorizado de mero fator de produção, à semelhança de um computador ou de uma empilhadeira. Basta assistir aos antigos filmes de ficção científica para constatar-se como essa previsão e desejo por um estado geral de ócio positivo, no qual o suor é substituído pelas artes e pela cultura, já se encontram, há muito, incrustados na intuição humana. Mas não será simples fazer com que esse desejo se transforme em realidade, pois isso significa uma revolução muito profunda nos costumes e no conceito que se formou principalmente a partir da Revolução Industrial, estimulado pelo protestantismo, que correlaciona trabalho com dignidade humana.

No entanto, essa é uma revolução que se faz necessária para a própria preservação do capitalismo. Para que o sistema subsista, é preciso fazer o Super-Homem levantar do sofá, ir ao shopping, fazer um curso de física quântica, ir a um cinema e jantar fora com a Lois Lane. É preciso fazer um dinheirinho chegar ao seu bolso sem que ele tenha de se fantasiar de Clark Kent, ou sem obrigar o combalido *Daily Planet* a contratá-lo de volta. Enfim, é imprescindível dizer ao grande herói: — Super-Homem, não se sinta um vagabundo, nós te amamos e precisamos de você.

Quando João Pedro acabou de ler o texto, estava sentado no mesmo banco onde conversara com Chris. Soltou Salsicha e o observava correr na areia de um lado para o outro, com seus passinhos rápidos. Ele tinha a vantagem de não responder às provocações dos cães maiores nem "tirar onda" com os pequenos e, além disso, não se afastava muito. Lembrou-se de que o pai, brincando, dizia: "Ele é *apenas* um excelente cachorrinho."

A leitura que acabara de fazer consolidou sua opinião sobre Christian como economista, se é que ele podia ser chamado assim num critério mais rígido. Ele era, sem dúvida, um intuitivo. O aspecto pitoresco do ensaio podia estar em seu desconhecimento do suicídio do tal ator na vida real, mas não a marca da sua originalidade. Em nenhuma linha sequer se lia a palavra *externalidade*, que é a caracterização técnica do tipo de fenômeno que ele descrevera e do qual, provavelmente, nunca tinha ouvido falar naquela época, ou, ainda se o tivesse em alguma aula, possivelmente nem deveria ter prestado atenção, por estar observando a barriga ou os cabelos no nariz do professor. Quem escrevera uma monografia propondo uma nova definição de Economia, citando como única referência Aristóteles, certamente não teria recorrido a outros conceitos já embalados para consumo. Quem o conhecia sabia que ele achava muito mais "interressante" chegar a esse conceito a partir de um sofrimento humano real, para então moldá-lo numa alegoria criada a partir de um seriado a que devia assistir de olhos esbugalhados quando ainda era uma criança, o que, aliás, uma parte dele nunca deixaria de ser.

Sobre a questão específica do desemprego, desta vez compartilhava inteiramente da visão de Christian. Mesmo antes de entrar na faculdade, a partir dos relatos do seu pai sobre as situações de trabalho por que passavam alguns de seus colegas, adquirira uma percepção muito realista sobre a fragilidade dos pais de família em relação a estar ou não empregados, um drama que ia além dos índices de desemprego oficiais, que não passavam de percentagens. Rodrigo considerava a dependência do emprego para o sustento pessoal a tragédia kafkiana atualizada. Dera *O Processo* para o filho ler aos dezesseis anos e lhe ensinara que, a despeito do uso que se empresta ao adjetivo "kafkiano", a essência do sofrimento no homem moderno, representado pelo personagem Joseph K., não está nos labirintos institucionais em que possa se ver envolvido. De fato, logo no primeiro parágrafo do livro, ele teve o seu quarto invadido por dois funcionários do governo por ter sido acusado de *alguma* falta e se viu envolvido num emaranhado jurídico sem início, fim ou causa identificáveis. Porém, essa complicação é conseqüência de um estado primeiro — a impotência humana diante de uma estrutura muito mais forte do que ele e, sobretudo, cruel.

Certa vez, Rodrigo pedira ao pai que ele deixasse ficar algum tempo numa das casas do condomínio que eram deles, a família de um colega que havia entrado numa "barca", como eram chamadas as demissões em lote que, de tempos em tempos, eram promovidas no banco, geralmente quando os resultados ficavam aquém do desejado e os gerentes que não estavam atingindo as metas eram os primeiros da lista. O amigo teve de aceitar o favor e João Pedro nunca se esqueceu de uma passagem que viveu com o filho dele, após uma pelada no campinho do condomínio. Os demais garotos foram embora e eles ficaram descansando no banco da praça. O menino, que, como ele, tinha então uns quatorze anos, ficou com lágrimas nos olhos ao falar da tristeza que tomara conta do pai, que dizia: "Não devemos nunca esquecer o que o Rodrigo e o pai dele estão fazendo por nós". Cerca de seis meses depois de terem ido para lá, o bancário conseguiu outro emprego e desocuparam a casa. A partir de então, todo Natal ele enviava presentes para Rodrigo e o pai.

Felizmente para João Pedro, seu pai jamais lhe transmitira tal sensação de insegurança. Rodrigo era um especialista em operações de crédito, sobretudo as mais complexas. Desde o começo de sua carreira, quando gerenciava diretamente carteiras de pessoas jurídicas no banco, muitos colegas, sem saber o valor do limite de crédito que deveriam solicitar para seus clientes, lhe entregavam os demonstrativos financeiros e pediam: "Rodrigão, me ajuda aí, quanto vale essa empresa?" Segundo os próprios relatos dos mais chegados, que às vezes iam visitá-los, ele olhava os números e, em cerca de trinta segundos, respondia: "Vale tanto" ou "Não vale nada, foge disso aí". Nunca errava. Jamais um cliente da sua carteira com crédito em aberto quebrou ou pediu concordata. Além disso, os colegas também lhe pediam para calcular ou conferir, na calculadora HP 12-C, na qual ele digitava até de olhos fechados, a rentabilidade prevista de operações com fluxos mais complicados ou prevendo várias reciprocidades.

Os superiores, é óbvio, percebiam esse faro para risco e talento matemático e, em várias ocasiões, lhe sondaram para cargos de direção mais técnicos na matriz. Certa vez, formalmente, lhe propuseram a Diretoria de Controle e Risco, único cargo, afora a presidência, que, até então, só era ocupado por franceses. Mas, como a matriz ficava em São Paulo, ele simplesmente declinou, pois não queria sair de Niterói de jeito algum. Como também não gostava da parte do atendimento e da venda, nem de cobrar produção dos outros, não se adequava à linha natural de ascensão, que seria alguma diretoria regional no Brasil. Então, para não perdê-lo para a concorrência, acabaram criando o pomposo cargo de Gerente da Divisão de Operações Especiais-Rio. Um gerente de divisão tinha quase o status de diretor, incluindo carro dado pela empresa e outras vantagens. E o cargo era tão especial quanto a sua denominação: Rodrigo só era chamado para participar das operações mais complexas que os gerentes estivessem negociando ou para detectar, em suas carteiras, clientes com chances de efetuá-las. Além disso, sua alçada[54] era a mesma do Diretor Regional.

Em resumo, numa das metáforas de João Pedro, seu pai era como um habilidoso craque de futebol que só queria jogar numa cidade e numa posição específica, na qual só precisava criar e não marcar. Isso, é claro, limitou sua carreira, do que ele nunca reclamou, até porque fora uma escolha sua. Mas tinha consciência dessa limitação e sempre dissera ao filho para não copiá-lo nesse ponto: caso quisesse ascender profissionalmente, teria de ser mais ambicioso, agressivo e cobrador. Quanto a fazer o mestrado, ele certamente sugeriria ao filho, como fizera Christian, conhecer um pouco a vida prática antes de continuar se entupindo de teoria. João Pedro se lembrou de que ele ironizava os Ph.Ds que viravam diretores do Banco Central sem nunca terem segurado uma duplicata ou vendido um CDB.[55] E ele realmente achava isso, já que seus defeitos não incluíam a inveja — até porque jamais moraria em Brasília ou qualquer lugar distante da praia de São Francisco, onde fincava sua vara de pesca e podia ficar horas esperando a mordida de um peixe enquanto fumava seus cigarros, hábito que contribuiu para a sua morte prematura. Aliás, aquela sua falta de pressa em tudo, certamente, seria outro fator que o levaria a aconselhar o filho a deixar para voltar à universidade depois, assim como o incentivara a passar um ano nos Estados Unidos para "viver um pouco e aprender a falar bem inglês", em vez de ir direto para a faculdade.

Rodrigo, portanto, seja por suas qualidades ou por seus defeitos, não era um parâmetro de empregabilidade para João Pedro, que, no entanto, sabia das histórias de outras famílias como aquela que fora sua vizinha. Também acompanhava a sofreguidão de seus colegas de faculdade para conseguirem estágios e empregos, muitas vezes sem sucesso, e se perguntava, como Christian, por que, após tanta evolução tecnológica, os homens aceitavam passivamente que o prato de comida de seus filhos dependesse do capital, da vontade ou das

---

[54] Valor do limite de crédito que um funcionário ou o comitê de risco de um banco têm o poder de fixar.

[55] Certificado de Depósito Bancário.

"expectativas racionais" dos empresários, das curvas de oferta da Economia ou mesmo da opinião de alguma funcionária de RH[56] formada em Psicologia numa faculdade de terceira. Que Adam Smith, David Ricardo ou, mais explicavelmente, Karl Marx tivessem atribuído tanto valor ao trabalho era natural nas épocas em que viveram. Mas, hoje em dia, com a robotização da produção e a globalização, submeter a dignidade de uma família de Detroit à argumentação "racional" de um CEO[57] que, para multiplicar seus bônus, consegue convencer o Conselho de Administração a transferir a linha de produção para Nova Deli é depreciar demais o ser humano, que deveria ser a grande estrela do espetáculo. Chris, com sua historinha, para João Pedro estava certo: ou racionalizava-se o contrato social do capitalismo, ou muita gente no futuro iria fazer a mesma coisa que Clark Kent ou o ator que o representara.

Olhando o Rio de Janeiro do outro lado da baía, João Pedro aproveitou aqueles pensamentos sobre trabalho num sentido geral para, mais uma vez, pensar no próprio momento de decisão que estava vivendo. Já mais distante do dia-a-dia da faculdade, "pesava", como dizia o pai, "os prós e os contras" de entrar para o mestrado imediatamente. Por que não conhecer, ao menos durante um ano, as situações do mundo real? Sentir até que ponto aqueles modelos eram de fato aplicáveis à vida em carne e osso? Sentia crescer-lhe, dentro do peito, uma ânsia de *fazer*, e não apenas de *aprender*. A coragem que tivera para subir no apartamento de Isabela e encarar Luiz Henrique depois do passa-fora de Búzios e o fato de este ter simplesmente de aceitá-lo, ao menos por enquanto, lhe valeram uma espécie de ligação interna entre o *querer* e o *fazer*, em vez de apenas pensar e sentir. O bom humor que tomara conta da mãe depois que conhecera Christian, além da amizade e visão otimista deste último, contribuiu para diluir a depressão que ele passara a sentir desde que o pai morrera. Ter conquistado o sentimento de uma garota como Isabela, sonho de dez entre dez colegas da faculdade, inclusive os mais ricos e populares,

---

56 Recursos Humanos.

57 Chief Executive Officer. Presidente contratado de uma grande empresa.

também representou um reforço em sua auto-estima. No contexto dessas mudanças internas, começou a se lembrar da monotonia das aulas e a considerar que um prolongamento automático delas, ao menos naquele momento, não daria vazão àquela ânsia de viver que estava sentindo.

João Pedro era um rapaz que pensava demais, mas que, quando decidia algo, agia rapidamente. Assoviou para Salsicha, pôs-lhe a coleira, subiu para casa e discou para o número geral da faculdade, solicitando que a ligação fosse transferida para o Departamento de Estágios e Relações com Empresas:

— Por favor, quem fala aqui é o João Pedro Müller de Campos. A senhora tinha me falado daquelas propostas de emprego e eu disse que ia fazer a prova do mestrado, mas repensei minha posição. Já mandou outro candidato para o banco de investimentos?

A funcionária, uma mulher de uns quarenta anos que parecia tentar compensar a origem simples com um ar poderoso, todo ano guardava o trunfo daquelas "premiações" para fazer-se de importante perante os alunos e não gostava quando um deles as recusava, ainda mais tão prontamente como João Pedro o fizera. Falou então lenta e pausadamente, tentando sorver a reação do rapaz pelo telefone:

—Você sabe, essas coisas, se a gente não aproveita na hora... Eu até ofereci a eles um colega seu, que ficou aqui grudado em cima de mim, mas eles disseram que dariam preferência ao primeiro de outra universidade. Eles são assim mesmo, exigentes, sabe? Também, é um dos poucos bancos que ainda têm sede no Rio, por isso podem se dar ao luxo, porque sabem que tem fila de gente querendo trabalhar lá. Mas olha... eu posso telefonar para eles, contar que você mudou de idéia e saber se ficaram mesmo com o outro e se só tinha uma vaga mesmo.

—Você podia fazer isso, por favor? — perguntou João Pedro, enquanto olhava para Salsicha, sentindo suas pernas do tamanho das dele.

— Faço sim — disse ela, agora parecendo mais estimulada. — Aguarde uns minutos que eu retorno, estou com seu cadastro aqui na tela.

João Pedro foi até a janela com o coração batendo. Começou a se cobrar: como havia sido estúpido! Agora, talvez tivesse de pedir à mulher para consultar a tal empresa de auditoria, que não era o que ele queria, se é que a vaga ainda existia. Ou, ainda, ter de enfrentar algum processo seletivo no qual, mesmo que passasse, não seria com o prestígio de aluno convidado pelo desempenho. Já começava a voltar a pensar no mestrado quando o telefone tocou:

— João Pedro, o BMI já contratou uma moça da Federal. Mas o diretor de RH, o Márcio — continuou a funcionária, cheia de apostos e intimidade com o sujeito —, me disse que, no caso, como somos nós, a proposta continua de pé. Ele pediu para você falar com ele na segunda-feira, às nove horas. É de terno e gravata, hein? Vou te enviar por e-mail o endereço e os documentos que você tem que levar. Pode me confirmar se ainda é o mesmo?

Ele soletrou o endereço eletrônico, calmamente e com ar blasé, para disfarçar a euforia e se vingar do sadismo dela. Mas, ao desligar o telefone, gritou, fazendo Salsicha latir:

— Uhuuu! Uhuuu!

Sua mãe não estava em casa para receber a notícia. Ele desceu novamente na praia, correu pela areia, deu duas "estrelas" e um mergulho. Ao emergir, sacudiu os cabelos, olhou para o Rio de Janeiro do outro lado da baía e exclamou:

— *I'm the king of the world!!!*[58]

---

[58] Eu sou o rei do mundo. Exclamação do personagem Jack no filme *Titanic*, assim como de seu diretor, James Cameron, na cerimônia de entrega do Oscar.

13 O PADRINHO

A primeira visita de João Pedro ao BMI (Banco Mineiro de Investimentos) ocorreu na metade do mês de dezembro de 2002. Ele e o diretor acharam melhor marcar seu início para depois do período de festas.

Christian, que morava sozinho em Ipanema, passara o Natal com eles em São Francisco, na casa dos sogros de Luciana e com a família do irmão de Rodrigo, que também morava no condomínio. A mãe dela também foi, mas elas pouco se falaram. O suíço foi bem recebido, principalmente após cair nas graças do velho ao demonstrar fartos conhecimentos sobre pescaria, que praticava em Angra dos Reis. Por sinal, informado por Luciana do hobby do "sogro", comprara para ele um kit de pesca japonês de um fornecedor seu.

Na passagem do Ano-Novo, Luciana e Christian foram ver os fogos em Copacabana, mas João Pedro preferiu passar com sua turma na praia de Icaraí, também para não deixar Salsicha só, já que ele se assustava com os rojões. Já de madrugada, esperando o fuso horário de Londres se aproximar da meia-noite, telefonou para Isabela, que disse estar com muitas saudades, com uma euforia que o rapaz achou um pouco esquisita, mas que creditou à circunstância festiva.

João Pedro apresentou-se no banco no dia 2 de janeiro de 2003, um dia após a posse do presidente Luiz Inácio "Lula" da Silva. Foi então apresentado por Márcio aos novos colegas dos departamentos com os quais teria mais contato, tendo ficado impressionado com o tamanho do salão de operações, composto de longas bancadas com painéis telefônicos e terminais de computador. Como ainda era cedo, só quando voltou, mais tarde, surpreendeu-se também com a gritaria que tomava conta do ambiente depois que os mercados abriam.

Após a ronda, Márcio lhe informou que, como todo novato, ele bateria um papo com o seu Gonçalves, o "Padrinho". Explicou que o senhor, com mais de setenta anos, estava no banco desde a sua fundação, em Belo Horizonte, nos anos 1950. Somente na década de 1970 a sede fora transferida para o Rio de Janeiro. Após as apresentações, Márcio retirou-se da sala de Gonçalves, que pediu ao rapaz para se sentar e fez uma pergunta que já devia ter pronunciado muitas vezes:

— Você conhece alguma coisa de banco, fora tirar dinheiro dos caixas eletrônicos?

— Conheço pouco — respondeu João Pedro.

Ele então pegou uma das duas pequenas balanças de dois pratos que estavam na estante atrás dele e também uma caixa de madeira, a qual, assim que ele abriu a tampa, João Pedro viu tratar-se de um jogo de pesos cilíndricos dourados de vários tamanhos, dispostos em orifícios.

— Está vendo esta balança aqui? — perguntou o senhor.

— Estou — respondeu João Pedro.

— Faça de conta que isso aqui é o BMI. O banco foi fundado em 1954, com um capital de 500 mil cruzeiros. Eu fui secretário da Assembléia de constituição e redigi a ata contendo o Estatuto Social, esta aqui, ó — e tirou um maço de papéis amarelecidos de dentro de uma pasta de plástico transparente, mostrando-o a João Pedro. — Desculpe, eu não te dou para folhear porque, se para cada novato que vem aqui eu fizer isso, vai acabar estragando. É original, olha a minha assinatura, em tinta de caneta-tinteiro. Pensando bem, você tem um jeito um pouco mais responsável que o desses meninos que eles andam contratando, que tiram notas altas, mas nunca manusearam documentos sérios. Então tome aqui, leia o segundo capítulo, do capital que foi integralizado.

— Quinhentos mil cruzeiros. Nossa, 1954, o ano em que meu pai nasceu — disse João Pedro, folheando cuidadosamente a ata.

— Então o seu pai vai fazer 49 anos — disse o senhor, fazendo a conta sem pensar.

— Iria. Ele faleceu há dois anos — disse João Pedro.

— É? De quê?

— Infarto.

— Que pena, tão moço! O que ele fazia?

— Só trabalhou praticamente num lugar, o Banco França-Brasil, que depois foi comprado pelo Banco Industrial de São Paulo, e continuou lá até o final.

— Então você tem linhagem. O Banco França-Brasil era uma grande casa, formava ótimos gerentes. Muitos deles eram contratados sem experiência, como vocês, e ficavam internados em São Paulo fazendo curso antes de irem para as agências. Aqui não temos como fazer isso, somos menores. Viramos praticamente um banco de investimento, com poucos funcionários. Mas olha: você aprende muita coisa aqui, sabe?

— Espero mesmo aprender muito — disse João Pedro.

— Quer dizer que mesmo o seu pai tendo sido bom de bola — porque ninguém ficava muito tempo naquele banco se fosse perna-de-pau, e muito menos sobrevivido a um *take-over* —,[59] mesmo assim, ele não te ensinou nada de banco? — perguntou Gonçalves, simulando um tom durão, mas denunciando alguma coisa paternal, e colocando a pequena balança bem em frente a João Pedro.

— Falou algumas coisas, sim — disse João Pedro, sorrindo.

— Então vamos ver. Como eu estava dizendo, isto aqui é o BMI em 1954. Aliás, me dê a ata, obrigado. Está vendo este peso aqui? — perguntou Gonçalves, tirando um peso da caixinha.

— Estou — respondeu João Pedro.

— Tome, segure-o, e olhe que não é todo mundo que eu deixo segurar o peso. Então... desculpe, o Márcio falou o seu nome, mas eu esqueci...

— João Pedro.

— Isso, João Pedro. Então, esse peso na sua mão é o capital de 500 mil cruzeiros. Coloque-o no prato à sua direita, no passivo, isso — e João Pedro fez o que ele pediu, levemente, até o prato pousar no

[59] Compra de uma empresa por outra.

vidro da mesa. Bom, você sabe quem foi um dos homens mais inteligentes da História? É, porque falam muito em Newton, Einstein e outros, mas o que esse homem inventou há quase quinhentos anos todas as empresas do mundo continuam seguindo para fazer suas contas. Sabe quem foi?

— O Luca Paccioli, que criou as partidas dobradas?

— Hum, não estou dizendo que você é um pouco mais sabido do que os outros que aparecem aqui? Foi ele mesmo, um monge, como pode? Invenção brilhante, não foi mesmo? A cada lançamento de crédito deve corresponder um outro de débito. Então, se temos 500 mil na conta de capital, dentro do patrimônio líquido, que fica no passivo, já que é uma dívida da empresa para com seus acionistas, esse dinheiro tem que ser colocado em algum lugar do ativo. Parte daquele capital não foi integralizada em dinheiro, mas com um prédio que a família tinha no centro de Belo Horizonte, avaliado em 200 mil cruzeiros. Então, aqui no prato do ativo, tome, você coloca um peso de 200 gramas, que vai ficar lá no ativo imobilizado, e três pesinhos de 100 também no prato do ativo, só que vão ficar no caixa, ou na conta de reserva no Banco Central, que na época nem existia, mas vamos fingir que sim.

João Pedro fez o que ele pediu e os pratos voltaram a ficar no mesmo nível, com o peso de meio quilo no prato direito e os quatro menores no esquerdo.

— Olhe então, João Pedro, está equilibrado o balanço, está vendo? Não é bonito? Fala a verdade.

— Muito legal. Eu gosto dessas comparações, mas nunca tinha pensado nisso, quando dei Contabilidade — disse João Pedro, com uma atenção e uma sinceridade a que o velho não devia estar muito acostumado. — Interessante é que, no fundo, só tem o prédio e o dinheiro — continuou ele. — A contrapartida no passivo só existe para evidenciar a relação contratual. E o equilíbrio só é mantido quando essa relação é explicitada nas contas.

— Muito bem, rapaz. Tem uns garotos, e cada vez mais moças, que vêm aqui e fazem aquela cara de que "eu já estudei contabilidade, velho, isso aí é óbvio". Mas eles não captam a beleza do conceito expresso no exemplo físico.

— Toda a Física também tem uma expressão matemática — disse João Pedro.

— Isso, a Contabilidade é uma ciência tão exata quanto a Física. Bom, mas vamos continuar. Se o banco só ficasse desse jeito, não teria lucro nenhum, não é mesmo? Então, o que o banqueiro faz? Ele capta depósitos das pessoas, que querem guardar o seu dinheiro ou receber juros. Toma esses pesos aqui, dos maiorezinhos. Esse de 200 mil cruzeiros é de depósitos à vista de gente que colocou na conta-corrente. Isso, coloque no prato direito, junto com o capital. E esse aqui, tome, de 300 mil, foram depósitos a prazo, de gente que quer ganhar juros, mas não vai poder tirar o dinheiro a qualquer hora. Pode colocar que eu seguro aqui, senão cai tudo. Bom, nós estamos com esse dinheiro aí, que é um passivo, é claro, porque os depósitos são dívidas do banco para com seus depositantes. Bom, tem que ter uma contrapartida no ativo: onde colocamos esses 500 mil?

— Já temos 300 no caixa. Não é "uma boa" emprestarmos esse dinheiro?

— Claro que é "uma boa", muito bem. Vamos descontar duplicatas de empresas. Você sabe o que é descontar duplicatas?

— Meu pai me disse. A empresa que vendeu mercadorias a prazo para os seus clientes emite duplicatas, que são títulos em papel timbrado dela mesma que representam o crédito que ela tem a receber. Na duplicata, o cliente dela, que é o devedor, se chama sacado. Enfim, em vez de ela guardar aquela duplicata no cofre e esperar receber, ou colocá-la apenas em cobrança no banco, ela pede a ele que cobre, mas também lhe adiante o dinheiro. O banco então faz isso, mas já descontando os juros do valor creditado e, no vencimento da duplicata, recebe o valor inteiro do próprio sacado. Quer dizer, é um empréstimo do banco para a empresa que emitiu a duplicata, que neste caso se chama cedente.

— Perfeito, meu filho, então o seu pai falava de outras coisas com você além de futebol. Logo, daqueles 500 mil de depósitos, vamos usar 300 — tome aqui, coloque lá no ativo —, para descontar duplicatas de clientes. E com os outros 200, a gente faz o quê?

— Outros tipos de empréstimos?

— Isso. Tome, 100 mil para descontar notas promissórias para pessoas físicas e 100 para elas utilizarem em cheque especial. Se autorizarmos os gerentes a darem limites num total de 200 mil, digamos que elas vão utilizar, na média, 100. Se utilizarem mais, nós lançamos mão do caixa. Pronto, vou soltar o balanço, posso? Você acha que está equilibrado?

— Pode soltar, está sim — respondeu João Pedro, com os olhos fixos na engenhoca.

— Bom — continuou Gonçalves —, esse é um modelo muito simples de banco, a coisa se sofisticou muito. Nós mesmos aqui somos chamados de banco de investimento, porque as operações de BI[60] passaram a ser o nosso carro-chefe, mas desde a década de 1980 somos um banco múltiplo, ou seja, temos também outras carteiras, como de banco comercial, de financeira e de leasing, que geram outras operações. Em todas elas, há uma forma do dinheiro ser captado e de ser emprestado: são os produtos de captação, ou passivos, e os produtos de financiamento, ou ativos.

— Podia dar outro exemplo dessas outras carteiras que o senhor falou? — pediu João Pedro.

— O arrendamento mercantil, ou leasing. É como se fosse um empréstimo para o cliente adquirir máquinas, equipamentos, veículos e outras coisas que esteja precisando. A captação do dinheiro, neste caso, é feita através da venda de títulos chamados debêntures, que são de longo prazo.

— Já esses depósitos que a gente tinha captado aqui em CDB eram de curto prazo.

— Isso, normalmente em torno de 30, 60, 90 dias. Quando eles vencem, o banco tem que devolver o dinheiro e mais os juros para o cliente. Então, quando nós pegamos esse dinheiro para descontar

---

[60] Abreviação de banco de investimento.

duplicatas, é aconselhável que sejam duplicatas com prazos parecidos com os dos depósitos, para dar tempo do sacado pagar e o banco devolver o dinheiro ao depositante. Quer dizer, tem que ter um *casamento* de prazos entre os ativos e os passivos, senão o banco fica sem caixa para pagar os depositantes. Já no caso das debêntures, como são títulos de três, quatro, cinco anos, porque os investidores aceitam esperar esse tempo todo para receber o dinheiro de volta, é um recurso que pode ser utilizado para financiamentos longos, como é o caso do leasing. Aliás, o leasing nem entra como empréstimo no ativo do banco.

— Não? — admirou-se João Pedro.

— O leasing, não. Por isso eu disse que é "como se fosse um empréstimo". Na verdade, o banco é que compra o bem, o contabiliza no seu ativo fixo e o aluga para o cliente. Enquanto o cliente vai pagando, o valor do bem vai sendo depreciado no ativo do banco. No final do contrato, quando o arrendatário já pagou, em forma de aluguel, o valor correspondente ao valor do bem mais os juros, tem a opção de comprá-lo definitivamente.

— Ah, entendi... — disse João Pedro.

— Como eu disse, isso aqui está muito simplificado. Os depósitos que o banco capta aqui — e apontou para o prato do passivo — podem ser emprestados em outros tipos de empréstimos aqui — disse, indicando agora o prato do ativo —, como contratos de capital de giro ou contas garantidas, que podem ser até mais longos, porque os CDBs, que são os depósitos a prazo, também podem ser captados a prazos maiores, e mesmo os de 30 dias muita gente renova no dia do resgate. Mas a estrutura básica do balanço de um banco você entendeu, não é?

— Entendi — respondeu João Pedro.

— Essa balança é um retrato que você tira, a qualquer momento, das contas do banco, sendo que o momento mais importante foi anteontem, 31 de dezembro. Os contadores levantam todos os números e tiram a "foto" do banco naquele dia. Mas agora vamos ver onde o banco ganha dinheiro. Você desconfia? — perguntou Gonçalves.

— Desconfio — respondeu João Pedro.

— Pode falar, então — disse o senhor.

— Ele paga uma remuneração por esses depósitos e cobra juros pelos empréstimos. O ganho está na diferença entre os juros que ele recebe dos tomadores e os que paga aos depositantes.

— Perfeito. Essa diferença tem até um nome em inglês, você sabe qual é?

— Não, senhor.

— *Spread*. Não se preocupe em decorar o nome, é o que você vai mais ouvir por aqui. Mas um banco não capta apenas depósitos e empresta o dinheiro. Ele faz um terceiro conjunto de coisas, que é prestar serviços. Um banco comercial, por exemplo, desses que têm muitas agências nas ruas, o que não é mais o nosso caso, presta serviços de conta-corrente, de cobranças diversas — como de duplicatas de empresas, mensalidades escolares, condomínios residenciais e uma montoeira de contas —, arrecada impostos, enfim, coisas desse tipo, e cobra tarifas por isso.

— Sim, isso os bancos comerciais — disse João Pedro. — E os bancos de investimento também prestam algum serviço?

— De agência bancária, não. Como o nome está dizendo, a função deles está ligada às necessidades de recursos de longo prazo das empresas, que elas tenham tempo para investir, colher os frutos e depois pagar. Assim, por exemplo, quando elas fazem uma oferta pública de valores mobiliários, esses títulos têm um prazo longo ou até indefinido. É um dinheiro que elas podem usar por muito tempo antes de devolver ao investidor ou, no caso das ações, não devolver nunca, só tendo que pagar-lhe dividendos. Então, respondendo à sua pergunta sobre que serviços os bancos de investimento prestam, um deles é fazer essas ofertas públicas, desde o assessoramento à empresa emissora até a venda em si dos títulos, operação que se chama de *underwriting*, que quer dizer subscrição. Quando um investidor compra ações ou debêntures numa oferta pública, diz-se que ele está subscrevendo esses papéis.

— Essas ofertas públicas são os famosos IPO? — perguntou João Pedro, soletrando as letras em inglês.

— O IPO é a *Initial Public Offering*, ou seja, a Oferta Pública Inicial. É quando uma empresa abre o seu capital e está pela primeira vez captando recursos dos investidores no mercado. Depois, quando ela passa a fazer novas ofertas, o nome, é claro, deixa de ser *inicial*. Mas, seja inicial ou não, uma venda de ações ou de debêntures para o público só pode ser feita por meio de uma instituição financeira. Aliás, as ofertas públicas são uma de nossas especialidades.

— É mesmo? — perguntou João Pedro — E como o banco ganha dinheiro nessas operações?

— Se ele for o coordenador, de cara recebe uma taxa de coordenação, que pode ser, por exemplo, de 2% do valor da oferta. Neste caso, se for uma oferta de R$ 100 milhões, ele ganha R$ 2 milhões. Dá para pagar o salário de vocês alguns meses e ainda sobrar um lucrinho para o banco.

— Essa coordenação inclui o quê?

— A análise e a definição, junto com a empresa, do valor da oferta e do preço das ações, ou, no caso das debêntures, da taxa de juros e da forma do seu pagamento, que normalmente é mensal, do prazo total para o resgate do principal pelo investidor e outras condições; a assessoria na elaboração dos prospectos, que são os relatórios distribuídos ao mercado contendo as explicações sobre a empresa e a operação; o marketing junto ao mercado; a formação do pool de instituições financeiras que vão participar da venda; a orientação no registro da operação na CVM e na elaboração dos anúncios que têm que ser publicados nos jornais antes e depois da oferta; neste caso, para comunicar o seu resultado; a centralização do recebimento das ofertas, enfim, muita coisa. A comissão é boa, mas a operação dá trabalho. Além disso, o banco pode garantir toda a oferta ou uma parte dela.

— Garantir como? — perguntou João Pedro.

— Bom, o objetivo da empresa é tentar vender os papéis, não é? Mas ninguém sabe se o mercado vai absorver aqueles R$ 100 milhões do exemplo ou não. Pode ser que o banco e o pool só recebam ofertas num total de R$ 70 milhões. Agora, se o banco coordenador ou algum dos líderes estiverem dando uma garantia *firme*, eles compram os R$ 30 milhões de títulos que não foram vendidos. Se for uma garantia do tipo *residual*, ou *stand-by*, fixada, neste exemplo, em 20%, o garantidor adquire R$ 20 milhões e as ações que corresponderiam aos outros R$ 10 milhões não colocados voltam para a tesouraria da empresa, que pode cancelá-las ou aguardar uma nova oportunidade para vendê-las. O banco, é claro, cobra uma comissão sobre o valor que estiver garantindo. Além disso, recebe também uma comissão sobre cada papel vendido, não só ele como todas as outras instituições — bancos, corretoras e distribuidoras — que estiverem fazendo parte do pool.

— E o que a empresa faz com os recursos captados?

— O que se espera é que ela os invista na ampliação da sua capacidade de produção, seja em recursos tecnológicos, em novas linhas de produtos, na contratação de pessoal ou no que for preciso para crescer. O objetivo é totalmente diferente de quando ela toma aquele dinheiro dos empréstimos a prazos menores. Naquele caso, a sua necessidade não é de capital para investimentos, mas de capital de giro, ou seja, para pagar fornecedores de matérias-primas, salários, impostos e outros compromissos, até que obtenha as receitas com que pagará esses empréstimos.

— Então, existem vários tipos de produtos e de instituições no sistema financeiro desenhados para suprir as diferentes necessidades das empresas e das pessoas — resumiu João Pedro.

— Exatamente, o que importa são as necessidades dos clientes, seja de quem toma recursos, seja de quem os aplica. E o mercado financeiro tem a importante função de transferir dinheiro de quem tem para quem precisa. Se ficasse tudo debaixo do colchão, haveria menos produção e menos empregos. Mas o produto oferecido depende das necessidades, e estas vêm das pessoas, sejam físicas ou jurídicas. Você está certo.

— Entendi — disse João Pedro, lembrando-se das "necessidades" da monografia de Christian.

— Agora, para atendermos às necessidades das empresas, temos que conhecê-las. Concorda comigo? Olhe, vamos colocar essa outra balança aqui do lado da outra — disse Gonçalves, voltando-se para trás e pegando-a — e fazer de conta que é o balanço de uma empresa. Ela também tem um capital, que agora, como estamos na atualidade, digamos que seja de 500 milhões de reais, não só o capital, mas o patrimônio líquido todo, incluindo os lucros acumulados, as reservas para contingências e outras contas de patrimônio — e colocou o peso de meio quilo no prato à direita de João Pedro, segurando a haste para ele não cair. Tudo bem?

— Tudo bem — concordou João Pedro.

— Bom, vamos dizer que essa empresa tenha R$ 100 milhões no caixa e em aplicações financeiras de curto prazo, que ela pode sacar a qualquer momento — e pôs um peso de 100 gramas na balança à esquerda de João Pedro. Vamos também supor que ela possua imóveis e instalações no valor de R$ 200 milhões, pronto. Bom, o que essa empresa faz? Fabrica automóveis, digamos. Então suponhamos que a frota dela de veículos no pátio, ou seja, seu estoque de produtos acabados, seja de R$ 100 milhões — colocou outro peso menor —, e, ainda, que ela tenha R$ 100 milhões de vendas a receber das concessionárias, ou seja, duplicatas em cobrança, que ficam também aqui no ativo. Posso soltar a haste? — perguntou Gonçalves.

— Se os pesos estiverem perfeitos, com certeza — respondeu João Pedro.

— Estes aqui estão sim. Alguns ativos que os bancos mostram é que às vezes não pesam o quanto eles dizem. Mas aqui pesam sim, olhe — disse, soltando a haste. — Pronto, a balança está em equilíbrio. Agora, digamos que ela tome aqui no banco um empréstimo de capital de giro de R$ 200 milhões. Como é uma dívida, ficará no seu passivo exigível, no prato da direita. Você sabe que o passivo é composto do exigível, que são as dívidas, ou seja, o capital de terceiros, e mais o patrimônio líquido, que é o capital próprio. Tudo o que uma empresa tem de propriedades e direitos, aqui no prato do ativo, ou veio de recursos próprios, do patrimônio, ou de recursos de terceiros, que podem ser exigidos e por isso ficam no passivo exigível, certo?

— Certo. Mas o que ela vai fazer com esses R$ 200 milhões para que o senhor possa soltar a balança de novo?

— Sugira você.

— Vai comprar aço e outras matérias-primas para fabricar mais carros.

— Boa idéia, afinal esse é o negócio dela. Então, eu coloco um peso de 200 gramas aqui no ativo, na conta de matérias-primas. Mas digamos que isso não seja o suficiente para ela produzir mais veículos, porque essas duplicatas a receber aqui têm um prazo médio ainda a decorrer de 60 dias e ela esteja precisando pagar seus funcionários, impostos que estão vencendo e fornecedores. Aliás, vamos colocar aqui no passivo também um débito que ela tem com fornecedores que vendem a prazo no valor de R$ 100 milhões, que também já estão embutidos aqui na forma de veículos acabados, cujo estoque, que estava em R$ 100 milhões, aumenta para R$ 200 milhões — e trocou um peso de 100 gramas por um de 200. — Mas, como eu estava dizendo, ela precisa de dinheiro para pagar aqueles compromissos e continuar operando. Digamos que precise de R$ 100 milhões. O que ela pode fazer?

— Usar os R$ 100 milhões do caixa e das aplicações ou então tomar mais dinheiro emprestado.

— O que você faria? — perguntou Gonçalves.

— Usaria R$ 50 milhões do caixa e descontaria no banco metade daquelas duplicatas.

— Tudo bem. Então, em termos líquidos, você tem mais 50 milhões no passivo, das duplicatas descontadas, e 50 milhões aqui no caixa — e colocou dois pesos bem pequenos, de 50 gramas, um em cada prato. Quando você utilizar esses R$ 100 milhões para pagar aquelas despesas, eles vão sair do caixa, não vão?

— Vão — respondeu João Pedro.

— Parte desses R$ 100 milhões, digamos que a metade, que se refere a dívidas constantes no passivo, como fornecedores, vai simplesmente sair do prato do ativo e do passivo, mas para abater uma dívida que também diminuiu, concorda? — e tirou novamente os pesinhos de 50 gramas de cada prato.

— Certo, e os outros 50 milhões serviram para pagar despesas, como impostos e salários, que não estavam no passivo, foram apenas despesas — disse João Pedro.

— Isso mesmo, esses 50 milhões não vão sair do passivo. Essas contas de despesas não são nem de ativo nem de passivo, e sim do demonstrativo de resultados. Essa despesa não diminui o lucro da empresa? Então, é por meio da conta "lucro do exercício", que fica aqui no patrimônio, que vai ocorrer de novo o equilíbrio do balanço, depois que o resultado for apurado. Nesse caso, como a despesa acabou diminuindo essa conta, o dinheiro que saiu do ativo, lá do caixa, para pagá-la, transitou na conta de resultados e acabou se refletindo de volta no balanço, diminuindo o patrimônio e restabelecendo o equilíbrio entre o ativo e o passivo. Eu teria então que tirar mais 50 gramas do prato do ativo e, para não precisar continuar segurando a haste, cortar um pedacinho de cinqüenta desse peso aqui de meio quilo do patrimônio. Como não posso fazer isso, vamos fazer de conta que ela só precisou de 50 milhões e não pagou aquelas despesas — e soltou a balança, que ficou equilibrada. O importante é entender como o balanço se comunica com o demonstrativo de resultados por meio de *alguns* fatos contábeis e de *algumas* contas. Você pegou?

— Peguei — respondeu João Pedro. — O balanço é como se fosse mesmo uma *fotografia*, o retrato de um estoque, seja de dinheiro, de coisas, de direitos ou de dívidas, tudo expresso em valores monetários, *num instante específico*. Já o demonstrativo de resultados se parece mais com um *filme*, pois reflete uma série de transações que foram sendo captadas *ao longo do tempo*. Quando se sabe o resultado desse fluxo, seja positivo, o que representa um lucro, ou negativo, que é um prejuízo, lança-se esse resultado aqui no patrimônio, equilibra-se o balanço e tira-se de novo a foto. Demos o exemplo das despesas, mas, quando essa empresa vende um carro, o raciocínio é o mesmo, só que invertido: o valor dessa venda entra como uma receita lá no demonstrativo de resultados e vai impactar positivamente no lucro.

— Exatamente. Quer dizer, quando ela vende o carro, tem que dar baixa aqui no estoque, onde ele estava avaliado a preço de custo, e o dinheiro que a concessionária recebeu do cliente vai continuar no ativo, só que agora no caixa, ou, se a venda tiver sido a prazo, nas duplicatas a receber. Lá, no demonstrativo de resultados, o mesmo valor vai entrar na receita de vendas, deduzido dos impostos, e vai haver também um lançamento do custo de mercadorias vendidas, pelo valor que o carro foi baixado do estoque. Como se espera que uma empresa tenha lucro em cada operação, a receita, mesmo já abatida de impostos, deverá ser maior do que o custo, diferença que vai se refletir positivamente, depois de deduzidas também as despesas administrativas, financeiras e outras, no lucro do exercício a ser apurado, que será lançado aqui no patrimônio.

— Olhando essas duas balanças em equilíbrio — disse João Pedro —, dá para ver que algumas contas são meio ao contrário nas empresas e nos bancos. Por exemplo, um empréstimo é um ativo num banco, mas numa empresa "normal" é um passivo.

— Perfeito. E um depósito a prazo é um ativo numa empresa não-financeira, ou seja, um direito dela junto ao banco no qual fez o depósito. Já no banco, se o CDB for de sua emissão, ele é um passivo, ou seja, uma obrigação que assumiu perante um depositante.

— Interessante — disse João Pedro, lembrando-se novamente de Christian.

— Agora, vamos falar um pouquinho de risco. Voltemos aqui ao nosso banco fictício. Ele tem R$ 1 bilhão de ativo, sendo a metade de capital próprio e a metade de terceiros, que está distribuído aqui no ativo, concorda?

— Concordo — respondeu João Pedro.

— Digamos que ele queira aumentar suas operações para ter um lucro maior e que, para tanto, capte mais R$ 1 bilhão em depósitos — e pegou um peso de um quilo e o colocou no prato à direita de João Pedro, segurando a balança enquanto pegava outro peso de um quilo — e faça vários empréstimos, que vão ser lançados aqui no passivo — e soltou a balança. O que você acha desse banco? Ele foi arrojado?

— Parece que sim — respondeu João Pedro.

— Ele tem agora R$ 2 bilhões de ativos, sendo R$ 1,5 bilhão proveniente de passivo exigível e R$ 500 milhões de patrimônio. Sabe, meu filho, pela média do mercado, eu lhe diria que ele não está sendo *nada* arrojado. A alavancagem dele — ou melhor, a relação entre o seu passivo exigível e o seu capital próprio — é de apenas três vezes. Os bancos costumam operar com uma alavancagem em torno de oito a dez.

— É mesmo? — surpreendeu-se João Pedro.

— É mesmo. E quanto maior a alavancagem de um banco, maior é o risco que ele oferece aos seus depositantes. Você consegue perceber por quê? — perguntou Gonçalves.

— Deixa eu pensar — disse João Pedro, olhando para a balança do banco. — Se a alavancagem é baixa, é porque ele tem muito patrimônio e poucos depósitos, ou seja, opera mais com capital próprio. Se muitos empréstimos lá no ativo não forem pagos, o dinheiro dos que forem honrados, e mais o valor do resto do ativo, serão utilizados para ressarcir os depositantes e, o que sobrar, os acionistas. Mas, se o banco tiver uma proporção muito grande de depósitos em relação ao patrimônio, pode ser que o ativo que sobrar da cobrança dos empréstimos ruins não seja o suficiente para pagar aos depositantes e muito menos aos acionistas. É isso?

— É isso mesmo — respondeu Gonçalves. Por isso, duas regras de um bom banqueiro são: não operar exageradamente com dinheiro de depósitos e, principalmente, ter bons ativos, ou seja, escolher muito bem seus tomadores, de forma que ele possa sempre honrar os depósitos que recebeu. É essa arte de saber emprestar que diferencia um banqueiro de um aventureiro. O primeiro está preocupado, antes de tudo, com a capacidade de pagamento do cliente e, depois, com a rentabilidade. Já o aventureiro está interessado em emprestar a taxas de juros altas para obter bastante lucro. Muitas vezes, o tomador que se dispõe a tomar dinheiro pagando taxas elevadas está enforcado. Provavelmente, antes de bater à porta de um banco, outros já lhe negaram crédito, e os poucos que ainda lhe atendem estão apenas de olho nos juros siderais que cobram daquele cliente ou simplesmente ainda não conseguiram se livrar dele. É esse o tipo de cliente que acaba não pagando. Bancos que emprestam muito a clientes desse tipo vão deixando de receber seus ativos, e esses pesinhos aqui do prato de cá vão desaparecendo. Cada peso que some é debitado lá na conta de resultados, como crédito perdido, e acaba diminuindo o lucro ou já começando a fazer o banco publicar prejuízos nos jornais. Quando isso acontece, os depositantes ficam preocupados e pedem para sacar o seu dinheiro da conta-corrente ou não renovam os CDBs que estão vencendo. De quanto foi mesmo a disponibilidade que a gente deixou?

— R$ 100 milhões — respondeu João Pedro, olhando o pesinho no prato esquerdo.

— Se o pessoal que depositou esse R$ 1,5 bilhão aqui no prato da direita for ao banco sacar o dinheiro todo, o que o banco fará?

— Com certeza não poderá pedir aos tomadores de empréstimos que paguem antes do combinado. Quer dizer, dos tomadores que sobraram. Não sei. Ele recorre ao banco central? Aos acionistas?

— Sim, são as duas principais alternativas. Haveria também a opção de tomar dinheiro de outros bancos, mas, nessas horas, é claro que nenhum deles vai querer embarcar nessa canoa. O próprio banco central, dependendo do rombo, não vai querer se arriscar. Então, ou os acionistas põem mais dinheiro, ou seja, fazem um aumento de capital, injetando mais recursos no banco para pagar aos depositantes, ou então o banco quebra. Quebrar, no caso de um banco, significa não pagar aos seus depositantes, deixá-los sem o dinheiro que eles confiaram à instituição.

— Pessoas que às vezes economizaram uma vida toda — disse João Pedro, lembrando-se da poupança que seus pais fizeram para ele.

— Isso mesmo. Então, a raiz da quebra de um banco, geralmente, está em créditos mal concedidos, o que acaba sobrando, também, para o cidadão comum. Por isso a atividade bancária e o mercado financeiro são tão regulados e fiscalizados: pelo risco que oferecem à população.

— Risco que é proporcional à alavancagem com a qual se permite que eles operem e à qualidade dos empréstimos — resumiu João Pedro.

— Exatamente — disse Gonçalves. — O dinheiro desse depositante aqui — e apontou para o prato à direita do rapaz na balança que representava o banco —, no frigir dos ovos, é este que está sendo utilizado pela montadora para pagar seus funcionários, seus impostos ou sua matéria-prima. É preciso então que ela venda carros, faça dinheiro e pague ao banco para que ele devolva o dinheiro aos depositantes. O banco é um mero intermediário. Ele contrata rapazes inteligentes como você com um objetivo: fazer esse dinheiro aqui — e apontou para a balança do banco — chegar até aqui — e indicou a balança da empresa — e voltar para ele dentro de uma margem de risco aceitável e de forma rentável. Isso no caso dos depósitos e dos empréstimos. Dependendo do tipo de necessidade e do porte da empresa, como eu disse, ela também pode captar recursos por meio de emissão de debêntures ou de ações. No caso das ações, os recursos nem são exigíveis — eles passam a fazer parte do capital da empresa.

— O endividamento dela não aumenta... — comentou João Pedro.

— Isso, o dinheiro vai entrar também no ativo da empresa, para ela utilizá-lo em projetos de longo prazo, a fim de obter lucros e devolver uma parte deles aos acionistas que compraram ações. Mas estes não vão poder nunca dizer: "Olha, acabou o prazo, quero o meu dinheiro de volta."

— E se eles precisarem do dinheiro?

— Terão que vender as ações na bolsa de valores. A primeira venda de uma ação é realizada no chamado mercado primário, que são aquelas ofertas públicas, das quais já falamos. Mas, quando o primeiro dono da ação a vende na bolsa e ela passa a ser negociada lá, este já é considerado um mercado secundário. Nesse mercado, ou seja, na bolsa, quando alguém compra a ação, o dinheiro não vai mais para a empresa, mas para o dono anterior do papel. O mercado primário é como se fosse o das concessionárias de veículos zero quilômetro: quando o carro novo é vendido, com aquele cheirinho gostoso, o dinheiro vai efetivamente para a montadora do veículo. Depois que o primeiro dono vende o carro e ele passa a ser negociado no mercado de carros usados, não é mais a montadora que recebe o dinheiro, é o dono anterior. Porém, no caso das ações, com uma grande vantagem: elas não se depreciam como um carro usado. Pelo contrário, o que a história mostra é que, normalmente, elas se valorizam, principalmente no longo prazo.

— O senhor gosta do mercado de ações, já deu para notar — disse João Pedro, sorrindo.

— Adoro, é verdade. Acho que os Estados Unidos são o que são, em boa parte, por causa da pujança e do sucesso do seu Mercado de Capitais.[61] É uma coisa muito positiva não só para as empresas e para o país, pelos investimentos, empregos e competitividade que gera, como para os investidores. Imagine: a metade das famílias norte-americanas tem ações sob alguma forma. O que quer dizer isso? Que elas são, também, donas dos meios de produção. Em outras palavras, o mercado de ações é um instrumento de democratização do capital, de inclusão social.

O telefone tocou e Gonçalves disse:

— Pode mandá-lo entrar.

— O senhor quer que eu saia? — perguntou João Pedro.

— Não, fique aí.

Um homem de trinta e poucos anos entrou com papéis na mão e olhou para João Pedro, como se preferisse ficar a sós com Gonçalves. Sem dar margem a apresentações, indagou de forma incisiva:

— Padrinho, o senhor não aprovou o aumento do limite de crédito da Conservas Vivas?

— Aprovei a manutenção do limite anterior — respondeu Gonçalves. — Não está de bom tamanho?

— Por que o senhor não aprovou o aumento?

— Ela tem dois contratos de capital de giro. O de R$ 30 milhões vai vencer depois de amanhã e o de R$ 20 milhões daqui a um mês e meio. Para renovar os dois, ela só vai ter que entrar com os juros, que dão menos de R$ 5 milhões. Por que temos que ir aumentando o limite dela para rolar eternamente isso aí? Ela tem que mostrar se tem capacidade de pagamento, pelo menos alguma.

— É claro que tem. Olha aqui, é que não deu tempo de incluir no dossiê antes da reunião do Comitê de Crédito, mas ela acabou de enviar o faturamento já fechado de 2002: cresceu 11,7% em relação a 2001.

---

[61] O Mercado de Capitais inclui os mercados primário e secundário de ações, debêntures e outros valores mobiliários. É aquele ao qual as empresas recorrem para obter recursos de longo prazo.

— E a previsão de lucro, ela mandou também? — perguntou Gonçalves, com um tom de quem já sabia a resposta.

— A folha-de-flandres[62] aumentou muito por causa da alta do dólar, e o preço dos alimentos não acompanhou. Isso foi no setor todo.

— Isso quer dizer o quê? Que vão fechar mais uma vez no vermelho? — perguntou Gonçalves, também como se já soubesse a resposta.

— O senhor tem medo da empresa? — perguntou o gerente. — Eles têm quarenta anos de estrada.

— Medo, meu filho, eu não tenho nem da morte, só do diabo, mas aí eu rezo para não cair em tentação. Agora, qualquer empresa que tome dinheiro aos custos atuais, de saída, já requer cautela. Todas elas, todos os nossos tomadores. Empresa que dá prejuízo, então, exige cuidado ao triplo.

— Só esse capital de giro vai nos dar mais de R$ 1 milhão de *spread*, limpinho. Fica difícil rentabilizar a carteira quando até os clientes que aceitam a nossa taxa a gente dispensa.

— Não estamos dispensando. Só pedindo que ela pague os juros. Que bancos têm mais dinheiro com eles do que nós?

— O Mercantil do Nordeste, o Banco Souza e o Banco Federal, por exemplo.

— Dois que emprestam para qualquer um e outro estatal. Não tem mais nenhum?

— Os bancos médios estão sumindo e os grandes podem se dar ao luxo de emprestar para clientes de primeira linha, que não vêm ao BMI — respondeu ele.

— Já eu acho que o BMI, pela sua solidez e porte, pode se dar ao luxo de emprestar, no mínimo, para empresas de segunda linha. Não é o caso da Conservas Vivas.

— Mas as duplicatas que ela manda em garantia são de empresas de primeira linha.

---

62 Lâmina de aço com baixo teor de carbono utilizada, entre outras finalidades, como embalagem para alimentos enlatados.

— É mesmo? Então por que tantas não são pagas, ela só manda substituir?

O gerente, que não sabia que Gonçalves fazia esse acompanhamento, disfarçou a surpresa fazendo cara de ofendido:

— O senhor não está dizendo que são duplicatas frias, está?

— Não, é você que está dizendo isso. Eu só perguntei por que elas são substituídas.

— Porque muitas vendas são canceladas, isso é normal nesse ramo. É lata que amassa, supermercado que diz que o produto está estragado. Com essa competição aí, eles têm que atender, senão perdem o cliente.

— Isso acontece mesmo, de forma residual. Mas parece que a metade dos produtos deles está amassando ou estragando. Ou é muita falta de sorte ou incompetência.

— Tudo bem, seu Gonçalves — disse o gerente, abrindo mão do "Padrinho". — O senhor implicou com o cliente, não vou mais perder meu tempo.

— Você não está perdendo o seu tempo. Defender um crédito faz parte do seu trabalho. E a operação vai ser renovada. Agora, já está aqui anotado na minha agenda o dia do vencimento do primeiro empréstimo, que eu vou acompanhar direitinho, para ver se eles vão ter dificuldade para depositar a diferença. E tem mais: se eles tiverem problemas para fazer uma coisa tão simples, o outro contrato que vai vencer vai ter que prever o pagamento mensal dos juros. Caso contrário, não é você que vai vir na minha sala, sou eu que vou na sala do Guilherme. Outra coisa: não sou eu que tenho medo da empresa, parece que *você* é que está com medo de dizer a ela que vai ter que pagar os juros — completou Gonçalves, fazendo João Pedro estranhar que o senhor na sua frente fosse o mesmo que, há alguns minutos, se preocupava com papéis amarelecidos e colocava pesinhos em balanças.

O homem de pé, que desde o comentário de Gonçalves sobre as duplicatas passara a ter uma atitude mais estudada, disse apenas:

— Com licença, seu Gonçalves.

— Toda — respondeu o senhor, acrescentando e fazendo-o virar-se novamente: — Não esqueça: estou de olho vivo nas Conservas

Vivas — e olhou-o de um jeito sugestivo, como se tivesse dito: "Estou de olho *em você.*"

— Fecho a porta? — perguntou o gerente.

— Como ela estava mesmo quando você entrou? Ando meio esquecido, com a idade — disse Gonçalves, levando o homem a fechar a porta e causando um certo alívio a João Pedro, que se policiou para não demonstrar constrangimento.

— Não se assuste, rapaz, isso aqui é normal — disse Gonçalves, enquanto recolhia os pesos das balanças e os colocava nos orifícios da caixa de madeira. — Eu fui voto vencido nessa história de premiar os gerentes de ativos com participação na rentabilidade das operações. Antigamente eram metas de volume: se eles as atingissem, ganhariam uma gratificação maior no final de cada semestre. Mas, já há vários anos, ganham uma parte do lucro que "proporcionam" — fez aspas com os dedos. Meu São Cristóvão, quando o cliente dá o cano, quantos salários do gerente tão arrojado serão necessários para ressarcir o prejuízo? Se é que ele ainda estará trabalhando aqui. Eu sei que fiquei velho, que o mercado mudou e que temos que acompanhar o que os concorrentes fazem para não ficarmos para trás. Mas algumas mudanças têm sido tiros no pé.

— Dizem que os bancos estão sempre ganhando — disse João Pedro.

— Nem todos, isso é generalizar. Quantos bancos tinham antes no Brasil? Quantos existem hoje? Tinha um aqui do lado, muito tradicional, que instituiu esse sistema de dar comissão aos gerentes por lucro *previsto* nos empréstimos. Imagine: numa operação de leasing, de três anos, que o camarada fizesse, eles antecipavam todo aquele *spread* projetado em reais que o banco *iria* ganhar, pegavam uma parte e colocavam no holerite do sujeito, limpinho. Aqui, pelo menos é dado ao ano, *pro-rata temporis.*[63] Mas antecipar tudo, quem não quer?

---

[63] Tipificação de uma taxa de juros expressa originalmente num período padrão (mês, ano) e ajustada ao período de uma operação. No caso, o ajuste do *spread*, do qual se extraía a premiação do gerente, era para cada ano que fosse completado com a operação em vigor e em estado de adimplência.

Isso atiça a ganância de qualquer um. Parece que a maior inadimplência deles foi de conta garantida, um cheque especial para empresas, com juros altíssimos, que elas iam usando e se enforcando. Quando não conseguiam mais pagar, o banco propunha transformar o limite num pagamento parcelado, para consertar a situação. Muitas vezes, já a segunda prestação elas não conseguiam pagar. Em outros casos, quando os empréstimos já tinham sido lançados em "crédito em liquidação",[64] os advogados iam à empresa e às vezes já não tinha mais empresa alguma. Bom, o fim da história é que o banco acabou sendo vendido. Sabe por quanto?

— Não tenho a menor idéia — respondeu João Pedro.

— R$ 1,00.

— Como assim?

— É um valor simbólico. Isso acontece quando o passivo exigível já é, no mínimo, igual ao ativo, ou seja, já não existe patrimônio líquido ou este já é até negativo. — respondeu Gonçalves, observando o rapaz curvar as extremidades da boca para baixo, demonstrando espanto. — Mas tem um detalhe: quando o banco que comprou viu que o tamanho do rombo era maior do que ele pensava, quis desistir do negócio.

— E aí? — perguntou João Pedro.

— Aí outro banco maior acabou comprando. Olhe, meu filho, eu vou te dizer uma coisa antes de te liberar: banco não é casa de caridade, pelo contrário: aqui as regras têm que ser mais duras do que lá fora. Primeiro, porque um banco vive de credibilidade; segundo, porque os ativos, no fundo, são dos clientes. Num banco, nem é preciso haver desonestidade para que ele quebre: a simples mistura de incompetência com ganância já é fatal. No meu tempo, o gerente perigoso era pilantra descarado mesmo, levava bola do cliente...

— Bola? — perguntou João Pedro.

— É, suborno para emprestar. O pessoal até brincava que tinha o "gerente apostador" — disse Gonçalves, ansioso para João Pedro também perguntar o significado do termo.

[64] Conta na qual se lançam os créditos já vencidos há mais de determinado prazo.

— Ele apostava o quê? — mordeu a isca, propositalmente, o rapaz.

— Ele chegava para o diretor financeiro de uma empresa bem enforcada e dizia: "Aposto com você R$ 50 mil como eu vou conseguir aprovar essa operação de R$ 1 milhão." E o cara respondia: "Topo a aposta!" Entendeu?

— Infelizmente, entendi — disse João Pedro, sentindo um enjôo na barriga e uma vaga saudade dos modelos de expectativas racionais.

— Hoje, isso não é mais preciso. O próprio sistema de gratificação acaba virando uma "bola branca" potencial. Isso porque o banco, querendo produzir ativos, acaba estimulando o funcionário a ir além do bom senso para ganhar dinheiro. Como eu disse, estou velho, já quis ir para casa e os donos é que não deixam, mas, já que eles confiam em mim, vou usando esse final de vida para fazer três coisas: vigiar, vigiar e vigiar. Quem? Os gerentes, os clientes e o meu desânimo, pois já estou cansado. Olhe, todos os que começam aqui sem experiência, como você, depois de rodarem os departamentos, são colocados ao lado de algum gerente para irem juntos nas visitas aos clientes e darem assistência nas operações. Vou sugerir ao Guilherme que te ponha com esse camarada aí, nem sei o nome dele.

— Por quê? — perguntou João Pedro, preocupado e dessa vez sem disfarçar.

— Não, não se preocupe. Não estou pedindo que você seja meu espião. Nem preciso: a vantagem dos bancos, hoje, é que eles têm controle até demais, quer dizer, todo mundo vê até o que não deve. Então não é para isso — é para o seu aprendizado, mesmo, que, às vezes, é mais eficaz por linhas tortas. Mas, principalmente, porque essa ceninha a que você acabou de assistir não foi gratuita, tenho certeza. Eu sou muito católico, sabe? Estou sempre vendo o dedo Dele nas coisas. Vai lá, meu filho, vai lá, que o Padrinho, como eles me chamam, pensando que eu sou bonzinho, já te castigou muito para o primeiro dia.

— De forma alguma. Muito obrigado, seu Gonçalves — disse João Pedro, apertando a mão dele e saindo da sala.

Como Márcio lhe havia orientado, ele dirigiu-se para a Tesouraria, onde começaria seu programa de um mês rodando os departamentos do banco. Antes, abriu a pasta que o diretor lhe havia entregue, contendo folders sobre o grupo, e procurou, no organograma, onde estaria posicionado o "Padrinho". Viu então um retângulo com o seu nome embaixo do seguinte título: "Assessoria Especial de Operações". Não ficava muito no alto, em linha com os diretores, mas, enquanto estes se reportavam ao Vice-Presidente Executivo, a linha do seu Gonçalves fazia um longo caminho até ligar-se diretamente à Presidência, ocupada por alguém com o sobrenome da família que controlava a holding. Lembrou-se, então, de uma frase que o pai às vezes utilizava: "Fulano é uma *eminência parda*".

Em pouco tempo na Tesouraria, João Pedro logo percebeu que ali era o centro nervoso do banco. Eram aqueles funcionários que determinavam as taxas de juros das captações e dos empréstimos para a mesa de operações, monitorando os vários mercados e o caixa do banco. Às vezes, outro banco propunha à mesa aplicar em CDI ou algum cliente grande em CDB, a uma taxa superior àquela que haviam informado, e o operador vinha pessoalmente insistir para que a aceitassem. Dependendo do valor, a última palavra era de Richard, diretor de Tesouraria, que perguntava, em voz alta, onde o sujeito queria que ele enfiasse aquele dinheiro naquele custo, porque ele tinha uma sugestão. Aliás, João Pedro reparou que, tanto naquele departamento como no salão de operações, quem fosse muito sensível a grosserias, a palavrões e a altos decibéis estaria no lugar errado.

Talvez esse fosse o caso de Bruna, a moça que acabou sendo contratada antes de João Pedro e que, como havia começado em dezembro, já estava na mesa de operações. Quando eles almoçavam juntos, às vezes com um ou mais gerentes também ainda "juniores", ela, muito delicada, com traços finos e voz de menina, ao sair do prédio parecia uma borboleta voando para fora de uma máquina de lavar roupa ligada. Ela viera de uma universidade pública, onde a visão da Economia era mais histórica, e estranhava aquela arquibancada de futebol onde cada torcedor torcia fanaticamente por si próprio.

Num dos almoços a sós com João Pedro, sentindo confiança nele, disse que estava quase desistindo para se preparar para algum concurso público. Ele, que desde que a conhecera sentira seu drama, disse que aquela era uma decisão que só cabia a ela, mas que, caso decidisse tentar mais um pouco, ele se comprometia a apoiá-la no que fosse preciso. Além disso, lembrou-lhe que ela já estava terminando sua rodada pelas áreas do banco e poderia pedir para ser alocada num departamento mais calmo e técnico, como o de análise de empresas.

Ela aceitou a sugestão. Não só porque achou os motivos racionais, mas porque, ainda sem saber, estava apaixonada por ele.

14 CONFLITO NA TOCA

Dessa vez, Costa e Júlio não faziam as habituais brincadeiras na sala de reuniões da Luhenge Construções Ltda., enquanto aguardavam a chegada de Luiz Henrique. Apesar de os contatos de alto nível sempre terem ficado por conta deste último, sabiam que, com a troca de governo, já havia muita gente de malas prontas em Brasília e que uma longa estiagem poderia estar a caminho. Essas mudanças eram normais no ramo deles, mas nunca haviam sido tão radicais. Por isso, Costa batia com sua caneta no tampo da longa mesa e Júlio olhava para a vista da Praça Nossa Senhora da Paz, até que não agüentou:

— Pára com essa m., Costa, que saco!

Normalmente, seu rotundo colega responderia com outro palavrão, mas apenas cessou a batucada e disse:

— Eu estou com um pressentimento, Júlio.

— Qual? — perguntou Júlio, que, em outra situação, também mandaria aquele pressentimento para algum lugar.

— Acho que o cara está querendo passar o rodo na gente — sussurrou Costa, apesar de saber, como ninguém, que ali não havia microfones.

— Ele que experimente.

Após mais dois minutos que pareceram duas horas, Luiz Henrique entrou na sala e sentou-se na cabeceira:

— Desculpem, eu estava com o Bica no telefone.

— Ele fica ou sai? — perguntou Júlio.

— Vai sair — respondeu Luiz Henrique.

— De lá ou de tudo? — perguntou de novo.

— De tudo. E acha difícil voltar. A briga pelo loteamento de cargos está feroz, e o partido dele é da segunda divisão.

— E aí? — perguntou Costa.

— E aí que vamos ter que ser racionais. Dali tem vindo mais da metade do nosso faturamento.

— Eu sempre disse que essa concentração era uma corda no pescoço — disse Costa.

— E o que você fez para tirá-la? — perguntou Luiz Henrique. — Fez contatos, trouxe negócios novos?

— Acho que o momento não é para discutirmos o passado. — Quais são seus planos, Luiz? — perguntou Júlio.

— Da outra metade do que entra, uma boa parte é papai-e-mamãe. Não compensa manter três empresas por causa de 20%. É melhor deixar uma só e investir em outras coisas.

— Que coisas? — perguntou Costa.

— O Bica vai voltar para o Rio e me sondou sobre uns projetos, sociedade, enfim, quer passar para o lado de cá. Estamos pensando em condomínios em Angra, Itaipava... Ele acha que esse pessoal novo vai ter que mostrar ao que veio e o país vai voltar a crescer, os juros vão baixar e quem tem dinheiro vai ter que investir em alguma coisa.

Luiz Henrique fez então uma pausa com cara séria, para prepará-los, e continuou:

— Bom, pessoal, nós estamos há quase quinze anos juntos e vocês sabem que eu sempre incluí vocês em tudo. Só que ele nunca falou com vocês e não quer ter outros sócios. Sabem como é essa gente, desconfiam de todo mundo. Eu estudei com o cara, ele confia em mim, mas não posso enfiar vocês dois pela goela dele. Bom, meus amigos, o negócio é o seguinte: todo mundo aqui é grandinho e está na hora de cada um cuidar da sua vida. A gente sabe quanto vale cada uma das duas empresas: os contratos em vigor, as salas, as aplicações — está tudo lá no balanço que acabamos de receber. O capital foi todo integralizado por mim e também consegui os contratos, mas sei que tem trabalho e dedicação de vocês ali. Então, ou vendemos as duas e vocês ficam com 20%, ou então me compram cada uma por 80. Acho justo, vocês não acham?

Júlio e Costa se olharam e um silêncio pairou na sala. Por pior que fosse o que esperavam, jamais imaginaram isso. E muito menos que Luiz Henrique falaria aquilo como se estivesse resolvendo encerrar, sem maiores contagens de fichas, uma simples noitada de pôquer.

— Então, o que vocês acham? — repetiu a pergunta, ao perceber que nenhum dos dois iria falar.

Costa olhou de novo para Júlio, fazendo um movimento quase imperceptível com os olhos para sugerir ao colega, mais habilidoso, que tomasse a frente, mas que lhe daria cobertura.

— Luiz, você sabe que entre nós não há segredos. Então não posso te dizer que nunca esperei que um dia isso acontecesse. O cenário muda mesmo, e isso não é culpa sua. Agora, também vou te dizer outra coisa, com a mesma sinceridade: eu esperava uma proposta inversa à que você fez. De te pagar 20% do que a empresa vale — disse ele, mesmo sentindo as pernas tremerem.

Luiz Henrique debruçou-se sobre a mesa, vermelho, e agarrou-o pelo colarinho:

— Olha aqui, seu escrotinho, não vem dar uma de engraçadinho não!

Costa, que era muito mais forte do que ambos, tirou Luiz Henrique de cima de Júlio:

— Ô, Luiz, que é isso, espera aí, espera aí...

Luiz Henrique se desvencilhou de Costa e gritou para ele:

— E você, Bud Spencer:[65] também acha que eu mostrei a oferta de cabeça para baixo ou está mancomunado com esse aí? Eu ferro vocês! Eu ferro vocês!

— Acho melhor você se acalmar, senão a gente vai embora e te deixa aí esbravejando sozinho — disse Costa.

— Ah, vão embora? Muito bem, podem ir. Assim que vocês puserem os pés na calçada, eu vou mandar protestar todas as promissórias que estão guardadas no cofre do banco.

---

[65] Ator americano que interpretava o corpulento e "irremovível" companheiro do caubói "Trinity" (Terence Hill), nos filmes da dupla nos anos 1970.

— Pode mandar. — disse Costa. — Nome limpo a gente só precisa para participar de concorrência. Olha, Luiz, vamos nos acalmar porque isso não leva a nada. Eu ando também com umas idéias, estava até para te propor e só queria esperar acabarem essas definições aí nas altas esferas. Coisa dentro do figurino também, sabe? Mas acho Angra e Itaipava muito caro, eu discordo um pouco do nosso amigo. Acho que quem vai tirar o pé da lama primeiro é o pessoal do andar de baixo. Pensei nuns prédios em Deodoro, Engenho de Dentro, tem muita coisa barata nessas bandas. E a gente nem precisa entrar com muito dinheiro — pega nos bancos.

Luiz Henrique se obrigou a ouvir as idéias de Costa até o final, já que a sua vontade era apenas dar-lhe um soco, mas sabia da sua desvantagem física, e então esperou que ele acabasse e retornou ao início do discurso dele:

— Nome limpo, meu amigo? Você acha que eu quero sujar o seu nome? Eu estou andando para o seu nome. Eu vou é deixar vocês sem nada, como vocês eram antes de se amoitarem embaixo de mim.

— Desculpe, sócio, mas sem nada eu já estou. Não sei o Júlio. — disse Costa.

— O que você está dizendo? — perguntou Luiz Henrique, com a cor do seu rosto mudando camaleonicamente do vermelho para o branco.

— Sabe o que é? — prenunciou a explicação Costa, com a tranqüilidade que a força física lhe dava. — Você está sempre muito ocupado e eu não fico querendo te encher o saco com coisinhas domésticas, mas a verdade é que passei um aperto um ano atrás, mas não foi de grana não, foi tititi de família mesmo. Lembra o apartamento que eu dei para a Verônica antes dela casar? O Cassinho depois veio reclamar, ficou fazendo pressão. Enfim, tive que colocar o apartamento da Rainha Guilhermina no nome dele. Em usufruto, claro, mas tive, senão era injusto mesmo. Aí, a Verônica disse que aquele apartamento valia muito mais do que o dela e eu tive que comprar outro para ela. Foi quando eu vendi a casa de Búzios — e mal, lembram? Por isso não acredito naquilo lá. Aí, Luiz, quando comecei a ver que essa eleição não tinha jeito, quem começou a ficar preocupado fui eu: vai lá que os caras novos resolvem fazer uma caça às bruxas, ou o próprio TCU[66] vem em cima de todo mundo: eu estou cabreiro. Então, eu peguei o apartamento da Delfim Moreira, com a assinatura da Cíntia, que entendeu minha preocupação, e passei para o nome do meu irmão. Aliás, aproveitei e fiz logo uma doação de todas as minhas aplicações para ele também. Lógico, tomei algumas precauções — não foi nota promissória, não, amarrei tudo até no testamento dele.

— No meu caso deu menos trabalho porque tenho quatro filhos — disse Júlio mais encorajado, ao perceber que Luiz Henrique já tinha passado da fase da agressão física e tentava racionalizar o golpe.

— Luiz, eu te conheço desde garoto, quando eu vinha de Anchieta para passar os fins de semana na sua casa na Zona Sul, e nunca vou esquecer o carinho que a sua família me dava — continuou Costa. — Sei muito bem que você, mesmo com os seus chiliques, é acima de tudo um cara racional; aliás, muito mais do que a gente, quer dizer, do que eu, o Júlio é quase tão inteligente quanto você, só que é meio medroso, a gente sabe. Ele nem se ofende quando eu falo isso, como eu também não me ofendo quando vocês dizem que eu sou ignorante, e sou mesmo — cada um tem suas desvantagens. Mas nós sempre fomos fiéis a você. Já você, Luiz, é inteligente e corajoso, mas, desculpe, amigo, nunca foi confiável. Quer dizer, não é que seja traíra, mas, para você, é primeiro você, depois você, depois sua família e o resto você usa. Tudo bem, como disse aquele mafioso para o Jack Lemmon, "Ninguém é perfeito".[67] Mas a gente sempre foi um time: um melhor nisso, outro melhor naquilo, um ruim nisso, outro ruim naquilo. Cada um sabe das deficiências do outro. Então a gente se completa e, é lógico, se protege. Nesse caso dos bens, a gente só se protegeu. Se você quer agora jogar a gente no lixo, porque já se arrumou com o homem, joga, é um direito seu. Mas com uma mão na frente e outra atrás a gente não pode sair. Você não

---

[66] Tribunal de Contas da União.

[67] No filme *Quanto Mais Quente Melhor* (*Some Like It Hot*, 1959), de Billy Wilder, o personagem de Jack Lemmon se passa por mulher para escapar de mafiosos, só que um deles se apaixona por "ela" e quer se casar. Sem saída, o farsante reconhece a sua condição ao noivo, que lhe responde: "Ninguém é perfeito."

chegou até aqui sozinho — precisou de gente de confiança para fazer sua cama, mas não esqueça que nós também temos as nossas camas para arrumar todo dia.

A essa altura, Luiz Henrique já estava sentado e pensativo, e Júlio acrescentou:

— Não respondo pelo Costa, mas, para que tudo termine bem, eu compro a empresa por 30% do valor. Lógico, só preciso de um tempo para vender uns imóveis dos meninos.

— Setenta para mim, Júlio, isso para eu não mandar matar você — contrapropôs Luiz Henrique.

— Nem pensar, eu nem tenho isso — respondeu Júlio.

— Não tem? Então a gente vende a empresa ou eu te compro ela por trinta — disse Luiz Henrique.

— Eu tenho feito uns contatos em outros níveis — mais humildes, é claro —, mas gostaria de ficar com ela. E te digo: vendê-la para terceiros ou liquidá-la vai ser pior para nós dois, porque tem coisa ali que está avaliada por cima no ativo, por causa das concorrências, mas que a gente sabe que não vende fácil. Luiz, não vou mais barganhar porque só quero continuar seu amigo: eu te pago 40%, mas é o máximo.

— Amigo seu eu não sou mais, mas, para não ter mais que olhar para a sua cara, sessenta.

— Não dá mesmo, Luiz, eu não vou ter como tocar a empresa depois — respondeu Júlio. — E não posso limpar minha família. Pô, vê se entende, Luiz, você tem mais dinheiro do que a gente, e ainda vai receber essa grana limpa na mão.

Pairou um silêncio na sala. O impasse era entre 40 e 60 e, por mais que o número 50 estivesse na mente dos três, não agradava a nenhum. Júlio, que quando não estava acuado era um homem maneiroso, continuou:

— A minha vontade é falar cinqüenta, Luiz — é um número bonito, soa como uma coisa justa, mas vai me limpar todo e vou ter que manter a empresa na fase de vacas magras. Sinceramente, por tudo o que eu fiz e pelo risco que eu corri contigo, acho que te dar esse dinheiro todo que estou te oferecendo, limpinho na mão, é mais do que justo.

— Quarenta e cinco, então, sobre o valor que está lá escrito no patrimônio líquido — disse Luiz Henrique, consolando-se por saber que alguns contratos que estavam no ativo passariam a ser um problema para serem recebidos, com a saída de Fabrimarco, o Bica, do governo.

— Acho muito, e me desculpe, mesquinho da sua parte. Mas só do número ter saído da sua boca já vale qualquer sacrifício. Por mim está fechado — disse Júlio, fazendo cara de chateado.

— E você, Costa? — perguntou Luiz Henrique.

— Também acho muito dinheiro, tem umas obras ali que vamos ter que ralar para receber, mas... tudo bem — disse, fazendo cara de vencido. Eu sei que você vai cair em si e ver o nosso lado, que vai querer nossa amizade de novo. Então também não quero encrencar. Só me dá um tempo para eu me mudar, porque a Verônica está casada, o Cassinho já está noivo e o apartamento da Delfim[68] vai ficar muito grande para mim e a Cíntia, por isso vou vender e passar para um menor. Não quero tirar o que já dei para os garotos. O resto é só o meu irmão sacar, já posso até te adiantar.

— Estou consternado com a tristeza de vocês — disse Luiz Henrique, agora já retornando ao seu melhor estilo, conformado pela lembrança dos contratos que ficariam "micados".[69] — Tão consternado que até me esqueci que o nosso trato é que esse capital sempre seria meu por isso vocês assinaram as promissórias. Vocês jogaram sujo e agora estão dando uma de vítimas, mas eu estou sem saída. Reconheço que vocês foram espertos e eu, idiota em confiar em vocês. Não quero olhar mais para a cara de nenhum dos dois, e gostaria que vocês passassem a tratar do repasse do dinheiro diretamente com o Dr. Menezes.

— Se você prefere assim, mas tenho um pressentimento de que um dia vai nos procurar de novo. Não esquece de dar as promissórias

---

[68] Avenida Delfim Moreira, via litorânea da praia do Leblon, ponto mais valorizado da cidade, juntamente com a Avenida Vieira Souto, continuação da mesma em frente à praia de Ipanema.

[69] Que não se consegue vender ou, no caso, receber. Ex.: "Essa ação é um mico."

ao Menezes, para que eu já coloque o apartamento que eu vou comprar no meu nome e no da Cíntia — disse Costa. — Vamos lá, Júlio.

Aquela foi a última vez que Luiz Henrique ouviu a voz dos dois.

Isabela havia se mudado de uma casa de família que recebia estudantes em convênio com a escola para um apartamento de dois quartos que alugara com três amigas. Janeiro chegava ao fim e ela já estava saturada das aulas, deixando de ir a algumas. Naquela tarde fria, dois rapazes — um italiano do curso e outro inglês — estavam com três delas sentados na sala, onde passavam um cigarro de haxixe de mão em mão. A certa altura, o inglês descalçou a bota e tirou da meia um pequeno pacote. Abriu-o e despejou cocaína em pó na mesa de centro, passando a dividi-la em fileiras com um fixador de colarinho que tirou da carteira.

— Ih, pegou pesado — disse em português Priscila, uma das amigas de Isabela.

— "Pegoou pesadoou?" — disse o inglês, rindo. — *What's* "pegoou pesadoou"?

— É que eu estou fora — respondeu Priscila em inglês. — Bela, acho que a gente não devia liberar isso aqui não.

— Deixa, senão ele não traz o outro.

— Que nada, Bela, outro dia você cheirou isso aí. Não tem nada a ver.

Depois que o inglês inspirou o pó, apontou as fileiras com a mão como que perguntando quem queria. Isabela pegou o canudo de papel na sua mão e cheirou uma "carreira". Voltou para o sofá, fechou os olhos e começou a lembrar-se do fim de semana em Búzios que passara com João Pedro:

— Ah, que saudades do João. Ele é tão diferente desses malucos aí, sabe? — disse Isabela para Priscila em português, de forma que os rapazes não compreendessem.

— É, Bela, se ele é diferente, você também está ficando diferente dele.

— Fala sério, Priscila, que saco! Você não fuma? Qual é a diferença?

— Você sabe muito bem a diferença, Isabela.

— Besteira — disse Isabela, voltando a fechar os olhos.

O telefone tocou e a outra moça, que era francesa, atendeu:

— *Oui, just a minute* — disse, misturando inglês com francês. — Isabela, *it's your father.*

Isabela foi atender do quarto, sentando-se na cama.

— Tudo bem, minha filha? — perguntou Luiz Henrique.

— Tudo bem, paizinho. Só falta um mês, né?

— É, e passa rápido, por isso estou te telefonando.

— O que foi, pai? Papo bravo, é?

— É bravo, sim. Você está bem? Estou achando a sua voz diferente. Você bebeu?

— Não, pai. É que eu estava dormindo.

— Não teve aula?

— Teve. Mas essa aula é "muuuuito" chata. Mas não se preocupe, eu falo mais inglês aqui em casa.

— Com uma amiga brasileira?

— As outras não são, pai. Pô, não ligou para encrencar, né?

— Não, não foi para isso. Presta atenção, Isabela, no que eu vou lhe dizer. As coisas ficaram difíceis por aqui, sabe? O Fabrimarco saiu do governo e o Costa e o Júlio me deram uma rasteira. Mas pelo menos não vou ver mais aquelas caras. Olha, Isabela, agora nós, como família, temos que usar a cabeça, fazer as escolhas certas. Aproveite esse mês longe daqui e tire da cabeça aquele suburbano...

— Pai!

— Posso continuar? Estou falando de coisa séria: quer ficar pobre, quer? Escuta: o Bica vai para a iniciativa privada e quer ser meu sócio, mas não queria os dois estrupícios; por isso eles saíram me roubando. Mas o homem vai usar o conhecimento dele para continuarmos tocando os negócios. Agora, eu não posso lutar sempre sozinho, minha filha. Você vai voltar e se empencar de novo com aquele morto de fome, e isso até pega mal, já que vamos nos relacionar muito mais com a família do Bica. Toda vez que ele fala comigo, pode ser o assunto mais sério, pergunta por você, diz que o Marcos André não fala em outra coisa... Enfim, minha filha, você tem dois futuros na sua frente:

um é um castelo de princesa e outro, um muquifo em Niterói. E eu não estou falando de um rapaz horroroso, mas de um menino bonito, saudável, espirituoso. Nem que seja para você ficar três anos casada com ele e depois cair fora, mas aí eu já vou ter me reorganizado. Estou pedindo a sua ajuda, Isabela, e sem te pedir nada que suas amigas não adorariam.

— Pai, eu não acredito no que estou ouvindo.

— Pois acredite. Olhe, o Júlio e o Costa estão comprando as empresas que estavam no nome deles, me pagando bem menos do que eu investi nelas. Você sabe, eles não entraram com um tostão, um só com aquela barriga e o outro com nada. Tudo bem, vou colocar um dinheiro no bolso, tem ainda uns contratinhos da Luhenge no meio do caminho, mas depois disso, minha filha, secou. Ou a gente se junta com quem deve, ou vá se preparando para um *soft landing*,[70] já aprendeu isso aí? Depois não diz que eu não te avisei.

— Pai, deixa eu processar isso tudo. E a ligação está enorme.

— Eu sei. Para você ver o quanto eu preciso da sua compreensão — disse Luiz Henrique.

— Papai, você está me encostando uma faca no pescoço, sabia? — e fez uma pausa, que sabia que ele entenderia como a abertura de uma fresta. — Mas entendo o que você está me dizendo, e prometo pensar nisso tudo. Posso desligar?

— Pense sim, filha, em cada palavra do que eu disse. A gente se fala, qualquer coisa liga.

— Um beijo, pai.

Isabela ficou um tempo olhando a janela, voltou para a sala e viu que algumas fileiras de cocaína ainda estavam na mesa. Pediu o canudo ao inglês e só parou de inspirá-las quando Priscila levantou o seu queixo e gritou:

— Isabela! Quer parar?!

---

[70] Aterrisagem suave. Termo da aviação tomado como jargão pelos economistas, quando querem dizer que o crescimento econômico não se reduzirá de forma abrupta, que seria o *hard landing*.

Isabela olhou para a amiga, puxou-a num abraço e começou a chorar.

Os dois rapazes se olharam e disseram que era melhor voltarem outra hora. Isabela pediu licença à francesa, levou Priscila para o quarto que as duas dividiam e contou-lhe a história.

— Pô, amiga, que pauleira — disse Priscila.

— Pri, eu já sei exatamente o que vou fazer. A vantagem dessa porcaria é que faz a gente pensar rápido.

— E nem sempre bem, Bela. O que você quer fazer?

— Está justamente aí: não vou fazer nada. Vou ganhar tempo. Vou dizer ao papai que concordo, mas que preciso de tempo para me acostumar à idéia e para esquecer o João. Vou pedir para trancar a faculdade esse semestre, já que só faltam três matérias e eu posso fazer no outro. Enquanto isso, Pri, eu preciso da sua ajuda.

— Claro, como?

— Você está voltando agora no começo de fevereiro. Eu vou te dar o telefone do João. Sabe, não vou conseguir falar nada disso com ele daqui, nem é bom falar essas coisas por telefone ou e-mail — tenho certeza de que o papai ligou de algum outro lugar. Mas eu quero que ele saiba exatamente a verdade. Da pressão, de tudo. Encontra com ele e conta tudo, claro, num lugar que ninguém ouça. Agora, diga também que eu estaria mentindo para ele se dissesse que eu tenho certeza do que eu vou fazer.

— Bela...

— Mas para ele nunca se esquecer de que foi a única pessoa que eu já amei de verdade — disse ela, chorando de novo.

— Amiga, a idéia de ficar mais é boa, de repente o seu pai até esquece dessa história. E o tal garoto e o pai dele, sabendo que você está aqui, não vão poder ficar enchendo o saco. Eu vou fazer o que você está me pedindo. Agora, só tem um problema sério no seu plano.

— Qual? — perguntou Isabela.

— A Jô, que vem ficar aqui neste quarto, é doida de dar com pau, Bela, e você sabe disso.

— Pôxa, Pri... Eu aqui desesperada e você vem com essa babaquice de novo?

— Não é babaquice, Bela, eu estou preocupada, quer dizer, nem estava tanto, mas, depois disso que acabei de ver, vou ficar, sério.

— Relaxa, é que fiquei transtornada com o telefonema, mas vou ficar na boa. Posso contar com você?

— Pode, mas você não sabe ainda se o seu pai vai concordar.

— Acho que vai. Só o fato de eu propor ficar longe do João, ele vai ver como uma vitória e um sinal de que estou disposta a fazer o que ele quer.

— E talvez você até faça, né, Isabela? Estou chocada, sabia?

— Pri, eu tenho que confessar uma coisa para você, que eu tenho até vergonha, mas não posso mentir para mim mesma.

— O que é?

— No que diz respeito a mim, o papai não está tão errado assim. Eu sei que às vezes pareço meio desprendida, maluca, mas, no fundo, eu sei que tenho ele me garantindo. Eu sempre tive de tudo, Pri, seria uma falsidade agora dizer: "Tudo que se dane, o papai que fique pobre e eu vou morar em Niterói." É mentira, Pri, é mentira. Eu condeno o papai e a mamãe num monte de coisas, mas é impossível que eu seja tão diferente deles, sabe? É fácil simplesmente eu dizer que sou diferente, mas será que sou mesmo? Nas coisas que eu realmente quero para a minha vida?

— Realmente, você precisa chegar a uma conclusão. E lá não vai ter como — vai ser pressão direto. Mas se cuida, promete?

— Prometo — respondeu Isabela, abraçando-a.

— Vou lá fazer um chá para a gente. Ainda bem que aquele Hugh foi embora, cheirador do inferno — disse Priscila, saindo do quarto.

Isabela foi até a janela e ficou olhando a neve fina que começava a cair. Quando chegou a Londres, já pensara na aproximação do seu retorno ao Rio coincidindo com a primavera chegando ao pólo norte, prenunciando uma fase de cores, calor e amor. Agora, com neve ou com flores, sentia que o seu coração ficaria congelado por muito tempo, talvez até para sempre.

15 DE OLHOS BEM ABERTOS

O autor poderia fazer um resumo do aprendizado profissional de João Pedro nos anos que se seguiram à sua contratação pelo BMI. Porém, como o conteúdo aqui é mais técnico, ninguém melhor do que o próprio para contar o que mais o marcou. Ainda assim, memórias sempre trazem limites. São escolhidas algumas coisas e omitidas outras, nem sempre no melhor critério de importância. Além disso, há o esquecimento, comum ou freudiano. O passado e o sonho se assemelham: por mais reais que tenham sido ou parecido, deixam apenas fragmentos.

O lado onírico do passado faz lembrar um antigo seriado de TV: *O Túnel do Tempo*. Para quem for jovem e não assistiu às reprises, eis o enredo: dois membros de uma agência oficial norte-americana — um cientista e um major — são recrutados para experimentar um túnel que pode transportar as pessoas no tempo, controlado por uma central semelhante à da NASA. Porém, os "astronautas", devido a problemas técnicos, acabam sem as "passagens" de volta. A cada episódio, são transportados para algum momento da História, metendo-se em alguma peripécia, até que, em algum momento fatal, os controladores, que a tudo assistem da boca do túnel, conseguem transportá-los para outra época, onde sempre caem às cambalhotas. Nessas transferências, os heróis desaparecem de repente e surgem num túnel de pedras brilhantes, onde seus corpos pairam enquanto viajam em estado adormecido.

Por que eles dormem? No meio a tanta fantasia, não deixa de ser um detalhe interessante. A explicação mais provável talvez resida no fato de não terem vivido os séculos entre uma era e outra. A vida existe como consciência, experiência, mudança. Os criadores do imaginoso seriado não temiam deixar seus heróis sempre com a mesma roupa impecável, de barbas feitas e cabelos aparados, mas se precaveram em lançar mão do artifício do sono, durante as passagens de tempo, para assegurar um clima de credibilidade à ficção. Afinal, os telespectadores podem acreditar em muita coisa, mas não em alguém consciente ao longo de tempos que nunca viveu. Se tivesse vivido, jamais cairia, na outra era, igual ao que era antes.

Já João Pedro esteve bem acordado naqueles anos após sua formatura. Portanto, o homem beirando os trinta já era bem diferente do rapaz de vinte e três. O que de mais real fica do passado não é o que se lembra dele, mas as marcas que ele deixa. O leitor atento não estará interessado apenas nos aprendizados e situações que João Pedro vai contar, mas em como eles modificaram a visão e a maneira de ser de um jovem recém-formado, cheio de teorias na cabeça.

Nas pinceladas de Economia que aqui foram dadas, viram-se grandes economistas moldando suas idéias de acordo com o cenário em que viveram. Nas páginas dos seus tratados, eles deixaram a nata da teoria econômica. Já outras vidas parecem mais com papéis de seda, nos quais se vai rabiscando o relevo da economia viva — a face humana da moeda, que costuma ter um rosto gravado.

Rio de Janeiro, tempos atuais.
Entrevista com João Pedro Müller de Campos

Bom, João Pedro, no início de 2003 você estava rodando os departamentos do BMI.

Foi. Isso durou um mês. Depois fui auxiliar o Paulo a gerenciar sua carteira.

O Paulo era o gerente da conta das Conservas Vivas, não era? Como acabou aquela história?

Bom, eu passei a fazer visitas com ele e, desde a primeira vez que colocamos os pés na sala do diretor financeiro da empresa, eu vi que havia muita intimidade entre eles. Mas não percebi nada de concretamente incorreto, até porque eles disfarçariam.

Nas visitas, então, foi tudo normal.

Foi. O Paulo só não se segurou quando teve que falar da negativa do aumento do limite de crédito, fazendo uma referência ao "velho caduco".

O "Padrinho"?

É, o seu Gonçalves.

E ele estava errado?

Que nada, o velho é uma águia. Como ele tinha previsto, foi um parto a Conservas pagar a diferença dos juros. Quer dizer, ela *não* pagou — após três dias com a conta devedora, o Guilherme, Gerente Geral da matriz, conseguiu com o Diretor de Operações aprovar um desconto de duplicatas extralimite para cobrir o débito.

Foram renovados dois contratos, não? Esse foi o de R$ 30 milhões. E o de vinte?

Venceu um mês e pouco depois e foi o mesmo problema — tivemos que fazer outro desconto-tampão para cobrir a diferença. E a empresa ainda se deu ao luxo de ficar uma "arara" ao saber que, no novo contrato, a cobrança dos juros passaria a ser mensal.

Então ficaram dois contratos renovados e dois descontos de valores menores.

Isso, mas esse foi só o início do pesadelo. Parte das duplicatas do primeiro desconto não foi paga e, nesses casos, o que se faz é pedir ao cliente para depositar o dinheiro na conta para que o valor seja debitado, já que o banco tem direito de regresso.[71] Aí recomeçou a pendenga, porque não adianta debitar na conta se não tiver saldo, já que seria trocar um crédito coberto por duplicata, um título facilmente protestável e com a co-responsabilidade do sacado, por uma simples conta devedora, muito mais difícil de ser recuperada. Então, o banco ficou com aquelas duplicatas vencidas na mão.

E eles não pediram outro desconto para que elas pudessem ser debitadas e devolvidas?

Pediram, mas foi aí que começou o sufoco. Não eram apenas as duplicatas descontadas que estavam vencidas — isso era o de menos. Como o seu Gonçalves tinha reparado, as que ficavam em garantia do capital de giro também. Eles sempre nos pediam para baixá-las[72] e enviavam outras para substituí-las. Então, o banco começou a desconfiar e a pedir confirmação daqueles créditos junto aos sacados. Vários telefonemas fui eu que dei. Para resumir, cerca da metade dos títulos não correspondia a venda alguma. Alguns supermercados diziam que não compravam das Conservas Vivas há anos.

Em outras palavras, as duplicatas eram frias.

Geladas (risos).

E o Paulo, nessa história?

Ele demonstrava um zelo excessivo em relação ao cliente, e isso o foi queimando no Banco. Ainda mais porque outra empresa da sua carteira também já começava a apresentar um problema semelhante.

Mas ele foi se segurando...

Foi, mas acabou morrendo pela boca, espera. A coisa chegou ao limite quando venceu novamente o primeiro contrato e o banco não quis renovar. Nem tinha como, porque desde que só passamos a acei-

---

71 Prerrogativa do banco que desconta a duplicata ou a mantém em garantia de cobrar o seu pagamento ao cedente, em caso de não pagamento pelo sacado.

72 Devolvê-las sem terem sido pagas.

tar, em substituição às duplicatas pagas ou baixadas, outras com aceite[73] dos sacados, eles reduziram muito o envio de títulos, e o dinheiro na conta vinculada[74] era muito menor que o valor dos contratos. No dia do vencimento do primeiro, só havia uns R$ 15 milhões na conta, para um débito de mais de R$ 30 milhões. Os juros do outro contrato, que passaram a ser cobrados mensalmente, também foram acumulando um débito, que só era abatido quando caía algum dinheiro das duplicatas boas na conta vinculada.

Que situação, hein?

Brava. A diretoria do banco já estava pensando em protestar os títulos para impedir a empresa de pedir concordata,[75] um rumor que já circulava no mercado. Foi aí que o Paulo cavou a própria sepultura. Ele disse, na frente do Comitê de Crédito, que o diretor financeiro tinha assegurado a ele que essa possibilidade não existia. Dois dias depois, a Conservas Vivas entrou com o pedido de concordata. Até aí também nada demais, cliente nessa situação muitas vezes mente mesmo. Só que, no dia seguinte, o Paulo estava ali do meu lado falando baixinho com o cara no telefone e dando até uns sorrisos.

Aí você entrou num dilema.

Claro, ou ficava compactuando com aquela m., ou dava uma de dedo-duro. Mas enxerguei uma outra solução: fui à sala do Guilherme e disse que queria trabalhar com outro gerente. Ele res-

---

[73] Assinatura autorizada do sacado na duplicata, confirmando a dívida mercantil para com o cedente. Exigir o aceite seria o procedimento mais prudente por parte dos bancos, mas, no dia-a-dia, para agilizar as operações, muitas vezes não o fazem.

[74] Conta de titularidade do cliente, mas não movimentável pelo mesmo, que tem a finalidade de servir de garantia a uma operação de empréstimo. Nela são creditados os produtos da cobrança das duplicatas oferecidas em caução, recursos estes que são transferidos para a conta-corrente do cliente quando este envia mais duplicatas para perfazer o valor total da garantia prevista, que normalmente é de 140% do valor do empréstimo, a fim de cobrir as despesas com juros e, em caso de inadimplência, as judiciais.

[75] Uma empresa só pode pedir concordata — instrumento jurídico que lhe concede um prazo para saldar suas dívidas — se não tiver nenhum título sob protesto.

pondeu que não podia fazer isso se eu não dissesse o motivo. Então eu disse que estava fora, que ia entregar minha carta de demissão no RH.

Você estava blefando ou faria isso mesmo?

Claro que não estava blefando. Quem blefa no jogo não precisa mostrar as cartas e ninguém sabe o quanto estava blefando. Ali não, se o cara dissesse: "Então vai, meu filho, escreve a carta e leva lá", e se eu estivesse blefando ia fazer o quê? Dizer "Foi mal, desculpe"?

Então arriscou tudo.

Por acaso, eu tinha lido uma entrevista muito boa do Alcides Amaral, ex-presidente do Citibank. Sabe o que ele disse? Que você tem sempre que estar preparado para pedir demissão.

Mas muita gente não pode...

Bom, eu podia, e ameacei pedir mesmo.

E aí?

Quem estava blefando era ele, mas numa boa, ele era do bem. Primeiro, sabia que deixar ir embora um dos garotos da "tropa de elite", que ainda poderia sair atirando, não seria legal. Mas depois eu vi que estava também me testando. Então, ele me encostou uns dias num serviço administrativo até espairecer a coisa, que ele já sabia o que era.

Sabia como?

Logo depois daquela reunião do Comitê, eles passaram a gravar as conversas do Paulo no telefone.

Então ele foi demitido...

Foi. E acabou abrindo uma loja de mate, daquelas de franquia. Nenhum banco dava mais emprego para ele.

E você?

O Guilherme me chamou na sala, disse que tinha gostado da minha atitude desde o começo e tirou o "júnior" do meu cargo. Virei gerente pleno com quatro meses de banco. Um recorde, segundo ele.

E você herdou a carteira do Paulo?

Herdei. Uma horta de pepinos.

Você não era muito novo para gerenciar uma carteira dessas?

Talvez tenha aprendido mais rápido, pelas tais "linhas tortas", do seu Gonçalves.

Então você virou mesmo um gerente de empréstimos, quer dizer, "ativos".

Só por um ano. Em março de 2004, achei que a experiência já tinha sido suficiente e pedi para ser transferido para a corretora de valores, que era o lugar que eu tinha mais gostado quando rodei os setores. O Guilherme quis me convencer que não havia comparação entre uma área e outra em termos de carreira, mas, como eu não estava preocupado com isso, continuei querendo mudar e pedi a intercessão do seu Gonçalves. Ele mexeu lá os pauzinhos dele e, no início de 2004, eu comecei a trabalhar na mesa da corretora. Então, tive que fazer alguns cursos e até uma prova, na BOVESPA,[76] para me credenciar como operador de bolsa.

Você falou aí na intercessão do seu Gonçalves. Parece que ele gostou de você.

Gostou mesmo. As pessoas chamam o cara de Padrinho, mas não o tratam como um Padrinho. Você viu o *O Poderoso Chefão*?

---

[76] Bolsa de Valores de São Paulo.

Vai dar uma de Christian?

Vou sim. Depois daquilo que ele disse, eu li o livro. O dom Corleone era chamado de Padrinho porque todo mundo ia pedir favores para ele. Sabe qual era a única coisa que ele pedia em troca?

Que um dia devolvessem o favor a ele.

Não, você não entendeu nada do filme (risos). Estou brincando, ele às vezes pedia mesmo, mas geralmente nem precisava. Ele pedia para ser tratado com *respeito*. É natural — toda pessoa que tem experiência e capacidade sabe o valor do respeito e gosta de ser tratado assim.

Mas o pessoal não respeitava o seu Gonçalves?

Menos do que ele merecia — às vezes até meio na base da sacanagem, da gozação. Eu te contei o jeito que o Paulo entrou na sala dele. E não era só o Paulo. Sabe, o pessoal ia falar com o velho só para pedir as coisas, mas parecia que estavam falando com o pai da mãe-joana. Eu sabia o dia do aniversário dele, ia lá dar os parabéns e conversar com ele. Quando eu via alguma notícia que sabia que interessava a ele na Internet ou nos *vendors*,[77] que ele não sabia acessar, eu imprimia e deixava com a secretária.

Não te achavam puxa-saco?

Se achavam, o problema era de quem achava. Quanto ao que *eu* acho, se eu fosse puxa-saco, não continuaria ligando para ele depois que saí do banco e até hoje, que o homem se aposentou. Por que eu ainda faço isso? Preciso do seu Gonçalves para alguma coisa? Não, estou muito bem, obrigado, não preciso que ele faça nada por mim. O cara só queria respeito e agora precisa até mais, de atenção, de carinho. Custa? Para mim é um prazer.

---

[77] Agências de notícias que informam o Mercado de Capitais.

Mas, quando você precisou, foi lá pedir ajuda a ele.

Claro que fui. E hoje, apesar de não precisar, se precisasse iria de novo. Como já o atendi mais de uma vez quando ele me ligou para pedir alguma coisa, depois que saí de lá. Aí é que está o detalhe: o dom Corleone ficava uma fera quando não iam pedir a ajuda dele. Achava isso, também, falta de amizade e respeito. As pessoas que se prezam têm prazer em ajudar as outras. Olhe, se eu não respeitasse você, iria estar aqui contando a minha vida para o seu livro? Acha que eu preciso disso ou quero aparecer? Mesmo se você trocar o meu nome, isso aí só pode me atrapalhar, jamais me ajudar. Mas eu estou te ajudando. Aí, um dia desses, se eu precisar de um texto e te pedir para escrever para mim e você me disser: "Você acha que eu sou seu empregado?", não seria falta de respeito? Nem é o favor em si que conta, é o respeito, a amizade. *Capisce*?

***Capisco*. Agora, a mudança do banco para a corretora não foi meio radical?**

Foi, muito. Pode parecer simples para quem não conhece o mercado financeiro, mas transformar um gerente de ativos em operador de bolsa é como colocar um volante de futebol para cortar no vôlei. Mas eu tive uma vantagem: o conhecimento que obtive de empresas, das saudáveis até aquelas em estado mais crítico, foi uma ferramenta valiosa quando passei a acompanhar ações, ainda que esse não seja o caminho mais usual. É muito mais natural que o corretor que quer conhecer bem as empresas tenha passado pela *análise fundamentalista*.[78] Mas aquele foi o meu caminho.

E aí, você achou a sua praia?

Achei. Emprestar dinheiro e lidar com gerentes financeiros ansiosos, para mim, era um suplício. Já a dinâmica do Mercado de Capitais me conquistou desde que eu olhei pela primeira vez uma tela de

---

[78] Conjunto de técnicas de análise que permite avaliar se a compra ou manutenção de uma ação cotada a determinado preço é interessante ou não, com base no estudo dos demonstrativos financeiros e do setor de atuação da empresa emissora.

bolsa. Eu tinha aquela idéia de operadores gritando, uma coisa meio tribal, mas, quando eu vi, naquela telinha, somente a melhor oferta de preço de compra e de venda de cada ação, já escolhida pelo computador entre milhares de outras ofertas, prontinha para eu comprar e vender simplesmente apertando uma tecla, eu me apaixonei. É que a gente se acostuma com as coisas e não dá o devido valor. Imagine, você pode ser sócio de uma empresa pagando o melhor preço do mercado naquele momento, apertando um botãozinho. É legal demais. Para mim há não nada no mercado financeiro tão sedutor quanto isso.

Quanto entusiasmo, depois me dá umas dicas. Mas como foi o seu início na corretora?

Eu dei sorte. Uma das empresas que tinha sido da minha carteira de ativos decidiu abrir o capital e escolheu o BMI para coordenar a operação. O gerente que ficou com os meus clientes não tinha a menor vivência naquilo, e eu, ainda que também não tivesse, tinha interesse no assunto e algum trânsito na empresa. Então pedi que, paralelamente ao meu trabalho na corretora, eu integrasse a equipe do banco de investimento que iria organizar o IPO.

Pediu ao Padrinho, de novo?

Pedi a opinião dele, mas avisei que não precisava fazer nada. A corretora queria mais é que alguém fosse se tornando especialista no papel, já que ela seria também *market maker*.[79] Já o pessoal do BI adorou arrumar, sem custo, um "carregador de piano" para levantar dados, estar sempre na empresa, ajudá-la a preparar prospectos, cuidar do processo de registro na CVM e na BOVESPA e participar do *road-show*.[80]

---

[79] Ou "formador de mercado". Denominação da corretora de valores que se obriga a manter, permanentemente, ofertas de compra e de venda de determinada ação, geralmente por meio de contrato firmado com a empresa emissora.

[80] Série de apresentações, normalmente em várias cidades do país ou mesmo do exterior, destinada a expor as características da oferta pública e as perspectivas da empresa ao mercado investidor.

Perdeu o medo de avião?

Medo nada, parece o Chris me zoando. Contanto que eles não tirem rasantes da minha cabeça...

Então você colocou a mão na massa do IPO...

Foi mesmo um trabalho de cavalo, mas foi ali que eu aprendi o que é uma abertura de capital.

O que mais te marcou nessa operação?

Sem dúvida, o mais emocionante é o dia de início do *underwriting*. É como se todo aquele preparo, que leva meses, fosse uma pré-produção de um espetáculo que chega no dia da estréia.

Correu tudo bem?

Foi um sucesso. Tanto no volume, já que os pedidos de reserva superaram a quantidade de ações ofertadas, como no preço, que atingiu um nível mais alto do que todo mundo esperava.[81]

A venda é para um monte de gente e o preço é um só?

É, um só. E se pode chegar a ele de duas maneiras. Ou a empresa, depois de estudar as condições do mercado, simplesmente fixa um preço e os investidores fazem os seus pedidos de reserva informando apenas a quantidade de ações que desejam, ou então ela estabelece um intervalo de preço mínimo e máximo e os investidores, além de indicarem a quantidade, vão ter também que dizer o preço máximo que aceitam pagar pelas ações, dentro daquele intervalo.

Esse segundo método é chamado de *book-building*...

Isso, a construção do livro de ofertas.

81 Quanto mais alto o preço, maior o volume de recursos que a empresa emissora consegue captar. Além disso, o preço da oferta é o primeiro sinalizador da cotação que a ação passará a ter em bolsa.

E como se chega a um preço único?

Bom, como eu estava dizendo, os investidores, por intermédio das suas corretoras, fazem as suas reservas durante o período do *underwriting* — uma semana, por exemplo — indicando os volumes e o preço máximo que aceitam pagar pela ação. Assim que se encerra o prazo das reservas, as propostas são ordenadas em forma decrescente, desde aquelas com maior preço oferecido até as com preços menores. Então, elas vão sendo aceitas de cima para baixo, acumulando-se os volumes solicitados até que seja satisfeita a quantidade de ações da oferta pública. O preço da última oferta que faz o volume ser atendido é chamado de "preço de corte" e valerá para todas as ofertas aceitas.

Então quem entra com o preço máximo acaba se dando bem.

Acaba. Mas, se o preço ficar perto do limite máximo, o cara vai ter que pagar. Como as instituições e os investidores mais pesados fazem as contas e acham que a partir de certo preço a ação fica cara, não costumam se arriscar.

Foi com *bookbuilding* esse seu primeiro *underwriting*?

Foi, e o preço de corte ficou muito mais perto do limite máximo do que do mínimo.

E a demanda adicional, sobre a qual você falou?

Teve, já estava previsto um *green-shoes*.[82]

Sapatos verdes... Por que tem esse nome?

Não tenho a menor idéia. Você que é o escritor que tente descobrir (risos).

---

82 Oferta de um lote suplementar, caso o primeiro não tenha sido suficiente para atender a demanda.

E o preço das ações na Bolsa depois do IPO?

Subiram mais de 20% já no primeiro mês. Felizmente eu tinha feito uma reserva não só para o Chris como para mim e a mamãe.

Aí... operando na carteira própria, hein?

Ué, qual o problema? Mesmo assim, o meu dinheiro e o da minha mãe eu aplicava em outra corretora, para não saberem da minha vida. Já a grana do Chris não tinha por que não aplicar lá — seria até errado operar com ele em outra corretora. Mas não nego que me valeu prestígio, porque era muita grana.

Tem gente que não confia no mercado de ações por causa de *inside information*.[83] Você viu muito isso?

Acho que é um caso ou outro, como em qualquer lugar do mundo — não é uma coisa sistemática. Eu até já soube de uma ou outra, apenas por ter ouvidos, mas a minha visão é muito simples quanto a isso: se eu ouço algo que o mercado não tem como saber, fujo daquela ação como o diabo da cruz, ao invés de correr atrás dela. A questão nem é ser crime ou se a CVM[84] vai pegar ou não: o uso de *inside* é, antes de qualquer coisa, uma questão de caráter. Infelizmente, nada corrompe mais o caráter do que a ganância. Ou então a necessidade. No caso de investidores, é mais provável que seja a ganância.

Qual era o seu estilo no mercado de ações, seja como investidor ou corretor?

Eu nunca me preocupei com análise técnica, ou seja, em ficar vendo as tendências dos preços por meio de gráficos. Também nunca fiz nada em função do índice da Bolsa, ainda que o acompanhe. O meu negócio sempre foram as próprias empresas: ganhar, para mim, é

---

83 Informação privilegiada. São aquelas obtidas dentro da empresa, sem que o resto do mercado ainda tenha sido comunicado das mesmas e que podem posteriormente afetar o preço da ação, beneficiando quem já as possuía. É crime operar no Mercado de Capitais com base em informações privilegiadas.

84 Comissão de Valores Mobiliários. Órgão fiscalizador e regulamentador do Mercado de Capitais.

conseqüência. Quem se preocupa em ganhar com a ação antes de conhecer a emissora é como o sujeito que quer beijar a garota antes de conversar com ela. Não vai atingir seu objetivo e talvez tome um fora ou até um tapa. Conheci investidores que alardeavam os seus ganhos, escondiam os seus prejuízos e, sobretudo, não tinham a menor idéia nem de qual era o P/L[85] da ação.

Então você não especulava, só visava ao longo prazo...

No mercado à vista, sim. Eu sempre só comprei ações com um horizonte mais longo. Também tenho o meu lado especulador, mas para satisfazê-lo acho que existem mercados melhores.

De derivativos?

Claro. Se eu quero pegar uma parte do meu dinheiro para especular, então vou só "na variação" — vou empatar o principal pra quê? Acho desperdício.

Então você é chegado a fortes emoções, mas estava falando de ganância. Como é que diferencia essas duas coisas?

A minha paixão por esses mercados não nasceu nem da ganância nem da necessidade de emoções, aliás, ainda bem, porque as duas são inimigas de quem opera nesses mercados. Quer dizer, elas são ótimas é para quem está na outra ponta. Na verdade, assim como o que me atraiu no mercado à vista foi ver a tela com as melhores ofertas já ali disponíveis, ou seja, toda a estrutura que organiza as forças do mercado e as reduzem a um único número, o que me seduziu nos mercados futuros foi a sua beleza.

[85] Relação Preço/Lucro de uma ação. Se uma ação está cotada a R$ 50,00 e o lucro líquido por ação verificado ou projetado for de R$ 10,00, o seu P/L é 5. Como o lucro é normalmente referente a um ano, o P/L expressa o número de anos em que a ação vai dar um retorno igual ao seu valor em bolsa. Assim, quanto menor o P/L, mais atrativa se considera a ação. Existem outros "múltiplos", que devem ser estudados num curso de Análise Fundamentalista.

Beleza?

Claro. Minha mãe é uma esteta das palavras e meu pai era um esteta dos números. Além desse traço genético, eu sempre fui muito ligado a ele e a ela. Você já tem todas essas informações e continua batendo nessa tecla de ganância e, agora, de emotividade. Minha mãe é filha de alemão. Eu te falei que, quando o meu pai morreu, ela, que ainda era apaixonada por ele, não soltou uma única lágrima no enterro e, mesmo em casa, foi muito contida. Já o meu pai, como eu também te disse, podia ficar horas numa praia sem falar uma palavra, esperando um peixe morder a isca. É desses dois aí que você acha que nasceu um jogador compulsivo? Para um escritor, você é tão sensível quanto um jacaré.

É que eu também sou economista (risos de ambos). Mas descreva essa beleza dos mercados futuros.

A beleza começa na própria história deles. Como em tantos mecanismos econômicos, tudo surgiu de uma necessidade de proteção. Há séculos, os agricultores plantavam milho, por exemplo, e não sabiam quanto seria o preço da saca quando fossem vender a colheita. Às vezes, o preço caía muito e eles tinham um p. prejuízo. Para se resguardarem, eles foram criando a prática de já vender "a futuro", ou seja: vendiam a produção muito antes da entrega a um preço preestabelecido com o atacadista. Se a saca de milho, no momento em que o produtor ainda estava esperando os pés crescerem, estava cotada a R$ 20,00 e alguém quisesse comprá-la, a futuro, por R$ 23,00, ele ia lá e fazia o negócio. Se, no dia da entrega, o preço do milho no mercado à vista estivesse a R$ 18,00, ele seria recompensado pela sua prudência, pois venderia a R$ 23,00 algo pelo qual só lhe pagariam R$ 18,00.

E o comprador?

Nesse caso ele perderia, pois seria obrigado a comprar por R$ 23,00 quando poderia fazê-lo por apenas R$ 18,00 no mercado à vista, se não tivesse assumido a obrigação.

Então o vendedor ganhou R$ 5,00 e o comprador perdeu R$ 5,00.

Isso. Na realidade, nesse exemplo, onde há entrega física, eles apenas fizeram um negócio a R$ 23,00. O "ganhou" e o "perdeu" só se referem à comparação com a situação hipotética de que não tivessem feito negócio algum. Mas faz sentido comparar.

Por quê? O cara pode pensar só nos R$ 23,00. Para que ficar comparando um negócio que ele fez há meses com uma situação que ele mesmo quis evitar?

É fácil dizer "eu pensaria assim ou assado" em cima de exemplos distantes. Suponha que hoje, a quase vinte dias do Natal, você saia daqui de casa, vá ao shopping encontrar a sua mulher e vocês passem em frente a uma vitrine onde está exposto um terno bonitão. Ela então diz que você está precisando de um, que está sem roupa de trabalho, enfim, como diz o Chico,[86] "essas coisas que diz toda mulher".

Pior que ela é assim mesmo.

Todas são — ainda bem, alguém precisa cuidar da gente. Mas então você resiste, diz que o preço de R$ 1.000,00 é um absurdo, mas ela retruca que é bobagem comprar um de R$ 800,00, porque é dessas economias que a gente depois se arrepende. Então você acaba capitulando: compra a armadura, paga com um cheque pré-datado para 30 dias e deixa o terno para eles fazerem os ajustes. Como já está chegando o Natal, eles dizem que o alfaiate está cheio de serviço e marcam a entrega só para a outra semana. A data chega, mas está o maior calorão, a empresa liberou a roupa esporte até o fim do ano, no Réveillon você tomou todas, enfim, só volta lá no dia 7 de janeiro. Por coincidência, no mesmo dia que estão depositando o seu cheque.

Hum... Já desconfio o que você está armando.

Armando nada, a história está acontecendo com você. Botou banca, agora agüenta. Você ainda está a quinze metros da loja, mas já

[86] Chico Buarque de Hollanda. O trecho é da canção *Cotidiano*.

vê, na vitrine, aquele maldito manequim de cara branca, naquela pose ridícula, vestindo o mesmo modelo Elma.

Modelo Elma?
Hã, hã: "É Lindo Meu Amor".

Você é mau...
Eu não, só estou mostrando que pimenta nos olhos do plantador de milho é refresco. Mas já estou acabando. Você então vê o manequim com o terno, só que, agora, com um cartaz preso na barriga com o preço de R$ 1.000,00 riscado com um X e R$ 799,99 em números vermelhos. Mas tudo bem: pelo que você disse, a sua reação seria apenas pensar: "Bom, eu não perdi nada, o preço era mil e estou levando por mil." É isso mesmo?

Você tem razão, confesso que eu ficaria chateado. Mas não teria o direito de pedir para trocarem o cheque. Chateado ou não, "achando" ou não que perdi R$ 200,01, eu levaria o terno e eles depositariam os R$ 1.000,00. Então, já que não tem jeito, prefiro "achar" que não perdi.
Eu estou te provocando, mas reconheço que, em parte, você está certo. Aliás, em dois casos o que você diz se aplica: no caso de quem está fazendo *hedge*[87] e no de quem está operando não a futuro, mas a termo.

Explique cada um, por favor.
Bom, primeiro a termo. Existem três mercados clássicos de derivativos: o mercado a termo, o mercado futuro e o mercado de opções. O mercado a *termo*, que quer dizer *prazo*, funciona como o exemplo do milho: existe sempre a entrega física no futuro. É como se fosse um estágio ancestral do mercado futuro.

---

[87] Operação no mercado futuro realizada por quem tem um ativo e quer protegê-lo de variações no preço.

Ancestral mas ainda existe.

Sim, porque é bastante útil para algumas coisas. Por exemplo, tem gente que já decidiu mesmo que vai investir numa ação daqui a 30 dias, tem medo que o preço suba e compra o papel a termo, pagando aquele preço mais uma lasquinha. E aí você tem razão: se o preço cair, o investidor pode até ficar chateado, mas isso não interessa. Ele quis aquela garantia, e para isso acabou tendo que pagar um tipo de prêmio de seguro por ela. Inclusive, se a ação subisse, ele teria usufruído dessa segurança sem pagar prêmio nenhum, só a tal lasquinha por pagar depois. Logo, não tem do que reclamar.

Na situação do *hedge*, você disse que o cara também não costuma chorar.

Sim, mas o *hedge* já é uma operação de mercado futuro mesmo. Então, preciso antes explicar aos seus leitores que não sabem, já que você vai fazer mal, a diferença entre mercado a termo e mercado futuro.

Manda, tripudia (risos).

Eu disse que, no mercado a termo, há obrigatoriamente a entrega do produto. Já nos mercados futuros, os homens passaram a negociar de um jeito mais *soft*, ou seja, dependendo da necessidade do investidor, de uma maneira mais racional. Com o tempo, foi-se percebendo que não precisava haver um comprador para o produto "físico". Que essa exigência só dificultava se achar uma "ponta" compradora. No mercado futuro, tem um monte de gente querendo fazer esse papel.

Fazer esse papel?

É, é como num filme: você não precisa *ser* um comprador, é só atuar como se fosse. Da mesma forma que o vendedor está interessado apenas em proteger o seu preço, ou seja, em não perder no caso dele cair, tem gente achando que ele vai subir e quer apenas ganhar pelo fato de estar certo. Um cara desses não quer comprar R$ 1 milhão em sacas de milho — talvez nunca tenha visto uma e nem teria onde colocá-las. Ele só acha que o preço vai subir, assim como o vendedor tem medo que ele caia. Como são só esses os interesses de cada um, não há por que ter entrega física. Eles apenas fazem um acordo: se o preço ficar acima de um determinado valor que eles concordem, o vendedor paga essa *diferença* ao comprador; se ficar abaixo, o comprador paga ao vendedor. Eles fazem esse trato da diferença como um "mininegócio" paralelo, sem a obrigação da entrega física.

Mas o vendedor está com a posição física.

Nesse caso do sujeito que está se protegendo, ou seja, do *hedger*, sim. No mercado físico, ele vai lá e vende o produto à vista na mesma data do vencimento da operação a futuro. Se o preço realmente cair, é lógico que ele está recebendo menos no negócio físico, mas terá sido recompensado no tal "mininegócio", pois estava na ponta vendida. Já se o preço subir, ele vai ter que pagar essa variação no mercado futuro, mas, em compensação, ganhou na venda física. Esse vendedor é o *hedger*: ele fica numa posição na qual, no final das contas, nem ganha nem perde muito, porque fez uma operação paralela na bolsa de futuros que vai compensar o que ganhar ou perder no mercado físico. Já o comprador não está compensando nada: ou vai ganhar, ou vai perder, mas sem precisar comprar toneladas de milho — só recebendo ou pagando a variação de preço.

Entendi, tem um lado meio *fake*.[88]

Isso. Mas as conseqüências podem não ser nada *fake* (risos).

Quero que me explique esse risco. Mas antes coloque o *hedge* no exemplo do milho.

Aquele produtor, ao invés de precisar achar alguém que compre todo o seu milho antecipadamente, deixa para vendê-lo normalmente depois de colhido, mas, *paralelamente*, vai até a sua corretora de mercadorias e dá uma ordem para ela vender a futuro a mesma quantida-

---

[88] Imitação da realidade.

de que ele pretende *realmente* vender à vista. Naquele exemplo, em que a cotação da saca a futuro era de R$ 23,00 e ele fez o negócio, se, no dia do vencimento, ela estiver cotada a R$ 18,00 no mercado à vista, o "comprador a futuro" lhe paga R$ 5,00 sem precisar comprar o seu milho, que ele vende a um atacadista por R$ 18,00.

Resuma então o resultado do *hedge* para o agricultor.

São sempre duas contas a fazer. No mercado físico, ele "perdeu" R$ 5,00 — em relação ao preço que achava aceitável de R$ 23,00 —, mas, na operação a futuro, ganhou R$ 5,00, ou seja, não ganhou nem perdeu. Já o comprador a futuro, que não comprou milho nenhum, só tinha uma "posição comprada", apenas pagou R$ 5,00.

Então, no mercado futuro, os participantes assumem posições "compradas" ou "vendidas" sem terem a obrigação de comprar ou vender o valor total do produto.

Isso, a não ser que deixem expirar a data de vencimento — aí, sim, terão que honrar a entrega física (os vendedores) ou o pagamento do valor total (os compradores). Fora essa hipótese, a não ser que estejam no córner,[89] eles conseguem encerrar suas posições apenas pagando ou recebendo a diferença, por saca, do preço futuro em relação ao preço à vista no momento em que resolverem sair do negócio.

Então não precisam esperar o vencimento...

Não. Essa facilidade de sair do negócio, ou de *zerar a posição*,[90] é outra vantagem dos mercados futuros. Por exemplo, digamos que eu estou "comprado" em 900 sacas ou *contratos*[91] de milho, com venci-

[89] Situação de um investidor que não consegue encerrar sua posição.

[90] Nos mercados futuros, um investidor *zera* sua posição fazendo uma operação de mesmo valor inversa à que tem em aberto, pagando apenas a diferença do preço que fizer o negócio em relação ao preço de ajuste do dia anterior, que é calculado pela bolsa.

[91] As operações a futuro são cotadas em *contratos*, que indicam a quantidade-padrão do ativo-objeto e a data de vencimento. Por exemplo, uma saca de milho corresponde a um contrato, sendo que uma saca tem 60 quilos líquidos. A unidade mínima de negociação são 450 sacas ou 27 toneladas. Quando se fala "vendo 900 contratos de milho", está se vendendo, a futuro, 54 toneladas de milho. Como foi dito e se vê no exemplo acima, as grandezas das *posições*

mento[92] em 20 de dezembro, naquela operação que eu tinha fechado a R$ 23,00. Eu então resolvo zerar minha posição, digamos, no dia 20 de novembro, quando aquele contrato estiver cotado a R$ 27,00. Para isso, eu só preciso fazer uma *operação inversa*, ou seja, vender 900 contratos. Assim, apuro um ganho final de R$ 4,00 x 900 = R$ 3.600,00 e a minha operação some do computador da bolsa: não devo nada a ninguém. Eu posso fazer isso em qualquer dia até o do vencimento, só recebendo ou pagando a diferença de preço que estiver a meu favor ou contra mim.

E se alguém não tiver dinheiro para pagar nem a diferença de preço?

Eu ia chegar aí, mas é que fica mais fácil de entender fazendo primeiro de conta que se paga toda a diferença quando se zera a posição, mas não é assim que acontece. Nos negócios em bolsa, ela não me deixa pagar ou receber toda a diferença apenas no dia em que eu resolver sair da posição. A cada dia, a câmara de compensação tira dinheiro dos vendidos e o transfere para os comprados e vice-versa, dependendo do preço médio do ativo naquele dia, nos contratos com aquele vencimento. Naquele mesmo exemplo, se eu comprei a futuro a R$ 23,00 e, no dia seguinte, o preço do contrato de milho, com vencimento em dezembro, subiu para R$ 24,00, já vão creditar R$ 1,00 por contrato na minha conta da corretora e debitar R$ 1,00 na conta de cada vendido. Já se o preço cair para R$ 21,00, eles debitam R$ 2,00 na minha conta e creditam R$ 2,00 na conta de cada "vendido". Esse *ajuste diário* do preço, com atualização automática das posições em cada conta, é feito para que ninguém acumule perdas e ofereça risco de inadimplência para os investidores que estão na outra ponta.

---

impressionam, mas, como elas podem ser zeradas apenas pela diferença de preço, os valores a serem pagos ou recebidos não são tão grandes assim.

[92] Os contratos têm vencimento preestabelecido pela BM&F. No caso do milho, é o sétimo dia útil anterior ao último dia dos meses em que há vencimento, que são apenas os ímpares (janeiro, março etc.).

Cada investidor tem um outro investidor específico na outra ponta?

Não, isso só acontece no mercado a termo e, mesmo assim, eles nem sabem com quem estão negociando — tudo é feito pelo terminal eletrônico da bolsa, por meio das corretoras. Mas, nos mercados futuros e de opções, como, na maioria das vezes, não existe entrega física, não há necessidade de haver contrapartes definidas, pois isso só dificultaria os negócios. O mercado futuro é como um campo de futebol com dois times — o dos comprados e o dos vendidos — onde nenhum jogador vê a cara do outro. No fim de cada dia, a bolsa simplesmente vê qual dos dois times ganhou em relação ao placar (o preço) do dia anterior e transfere dinheiro dos componentes de um time para os do outro time, proporcionalmente ao número de contratos que cada um possui. É um jogo de soma zero.

Existe mais alguma vantagem nos mercados futuros?

Existe, e tem a ver com aquela história do risco, que você queria saber. Essa outra vantagem é a *alavancagem* que o mercado futuro proporciona. Alavancagem, como no caso dos bancos, significa você assumir uma obrigação maior do que o patrimônio que você tem ou do que o valor que você está empenhando numa operação. Nesse exemplo do milho, em nenhum momento o tal comprador entrou de fato no mundo das dezenas de milhares de reais: ele apenas *assumiu uma posição comprada* de R$ 20.700,00 (R$ 23,00 x 900), mas ganhou R$ 3.600,00, como poderia ter ganhado R$ 8 mil ou perdido R$ 4 mil. Como a bolsa sabe que o valor que ele, podendo sempre zerar sua posição, está em risco de perder não é na casa de dois dígitos, mas de um, ela apenas exige que ele deposite uma *margem*[93] em dinheiro em sua conta da corretora para que esta seja debitada quando o preço se movimentar contra a sua posição ou para ser creditada quando se

[93] Percentual da posição assumida pelo investidor de derivativos que a bolsa exige que o mesmo deposite em dinheiro na sua conta na corretora. O valor do percentual depende da volatilidade do preço do ativo-objeto no mercado à vista, mas costuma variar em torno de 9%. No exemplo a seguir das ações, para simplificar, foi adotado o percentual de 10%.

movimentar a favor. É aí que entra o conceito de alavancagem. No mercado à vista, se eu tenho R$ 100.000,00, por exemplo, poderia comprar certa quantidade de uma ação. Caso o preço dela suba 10%, eu passo a ter R$ 110.000,00, ou seja, ganho R$ 10.000,00. Se elas caírem 10%, eu passo a ter R$ 90.000,00, mas o fato é que eu empenhei R$ 100.000,00 no negócio. Porém, eu também posso depositar esses R$ 100.000,00 de margem para comprar, a futuro, R$ 1 milhão em ações da mesma empresa. Bom, o preço no mercado futuro vai se movimentando na mesma direção do mercado à vista, até que, no vencimento do contrato, eles se igualam.[94] Isso significa que, se o preço subiu mesmo 10%, a minha posição a futuro naquelas ações já está valendo R$ 1.100.000,00. Como eu disse, posso zerar essa posição simplesmente fazendo uma posição inversa, sem precisar entrar no mundo dos milhões. Então, eu vendo a futuro a mesma quantidade de ações a R$ 1.100.000,00, que é o que estão pagando por elas para aquele vencimento, realizando um lucro de R$ 100.000,00. Quanto eu tinha depositado de margem?

R$ 100.000,00.

Quanto eu tenho agora na conta?

R$ 200.000,00.

Logo, ganhei R$ 100.000,00, ou seja, 10 vezes mais do que teria ganhado no mercado à vista.

Mas poderia ter perdido tudo, também.

Poderia. Se os preços tivessem caído 10% no mercado futuro, ou seja, para R$ 90,00, eu só conseguiria zerar minha posição vendendo-a por R$ 900.000,00, que seria liquidada apenas pela diferença em relação ao preço de ajuste do dia anterior, que poderia já ter

[94] O preço futuro é uma previsão do mercado de quanto será o preço de um ativo, no mercado à vista, no dia de vencimento do contrato. À medida que esse dia vai se aproximando, esse preço vai se tornando mais facilmente previsível, e o preço futuro, portanto, convergindo para ele. No dia do vencimento, os contratos futuros são liquidados pela média ponderada dos preços praticados nas operações à vista.

caído, por exemplo, para R$ 91,00, fazendo-me ter que pagar mais R$ 1.000,00 para conseguir sair. Ainda assim, como os débitos já vinham sendo feitos diariamente, os R$ 100.000,00 que havia na minha conta-margem já teriam sido quase todos "comidos". Se eu não zerasse minha posição, fatalmente seria "chamado em margem" pela bolsa, ou seja, obrigado a depositar mais dinheiro. Aliás, nesse exemplo funesto, eles já teriam me chamado em margem há algum tempo ou me mandado zerar minha posição.

Então, no mercado futuro, pode-se ganhar e perder muito mais do que no mercado à vista.

Já viu aqueles desenhos do oceano visto lateralmente, em corte transversal, como os que mostram plataformas marítimas que extraem petróleo? Com toda aquela profundidade e as ondinhas na superfície da água? O mercado à vista é como se fosse a profundidade do oceano, e o mercado futuro, apenas as ondas. Quando você tem realmente um ativo, que comprou no mercado à vista, só ganha ou perde a altura da onda, que está lá se mexendo, mas o seu capital, que é a profundidade toda, continua lá. No mercado futuro, devido à possibilidade de se depositar apenas a margem, a pessoa utiliza toda a "altura" de um determinado capital, que seria capaz de comprar uma linha vertical até o fundo do mar, e, em vez disso, dá um zoom de aumento de dez vezes nas ondas e compromete a mesma "altura" de capital somente na amplitude delas, que se movem muito. Os mercados de derivativos são do mundo das variações. Você não está investindo num ativo, está investindo na variação do preço de um ativo. A volatilidade é muito maior.

Mas você disse que prefere especular nos mercados derivativos.

Espera aí. Primeiro, como esse seu livro, pelo que você me disse, é mais para leigos, vamos definir o que é "especular", e sem hipocrisia. A gente já pode ver isso com mais maturidade porque já sabemos o que é um *hedge*. Ora, se um agricultor, um exportador, um fundo de pensão com um monte de ações na carteira, enfim, vários tipos de instituições úteis para a sociedade, estão querendo proteção e eu aceito correr o risco por elas, é justo que eu receba alguma coisa por isso, e, mesmo assim, só vou receber se não acontecer o que elas temiam. Se o fato de eu assumir esse risco é imoral, então uma seguradora que assume o risco de alguém precisar de uma cirurgia também é imoral. O sujeito que muitos chamam pejorativamente de especulador está prestando um serviço à sociedade. Se ele faz isso porque quer ganhar dinheiro, também não é motivo de crítica, porque a pessoa que sai toda bonitinha para trabalhar, depois da mulher ajeitar sua gravata e lhe dizer "fique com Deus", também está botando o pé na rua para ganhar dinheiro. O que é mais útil: editar um CD de música funk cheia de palavrões ou bancar o risco de queda do dólar para uma empresa que exporta frango para a África? Dizer que o técnico da mesa de som dessa gravadora é mais útil para sociedade do que o cara que está comprado em dólar na outra ponta da empresa de alimentos me parece uma mistura de preconceito com ignorância.

Está certo, mas repito a pergunta, tecnicamente: por que você prefere especular nos mercados derivativos?

Como eu disse antes, eu apenas separo as coisas. Gosto de andar de carro sedan com ar condicionado na estrada. Porém, para fazer uma trilha em Itaipava, acho mais adequado uma moto *trail*. Se eu andar com ela na estrada, vou esmerilhar o motor para andar muito pouco. Já se eu colocar o sedan na trilha, vou arrasar um patrimônio alto numa pista perigosa. Ora, se eu estou achando que vai haver uma alta, e é só isso que me interessa, e se eu aceito correr o risco, não vou colocar 100 para ganhar 10, vou colocar 100 para tentar ganhar 20, 50 ou, quem sabe, até dobrar o que investi. Agora, se eu acredito no potencial de uma empresa no longo prazo, ou se acho que um imóvel em lançamento vai ter boa valorização, eu ponho ali 1 milhão sabendo que, na pior das hipóteses, vou perder 100 mil, mas poderei ganhar 500 mil em alguns anos, sem ter me arriscado quase nada, porque a empresa tem um valor intrínseco — não é onda, é profundidade. Agora, pessoalmente, pois cada um sabe de si, acho meio arriscado colocar mais do que 20% de um patrimônio pessoal em derivativos. Mas, se eu quero operar nos futuros e nas opções com 50% do meu patrimônio, sabendo dos riscos, o problema é meu. Eu até já operei.

E as opções?

Outra maravilha. A lógica é muito parecida com a do mercado futuro, mas a mecânica é diferente. No mercado futuro, com eu disse, todo dia o preço futuro se mexe e o dinheiro vai sendo debitado ou creditado na sua conta, conforme a diferença de preço para o dia anterior. Já nas opções, esse preço futuro é fixo. Tão fixo que já fica escrito na própria série da opção, que é o código em que ela é cotada.

O que determina as perdas e os ganhos então? O que é que vai mudando?

O próprio valor da opção. Mas vamos começar pela definição. A opção é um direito que alguém adquire de comprar ou vender um ativo numa certa data, ou *até* uma certa data dependendo da opção, no tal preço predeterminado, que é chamado *preço de exercício*. Digamos que o preço de exercício da ação XYZ seja R$ 100,00. A série dela vai estar lá bonitinha na tela, XYZ100, mais uma letrinha que indica o mês de vencimento. Bom, você vai lá e compra um lote dessas opções por R$ 5,00 cada uma. Quer dizer: adquire, por esse *prêmio*, que é como se chama o preço da opção, o direito de comprar aquela ação, até aquela data, por R$ 100,00. Digamos que, na data final para você exercer o seu direito, a ação esteja valendo R$ 113,00 no mercado à vista. Eu te pergunto: você vai exercer a sua opção, ou seja, usar o seu direito de comprar a ação por R$ 100,00?

Claro. Vou comprá-la por R$ 100,00 e vender na mesma hora por R$ 113,00.

Faz bem. Qual será o seu ganho na operação?

R$ 13,00 por opção?

Ué, e o que você tinha pago de prêmio?

Ah, é, R$ 5,00. Ganhei R$ 8,00, então.

Isso. Se você tinha comprado mil opções, ganhou R$ 8.000,00. Se tivesse sido um pouquinho mais corajoso, poderia levar as crianças para a Disney de graça (risos).

Ah, é, bonzão? E se o preço da ação tivesse caído? Para R$ 93,00, por exemplo?

Aí você não ia levá-las de graça nem na matinê do Homem-Aranha.

Explica por quê.

Você compraria por R$ 100,00 uma coisa que está todo mundo comprando por R$ 93,00?

Não. E aí?

Aí que a sua opção "virou pó". Não serve para nada, nem para você nem para ninguém.

Então, como eu tinha pago R$ 5,00... vezes 1.000... quer dizer, R$ 5.000,00 por essas opções, meu dinheiro simplesmente virou pó?

Virou, mas não "esquenta". Tem gente que compra R$ 10 milhões em opções que viram pó. Talvez devessem investir numa fábrica de leite em pó.

Então a brincadeira também é de alto risco.

Alto ou baixo é uma coisa relativa, como eu disse. Se uma pessoa que tem R$ 1 milhão estiver operando R$ 50.000,00 em opções e elas virarem pó, certamente não precisará voltar para a casa dos pais nem virar alcoólatra. Além disso, estamos num exemplo-limite, que é a pessoa ir até a data de exercício e a opção virar pó. Mas se, até essa data, o preço da opção for caindo e ela não quiser se arriscar mais, poderá vendê-la ao preço que estiverem comprando, recuperando ao menos uma parte do prêmio que tinha pago por ela.

O preço da opção se movimenta em função de quê?

Nesse ponto, a lógica é idêntica à do mercado futuro. O preço da opção se movimenta junto com o preço do ativo no mercado à vista; por isso o nome é *derivativo*. É lógico, se você adquiriu por R$ 5,00 o direito de comprar uma coisa por R$ 100,00 e esta coisa já está valendo R$ 115,00, o direito de comprá-la já está valendo muito mais no mercado.

Vai estar valendo R$ 15,00?

Um pouquinho mais. R$ 15,00, nesse caso, seria o chamado *valor intrínseco* da opção. Como, dependendo do prazo ainda a decorrer até o vencimento, o mercado espera que o preço à vista ainda engorde um pouco, prevendo, por exemplo, que ele vá estar a R$ 118,00 no vencimento, essa opção deve estar sendo negociada por um preço em torno de R$ 18,00, dos quais R$ 15,00 são o valor intrínseco e R$ 3,00 o chamado *valor-tempo*.

Pelo que estou vendo, a tal da alavancagem também funciona firme nas opções.

É verdade. Vamos dizer que, quando você comprou a opção a R$ 5,00, o preço da ação no mercado à vista estivesse em R$ 92,00. Se você comprasse 10.000 opções, pagaria por elas R$ 50.000,00. Se o preço da opção chegasse mesmo àqueles R$ 18,00, você as venderia por R$ 180.000,00, realizando um lucro final de R$ 130.000,00. Já se fosse avesso a risco, usaria esses mesmos R$ 50.000,00 para comprar as ações a R$ 92,00 e, quando estivessem a R$ 115,00, você as venderia, obtendo um lucro de R$ 11.500,00. Por outro lado, se o preço da ação caísse 10%, você manteria 90% do seu dinheiro, ou seja, teria perdido apenas R$ 5.000,00. Mas se tivesse comprado as opções por R$ 5,00 e, lá pelo meio do caminho, elas estivessem cotadas a R$ 2,00, você, apavorado delas virarem pó, poderia recuperar pelo menos uma parte dos R$ 50.000,00, vendendo-as por R$ 20.000,00. Mas, ainda assim, seria uma perda seis vezes maior do que os R$ 5.000,00 no mercado à vista.

Ou seja, entramos novamente nas ondas.

Exatamente. Aconselho, a quem gosta de ondas, aprender a surfar primeiro e, mesmo que aprenda, não tentar viver só disso.

Mais alguma coisa sobre opções?

Só especificidades. Por exemplo, só falei em opções de compra, mas existem as de venda. Quem compra uma opção de venda adquire o direito de vender uma coisa a um preço estabelecido. É claro, enquanto o titular da opção de compra está torcendo para que o preço à vista suba, o titular da opção de venda quer que ele caia, pois, se isso ocorrer, ele terá o direito de vender uma coisa por mais do que ela está valendo. Se ele estiver descoberto,[95] compra as ações mais baratas no mercado à vista e exerce o seu direito de venda, embolsando a diferença. Aliás, ele nem precisa ter o dinheiro para comprar: a bolsa o deixa usar o produto da venda das ações que ele tem o direito de vender.

Espera aí, deu um nó. Repete.

Não tem um outro cara que está obrigado a comprar as "minhas" ações? No mesmo dia que eu recebo dele, posso usar esse dinheiro para comprar de um terceiro sujeito, a um preço mais baratinho, é claro, as ações que eu vou entregar ao segundo. É claro, o computador da bolsa tem que identificar a minha compra para me liberar o dinheiro do comprador.

As regras da bolsa são feitas para facilitar os negócios...

Claro, contanto que não haja risco. Nos dias de vencimento de opções, compras e vendas à vista com o próprio dinheiro ou ativos a que se faz jus ou que se está obrigado a entregar são aceitas como pagamento. Mas sempre com segurança: nesse exemplo da opção de

---

95 "Descoberto" é a situação de um vendedor a futuro ou um lançador de opções que não depositou o ativo em garantia, para o caso de haver entrega. No caso de um titular de opções de venda, nem a cobertura nem mesmo a margem são solicitadas do mesmo, já que ele não contraiu a obrigação, mas sim o direito de vender, que poderá exercer ou não — caso não disponha do ativo para entrega, o seu direito apenas expirará.

venda, a bolsa só aceita que eu receba o dinheiro da venda que eu tenho o direto a fazer quando o computador identificar que eu já efetuei a compra para entregar as ações.

Engenhoso, sério mesmo. Mais alguma coisa?

Ah, ia esquecendo: a opção de compra pode ser exercida antes do vencimento. A qualquer momento, o seu titular pode pedir à corretora que compre os títulos-objeto das opções, e a bolsa vai sortear algum lançador para que os entregue. No caso das opções de venda, ele só pode exercer o seu direito na própria data do vencimento, não antes. Por essa diferença, a opção de compra é chamada de "americana" e, a de venda, "européia". No Brasil, os mercados de opções de compra são mais volumosos do que os de opções de venda.

Você falou aí em "lançador". Pode explicar o que é?

No mercado de opções, como no mercado futuro, você pode dizer que o sujeito que é titular de uma opção de compra está "comprado". Como todo comprado, ele está ali esperando o preço à vista subir para exercer ou vender o seu direito de compra, ou seja, a sua opção. Porém, quem está na outra ponta não é a simples figura do "vendido" do mercado futuro. O sujeito que assume a obrigação, por exemplo, de vender ações é chamado de *lançador* de opções de compra. Ele lança as opções, ou seja, as vende, assumindo uma obrigação que poderá ser exercida ou não por quem a adquiriu. Se, quando a data chegar, o preço no mercado à vista estiver acima do preço de exercício, ele já sabe que vai ser exercido, ou seja, será obrigado a vender as ações a um preço mais baixo do que o preço à vista. Para saber o quanto perdeu em termos líquidos, ele subtrai essa diferença de preço do prêmio que havia embolsado. Já se o preço à vista estiver abaixo do preço de exercício no dia do vencimento, ninguém vai ser burro de exercê-lo.

Ou seja, as opções que ele vendeu viraram pó e ele ficou com o prêmio no bolso.

Isso mesmo, já estava com ele no bolso. Última coisa: a flexibilidade do mercado de opções também é total. Um lançador zera a sua posição, quer dizer, se livra da obrigação, simplesmente comprando a mesma quantidade de opções da mesma série. E o titular da opção, obviamente, zera a sua posição apenas vendendo as opções. Acho que é só isso.

Bom, você ficou quanto tempo nessa área?

Durante todo o tempo em que ainda estive no banco. No total, foram um ano de ativos e dois anos de bolsa. Estava bom, né?

Tem mais alguma coisa a dizer, dessa fase?

Só que, além de ações, também operei bastante nos mercados futuros de taxas de juros, de taxa de câmbio e outros derivativos financeiros e de *commodities* da BM&F.[96] O conceito é o mesmo: se você, por exemplo, for um exportador e quer se proteger de uma queda do dólar, vende contratos de dólar futuro, ou seja, fica vendido em dólar. Se o dólar cair mesmo, os comprados te pagam a variação. Taxa de juros, idem. Se eu tenho uma dívida corrigida pelo CDI e tenho medo de que as taxas de juros subam, eu compro contratos futuros de taxas de juros — minha dívida fica mais cara, mas, como estou comprado, vou ser compensado no mercado futuro. Há várias finalidades e estratégias.

Na BM&F você operava também com seu dinheiro?

Só no mercado futuro de taxas de juros.

Na média, ganhou ou perdeu?

Ganhei bastante, confesso. Em volume, principalmente para o Chris, mas, com aquele nosso acordo de eu ficar com o que superasse o CDI, eu também ganhava. Aliás, a minha contraproposta, que acabou valendo, foi de rachar com ele o que superasse o piso, e não ficar com tudo, é claro.

---

[96] Bolsa de Mercadorias & Futuros.

Qual foi sua estratégia?

Nada de sofisticado: eu só fiquei comprado em taxa de juros durante nove meses.

Por quê?

No início de 2004, o Copom[97] vinha numa trajetória de reduções na taxa Selic, até fixá-la em 16% ao ano em abril. Mas a inflação deu uma aumentada em julho e agosto e, em setembro, eles elevaram a taxa para 16,25%. Pensei: lá vem outra onda de alta. Bom, ali eu fiz a loucura da minha vida. Já estava há uns meses com o dinheiro do apartamento de Icaraí e da casa de São Francisco, além da poupança que meus pais tinham feito para mim. Peguei a metade e coloquei de margem numa posição comprada de taxa futura de CDI na BM&F, em contratos longos, que estavam cotados um pouco acima de 17%. Eu achava que a taxa ia ficar acima disso.

E ficou?

Ficou. O Copom passou a aumentar a Selic 0,5% a cada mês, e a taxa do CDI a acompanha. Em maio de 2005, a Selic já estava a 19,75% ao ano. Na média dos meus contratos, deu uns 18,5% no período.[98]

Você ganhou essa diferença de quase 1,5%?

Foi. Nesse mercado isso é muita coisa.

Foi um risco enorme que você correu.

Realmente.

---

97 Comitê de Política Monetária do Banco Central. É o órgão que estipula a meta da taxa Selic em reuniões periódicas. Naquela época, as reuniões eram mensais, depois passaram a ser a cada 44 dias.

98 A taxa futura de juros de CDI negociada na BM&F é a taxa média das operações de um dia entre os bancos realizadas no mercado à vista e apurada pela Cetip (Câmara de Custódia e Liquidação), onde esses ativos ficam custodiados. A taxa considerada para a liquidação dos contratos futuros é o acúmulo dessas médias efetivamente verificadas durante a vigência dos mesmos.

Como você sabia que as taxas iam aumentar mais do que o mercado esperava?

Bom, em setembro de 2004 eu já tinha entendido a lógica do negócio. Também me lembrava do que o meu pai me falava sobre indexação. Para mim, aqueles movimentos longos de alta nos juros não tinham apenas um efeito constritor na inflação. Metade do chumbo saía pela culatra e o Banco Central tinha que continuar elevando os juros.

Que tiro que saía pela culatra?

O passado de hiperinflação no Brasil gerou um trauma. A estabilidade então passou a ser um tema de consenso entre os políticos, os tecnocratas e a sociedade. Só tem um detalhe: o que debelou a inflação inercial foi o Plano Real, e não a política de juros altos. O governo tem que equacionar o lado fiscal, inclusive as despesas de juros, que são um gasto tão real como os outros, para bloquear os canais de entrada de liquidez. Assim, não tem como a inflação se realimentar.

A moeda não perdeu importância como explicação da inflação?

A moeda tradicional pode ter virado um resíduo, mas não a quase-moeda.[99] É uma questão quantitativa, física até. Se o único produto de uma ilha são cocos e ela produz cem por dia, e tem cem moedas em circulação, digamos que cada coco valha uma moeda. Se a ilha passa a ter duzentas moedas, o coco tenderá a valer duas moedas. Não importa se elas foram cunhadas para pagar o novo harém do rei, juros ou o diabo a quatro. E se você voltar a visitar essa ilha daqui a cinco anos e o coco estiver valendo quatro moedas, sem que a produção tenha mudado, não tenha dúvida: o rei cunhou mais duzentas moedas.

[99] Ativos financeiros que têm liquidez, como títulos públicos e cotas de fundos de investimento, e que por isso têm poder de moeda.

O seu padrinho não devia ser o seu Gonçalves e sim o Milton Friedman.

Esses rótulos são meio limitantes. Quem falou melhor sobre o atual poder monetário dos títulos públicos foi o Stiglitz,[100] que é considerado neokeynesiano.

Mas a inflação continuou sob controle nos últimos anos.

Se você considera uma febre constante de trinta e oito graus uma temperatura sob controle, eu concordo com você. É melhor do que uma febre de quarenta e um. O que eu estou querendo dizer é que, quando ela é permanente, só pode estar havendo um endosso no lado monetário, alguma infiltração viciosa.

Como ocorria essa infiltração?

No tempo do meu pai, o instrumento que realimentava a inflação era a indexação dos títulos de dívida do governo que lastreavam as operações no open-market, basicamente as ORTN.[101] Todo mundo aplicava no overnight, era a forma de se proteger da inflação. Na verdade, quando se aplicava de um dia para o outro, se estava comprando uma ORTN ou uma LTN de uma instituição financeira com o compromisso de revendê-la a ela mesma no dia seguinte, por um preço um pouquinho maior. Essa diferença era o ganho diário do cliente.

E qual era o ganho do banco?

No vencimento da ORTN ele recebia correção monetária mais juros mínimos de 6% ao ano. A acumulação das taxas diárias que ele pagava aos aplicadores tinha que ser menor do que essa remuneração que ele recebia do Tesouro.

---

[100] Joseph Stiglitz, em *Rumo a um Novo Paradigma* (2004, Editora Francis).

[101] Obrigações Reajustáveis do Tesouro Nacional. Eram corrigidas pelo Tesouro, e a variação era utilizada para corrigir monetariamente diversos contratos da economia, como as Cadernetas de Poupança.

Tudo bem, volte à infiltração daquela época.

Quando essas ORTN venciam, o Tesouro tinha que resgatá-las com juros e correção. Você acha que ele tinha esse dinheiro?

Acho que não.

Então, para resgatá-las, ele tinha que emitir outras num volume ainda maior.

Ou seja, ia rolando a dívida como uma bola de neve.

Isso. Mas, como o sistema financeiro transformava esses títulos em lastro para aplicações diárias, de total liquidez, esse mecanismo funcionava como uma emissão de moeda. Por isso tinha tanta inflação — esse era o endosso monetário. Essas aplicações tinham uma comunicação direta com a conta-corrente. A partir de certa época, nem precisava mais pedir ao gerente para baixar o dinheiro — o resgate era automático.

As contas remuneradas...

Exatamente. Qual é a diferença entre um banco central emitir moeda para o governo construir uma capital nova e os bancos creditarem todo dia dinheiro nas contas das pessoas? Nenhuma: o resultado é inflação do mesmo jeito. Com o tempo, o open foi substituído pelos fundos de investimento,[102] muito mais racionais como produto, mas a lógica é a mesma. Esses fundos passaram a ser a principal moeda da economia. A valorização diária do patrimônio deles é como se fosse uma emissão de moeda.

Você não pode negar que o regime de metas de inflação foi bem-sucedido.

Sim, no mundo todo. Mas por que a inflação parece ter um piso no Brasil? O nosso sistema foi adaptado do que é utilizado pelo

---

102 Investimento coletivo em forma de condomínio, no qual o patrimônio é dividido em cotas e cada investidor tem uma participação proporcional à sua quantidade de cotas, cujo valor varia proporcionalmente ao patrimônio do fundo. São administrados por instituições financeiras, que recebem uma taxa de administração para prestar esse serviço.

Banco da Inglaterra, mas o nosso tem uma jabuticaba — aquela frutinha que só existe aqui.

Que jabuticaba?

O principal título do governo que lastreia[103] os fundos de investimento é uma descendente da ORTN, a LFT,[104] que também é um título indexado, no caso pela taxa Selic.[105] A mesma que o Banco Central, no afã de conter a inflação, coloca no maior nível do mundo. Em nenhum outro país a taxa básica de juros dos bancos centrais *também* corrige o principal ativo financeiro da economia. Ao contrário: lá, os títulos do governo têm um valor de face fixo e são negociados por este valor *descontado* da taxa de juros. Digamos que um título do Tesouro americano tem US$ 1.000,00 de valor de face e está lá no fundo da Mrs. Smith, *marcado a mercado*[106] a US$ 978,00. Se o FED aumenta a taxa básica de juros, como essa taxa é descontada do valor de face, o seu valor de mercado vai cair, por exemplo, para US$ 972,00, ou seja, a Mrs. Smith vai acordar um pouquinho mais pobre. Talvez até desista de fazer aquelas comprinhas na Sachs só porque ficou nervosa quando viu o extrato.

Mas a LTN[107] também funciona assim.

É verdade, inclusive tem um valor de face de R$ 1.000,00, só que, naquela época, ela tinha uma participação bem menor na dívida pública. Já a LFT chegou a responder por metade dela, e, quando o

---

103 Lastro é o ativo que está garantindo uma operação.

104 Letras Financeiras do Tesouro Nacional.

105 Média da taxa de juros apurada nas operações diárias com títulos públicos federais custodiados no Sistema Especial de Liquidação e Custódia — SELIC. O Comitê de Política Monetária fixa uma meta para esta taxa, a fim de que o Banco Central a persiga em suas operações com o mercado. A taxa obtida é também utilizada para remunerar, diariamente, as LFTs.

106 Os títulos existentes nas carteiras de um fundo são avaliados pelo preço que seus similares estão sendo negociados no mercado financeiro.

107 Letra do Tesouro Nacional. Tem o valor de face de R$ 1.000,00 e é vendida pelo Tesouro, e depois negociada no mercado secundário, com um desconto sobre esse valor, dependendo da taxa de juros implícita e do prazo a decorrer até o seu vencimento. Quem compra uma LTN por R$ 970,00, por exemplo, ganhará R$ 30,00 de rendimento quando resgatá-la.

Banco Central aumenta a taxa Selic, o valor do título, que é reajustado diariamente por essa taxa, passa a aumentar numa velocidade maior. Do ponto de vista do investidor, ele vê o seu saldo crescer mais rápido. Com mais renda, ele vai consumir mais ou menos?

Mais.

Claro. Isso se chama "efeito-riqueza". O Banco Central, ao aumentar os juros para fazer as pessoas consumirem menos e segurar a inflação, acaba injetando, às expensas do Tesouro Nacional, mais liquidez na economia. É como você dar a uma pessoa febril um comprimido de analgésico com água gelada, no ar-condicionado e pelada. Uma vez ou outra, tudo bem. Mas, permanentemente, talvez a temperatura fique ali nos 38 graus, não subindo, em função do remédio, nem quebrando aquele piso, por causa das condições em que ele é ministrado. A dose cavalar do analgésico também acaba prejudicando a sua eficácia. Em outros países, a taxa básica de juros é utilizada para um ajuste fino. Se ela está em 5% ao ano e a inflação começa a ameaçar, o banco central a eleva para 5,5%. Se chegar a 6,5%, o efeito já é bem forte. Aqui, com a taxa básica quase na casa dos 20% naquela época, as variações tinham que ser grandes para ter impacto.

Grandes e ainda com o tal do efeito-riqueza.

Isso. Todo mês, a pessoa tinha quase 1,5% de renda. Quem tinha R$ 1 milhão ganhava, todo mês, R$ 15 mil brutos, ou, tirando a inflação e os impostos, uns R$ 8 mil limpinhos na conta. Quando o Banco Central elevava a taxa Selic, a renda aumentava ainda mais — mesmo que nem tanto em grana, mas tem o lado psicológico. É o que eu disse: metade do chumbo saía pela culatra. Menos, para ser justo, porque os juros têm um efeito inibidor nos investimentos — o setor real produz menos, já que pode ganhar mais no mercado financeiro. Além disso, a propensão a consumir dos rentistas é menor. Esses fatores atuam a favor do analgésico, mas é o somatório deles que importa, e a liquidez é como o nível de água da piscina — continuará sendo essencial, ao menos enquanto os preços forem cotados em moeda, esteja ela no fundo de investimento ou no bolso do sujeito — o poder de compra é o mesmo.

Se tudo é assim tão óbvio, por que os economistas do governo não vêem?

Primeiro, eles acham o efeito-riqueza pequeno. Segundo, existem as limitações práticas. Os investidores se acostumaram com as LFTs, e, se o Tesouro cismar de enfiar LTN goela abaixo, o mercado pode cobrar um preço alto para comprá-las, se estiver com medo de inflação. É o que eu falei, a coisa tem um lado traumático. Não estou dizendo que é fácil consertar o problema. Estou te contando qual foi minha estratégia com base naquele cenário — foi isso que você me perguntou.

E quem paga a conta dos juros é o Tesouro Nacional.

Claro, o Banco Central é o agente financeiro do Tesouro, mas é este que emite os títulos e se torna devedor, do principal e dos juros. O BC apenas vende os papéis no mercado e estipula a taxa básica. Mas, cada vez que ele a aumenta, está mandando a conta para o seu próprio cliente, que já tem que começar a pagá-la no dia seguinte.

E o Tesouro paga essa conta como?

Com o dinheiro dos impostos e do lucro das estatais. Naquela época, a conta era mais ou menos esta: o governo tinha pouco mais de 4% do PIB anual de superávit primário, ou seja, de arrecadação acima das despesas correntes, mas a despesa com juros era superior a 7% do PIB. Em outras palavras, o dinheiro que sobrava da arrecadação era insuficiente para pagar os juros da dívida, e o Tesouro tinha que emitir títulos suplementares para conseguir rolá-la. Isso te lembra alguma coisa? É essa emissão *a mais* de quase-moeda que mantém um ranço de inflação monetária. Já o dinheiro que vem do superávit fiscal não é inflacionário, apenas transferência de renda.

De quem para quem?

Basicamente, de quem paga impostos para quem tem dinheiro aplicado em fundos com títulos do governo na carteira. Este é outro fator que contribui para a resistência da inflação. Cerca de 70% dos impostos que geram o superávit primário vêm das empresas. Quando você tira dinheiro que faz parte do ciclo produtivo e o coloca na conta de investidores com moderada propensão ao consumo, a oferta de bens e serviços diminui. Menor oferta significa resistência à redução nos preços.

Bom, continue então a sua história no mercado de juros futuros.

Sabendo que a febre não baixaria tão cedo dos trinta e oito graus, eu fiquei um bom tempo "comprado" em CDI futuro, porque sabia que o Banco Central demoraria a afrouxar a política monetária. Enfim, não tive que ser ágil nem esperto: só fiquei comprado em contratos longos. Eu via aquele pessoal se estressando a cada notícia, mas só ficava ligado na inflação, porque o Banco Central não pensa em outra coisa — claro, é o papel dele mesmo.

Mas você disse que ficou menos de um ano nisso.

Bom, chega uma hora que o mata-leão é tanto que a febre começa a morrer junto com o doente. Além disso, a taxa de câmbio ajudou tremendamente o Banco Central. Em abril de 2005 o dólar caiu 5% e em maio a mesma coisa. Então, em junho, teve uma deflação. Eu acompanhava as prévias do índice e meti o pé no freio — vendi todos os meus contratos e os do Chris. Mas deu tempo de não bater no poste, porque leva um tempinho para o mercado processar. Claro, perdemos um pouco na saída, mas foi um dízimo para os ursos[108] — não se pode querer ganhar sempre. Aí o Banco Central começou um movimento de reduções na taxa básica e eu fiquei fora.

Poderia ter passado para o lado dos vendidos.

Mas aí estava todo mundo também acreditando que as taxas de juros iam cair. Para quem tem pouco dinheiro, como era o meu caso, só dá para ganhar legal quando se pensa ao contrário ou além da

108 No mercado americano, os "vendidos" são chamados de ursos e os "comprados", de touros.

média. Digamos que a dinâmica seja de queda, com a taxa à vista a 20%, e que você, junto com a torcida do Flamengo, acredita que o Banco Central vai continuar reduzindo a taxa Selic e fica vendido a 18%. No vencimento, a taxa média bate ali mesmo perto de 18%. O que você ganhou? Pitombas.

Mas quando o Copom estava aumentando a taxa o mercado também não projetava para cima?

Projetava, mas menos do que eu. Como eu disse, a cotação da taxa que vigoraria durante o contrato estava somente 1% acima da taxa *spot*.[109] Nas projeções de taxa *forward*[110] do Top Five,[111] eles previam uma alta só por uns três, quatro meses, e depois uma queda. Enfim, a estimativa era de uma eficácia mais rápida da política monetária.

Então você saiu do mercado futuro de juros. Passou a investir em quê?

Concentrei-me no mercado de ações. Nunca teve um governo tão positivo para o mercado de capitais como esse aí. Até com aquela estupidez de CPMF sobre operações em bolsa eles acabaram.

Eu lembro. O presidente da BOVESPA, o Raymundo Magliano, quase acampou no Congresso...

Quase literalmente. Ele também contribuiu para popularizar a Bolsa, acabar com aquela imagem de cassino. A prova está aí, é bom para todo mundo.

Para todo mundo?

Claro. As empresas ficam mais capitalizadas. Isso é bom para os empregados, os clientes, os fornecedores, o investidor e o governo, que arrecada mais. Esqueci de alguém?

---

[109] Mercado spot é o mercado de transações à vista.

[110] Taxa que o mercado prevê que irá vigorar numa data futura para operações *a partir* da mesma.

[111] As previsões do *Top Five* consistem na média dos prognósticos das cinco instituições financeiras que mais acertam.

Olha o proselitismo... O fato foi que você ganhou de novo, com essa religião.

Eu, você, todo mundo. Aliás, você, não. Vou te emprestar um livro do Max Weber,[112] acho que você anda precisando.

Não estou dizendo? Bem, então você pegou o *boom*[113] da Bolsa.

Os lucros das empresas já vinham subindo e os gringos e as pessoas físicas comprando muito. Eu até demorei, quem entrou antes ou já estava ganhou mais.

Mas, juntando com o negócio dos juros, deu para fazer um pé-de-meia...

Pelo menos para voltar a estudar e só ficar monitorando. Depois que saí do BMI, comecei o mestrado e já estou concluindo.

Teve mais algum aprendizado no BMI que te marcou?

Na parte técnica, acho que não. Mas aprendi em relação às pessoas.

Aprendeu o quê?

No fundo, a mesma coisa que o Chris me ensinou teoricamente: as coisas costumam ter dois extremos potenciais, mas isso não quer dizer que você tenha que escolher um deles para ficar. Lógico, em toda regra há exceções, como a do aspecto ético: aí não tem meio-termo, é como mulher grávida — ou está, ou não está; ou você é sério, ou não é. Mas, por exemplo, a pessoa deve ser muito ou pouco ambiciosa? Ora, isso é problema dela, o que conta é a forma como vai exercer essa ambição. Se for pela competência, ótimo. Se for prejudicando os outros, péssimo.

---

112 Max Weber, sociólogo alemão, em *A Ética Protestante e o Espírito do Capitalismo*, defendeu a tese de que os países anglo-saxões são mais prósperos do que os católicos pelo fato do protestantismo não imputar sentimento de culpa pela riqueza.

113 Trajetória ascendente acentuada e prolongada nos preços de ativos.

Você achou uma guerra o ambiente corporativo?

Não chega a tanto, mas é uma competição. Tem também muita amizade, gente bem legal. Agora, tem que separar: o cara pode ser seu amigo, mas estar competindo pela mesma promoção. Então, se vier para ele, você tem que ter classe e continuar amigo. E o pior é que isso, na média, o brasileiro faz muito mal. O hábito é usar a hora do almoço para falar mal dos colegas e dos chefes. Você vê os anos passarem e fica olhando aquele mesmo cara falando mal do enésimo chefe, e ele não vira chefe nunca. Sabe por quê? Porque deveria aproveitar a hora do almoço para relaxar e o horário de trabalho para tentar ver o que o cara faz melhor do que ele e tentar copiá-lo. Ou, se não conseguir, pelo menos parar de encher o saco na hora do almoço. (risos)

Você ficou no BMI até quando?

Até o final de 2005. Aí, eu e o Chris abrimos a *asset*,[114] que temos até hoje. Levei a Bruna, é claro. Nos últimos anos, aplicamos muito em ações, mas, quando os juros começaram a ficar mais civilizados, vendemos algumas posições e começamos a colocar de pé aqueles antigos planos, da minha "fase idealista", como você diz. Investimos diretamente em algumas empresas e montamos dois fundos de *private equity*, um para participação em empresas inovadoras. Também temos algumas operações de *venture capital*.[115] Já impulsionamos algumas empresas de garotos que só tinham um *business plan*[116] nas mãos, com as universidades atuando como incubadoras,[117] o que é mais seguro para nós e ensina melhor a eles. E tem também as obras sociais de São Gonçalo, mas estou tentando convencer o Christian a doar a escola à Prefeitura e ficar só com o asilo.

---

[114] *Asset management*. Administradora de recursos.

[115] Capital de risco. Ao passo que o investimento em *private equity* visa a uma participação na empresa num horizonte mais longo, o *venture capital* é uma injeção de capital destinada à viabilização inicial do projeto, normalmente envolvendo um alto teor de risco.

[116] Plano de negócios. Estudo de viabilidade de um novo empreendimento, geralmente apresentado a investidores para que avaliem a realização de aportes de capital no negócio.

[117] Instituição acadêmica, de pesquisa ou de algum setor específico que atua como um tipo de "berço" do novo empreendimento, prestando suporte técnico e de gestão.

Por quê?

A função de educar os pobres é do governo — a gente paga tanto imposto pra quê? Já cuidar dos velhos é uma coisa mais complicada. Não tem um lugar decente para mandar o pessoal do asilo; então o jeito é manter os que estão lá. O Chris substitui quando algum morre, mas, por mim, iria reduzindo até acabar. Não acho sustentável — até a caridade é melhor quando é direcionada a algo que se mantenha por si. Tenho pensado muito nisso e estou com umas idéias, mas não vou te contar agora, estou cansado de falar, numa boa. Quando estiver acabando o livro, se quiser, a gente faz outra entrevista.

OK, obrigado, essa então acabou.

De nada, estamos aí. Mãe! Dá para nos trazer aquele cafezinho sensacional?

(o gravador é desligado).

Luciana trouxe a bandeja de café para a varanda, que tinha uma linda vista para a praia de Ipanema e as ilhas Cagarras. João Pedro ficou conversando ainda algum tempo com o autor, até que este se levantou para sair.

— Ah, espere aí, antes que eu esqueça — disse João Pedro, indo ao seu quarto e retornando com um envelope em papel vergê amarelo-claro.

Era um convite para o seu casamento.

16 $ OSTEOPOROSE

Luiz Henrique recebeu bem a proposta de Isabela de prolongar a sua estadia em Londres. Para quem temia o pior, que seria a continuidade do relacionamento entre ela e João Pedro, aquele afastamento foi visto como uma séria intenção de acabar com aquilo. Perante Marcos André e seu pai, seria até um charme dizer que a filha ficaria mais um tempo na Inglaterra. Além disso, durante aquele tempo, ele analisaria como evoluiriam os negócios com Fabrimarco e poderia até utilizar o seu trunfo de maneira mais eficaz depois.

A história contada por Luiz Henrique a Costa e Júlio, de projetos imobiliários, teve o único objetivo de afastá-los mais facilmente. O plano de fato, já acertado com o futuro sócio, era colocar uma empresa no nome dele e outra no de Marcos André — por isso o casamento deste com Isabela seria a fechadura de ouro no arranjo. A recusa dos ex-parceiros em devolverem as empresas não chegou a ser um revés, a não ser pela rasteira financeira, já que, de qualquer forma, as suas razões sociais, e mesmo a da Luhenge, seriam mudadas para não esbarrarem na lembrança de algum tecnocrata mais chato do novo governo. Agora, eles teriam de criar ou comprar duas empresas, mas Fabrimarco achou até mais seguro dessa forma, com medo de que algum dia alguém "achasse" que a relação com as empresas já existia enquanto ele trabalhava no governo. Esperaram, contudo, que ele realizasse os primeiros contatos na Capital antes de integralizarem realmente o dinheiro. Caso surgisse alguma concorrência antes, entraria apenas a Luhenge e, antes da licitação seguinte, as outras empresas já estariam de pé.

Quando Fabrimarco Texugo, o Bica, saiu de Brasília, achou que estava apenas mudando de lado do balcão. Contudo, assim que começou a voltar às ante-salas do antigo gabinete e a se deparar com caras cada vez mais estranhas, além de ver que as antigas andavam meio tristes, certo dia saiu sozinho daquele prédio, puxou o nó da gravata, desabotoou o colarinho, olhou para o sol escaldante do planalto e entendeu finalmente o que o astro-rei estava tentando lhe dizer há três meses: "Bem-vindo ao mundo dos mortais."

O projeto de sociedade foi se desvanecendo e os telefonemas entre ele e Luiz Henrique rareando. Este, para se consolar, refletiu que a situação poderia estar bem pior se estivesse ainda levando Costa e Júlio nos ombros com duas empresas sem perspectivas, e que, bem ou mal, estava recebendo deles dinheiro vivo e não queixas. Por isso, exultava cada vez que estes iam quitando a dívida que tinham com ele, o que Júlio fez em apenas dois meses. Só se aborreceu no dia em que, paradoxalmente, foi ao escritório do Dr. Menezes receber a maior e última parte do dinheiro de Costa.

— Bom, Luiz, aí está o seu cheque. As últimas promissórias estão com você? Ah, obrigado. Olha, o Costa mandou lhe pedir desculpas pela demora, mas que não foi fácil vender o imóvel pelo que ele vale. Aliás, também pediu para eu lhe dizer que ele podia ter conseguido antes, mas que aconteceu uma coisa que você gostaria "muuuito" de saber — disse Menezes, tentando reproduzir a ênfase que Costa dera ao advérbio.

— O que foi? — perguntou Luiz Henrique, desinteressado.

— Esteve lá antes um casal com dinheiro vivo, que estava quase certo de comprar. Mas, na segunda visita, levaram o filho para conhecer o apartamento. Aliás, nessa visita eu também estava, porque a coisa parecia tão certa que o Costa me pediu para já ir falando sobre a parte da documentação e ver o que eu achava do homem, que era estrangeiro, e sabe como é o Costa, todo desconfiado quando alguém fala uma língua que ele não sabe. Enfim, quando a família chegou, o filho do casal olhou para ele e para a Cíntia e os cumprimentou, pois parece que eles haviam se conhecido na sua casa, lá em Búzios, onde o rapaz passou um final de semana estudando com Isabela. Sabe quem é?

— Sei sim, continua — disse Luiz Henrique, tentando disfarçar o pasmo e o ódio que sentia.

— Bom, o fato foi que a família simplesmente sumiu. O corretor disse que eles estavam mais inclinados para a Vieira Souto, pois o homem gostava de Ipanema, mas o Costa achou que o "bostinha" é que estava trabalhando mal a venda. Para não demonstrar muito interesse, me perguntou se eu poderia ligar para o tal gringo. Sabe, dizendo que tinha aparecido outra família muito interessada, mas que os donos tinham se sentido mais inclinados por eles, aqueles teatrinhos do Costa — completou Menezes, fazendo uma pausa para instigar Luiz Henrique, sentindo que o assunto o afetara de algum modo e curioso para saber a origem daquilo tudo.

— E então, Menezes, você ligou? — perguntou Luiz Henrique, fingindo-se de apenas impaciente com a "chatice" da história, mas sem conseguir disfarçar a ânsia de saber o final.

— Liguei. Sabe aquele tipo de gringo que não disfarça nada? O homem disse que o motivo não era aquele, pois, apesar dele preferir Ipanema, a mulher gostava mais do Leblon e havia adorado o imóvel. O problema, justificou, tinha sido o enteado, que, quando viu quem eram os donos, não queria ir para lá de jeito nenhum, e que era *ele* quem mandava no trio — disse Menezes, fazendo outra pausa.

— Vai acabar a história ou não, Menezes?

— Bom, quando reportei ao Costa o que o gringo disse, pensei que ele ia começar a xingar o rapaz, mas ele deu uma daquelas gargalhadas e não disse mais nada. Aí se passaram uns dois meses, e ele tentando vender, até que conseguiu. Ontem, quando me deu o cheque, disse isso que eu te falei: "Menezes, peça desculpas pela demora ao Luiz e conta a ele exatamente aquilo que aconteceu, porque ele vai gostar "muuuito" de saber. Então, eu, que não entendi nada, e nem quero entender, estou simplesmente lhe transmitindo o recado.

— Seria abusar de você pedir para transmitir o *meu* recado para o Costa?

— Pô, Luiz, por favor, me tira dessa — pediu Menezes, percebendo agora, pelo tom do cliente, que aquilo era parte da picuinha entre os dois ex-sócios.

— Não, Menezes — disse ele sério. — Você me trouxe o recado e agora eu vou ficar realmente chateado se não levar minha resposta. Afinal, quem te colocou para cuidar desse negócio, como de todos os outros, fui eu. Eles nem querem saber de você, sempre disseram que há advogados muito melhores e eu sempre os mandei calarem aquelas bocas sujas.

— Tá bom, Luiz. Fala aí, eu digo a ele — disse Menezes, menos preocupado com a veracidade da intriga do que em perder o cliente.

— Diga ao Costa, nessas palavras, que, quando ele saiu das entranhas da mãe dele, já era um gordo escroto, mas tão escroto que ela, que já estava preocupada por não saber quem era o pai, deu um grito ao ver o porquinho e pediu ao cirurgião para jogá-lo no lixo. Mas, como o médico não aceitou, ela teve que criar o suíno. Então ele cresceu, continuou sendo um porco e vai ser até morrer. Se você não disser isso a ele nessas palavras, Menezes, eu vou achar que você está do lado dele e também não quero mais a sua amizade — concluiu, levantando-se e saindo, enquanto ouvia o advogado dizer:

— Luiz, vem cá! Pode deixar, eu vou contar direitinho...

E contou. Só não relatou a Luiz Henrique, quando foi visitá-lo dois dias depois, que Costa dera uma nova gargalhada, mais alta do que a primeira. Ao contrário, Menezes disse que "o gordo" ficara furioso. Só quando viu o riso de satisfação no rosto do cliente ficou aliviado, por saber que o seu papel de leva-e-traz estava concluído.

Com o naufrágio do plano inicial e a ausência de qualquer nova encomenda de obra, Luiz Henrique resolveu construir um condomínio de casas antes de Angra dos Reis, num terreno que — daí a inspiração da sua mentira — havia de fato lhe sido oferecido a um preço baixo, só que ele, então, não tivera a menor vontade de comprar. Mas, ainda no primeiro semestre de 2003, comprou o terreno, limpou-o, montou o projeto e começou o trabalho de venda das futuras unidades. Começou pelos amigos, que, após o segundo telefonema, tornavam-se inacessíveis. Para deixar o lugar mais atraente, construiu três casas a toque de caixa. Mas sabia que o medo dos interessados, ao verem as três casas vazias, era de que o projeto não saísse do papel. Então deu uma tacada ousada: tornou o condomínio habitável, o que lhe custou um considerável gasto em infra-estrutura, e emprestou duas casas a parentes, para dar movimento ao local, e deixou a outra livre para ser mostrada.

Pelo nível social das pessoas que passaram a visitar o estande, ele acabou chegando à conclusão de que havia formatado o produto para o público-alvo errado, já que a área ficava a trinta quilômetros de Angra e quem tinha dinheiro relutava em se fixar na periferia. Fracionou então alguns lotes e instruiu o corretor a oferecê-los ao pessoal da classe média, mas estes logo perguntavam se havia financiamento. Contatou alguns bancos, mas estes torceram o nariz para o empreendimento. Em seguida, jogou suas fichas no carnaval de 2004, com propaganda até na televisão, mas, na quarta-feira de cinzas, assim que passou a ressaca, concluiu que estava numa canoa furada e consumindo o seu patrimônio.

Resolveu pular fora do negócio a qualquer custo. Procurou, primeiro, o dono de uma grande corretora de imóveis do Rio, seu conhecido, e pediu-lhe para contatar grupos hoteleiros e construtoras capazes de assumir o empreendimento. Depois do homem ter passado quinze dias sem lhe procurar, foi a mais duas corretoras. Um mês depois, num final de semana no local, sugeriu discretamente, à própria corretora que lhe atendia em Angra e a outras menores, que estava analisando propostas. Finalmente, um corretor com português sofrível lhe telefonou, dizendo que uma pessoa muito conhecida da região mandara lhe oferecer R$ 2,5 milhões pela área, com tudo o que havia nela. Luiz Henrique, que já havia gasto R$ 4 milhões no projeto e R$ 3 milhões na compra do terreno, fez tom de ofendido, mas não fechou a porta. Depois de um mês de lengalenga e esperas ansiosas ao lado do telefone, acabou aceitando a oferta de R$ 5 milhões, sendo a metade à vista e a outra a ser paga em um ano. Mas essa segunda parte não veio a se concretizar. O comprador, que, ao contrário do que o corretor dissera, ninguém conhecia no balneário, acabou quebrando e deixando um séquito de credores furiosos, tendo sido encontrado carbonizado dentro do seu carro incendiado, num terreno próximo ao condomínio, onde passara a morar.

Mesmo antes de saber que não receberia a parte restante, Luiz Henrique já estava preocupado com a queda do seu patrimônio, que passou a se resumir a R$ 5,5 milhões em aplicações, o apartamento da Delfim Moreira, dois apartamentos no Leblon, as casas de Angra dos Reis e Búzios, os automóveis e algumas obras de arte. O que a Luhenge valia em parte se devia aos contratos em vigor, que foram se encerrando, além de dois que deixaram de ser pagos logo após a saída de Fabrimarco do governo. O patrimônio da empresa era basicamente constituído de meio andar na Zona Sul e máquinas guardadas num depósito alugado em Bonsucesso, e no caixa havia pouco mais de R$ 1 milhão. A empresa estava apenas em seu nome e no de Daniela, e ele estimava que, considerando esses ativos, os contratos em vigor e mais o *goodwill*,[118] valesse alguma coisa em torno de R$ 10 milhões.

Com a falta de novas receitas e o problema de Angra, a empresa virou apenas um ralo de despesas. Ele "confidenciou" a alguns amigos que estava pensando em sair do ramo e passar uns tempos em Paris, acenando com uma comissão para quem arranjasse um comprador. Duas semanas depois, um deles apareceu com uma proposta: R$ 5 milhões, incluindo o caixa, sujeitos ainda a uma *due diligence*.[119] O dono contrapropôs R$ 8 milhões, ajustáveis ao resultado da avaliação. Contudo, chegou-se à conclusão de que R$ 2,5 milhões em contratos eram de recebimento duvidoso, além de um passivo de quase R$ 2 milhões, incluindo as demandas trabalhistas. Fecharam o negócio em R$ 4,5 milhões à vista.

Luiz Henrique pensaria agora no que fazer da vida, não em Paris, é claro. E sem a empresa, o amigo no governo e com um capital fi-

---

118 Prestígio e poder de penetração da empresa no mercado, ou seja, o valor (intangível) de sua força comercial.

119 Levantamento de ativos e passivos de uma empresa, normalmente realizado pelo comprador antes de efetivar o negócio.

nanceiro reduzido a pouco mais de R$ 10 milhões. Ainda assim, como as taxas de juros, na época, estavam em torno de 1,4% ao mês líquido, tinha uma renda mensal nominal de R$ 140 mil. Com a inflação em torno de 0,5% ao mês, isto significava uma renda real de cerca de R$ 90 mil. Porém, as despesas regulares da família chegavam às vezes a R$ 100 mil por mês, incluindo a manutenção das casas de praia e dos outros dois apartamentos — que ele nunca alugara e pretendia doar, um dia, a Isabela e Lucas. Isso sem considerar as trocas de carros, as viagens, o imposto de renda na declaração e outros gastos extraordinários. Como a parte da renda que era apenas reposição da inflação funcionava como uma ilusão, as despesas demoraram para ser cortadas.

Se não bastasse, a volta de Isabela impôs um novo golpe à família: ela estava viciada em cocaína. Quando ela voltou de Londres, o problema ainda não era muito visível, mas grave o suficiente para ela não conseguir encerrar as três disciplinas que faltavam e ter que trancar a faculdade novamente. Os retornos de madrugada para casa, duas batidas de carro e os estados alterados começaram a refletir o agravamento do quadro, que culminou com a sua primeira internação numa clínica de recuperação. O relacionamento de Luiz Henrique com Lucas também se complicou quando o rapaz, flagrado por e-mail, acabou confirmando aos pais a sua preferência sexual.

Com o longo movimento de redução das taxas de juros promovido pelo Banco Central a partir de setembro de 2005, a situação financeira da família foi se deteriorando ainda mais. Primeiro venderam a casa de Angra dos Reis, depois a de Búzios e, finalmente, o apartamento da Delfim Moreira, e foram morar num dos dois outros, de três quartos e uma área de um terço daquele. O outro apartamento, então, já estava alugado.

Por meio de Menezes, Luiz Henrique, sabendo que Costa e Júlio vinham fazendo obras públicas em outras esferas, pediu que o advogado os sondasse sobre uma reaproximação. Costa obrigou o advogado a dizer ao ex-sócio que estava pensando em diversificar suas atividades e quase fechando a compra de uma fazenda de criação suína no interior do Estado, mas que não dispunha de um bom administrador — alguém, por exemplo, com "a capacidade do Luiz Henrique". Que poderia até ser o próprio, "se fizesse um curso para entender de porcos". Se fizesse isso, ele lhe daria sociedade apenas em troca de trabalho.

— Ele falou sério ou só para se vingar? — perguntou Luiz Henrique.

— Luiz, se foi para se vingar eu não sei, mas mandou também te dizer que queria ver os filhos mortos caso retirasse a proposta, mas que você teria apenas que mostrar um... diploma do tal curso — disse Menezes, constrangido.

Luiz Henrique bateu os dedos no tampo de vidro da mesa do advogado por uns segundos, antes de responder:

— Diga a ele que agradeci a menção à minha capacidade e que sinceramente não levei a mal, pois entendo que o ofendi no passado. Mas que, se surgir alguma outra coisa, ele pode me procurar — disse Luiz Henrique.

Isso, no entanto, nunca aconteceu.

17 CORCOVADO

João Pedro resolveu casar-se, por enquanto, apenas no civil, numa discreta cerimônia no Clube dos Caiçaras, seguida de um jantar. No meio do salão de festas, cercado de familiares e conversando com a Juíza de Paz, recebeu o aviso de que a noiva e o pai haviam acabado de chegar. Minutos depois ele observava, pelas paredes de vidro, a plataforma móvel atravessar o canal que separava a Avenida Epitácio Pessoa da ilha na Lagoa Rodrigo Freitas, que abrigava o clube. Lembrou-se do pai e, numa de suas recorrentes imagens mentais, imaginou-o por um instante no lugar de Christian, só que não de rosto vermelho e todo esfuziante, mas com aquela placidez com que ficava ao lado de sua vara de pesca.

Sem coreografias, como havia sido previsto, a noiva e o pai entraram naturalmente no salão. Ao se aproximar de João Pedro, o futuro sogro, após beijar a filha, cumprimentou-o, dizendo:

— Cuide dela com carinho. É sua.

— Obrigado — respondeu João Pedro. — Não foi neste salão que eu a vi pela primeira vez, mas é também a imagem que vai ficar para sempre.

—Você tem boa memória — disse o pai da noiva.

— Só para as coisas boas, as outras a gente esquece — e abraçou-o, fazendo-o se emocionar e cochichar ao seu ouvido:

— Desculpe, tá?

— Claro, sogro, agora somos uma família — disse João Pedro, do qual Chris se aproximou, após o outro se afastar, falando-lhe ao ouvido:

— Eu vi o abraço, gostei. Tinha esquecido de te avisar que agora o negócio vira pessoal — e riu alto, fazendo Luciana cutucá-lo.

A alta, loura e imponente Juíza fez uma expressão séria e disse:

— Por favor, aproximem-se os noivos, os pais e as testemunhas — que eram Priscila e seu Gonçalves.

Depois de proferir edificantes palavras — já célebres na sociedade carioca — e declarar o casal marido e mulher, a Juíza disse a João Pedro que podia beijar a noiva.

— Agora esses olhos verdes são meus — sussurrou ele.

— Sempre foram. Desde que eles olharam os seus naquela estrada para Búzios — respondeu Isabela.

Mas não foi tão fácil. Quando Priscila chegou ao Rio, em fevereiro de 2003, não só disse a João Pedro tudo o que a amiga lhe pedira, mas revelou toda a sua preocupação com as companhias com as quais ela estava andando, pedindo que ele não contasse que o alertara. Sentindo-se acuada pelo pai e fora do estado normal, Isabela escreveu um e-mail confuso a João Pedro pedindo para não procurá-la até que ela resolvesse a sua vida.

Isabela retornou somente no final de junho e, diante do afastamento de Luiz Henrique e Fabrimarco, viu-se livre da pressão a respeito de Marcos, mas não do mundo tenebroso em que se metera. Sabendo que João Pedro era radicalmente contra drogas e da sua "impossibilidade" de viver sem elas, respondeu a um e-mail dele, no qual apenas perguntava se ela tinha chegado e estava bem, dizendo que sim, mas que ele devia esquecê-la. Sentindo-se triste e só, ele teve apoio em Bruna e algum tempo depois estavam namorando.

Um ano após, Priscila o procurou dizendo que Isabela estava numa clínica em forte crise de abstinência e, nos delírios, chamava por ele. João Pedro foi visitá-la e ela chorou muito, dizendo que nunca tinha deixado de amá-lo, mas que a cocaína destruíra tudo, com a "ajuda" do pai dela. Ele abraçou-a e prometeu que a tiraria daquele inferno, o que de fato conseguiu: aquela foi a última vez que Isabela esteve numa clínica de recuperação.

João Pedro expôs seus sentimentos a Bruna, que sofreu bastante, mas admitiu que sempre soubera que ele não a amava. Continuaram amigos e ela conheceu outro rapaz, com quem se casou. Ela e João Pedro passaram a tocar a *asset*, já que Christian só queria saber de pescar. Depois, quando João Pedro e Isabela foram para Londres, Bruna assumiu a chefia dos negócios. Com olhos de lince para detectar empresas emergentes, multiplicou o patrimônio dos patrões e também o seu, já que, a exemplo de João Pedro, recebia uma parte da taxa de performance.

Isabela finalmente concluiu as três disciplinas que lhe faltavam e defendeu a sua monografia, cujo título foi *Surgimento, Desenvolvimento e Atual Estágio da Teoria das Expectativas Racionais*. A dedicatória, obviamente, foi para João Pedro, ainda que este a tenha deixado "se virar" na pesquisa, sugerindo mudanças apenas quando já estava pronta.

Ao se casar, João Pedro possuía uma pequena fortuna em aplicações financeiras, fora a participação na *asset*. A casa de São Francisco, considerava apenas da mãe, porque, quando começou a trabalhar no BMI, passando a estar ciente das taxas do mercado financeiro, começou a achar o aluguel muito baixo. Isso coincidiu com o vencimento do contrato com o então inquilino, o qual, não raramente, atrasava o pagamento, além de deixar furos na taxa condominial, o que irritava o seu avô, ainda "senhor do feudo", sem falar no estado da casa, que o sujeito cuidava mal. Convenceu então a mãe, depois de "fazer a cabeça" do avô, a vendê-la, a fim de aplicarem o dinheiro, mesmo que fosse para, futuramente, comprarem outro imóvel mais urbano e com maior atratividade para aluguel.

A questão foi que Christian adorava o condomínio, a praia de São Francisco e, principalmente, pescar com o velho. Então ele comprou a casa, ou seja, depositou a metade do dinheiro na conta de João Pedro e outra na de Luciana, dando sempre uma desculpa para não assinar a papelada, já que achava aquilo "um saco", dando-lhes provisoriamente um papel para declararem que o dinheiro tinha sido uma doação, até "acertarem aquilo". E acertaram mesmo. Quando Christian e Luciana resolveram se casar — com separação de bens, por insistência dela —, compraram o apartamento em Ipanema e ela e João Pedro venderam o de Icaraí. Ainda que Christian relutasse, ela insistiu que era mais "equânime" contribuir para a compra, ainda que constando na escritura com um percentual menor, ao que ele também resistiu, porém em vão. Em compensação, disse que só concordaria com aquela "coisa ridícula" se ela aceitasse "de volta", como presente de casamento, a casa de São Francisco, a qual, aliás, ele é quem mais iria desfrutar, "hã, hã, hã". De fato, mandou reproduzir e colocou no jardim um Zé Boreste apontando em direção à praia. Luciana, conformada, disse que tivera um filho temporão.

A parte de João Pedro no apartamento de Icaraí — 50%, como determinava o antigo Código Civil —, ele não quis colocar no apartamento da Vieira Souto, ainda que fosse morar lá, o que, segundo ele brincava, "era bastante justo por sua condição de filho da noiva e agente matrimonial de ambos, ainda que de forma tão incompetente no início". Foi com a metade do dinheiro desses dois imóveis, mais a poupança que o seu pai lhe deixara, que João Pedro operou de forma bastante agressiva no mercado de capitais, que atravessava anos excepcionais. Assim, como seu admirado David Ricardo, chegou à independência financeira antes dos trinta anos, largou o batente e foi fazer o seu Ph.D em Londres.

João Pedro já tinha decidido qual seria o seu campo de pesquisa: a sustentabilidade do capitalismo contemporâneo. Na sua percepção, dois mecanismos importantes dos primeiros duzentos anos do sistema se tornaram ineficientes na realimentação do ciclo produtivo: a renda do trabalho e a renda do capital. A desaceleração da primeira, decorrente do avanço tecnológico, limitara a capacidade de consumo, levando milhões de empresas ao fechamento ou às fusões. O trabalho ainda se fazia útil, mas não a identificação entre ele e a capacidade de consumo, a qual, como escrevera Christian, "é um fator importante demais para depender do valor atribuído pelos empresários ao trabalho".

Centenas de milhões de empregos se perderam sem que a respectiva renda continuasse sendo devidamente canalizada para aqueles trabalhadores/consumidores. Mas a renda não sumiu: devido aos ganhos de produtividade, continuou sendo reciclada em forma de lucros para os acionistas, só que de forma muito concentrada, levando ao agravamento da segunda disfunção do sistema detectada por João Pedro.

A concentração de riqueza, segundo ele, não era um problema de moral ou de justiça, mas um constrangimento à circulação da renda do capital. Considerava uma anomalia aquelas listas de bilionários que não sabiam onde colocar tanto dinheiro. Eles então começavam a fazer doações e a abrir fundações, o que eram meros paliativos. A economia, pensava, precisa de demanda efetiva, não de caridade. E essa capacidade de compra deveria ser distribuída na forma de poder de consumo sustentável. Uma pessoa com 5 bilhões de dólares não consegue consumir nem a renda desse capital a vida toda, mas 5 mil pessoas com 1 milhão de dólares sim, o que aumentaria a lucratividade das empresas e das próprias pessoas como acionistas. Isto, sim, seria um círculo virtuoso. Já a concentração de riqueza, segundo ele, era um círculo de obesidade, desperdício e pobreza.

Via a indigência aumentar nos Estados Unidos, ainda que em parte em função das imigrações — mas isto para ele não era desculpa: onde estariam as oportunidades do país das oportunidades, nem que fosse para trabalhos menos qualificados? Nos países do sudeste asiático, o capitalismo funcionava razoavelmente bem, mas já estava tendendo, como ocorrera no Japão, a atingir um teto de crescimento. Eram povos poupadores por natureza, dependentes, em grande parte, de consumo externo. Se a Índia tivesse sorte, o mesmo acabaria ocorrendo com ela. A China se tornara o chão de fábrica do mundo, mas já começava a esbarrar no esgotamento da capacidade de endividamento americana e, um dia, sua população, após atingir certo nível de bem-estar, cairia na mesma esparrela da poupança. A África e a América Latina não serviam como paradigmas, sendo que, na segunda, o populismo socialista avançava, acenando com estatização, atraso e corrupção.

Já a Europa era uma senhora com bagagens nos ombros, das quais a mais pesada era uma estrutura de direitos trabalhistas que minava a eficiência das empresas, encarecia seus produtos e agravava o problema do desemprego. O que de melhor havia no continente estava no norte, onde os países escandinavos haviam desenvolvido, ao longo de muito tempo, um sistema de alta progressividade na taxação da renda. Esta, no entanto, tinha como destino o serviço público e social. A proporção de funcionários públicos nesses países chegava a mais de um terço da população economicamente ativa. Ao menos, devido ao elevado nível educacional, o nível de corrupção era baixo e suas populações quase não cresciam. Podia-se dizer que aquelas nações praticavam o estágio mais avançado do capitalismo, em termos de bem-estar social.

Contudo, João Pedro considerava impossível que o resto do mundo se transformasse, lentamente, numa grande Escandinávia, porque não havia condições humanas nem mais tempo para isso. Ademais, nem sequer achava aquele modelo, economicamente, o mais eficiente, pelo fato da redistribuição, não em forma de renda, mas de benefícios, passar pelas mãos do Estado. Tudo era muito caro naqueles países, em função de suas estruturas centralizadas e dispendiosas, ou seja, nada que pudesse ser aplicado a bilhões de pessoas que precisavam de renda e de produtos baratos.

Para João Pedro, o sistema que poderia transformar a pobreza mundial numa dinâmica sustentada de prosperidade seria radicalmente liberal na oferta e redistributivo na demanda, mas não através do Estado, e sim por meio da pulverização acionária. Transformar consumidores também em acionistas, para ele, era a melhor solução para o capitalismo.

Mas havia um problema prático: como transferir as ações para as pessoas? Elas simplesmente não tinham dinheiro para comprá-las na quantidade suficiente para se tornarem rentistas independentes. Essa história de passar a vida juntando dinheiro do salário, com a dificuldade de trabalho que grassava no mundo, para João Pedro era conversa para boi dormir, além de não resolver o problema da concentração de renda e manter a economia operando num nível muito inferior à sua capacidade. Ora, se a maioria das pessoas não tinha esse dinheiro, a única solução seria que as ações lhes fossem voluntariamente doadas. Não só por generosidade, mas para tornar o mundo mais próspero.

João Pedro pretendia, após modelar melhor suas idéias, montar um fundo de investimentos "piloto" que serviria de exemplo para organismos de combate à pobreza, empresas e pessoas físicas muito ricas que quisessem colaborar para a sustentabilidade econômica. Para tanto, ao invés de promoverem *boas ações* ou *doações*, seriam convidadas a fazer *doa-ações*, em forma de cotas de fundos de investimento com esta finalidade — instrumentos capazes de aglutinar dividendos e redistribuí-los de forma a propiciar um consumo perene para o setor produtivo. O combustível da prosperidade não estaria na filantropia institucional e no trabalho mendigado, mas na demanda efetiva renascida por meio da generosidade racional e da pulverização da renda.

Ele imaginava criar um fundo de renda mensal formado de patrimônios individuais já integralizados, ou seja, que oferecesse benefício imediato, qualquer que fosse a idade do cotista — até um bebê recém-nascido. Por exemplo, ele doaria a uma criança subnutrida africana uma quantidade de cotas referente a 1 milhão de dólares, que, tendo em vista uma carteira composta de ações ou debêntures que oferecessem, em média, um ganho real de 8% ao ano, poderia proporcionar a ela, para o resto da vida, uma renda de mais de US$ 6,5 mil por mês, sem precisar lançar mão do capital.

Quando o cotista morresse, suas cotas seriam transferidas a um único herdeiro que ele indicasse. Caso tivesse outros filhos, estes não herdariam cotas. Afinal já era hora, segundo João Pedro, de que as pessoas tivessem consciência de que filho é um custo pessoal, que não deve ser transferido para os outros. Caso o donatário não indicasse dependente, receberia a renda em dobro a partir de determinada idade, como forma de incentivo à parcimônia natalícia.

Já quem ingressasse no fundo com recursos próprios teria o direito de lançar quantos dependentes ou herdeiros que sua quantidade de cotas permitisse. Se esses cotistas integralizassem cotas acima de um limite máximo, poderiam optar por reservá-las entre as seguintes alocações: para futuros dependentes ou para contemplar imediatamente a fila de candidatos a donatários. No segundo caso, teriam os seus nomes inscritos numa placa afixada no saguão da gestora do fundo e benzida pelos líderes de todas as religiões. Também receberiam relatórios da evolução daquelas vidas que houvessem resgatado.

Este era o sonho de João Pedro: ver pessoas que viviam à margem da dignidade, assim como todas as outras, independentes e se dedicando ao estudo, cultura, lazer, voluntarismo e, por que não, contanto que não com uma faca no pescoço, ao trabalho remunerado. Quanto a este, as empresas que fossem controladas pelo fundo manteriam cotas mínimas para recrutar cotistas. Além disso, todas elas, controladas ou não, poderiam implantar programas de descontos e de fidelidade para os investidores do fundo, angariando uma clientela cativa, já que co-interessada no seu sucesso. As empresas, no mundo todo, disputariam o privilégio de estarem listadas num fundo assim, possivelmente criando classes de ações ou debêntures focadas em renda condominial.

O próprio fundo também poderia financiar ou participar de *start-ups*[120] organizadas pelos cotistas, assim como apoiá-los na formação de orquestras e grupos teatrais, realização de exposições e seminários, produção de filmes e livros, organização de equipes esportivas etc. Quando houvesse interesse de um grupo de associados, financiaria a construção de condomínios residenciais onde eles pudessem ser vizinhos e diluir os custos fixos do dia-a-dia, como de empregados, educação, alimentação, saúde e lazer, além de efetuar compras em lote, regulares e em condições especiais junto às empresas investidas.

João Pedro estava disposto a abrir mão da maior parte do seu capital — e tentar convencer Christian a se juntar a ele — para "adotar" cotistas, tornando-se ele mesmo um deles. Ele não via o seu patrimônio como uma vitória pessoal, e sim como uma bênção que deveria compartilhar. Ele tivera o preparo, a lucidez e a sorte de, num momento raro, ficar na ponta certa no mercado futuro e de escolher boas ações. Para isso, tivera uma boa *educação financeira*, não só acadê-

120 Novas empresas. O termo é mais aplicado às de cunho tecnológico.

mica, mas da parte de seu pai, de seu Gonçalves e de Christian. Por que não estender essa possibilidade a outras pessoas? Ele via a vida como efêmera e carente de iniciativas mais urgentes do que enfurnar um dinheiro que poderia ter maior utilidade. Melhor do que a utilidade marginal maximizada, pensava, é a utilidade que minimiza a marginalidade.

Enfim, eram essas as idéias econômicas, ou sonhos, ou talvez até maluquices, dependendo da visão do leitor, que povoavam a mente inquieta de João Pedro poucos dias antes do seu embarque para Londres. Tais pensamentos foram transmitidos ao autor em forma de entrevista, mas, dessa vez, a avalanche de palavras provocada pelo entusiasmo do entrevistado tornou necessária esta síntese na terceira pessoa.

No dia da viagem, Christian, Luciana, Luiz Henrique, Daniela, Lucas, Bruna, Priscila e seu Gonçalves — que só aos oitenta anos, disse, virara padrinho de direito — foram se despedir do casal no aeroporto. Enquanto aguardavam o horário de entrada no salão de embarque, Christian chamou João Pedro para tomar um café e lhe disse:

— Esses dias foram corridos e não consegui sentar com você, mas estou para fazer um negócio que queria lhe falar.

— Fala, "Leão-da-índia" — brincou João Pedro.

— É o seguinte, "Leopardo de Icaraí": o seu sogro tomou um cano há uns anos num empreendimento em Angra dos Reis...

— Hum... eu vi vocês conversando no casamento — disse João Pedro. — Ele estava animado como há muito tempo eu não via: o que é que você está arrumando dessa vez, gringo?

— Eu passei por lá e achei a área muito boa, de frente para o mar. Bom, o fato é que ele tem uma ação de reintegração de posse contra a família do sujeito que foi assassinado, e é ganho mole. O problema é que ele não tem dinheiro nem para continuar pagando o advogado e só o débito de IPTU já está em R$ 300 mil, sem falar em algumas irregularidades. Eu quero comprar o crédito da briga e transformar aquilo numa pousada.

— Pessoal ou negócio? — perguntou João Pedro, depois de absorver um gole de café quente.

— Não, não tenho a menor pena dele. Mas já tem três casas boas que podem servir de recepção, administração e restaurante. É só construir agora uns bangalôs bonitinhos — estou pensando em contratar o seu avô e o seu tio, eles entendem disso. Acho que vai atrair o pessoal da classe média que quer ir para Angra. Faço uma pequena marina, para passeios, pesca, esportes... Multiplico o valor daquilo em três anos. É só negócio. É claro, ele está desesperado para ver qualquer dinheiro.

— Já pensou em quanto?

— É mais sobre isso que eu queria te falar. Se fosse na época do Plano Collor, eu começaria de oitocentos mil *cash* para acabar pagando um e duzentos, mas o cara é seu sogro...

— Ele recebeu dois e meio e "dançou" na mesma coisa, não foi? — resumiu João Pedro.

— É, e diz que pagou três e colocou ali mais de cinco, mas ou está "exagerrando" ou fez muita burrada — disse Christian, que mudava de expressão quando falava de dinheiro.

— Mas ele levou uma "infra" completa para lá. Olha, se você permitir, eu tenho interesse nisso também — uns planos aí para o futuro, sabe, um dia a gente conversa com calma. Oferece um milhão e meio, sem choro, deixando claro que seria menos, mas que eu te pedi. Isso aí é meu, mas não diga a ele. O que você gastar é a sua parte, até chegar a *fifty-fifty*, aí a gente se fala de novo. Bota mesmo o meu tio para tocar a obra e o vovô de consultor — ele vai fazer um projeto lindo e ainda resolver esse problema de regularização. Fechado?

— Ainda arrumei um sócio, claro que topo. Fechado, senhor hoteleiro — sorriu Christian.

— Você tem minha procuração, mas transfere o dinheiro para a sua conta e paga com cheque seu. Aliás, em duas vezes, para dar tempo de o meu sogro pensar um pouco antes de sair fazendo m. Olha, agora que ele vai te amar, e aí entrando no pessoal, se puder, lhe dá uns conselhos, tá? As bobagens que ele faz acabam afetando a Isabela.

— OK, Leopardo, mas endireitar pau torto é difícil — disse Christian, com a expressão brincalhona de volta.

— Sabe, gringo, eu brinco muito contigo, mas queria que soubesse que tenho consciência de que nada disso aqui estaria acontecendo se não fosse tudo o que você fez por mim e pelo que me falou aquele dia no banco da praia de Icaraí.

— Ainda bem que eu fiz alguma coisa boa nessa vidinha, hã, hã, hã.

— Mas eu vou tentar te retribuir.

— Não precisa.

— Preciso sim: vou aproveitar o fato de estar em Londres para tentar achar a Marala.

— Bom, se você conseguir, eu realmente vou lhe ser eternamente grato. Mas não vai ser fácil, eu já tentei — disse Christian.

— Eu prometo tentar mais — respondeu João Pedro.

A promessa não foram palavras vãs. João Pedro se empenhou para encontrar Usha e Marala, e o fato é que conseguiu. Mas essa busca e a do seu sonho econômico ficam, quem sabe, para um outro livro, com o perdão do leitor. Nada pessoal — apenas negócio.

O casal embarcou e João Pedro pediu para sentar na janela. Isabela, que já havia voado com ele, ficou surpresa. Quando o avião decolou, eles admiraram o Cristo Redentor iluminado.

— Nossa, a sua mão não está fria desta vez? Que milagre é esse? — perguntou Isabela, recostando a cabeça no ombro dele, que cantarolou baixinho:

> "Da janela vê-se o Corcovado
> O Redentor, que lindo
> Quero a vida sempre assim
> Com você perto de mim
> Até o apagar da velha chama

E eu que era triste
Descrente desse mundo
Ao encontrar você eu conheci
O que é felicidade, meu amor"[121]

Ela virou a face para ele e se beijaram longamente.

Fim

[121] Trecho da canção *Corcovado*, de Antônio Carlos Jobim.

REFERÊNCIAS BIBLIOGRÁFICAS

AWH, Robert Y. "Microeconomia". Rio de Janeiro: Livros Técnicos e Científicos, 1979.

BELL, John Fred. "História do Pensamento Econômico". Rio de Janeiro: Zahar Editora, 1976.

BANK OF ENGLAND. "Economic Models at the Bank of England". London: Park Communications Ltd., 1999.

BODANSKY, Joel; TOMBINI, Alexandre A.; WERLANG, Sérgio R. C. "Implementing Inflation Targeting in Brazil". Trabalho para Discussão, Banco Central do Brasil, 2000.

BRANSON, W. H. e LITVAK, J.M.. "Macroeconomia". Rio de Janeiro: Harbra, 1978.

FRIEDMAN, Milton. "Episódios da História Monetária". Rio de Janeiro: Editora Record, 1992.

________________. "Resenha de 'Expectativas Racionais e Inflação', de Thomas Sargent". Journal of Political Economy, fevereiro de 1987.

GIAMBIAGI, Fabio; VILLELA, André (org.). "Economia Brasileira Contemporânea" (1945-2004). Rio de Janeiro: Elsevier, 2005.

GUDIN, Eugênio. "Princípios de Economia Monetária —Vol. I e II". Rio de Janeiro: Editora Agir, 1970.

"História das Grandes Idéias do Mundo Ocidental" —Vol. I, II, III e IV. Coleção Os Pensadores. São Paulo: Editora Abril, 1972.

HUNT, E. K. "História do Pensamento Econômico". Rio de Janeiro: Editora Campus, 2005.

MARCONDES, Danilo. "Iniciação à História da Filosofia". 8ª edição. Rio de Janeiro: Jorge Zahar Editores, 2004.

MARTIN, Peter Martin; Schumann, Harald. "A Armadilha da Globalização". São Paulo: Editora Globo, 1997.

MANSFIELD, E. "Microeconomia". Rio de Janeiro. Editora Campus, 1978.

MORENTE, Manuel Garcia. "Fundamentos de Filosofia". 8ª edição. São Paulo: Mestre Jou, 1980.

RIFKIN, Jeremy. "O Fim dos Empregos". São Paulo: Makron, 1996.

ROSS, Ian Simpson. "Adam Smith — Uma Biografia". Rio de Janeiro: Editora Record, 1999.

KEYNES, John Maynard. "Teoria Geral do Emprego, do Juro e do Dinheiro". Rio de Janeiro: Editora Fundo de Cultura, 1970.

KEYNES, Milo (Coordenador). "Ensaios sobre John Maynard Keynes". Rio de Janeiro: Editora Paz e Terra, 1977.

KRUGMAN, Paul. "Vendendo Prosperidade". Rio de Janeiro: Editora Campus, 1997.

KLAMER, Arjo. "Conversas com Economistas". São Paulo: Editora da Universidade de São Paulo e Livraria Pioneira Editora, 1988.

PINDYCK, Robert S.; Rubinfeld, Daniel L. Microeconomia. 5ª edição. São Paulo: Prentice Hall, 2002.

RICARDO, David. "Princípios da Economia Política e Tributação". Coleção "Os Pensadores". São Paulo: Editora Abril, 1972.

ROBINSON, Joan. "Filosofia Econômica". Rio de Janeiro: Zahar Editores, 1979.

ROBINSON, Joan; EATWELL, John. "Introdução à Economia". Rio de Janeiro: Livros Técnicos e Científicos Editora, 1978.

ROSSETTI, José Paschoal. "Introdução à Economia". Rio de Janeiro: Editora Atlas, 1975.

SARGENT, Thomas. "Expectativas Racionais e Inflação". Harper and Row, 1986.

SILK, Leonardo. "Os Economistas". Rio de Janeiro: Zahar Editores, 1978.

SKIDELSKY, Robert. "Keynes". Rio de Janeiro: Jorge Zahar, 1999.

SMITH, Adam. "Uma Investigação sobre a Natureza e as Causas da Riqueza das Nações". Coleção Os Pensadores. São Paulo: Editora Abril, 1972.

STIGLITZ, Joseph. "Rumo a um Novo Paradigma". São Paulo: Editora Francis, 2004.

THOMAS, Henry. "Vidas de Grandes Filósofos". São Paulo: Editora Globo, 1960.

Impresso no Brasil pelo
Sistema Cameron da Divisão Gráfica da
DISTRIBUIDORA RECORD DE SERVIÇOS DE IMPRENSA S.A.
Rua Argentina 171 – Rio de Janeiro, RJ – 20921-380 – Tel.: 2585-2000